生存進度條

STAYING ALIVE

1

目錄頁
CONTENT

【第一章】

一穿越就有五個哥哥

時進睜開眼，發現自己躺在一張柔軟寬大的實木床上，身上穿著純棉睡衣，懷裡還抱著一個黃瓜抱枕。

這是哪兒？不像是醫院，也肯定不是地獄。

他迷茫地眨眨眼，抬手揉額頭。

他不是在抓小偷的路上被一輛闖紅燈的卡車撞飛了嗎？以卡車的速度，他生還的可能性幾乎為零，但現在是怎麼回事？

「就是你重生了啊！」一道清脆的機械音突然在腦內響起。

時進虎軀一震坐起身，警惕四望，「誰在說話？」

「我啊，你的金手指加保命符，你可以叫我小死。」

「笑死？」

「……我普通話很標準，謝謝。」

時進收回四望的眼神，終於確定聲音是直接在自己腦內響起的，試探著抬手敲了敲自己腦袋。

「別敲了，再敲又要掛了。」

時進：「……」

事已至此，時進終於確定，他又活了，並且絕對不在自己的身體裡——他自己的身體可是八塊腹肌的長腿帥哥，現在這具身體卻白白胖胖珠圓玉潤，手背伸平有四個肉窩，呼吸一鬆睡衣撐破，兩腿一彎，褲子緊緊繃在腿上……活到這麼大，他還沒這麼「穩重」過，還不如就這麼死了。

小死明顯看出了他的想法，發出來自靈魂的拷問：「命重要還是體重重要？」

時進躺回床上，閉上眼睛，表情安詳。

小死繼續說道：「……體重可以減，生命沒法重來，而且死了就再也吃不到好吃的食物，搓不到迷人的麻將了。」

時進呼吸一窒，想起手指滑過麻將的絲滑觸感，唰一下睜開眼，起身下床，整理衣冠，「說吧，現在到底是怎麼回事？」

一片沉默，就在時進懷疑這一切都是自己臨死前出現的幻覺時，大腦突然一陣刺痛，一大堆亂七八糟的記憶和畫面一股腦地灌了進來。

半個小時後，他再次躺回床上，安詳地閉上眼睛。

小死：「……你別這樣！身為人民公僕，你的正義和熱情呢？」

時進打起了呼嚕。

小死：「嚶嚶嚶，警察叔叔你不能這樣，嚶嚶嚶……」

時進忍。

「嚶嚶嚶、嚶嚶嚶……碰！胡了！海底撈月！槓上開花！」

時進忍無可忍地掀開被子，再次下床整理衣冠，滿臉生無可戀，問道：「所以我死前看的那本小說是你的本體？你在我死後，把我拖進書裡的世界？」

小死不嚶了，乖乖回道：「嗯。」

「這裡真的是書裡？」

小死沉默。

「那我還可以從這裡出去嗎？」

小死：「出去你就再也活不了。」

這次換時進沉默，良久，他繼續問道：「為什麼是我？」

「因為……」小死這次語氣裡帶著遲疑，停頓兩秒，然後字正腔圓地回道：「有困難，找警察叔叔！」

「……」你說得好有道理。

時進無言以對，邁步走入與臥室相連的浴室，站到鏡子前。

鏡中是一張熟悉又陌生的臉，熟悉是因為五官很熟悉，陌生是因為體型很陌生——這身體居然和他年輕時長得一模一樣，就連鼻頭的小痣都在，就是體型放大了好幾圈。

還好仍保持自己的外貌，違和感減少許多。時進長嘆口氣，認命地刷牙洗臉。

根據小死提供的記憶得知，現在的他也叫時進，即將年滿十八歲，是一本標籤為紀實向復仇爽文，名字叫《死亡進度條》，劇情卻憋屈又鬱悶，並且還坑掉的小說主角。

主角時進有一位種馬老爹和五位同父異母的兄長，種馬老爹還活著時，時進是家裡的小祖宗，被五位兄長寵上了天；種馬老爹死後，時進是家裡人人都可以踩一腳的臭蟲，被撕開親切面具的五位兄長虐到了死。

而他現在重生的時間點，正好是種馬老爹剛剛去世的時候。

打理完自己，時進並沒有出門，而是坐回床上，繼續和腦子裡的小死對話。

「你需要我做什麼？」天上不會掉餡餅，小死費心讓他重生，肯定是有所求。

小死在他腦內放出兩根類似進度條的東西，回道：「這是死亡進度條，上面那條999的是你的，現在已經走了998格，一旦走滿，你現在的身體就會面臨死亡，即使是我也救不回來，與你綁定的我也會跟著消失，我需要你清空它，帶著我活下去。」

稍微有點強迫症的時進，第一時間並沒有關心這根進度條和自己小命的聯繫，而是露出一副吃屎般的表情，問道：「這條就不能取整，變成1000嗎？」

小死本來稍顯嚴肅的語調突然一變，掐著嗓子說道：「死鬼，1000的進度條不屬於你啦，那是我家寶貝的條。」

時進激靈靈打了個哆嗦，說道：「說正事呢，嚴肅點！」

「……你下面那根進度條就是1000的，我需要你在保證自身性命的情況下，找到這個進度條的主人，也幫他清空進度條，保下他的命。」小死的語氣再次變得嚴肅，隱隱帶著點小心翼翼和哀求，問道：「你會幫我嗎？我、我可以給你謝禮，也會保證你的安全。」

話都說到了這份上，時進還能說什麼呢，當然是忍下自己的強迫症，沉重地點了點頭。

白撿了一條命，雖然這命隨時可能掛了，腦內還多了個會嚶嚶嚶、自稱金手指的東西，還需要去找個自帶進度條的人，但總歸是又活了一輩子不是，可以多搓多少把麻將啊！總歸是他賺了。

小死歡呼雀躍：「哇，我就知道我家進進最好啦！」

因為進進這個小名而無數次被人誤以為是叫靜靜的時進：「……你閉嘴。」

交流完資訊，時進整理了一下腦內的記憶，終於走出房門。

這具身體的種馬老爹名叫時行瑞，是個商業奇才，白手起家建立龐大的商業帝國，在時進出生後帶著他移民海外，並把生意重心也轉了過來。

他的葬禮昨天才結束，今天，他的律師會過來宣布遺囑。

這場遺囑宣布是私下進行的，聽遺囑的人只有時進一人，他的五位兄長全部不在。這是時行瑞的意思，因為時行瑞並不準備分任何一毛錢給另外五個兒子。

同樣是兒子，時行瑞對待幾個孩子的態度卻截然不同。他最偏心最小的兒子時進，也只對外透露過時進這個孩子的存在，另外五個人都是跟著母親生活，只逢年過節會過來團聚一下，外界就算聽說過這五位能力優秀的年輕俊傑，也並不知道他們和時行瑞是父子關係。

「都是兒子，時行瑞怎麼會偏心成這樣？」時進翻著原主的記憶和小死給的資料，完全無法理解時行瑞的行為。

「大概是因為你長得最好看？」小死不著痕跡地拍馬屁。

時進：「……」他看一眼自己的豬肚和豬腿，決定打住這個話題，不要自找虐了。

兩人翻記憶和聊天的工夫，時行瑞的律師已經抵達，過來簡單打招呼後，開始念起了時行瑞長

長的遺產清單。

時進左耳朵進右耳朵出，和小死一起在腦內分析著那個關乎自己小命的死亡進度條。

「這條要怎麼清空？」時進問。

「致死的因素少了，進度條自然就退了。」小死答。

時進若有所思。小說劇情中，原主是被五位哥哥虐死的，也就是說，原主的死亡威脅全部來自於五位哥哥。而五位哥哥之所以如此不待見原主……他的視線挪到律師手裡的遺產清單上，在心裡罵了時行瑞一句豬隊友。

被父親冷落甚至無視的孩子，面對被父親偏愛的弟弟時，怎麼可能喜歡得起來。而且時家的情況要更複雜一點，還牽扯上金錢利益。

時行瑞這種背著五個大兒子，把所有遺產留給小兒子的做法，簡直是在嫌時進身上拉的仇恨不夠多、死得不夠快！

「……瑪利亞莊園，這是所有不動產。另外，時先生交代，瑞行的股份將全部由您繼承，有鑑於您還沒完成大學課業，所以在您能獨當一面之前，公司將由副董徐天華暫管，您可以從旁監督。以上就是遺囑的全部內容，您確定沒問題的話，請在這裡簽字。」

律師終於念完遺產清單，把幾份文件推到時進面前。

時進回神，掃一眼腦內已經走到998的進度條，果斷把文件推回去，堅定說道：「這些東西，我不要。」拿了遺產，進度條就會走滿嗝屁了。

律師抬手揉了揉耳朵，懷疑自己聽錯了什麼。

「哥哥們沒有的東西，我也不要。」時進起身，滿臉孩子氣的倔強，表情緊繃著，一副強忍著悲傷的樣子，「爸爸這樣是不對的，這些我不要，你拿去平分成五份，給哥哥們分了吧。」

律師這下是真的懵了，說道：「可是小時先生，您的哥哥們都已經有自己的事業，拿不拿遺產對他們來說都一樣，而您還沒成年，這……」

怎麼會一樣，區別可大了！時進演技突然爆發，大喝一聲：「夠了！」

律師被喝得閉了嘴，滑稽地瞪大眼看著他。

「哥哥們可以自己奮鬥，我也可以。」時進側身，語氣悲傷：「爸爸說哥哥們是他的驕傲，我也想讓爸爸和哥哥以我為榮……你走吧，我累了。」

說完轉身就走，挪著胖胖的身軀回到二樓的房間，砰一聲關上門，所有偽裝卸下，緊張地捂胸口，問道：「小死，我剛剛表現得怎麼樣？」

「啪啪啪。」小死用掌聲給予了肯定。

「謝謝捧場、謝謝捧場。」時進羞澀道謝，期待地搓手手，問道：「拒絕了遺產，我的進度條總該退了點吧？」

小死也期待地搓手手，「一定一定。」

兩人一起看向進度條。

時進大驚失色：「怎麼回事？進度條怎麼不退反進了？」從998變成998.5了！

小死尖叫：「我不知道啊！」

時進慌得在房內轉圈圈，小死急得在他腦內啃指甲。

「要不你再去把遺產接下來？」小死出主意。

時進十分崩潰：「原劇情裡時家幾位兄長，就是在得知遺產居然全被時行瑞給了弟弟後才徹底心寒，對時進痛下殺手的！接了遺產，進度條就不是998.5，而是999了！」

叩叩叩。

兩人動作一停，齊齊朝著被敲響的房門看去。

「小少爺，大少爺來電話了。」管家的聲音從門外傳來。

時進眉心一跳，小小聲：「兇手一號來電話了，接不接？」

小死抖抖抖，「接了會不會就掛了啊。」零點五的死緩空間可不夠折騰。

時進猶豫，問道：「進度條走滿之後我會立刻死亡嗎？」

「不會。」

時進眼睛一亮。

小死感覺要哭出來了，補充道：「但你會失去身體的掌控權，眼睜睜看著自己隨著劇情發展走向死亡。」

這比直接死了更可怕！時進抓狂，視線在房內轉了轉，突然走到書桌邊抽出筆筒裡插著的美工刀，彈出刀片，對準自己手腕就是一下。

鮮血嘩啦啦流。

小死直接瘋魔：「啊啊啊，你幹什麼！」

「當然是自救了，這電話不能接，接了萬一我露餡說錯一句話，導致時家大哥殺意再漲，那咱們就全完了。」危機臨頭，時進反而冷靜下來。他劃破手腕後迅速翻找出原主所有的證件和現金，抱起床上的黃瓜抱枕，走到浴室裡給浴缸放水。

小死已經要被他的動作嚇暈了，問道：「你放水幹什麼？」割腕加浴缸，這不是自殺標配嗎！

時進已經躺進浴缸裡，忍著失血造成的眩暈感，小心拆開黃瓜抱枕的一點邊邊，把證件和現金全部塞進去藏好，抱著抱枕靠到浴缸裡，閉上眼睛，「以退為進，拖延一下時間……龍潭虎穴不可留，咱們得找機會溜。」

時家五位兄長最年輕的那位都要比原主大九歲，全都已經羽翼豐滿，還有母親撐腰，平日裡更是藉著寵愛原主的假象，麻痺時行瑞，往時行瑞公司和時進身邊埋了一大堆釘子。就他現在這一無實力、二無人脈的狀態，根本不可能鬥得過，當務之急，還是保命要緊。

浴缸的水很快被鮮血染紅，小死如果是人，這會絕對已經臉色煞白了，但現在只能哆嗦喚道：「進、進進……」

「放心，我有分寸。」時進安慰一句，隱約聽到一點房門被打開的動靜，心裡一鬆，囑咐小死一會務必要讓他的身體死死抓著黃瓜抱枕後，放心暈了過去。

消毒水的味道充斥鼻腔，時進迷迷糊糊睜開眼，隱約看到一個高大的身影坐在床邊。

「抱枕在你懷裡，你自殺的消息傳開後進度條退到了997，床邊坐著的是時家大哥時緯崇。」小死即時提醒。

時進放下心，緊了緊懷裡的抱枕，看向床邊的男人，虛弱喚道：「大哥。」

男人側頭看來，像極了時行瑞的狹長雙眼裡滿含不贊同和擔憂，語氣卻是溫和的，問道：「小進，為什麼？」

時行瑞的基因很好，生出來的孩子一個比一個帥，小胖子時進算是裡面的一個異類。這時緯崇是時行瑞的長子，長相酷似其父，俊眉朗目，薄唇挺鼻，臉型比較方正，氣質沉穩，是個十分符合傳統審美的成熟型帥哥。他是除時進外，時家唯一一個被允許跟著種馬老爹時行瑞姓的孩子，也是表面上最寵時進的兄長。

時進垂眼避開他的視線，手偷偷在被子裡掐了自己一把，鼻子一酸、眼圈一紅，低聲說道：「我知道哥哥們都不喜歡我。」

此話一出，空氣一滯。時緯崇沒有說話，看著時進的眼神溫和稍減，暗含探究，像是在判斷他這話是真的有感而發還是試探做戲。

「998了！進進啊啊啊！」小死驚慌尖叫。

時進睫毛一顫，眼眶裡聚集的淚水被這噪音震落，抿緊唇，重新對上時緯崇的視線，試探著握住他的手，哀傷說道：「大哥……如果有下輩子，換我來做哥哥們的兄長吧……把欠你們的，都還給你們……」

「小進。」時緯崇抽出被他握住的手，將他的手塞回被窩，安慰道：「別說胡話，我永遠都是你的大哥。」

「998.5了！又死緩了！進進嗚嗚嗚，進進你別死！」

居然滴水不漏，這時家大哥比預想中的更難搞。時進心知不妙，果斷打消用語言軟化時緯崇的想法，假裝疲憊地閉上眼睛，低聲說道：「大哥，我累了……」

好在這次進度條沒有再漲，時緯崇幫他拉了拉被子，離開病房。

之後兩天時家大哥又來了幾次，另外幾個不在這邊的哥哥，也打了很多通電話過來，時進始終保持沉默，不說話也不接電話，整日待在病房裡傻傻望著窗外，像個失去靈魂的木偶。

這期間時進再次試圖用水果刀自殘，被查房的護士發現，護士告訴時緯崇這件事，時緯崇像個正常的兄長一樣，表現得又急又氣，把時進狠狠罵了一頓。

時進擰了一把自己的大腿，面對時緯崇的憤怒，無聲無息地掉起眼淚。

「小進。」時緯崇無奈了，彎腰湊近他，按住他的肩膀，溫聲問道：「你到底怎麼了？你看你都瘦了。」

時進朝他擠出一個微笑——這話他愛聽，不枉他少吃了好幾頓飯。

時緯崇看著他露出的笑容，臉上的情緒突然慢慢斂去，變成一種讓人捉摸不透的面無表情。

這是時緯崇第一次在時進面前露出這種表情，時進笑不出來了，低下頭抱緊抱枕，心懸了起來——來了來了，時緯崇要撕開親切的面具了。

「小進，爸的律師今天打電話給我，說是遺產已經分割完了，按照你的意思分了五份，沒有你的。」時緯崇開口，語氣淡淡的，沒有以往面對時進時的溫和。

時進仰頭看他，臉上的笑容斂去——實在擠不出來，說道：「我說過，要把欠哥哥們的都還給你們。」

時緯崇深深看著他，說道：「遺產分配變更需要你的簽字。」

時進點頭，「我簽。」

又是一室寂靜，時緯崇沒再說什麼，轉身離開。

當天晚飯後，時緯崇拿了幾份文件過來，時進看都沒看，直接簽了，然後把自己縮在被子裡。

時緯崇拿著文件在床邊站了好一會，問道：「為什麼？」

「只是想讓哥哥們開心。」時進回答，手裡仍死死抓著自己最後的底牌黃瓜抱枕。

時緯崇的視線挪過去，掃過抱枕上面已經乾涸的血跡，又問道：「為什麼一直抱著它？」

時進心裡一緊，又掐了大腿一把，紅著眼眶對上時緯崇的視線，聲音幾不可聞：「這是哥哥送給我的最後一份禮物……不能弄丟了，丟了……就沒了。」

小死在時進腦內用力鼓掌，為他的機智和演技點讚。

時緯崇顯然沒想到會聽到這樣的答案，與他對視幾秒，皺了皺眉，突然覺得無法直視他滿含信任和依賴的眼神，微微側頭，說道：「你休息吧，老二他們已經上飛機，明天就到了。」

這可真是個糟糕的消息。

時進難過低頭，把臉埋在被子裡，低低應了一聲。

時緯崇轉身，走了一步又停下，轉回來輕輕碰了一下時進露在被子外面的頭髮，眼神短暫變幻後，莫名其妙冷了臉，轉身乾脆俐落離去。

小死有些虛弱：「剛剛進度條坐了下雲霄飛車，突然降到900，又突然升到950，嚇死我了。」

「降到950了？」時進驚喜，掀開被子從床上爬起來，翻出進度條看了看，美滋滋，「遺產搞定，是時候溜了。」

小死不解：「溜？不再接再厲嗎？時家另外幾位兄長就要到了。」

時進語氣幽幽：「你覺得還剩四十九點的進度條，夠我和那些凶殘的兄長說錯幾句話？」

「……」小死無言以對，滿心擔憂，「那萬一時家幾個兄弟在發現你溜了之後，殺氣直接爆棚了怎麼辦？」

「不怕。」時進語氣肯定，掀被下床，檢查一下抱枕裡的證件和現金，回道：「進度條是致死因素，減少了就會退，與時家五兄弟的距離遠近應該也算是一種致死因素，如果我跑到一個時家五兄弟找不到的地方躲起來，你覺得進度條還可能漲滿嗎？」

當然漲不滿，人都找不到，時家五兄弟就算想殺弟弟，在找不到人的情況下，也無法制定計劃和真的動手，算是缺少了最關鍵的致死條件。

而只要進度條不漲滿，他們就能在五兄弟找不到的地方慢慢琢磨後續行動，免得像現在這樣，只能頂著頭頂隨時可能落下的刀，隨機應變，還沒有自由。

小死豎拇指，掐著嗓子說話：「進進真聰明，倫家超愛你的。」

「……你閉嘴。」

時進連忙模仿原主的字跡，留下一張內容為「沒了我，哥哥們會更幸福吧，小進希望哥哥們幸福」的肉麻紙條後，時進抱著黃瓜抱枕，讓小死幫他躲過醫院裡的人，踩著夜色，悄無聲息地離開醫院。

十幾個小時後，時進飛回國站在B市，身上還穿著病號服，懷裡依然抱著黃瓜抱枕，全身家當只有買完機票後剩下的一點點現金。

「我恨有錢人不喜歡帶現金的習慣。」時進淚流滿面。

小死心驚膽戰：「完了完了，進度條又開始坐雲霄飛車了，時家五兄弟肯定已經發現你不見了，進進我好怕啊啊啊！」

時進菊花一緊，也跟著看向正在瘋狂漲漲退退的進度條，眼睛瞪得溜圓。

980……990……930……990……一陣瘋狂變換後，進度條停在910這個數值，沒有再變化。

時進呼一下，鬆了口氣，坐到機場外面的地面上。

「看來距離遠近確實是致死因素之一。」小死語氣放鬆下來，問道：「進進，命暫時保住了，咱們接下來該怎麼辦？」

時進看著自己全部的家當，滿臉滄桑：「先找份工作養活自己吧……」

找工作是不可能的，高中沒讀完，年齡又沒滿十八，搬磚都被人嫌胖，只能靠搓搓麻將才能活下去的樣子，麻將館的大爺大媽們超大方的，說話又好聽，時進超喜歡在裡面。

「自摸，胡了！」時進豪氣干雲地甩出一張八筒，把牌一推，朝著齊齊哀嚎的牌友們微笑，「謝謝各位老闆，有需求隨時喊我，我六點之前都在。」說完看向身後站著的老人，笑容越發討喜，「黃叔，我幫你贏錢啦！」

剛好看到他胡牌那一幕的黃叔笑著拍拍他的肩膀，誇道：「你這小子簡直是雀神轉世，幫誰打都能贏，給，今天的辛苦費。」

說著取過桌上時進剛剛胡牌贏的錢，抽出兩張紅色鈔票塞到時進手裡。

時進喜笑顏開，連忙接過錢道謝，起身讓位，「那黃叔你們接著玩，我先出去了。」

「去吧去吧。」黃叔笑著擺手，目送他離開之後在桌邊坐下，樂呵呵地繼續自己的牌局。

時進一直忙到六點，提著買來的食材，晃晃悠悠地上了公車。

此時距離他逃出醫院已經過去一個多月的時間，這期間他輾轉多個城市，做過小工、擺過地攤、賣過彩券，硬是靠著頑強的毅力撐過最窮的前半個月，最後經過慎重考慮，躲來位於邊境的Y省，找了個在麻將館幫臨時有事的牌友頂場的活。

這活雖然工作環境比較複雜，收入也不大穩定，但好在可以隨時抽身離開，不需要本錢，也不用做正式的書面登記，正適合他此時需要隱藏蹤跡的情況。

謀生之餘他也不忘關注時家的情況，瑞行是大公司，管理層的更替可是大新聞，時進隨便翻翻國際版的財經新聞，就能看到一大堆關於時家的消息。

不出他所料，在他放棄遺產後，時緯崇強勢入駐瑞行，以雷霆手段壓下副董徐天華的小動作，成為瑞行的新總裁。此時外界才終於知道，這個近幾年在國內大放異彩的商業新貴，居然是商業大鱷時行瑞的兒子。

「時緯崇果然很厲害，才一個月就搞定了時行瑞的舊部，這我怎麼鬥得過。」時進戳著新買的雜牌手機，看著新聞照片中氣勢凌人的時緯崇，後怕地摸了摸自己留了疤的胳膊。

小死貼心安慰：「時緯崇徹底掌握瑞行後，你的死亡值降到880了。」

「這算是唯一的好消息了。」時進關掉新聞，看著窗外倒退的街景，幽幽嘆了口氣。

不再後脖懸刀之後，他花了點工夫瞭解一下這個書裡的世界。結果不瞭解不知道，一瞭解簡直要嚇瘋——這個書裡的世界雖然大體背景和他生活的世界一樣，但在某些細節上卻又有些微妙的不同，比如書裡的華國居然沒有槍械管制，而且允許某些暴力組織合法存在。

這對他來說簡直是不可思議，要知道他上輩子做員警的時候，也不是所有員警都可以配槍的。

「進進，你準備什麼時候再去接觸你那五個哥哥？」小死突然詢問。

時進回神，想了想回道：「起碼等死亡值降到700左右之後吧，給每位哥哥留五十點以上的犯錯誤機會，不然太不保險了。」

「你準備怎麼降？」

「這個我還得再計劃計劃。」時進回答。他倒是想出一個逐個擊破的法子，但還需要慢慢細化，畢竟是與虎謀皮，自救這事可馬虎不得。

「那、那……」小死突然結巴起來，小小聲建議：「反正閒著也是閒著，不如咱們抽空去找一下另外一個進度條的主人？」

時進一愣，瞅一眼腦內另一個顯示未啟動的進度條，咂巴咂巴嘴，十分乾脆地點頭應道：「可以啊，你家那個寶貝該怎麼找，有線索嗎？」同是天涯淪落人，先把另一個倒楣的苦主找出來也不錯，這樣自救的路上也算是多了個伴。

「哇哇哇，進進你真好！窩愛膩！窩要給你生猴幾！」小死激動得語無倫次。

時進一臉沉痛，「你是個好系統，但我實在對你硬不起來，所以……對不起！」

小死：「……」

皮了一下的時進美滋滋，問道：「你還沒說你家那個寶貝要怎麼找呢，給點線索或者提示，我努力一下。」

小死的聲音機械而麻木：「緣分。」

「啥？」時進不明白。

「找我家寶貝的線索和提示——緣分。」小死解釋。

「……」時進心塞塞，確認道：「你認真的？」

小死：「比你今天的自摸還真。」

時進：「……」行吧。

他繼續一臉滄桑地望著窗外，只覺得未來一片黯淡。

天擦黑的時候，公車終於開到終點站——一個瀕臨廢棄的破舊公園前。

時進提著食材下車，熟門熟路地繞過公園大門，拐上公園後面的小山，然後走進了山腰處的一間小平房。

這間房子是他偶然發現的，位於山腰，外形破敗，周圍雜草叢生，內裡設施卻十分齊全，有床有桌有廚具，水電全通，地下室裡還有個獨立衛生間，如果忽略周圍環境的話，住起來還是很舒服的。

據公園守門的大爺稱，這個屋子是以前的守山員住的，後來小山挨著的幾座大山被某個有錢人全部包下種果樹，果園主人打發走了守山員，這屋子就廢棄了。

時進窮得很，在確認這個屋子現在無主之後，拎著不多的行李住了進去。

今天收入不錯，總是時不時需要離開去接孫女、接孫子、回家給貓餵食、開門遛狗的黃叔照顧了他好幾次生意，每次都會給幾張鈔票做報酬，一天下來收益不錯。

把賺的錢收好，時進先簡單做了碗麵條墊了墊肚子，然後宰了昨天在山上捉的野雞，往雞肚子裡填入今天買的香料配菜，丟入湯鍋裡用小火燉著，滿足地倒在床上。

等雞好的時候他不知不覺睡著了，夢做到一半，卻突然被小死喚醒：「進進，有人過來了，好幾個，看起來有些鬼祟。」

時進立刻清醒，先把裝著所有家當和證件的黃瓜抱枕塞到床下藏起來，然後關掉屋內的燈，放輕腳步走到屋門前，掏出買來的匕首握在手裡，從門縫裡朝外看去。

一隻暗綠色的瞳孔和他隔著門板對上，冷冰冰的，像是野獸的眼睛。

時進嚇了一跳，還不等反應，身後突然傳來一道勁風，緊接著後脖頸一疼，就什麼都不知道了。

在昏迷前，他腦中只有一個想法——好餓，我的野雞湯！

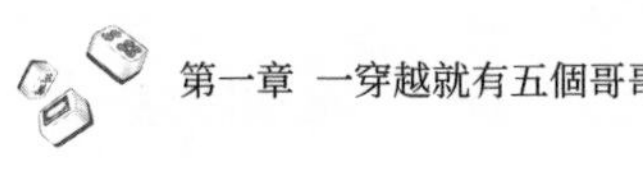

再次醒來時，時進發現自己正像一條死狗般，被人拖進一間裝修大氣的客廳裡。

廳裡站著幾個人，見他被人拖進來，領頭一人語氣冷漠地問道：「醒了嗎？」

「快了，老李下手有分寸。」拖著時進的男人回答。

「你下去吧。」問話的男人擺手。

「是。」拖著時進的男人轉身離開，沒了遮擋，時進終於看清不遠處站著的人。

那是三個男人，都很高，長相或普通或憨厚或斯文，全都是丟人群裡不會讓人心生警惕的外貌，身上穿的衣服一樣，是一種款式俐落的工作服，軍綠色，胸口的口袋上還印著一個小小的香蕉圖案，圖案下繡著「花花果園」這幾個小字。

時進福至心靈，大聲吼道：「我是冤枉的！我沒有偷你家的水果！信我，我是個好人！」

剛準備出聲提醒他情況不妙的小死：「……」

氣氛短暫凝固，之前問話的斯文臉男人面皮抽了抽，上前踩住時進的胸膛，用力壓了壓，沉沉問道：「說，你是誰派來的！」

這一腳完全沒收力，時進悶哼一聲，扭曲著臉看著上方的斯文臉男人，莫名覺得他有些眼熟，仔細打量一下後不敢置信道：「你是……黃叔？」

麻將館裡的老黃和善又大方，雖然頭髮已經花白，但精神矍鑠，腰板總是挺得直直的，完全沒有其他老人不自覺佝僂身體的習慣。面前的斯文男人年輕朝氣，與蒼老的老黃完全不同，但員警認人本就不靠年齡和外貌，時進很快就通過骨相和眼睛等細節，認出對方的身分。

被點出偽裝，斯文臉男人眼神一變，伸手掐住時進的下巴，喝道：「少給我裝！你先是在聯絡點故意接近我，後又在基地附近轉悠，透露出的身分背景也全是假的，說，你到底想做什麼，誰派你來的！」

什麼聯絡點？什麼基地？時進傻了，立刻明白這裡面大概是發生了什麼誤會，連忙解釋道：

「我只是一個艱難討生活的未成年而已，你說的那些我都不明白。」

「到現在還不說實話，真是敬酒不吃吃罰酒。」斯文臉男人冷笑，起身從兜裡掏出一把槍，把子彈上膛，對準了時進的腦袋，「我再給你一次機會，說點我想聽的。」

艸艸艸！時進瞪大眼，深刻認識了沒有槍械管制的危害，額頭冒出冷汗，腦筋拚命轉動——他現在應該是被人抓入某個黑道大佬的基地，還被誤認成敵方的探子，怎麼辦？怎麼辦？

沉默已久的小死悲泣出聲：「進進，進度條開始漲了，已經900了！」

時進頓時也想哭了——千算萬算，算不到他打個麻將也能打出死亡威脅來！

「不說話？」斯文臉男人手指扣上了扳機，輕輕摩挲，「給你三秒鐘時間，一……」

「啊啊啊，930了！」小死尖叫。

怎麼漲得這麼快！時進胸悶氣短，痛苦得無法呼吸。

「二……」斯文臉男人還在數數。

小死直接破音：「950了！960了！進進！」

要死！時進越危險反而越冷靜，腦中反覆想著斯文臉男人說的「想聽的」這幾個字，靈光一閃，在斯文臉男人再次開口時大喝出聲：「我是瑞行新總裁的弟弟！身價很高、背景麻煩，你不能殺我！」

斯文臉男人一頓，挪開了槍，眼神狐疑，「瑞行？是國外那個瑞行？」

時進瘋狂點頭。

斯文臉男人把腳挪開了，皺眉，看向另外兩個同伴站著的方向。

時進鬆了口氣，側身捂胸低咳幾聲，也跟著朝斯文臉男人所看的方向看去，結果這一看，就忍不住瞪大了眼。

只見斯文臉男人看的地方，從另兩個一直站著不動的男人身後，一個坐在輪椅上的清瘦男人滑動輪椅拐了出來。他皮膚蒼白，五官精緻到妖豔，上挑的鳳眼中一片死氣沉沉的靜，身上穿著一件黑色的絲綢袍子，袍角繡著不知名的紅色細瓣花朵，像是黑夜中鋪開的血液。

他來到狼狽的時進面前，輕聲詢問：「你是時行瑞的那個小兒子，時進？」

時進嘴唇抖抖抖，視線挪動，從他的衣襬挪到他的臉，最後死死停在了他頭上，看著他頭頂那個漸漸清晰的進度條，又想哭又想笑，表情忍不住扭曲，失態喚道：「寶貝！」你怎麼在這，而且你怎麼就死緩了！

這一聲寶貝喊得中氣十足，氣貫雲霄，震得廳內所有人的表情都變了。

時進敏銳察覺到有三道帶著殺意的眼神朝著自己射來，斯文臉男人甚至動了動手裡的槍，過熱的腦袋唰一下冷靜，小心翼翼看向在場唯一眼裡沒有殺氣的寶貝本人，艱難擠出一個微笑，試圖挽救局面：「……我爸爸總是喊我寶貝，他很疼我……」

輪椅上的男人不置可否，擺手阻止了斯文臉男人邁向時進的步伐，眼神在時進身上輕輕滑過，問道：「所以？」

「所、所以……」男人的聲音明明很清冽好聽，時進卻覺得脖頸有些涼颼颼的，一邊在腦內瘋狂呼喚小死，一邊自救，「所以我的意思是……是，我是時行瑞的小兒子，時進。」

「你要怎麼證明自己的身分？」男人繼續詢問。

時進嚥口水，視線忍不住往男人頭頂的進度條上瞟，回道：「我住的地方，床下面藏著一個黃瓜抱枕，裡面有我的身分證……」

同時心裡有些嘀咕，999.5，小死的這個寶貝情況似乎有些不妙。

正這麼想著，疑似當機的小死突然完全沒有預警地在時進腦內尖叫出聲，形如瘋魔：「……啊啊啊，寶貝你終於出現了！寶貝你的進度條怎麼走到999.5了，不對，進進你的進度條怎麼也走到998.5了！嗚嗚嗚，我該怎麼辦，爸爸該怎麼救你們……」

「……」爸你個頭！時進只覺得腦花都要被小死叫散了，痛苦地皺了皺眉，然後後知後覺地反應過來小死說了什麼，震驚地朝著自己的進度條看去——真的是998.5，一分都不帶少的！

明明之前還只漲到960，怎麼現在……他心裡一顫，想到什麼，冷汗嗖嗖地再次朝著輪椅上的男人看去，接觸到他看死人一般的眼神，在心裡給自己唱了一首《涼涼》。

所以剛剛那聲寶貝，對方果然是聽到了麼……而且不僅聽到了，似乎還超級在意……吾命休矣。

「休不了、休不了！」小死大力揮手，驕傲挺胸，「別怕，爸爸……咳，我會保護你們，不讓你們互相傷害的，進進你閉上眼，我要發力了。」

發力？發什麼力？時進疑惑，還不等細問，外面突然地動山搖，爆炸聲隱隱傳來，同時腳下的地面開始不穩晃動。

臥……槽……時進目瞪口呆，佩服地在腦袋讚嘆：「小死，原來你這麼厲害的嗎……」

「不、不是我啊……」小死弱弱反駁，十分氣虛，「我、我沒法動用自然力量的，只能給你加加buff、開開後門這樣……」

那外面這些動靜是怎麼回事？

時進懵了，餘光隱約瞟到屬於小死他家寶貝的進度條似乎在微微閃爍，一副即將走滿的模樣，心裡一驚，忙扭頭仔細看去，見那最後半格果然正一閃一閃的有要填滿的跡象，心裡大呼糟糕，危機關頭的冷靜再次發揮作用，快速環顧一圈四周，注意到大廳頂端的水晶吊燈正在微微晃動，想也不想就往前一撲，按住男人的腿，用力往後一推，同時就地一滾。

吊燈在下一秒鬆脫，朝著地面狠狠砸來。

小死此時才注意到進度條的異動，見狀忍不住尖叫出聲，一股腦兒地給時進加了一堆buff！

轟地一聲，吊燈砸到地上濺出一地碎片，撲了時進一身，另一邊被時進推開的男人連人帶椅一起狠狠砸到沙發上，砰一聲歪倒了下去。

「君少！」正在聯繫外面部下的斯文臉男人表情一變，丟掉手機朝著倒地的男人奔去。

「進進！」小死在時進腦內破音呼喊。

時進動了動，在腦中虛弱開口：「別喊，我沒死……」接著扭頭朝被人包圍的沙發看去，剛好對上男人透過人群縫隙看過來的視線，勉強朝他擠出一個笑容，放心暈了過去——死亡值居然直接退了一半，小死這個寶貝的進度條，似乎比他的要好搞……

消毒水的味道鋪天蓋地，時進睜眼，隱約看到床邊有一個男人的身影，忍不住皺眉低吟，痛苦不堪——怎麼覺得這個畫面該死的熟悉……

「進進你醒啦，快看你的進度條，退回880了呢，嘿嘿嘿。」小死今天格外元氣的聲音傳來，時進認命側頭，看向床邊的人影。

依然坐著輪椅，卻換了身褐底青花長袍的漂亮男人似有所感，抬眼看來，唇色淺淡的嘴唇輕啟，聲音依然清冽好聽：「時進，我叫廉君。」

時進還能說什麼呢，當然是禮貌點頭，回道：「你好。」

「嗯。」廉君應了他的回應，低頭戳起手裡的平板電腦。

一分鐘、兩分鐘……五分鐘過去了，廉君再沒有要抬頭說話的意思，時進憋不住了，問道：「那個，昨天……」

廉君抬眼看他。

時進看著他漂亮得過分、也蒼白得過分的臉，腦子一熱，勸道：「和諧社會，咱們還是做個守法公民比較好，玩黑社會什麼的，很危險的……」

「噗。」守在房門口的卦二忍不住笑出了聲。

廉君輕輕看那邊一眼，放下平板電腦，說道：「我不是黑社會。」

時進這才注意到房間裡還有其他人，被笑得有些尷尬，心裡卻在嘀咕——騙鬼呢，就昨天那又是槍又是爆炸，說話不是聯絡點就是基地的，不是黑社會是什麼？難不成是正規軍、軍……他忍不住瞪大了眼。

「我也不是政府那邊的人。」時進的心思幾乎全寫在了臉上，廉君一眼看破，滑動輪椅，把平板電腦放到他枕邊，說道：「你休息吧。」說完滑動輪椅走掉了。

卦二憋著笑朝時進擺了擺手，也跟著走了。

房內安靜下來，時進莫名其妙：「所以他守在我床邊幹什麼，就為了自我介紹？」

小死滿臉陶醉：「啊，我家寶貝真善良，怕你養傷寂寞，還特地來陪你聊天。」

「……」這寶貝濾鏡過分了啊。

廉君留下一臺新的平板電腦，上面只有一些自帶的系統軟體，什麼多餘的東西都沒有。時進來回滑了滑，越發搞不明白廉君是想做什麼，見房內沒人，默默戳開軟體下載中心，搜索麻將——他昨晚受了好大的驚嚇，需要好好緩緩。

結果這一緩，居然足足緩了五天。

這期間除了來送飯的沉默小哥和按時過來換藥的醫生大爺，時進一個旁人都沒見到，也沒法走出屋子一步。

「你家寶貝到底是什麼意思？」時進再好的脾氣也被關出火來了。

小死心虛，磕巴說道：「要、要不我再陪你打幾把麻將？」

時進扯起被子蓋住自己，用行動表示了拒絕。

當天晚飯時間，時進終於見到其他面孔——那天陪著廉君過來，站在門邊憋笑的年輕男人。

「我叫卦二。」長相俊朗，說話帶笑的男人親切招呼，把一個裝衣服的袋子放到病床上，說道：「換上吧，我帶你去吃晚飯。」

時進默默起身，拎起袋子去了洗手間——五天了，他終於可以出去放放風了。

隨著男人往外走的時候，時進一直在偷偷打量周圍的環境，沒有說話。

卦二卻像是個話多的，主動找話題說道：「聽說你是瑞行的小少爺？」

時進瞅他一眼，點了點頭，又搖了搖頭，「瑞行現在已經跟我沒關係了。」

「也是，你的公司被你大哥搶了。」卦二笑咪咪，親切補刀：「你真可憐。」

「……」如果此時是原主在這裡，估計已經被氣哭了。

卦二卻還嫌不夠似的，繼續說道：「聽說你一來，就喊了君少寶貝，還摸了君少的腿？」

時進虎軀一震，想起那天廉君聽到寶貝二字後，自己直接拉到死緩的進度條，瘋狂搖頭，「我不是，我沒有，那都是誤會。」

「別怕別怕，愛美之心嘛，大家都有，君少確實長得挺誘人犯罪的，只不過以前敢對君少起心思的人，全被……」卦二故意吊胃口。

時進傻乎乎上鉤，緊張問道：「被、被怎麼了？」

卦二一臉高深莫測，視線慢悠悠轉，轉到了時進的臍下三寸，比了個剪刀手。

時進只覺得蛋蛋一涼，嘴裡比吃了黃連還苦，蒼白解釋：「兄弟，真的都是誤會，我其實喜歡妹子……」

卦二臉一沉，手裡出現一把迷你槍，語氣陰森森：「你的意思是君少沒有妹子好看？」

「……」這人怎麼說變臉就變臉，虧他還以為對方很親切！

「嗯？」卦二開始轉槍。

時進權衡一下利弊，果斷拍馬屁：「不不不，我不是這個意思，你家君少自然是比大部分妹子都好看的，他最好……」

卦二突然停步，所有情緒一秒收斂，伸手滑開手邊樸素淡雅的推拉門，一板一眼地伸手，恭謹說道：「飯廳到了，時先生請。」

門後，歪坐在榻榻米上的廉君隔著一桌酒菜朝著這邊看來，問道：「我最好什麼？」

時進：「……」

小死氣到爆炸：「這個卦二是個壞人！居然挑撥你和寶貝的關係，你看，你的進度條又升到900了，我不管，我要揍他！」

時進聞言也想揍卦二了，但他沒動，只幽幽道：「卦二，我知道你嫉妒我摸到你家君少的腿，但那不是為了救人麼……喜歡同性也沒什麼的，別自卑，我不歧視你。」說著還拍了拍卦二的肩膀，十分用力。

小死暗搓搓的給時進手上加了點大力buff。

卦二的表情呈現肉眼可見的扭曲，卻不敢掙開時進的手，側頭朝著廉君看去，乾巴巴解釋道：「君少，我就是開了個玩笑，誰讓時先生這麼可愛……」

「自己去領罰。」廉君鐵石心腸，不理會卦二瞬間苦下來的臉，看向時進，勾了勾手指，「過來，吃飯。」

時進滿足地鬆開卦二的肩膀，笑咪咪補了一句：「你真可憐。」說完見卦二露出吃了屎般的憋屈表情，這才滿意地走進飯廳，帶著報復得逞的驕傲坐到廉君對面。

廉君今天穿了一身青底白紋的袍子，整個人懶懶歪坐在淺色的榻榻米上，背靠著一個米色靠枕，看起來不像是黑社會大佬，倒像是風流寫意的古代貴族少爺。

他等時進落座後親自給時進斟了一杯酒，問道：「很開心？」

時進臉上的微笑一秒卡住，看著廉君頭頂顯示為600的進度條，風中凌亂，在腦中狂喊：「怎麼回事？你家寶貝的進度條五天前不是已經降到500了嗎？怎麼現在又漲了100啊！」

小死也是懵的，傻傻道：「我、我不知道啊。」

沒得到回應，廉君看向時進焦點消失的眼睛，不動聲色地問道：「你在看什麼？」

「在看你……」時進話剛起頭及時回神，心裡一緊，手比腦子快地傾身按住廉君仍然握著細口酒瓶的手，乾巴巴微笑，「……看你氣色不大好，你看，我沒成年，你身體不好，咱們現在都是不適合喝酒的狀態，所以這個酒就算了吧……」

廉君的視線落在了自己手上。

時進本能地跟著看過去。

只見精緻的細口瓷瓶上，一隻肉肉白白的手正不知廉恥地抓著下面那隻蒼白修長的手，緊緊的，看起來特別不要臉。

小死又哭又笑：「看到你們相處融洽我應該開心的，但是進進，你的進度條怎麼又漲了！直接漲到950了，我好怕嗚嗚嗚……」

時進嗖一下把手收回來，也要哭了，解釋道：「那個，我不是故意摸你手的……」

「我知道。」廉君收回手，按了桌邊的呼叫鈴，聲音輕輕：「就像你幾天前不是故意摸我的腿一樣。」

時進：「……」想哭，卻沒有眼淚流出，你為什麼是這樣的寶貝。

鈴聲剛傳出去，推拉門就被敲響，五天前在大廳裡出現過的男人之一出現在門口，表情恭謹，喚道：「君少。」

「卦三，去把時先生的東西拿來。」廉君吩咐。

卦三低應一聲，又輕輕關上門。

室內再次恢復安靜，時進這次不敢再亂看和亂說話了，埋頭裝雕像。

廉君也不看他，拿起筷子吃了口菜，淺色的嘴唇染上一點豔色，看一眼時進，問道：「怎麼不吃，菜不合胃口？」

明知故問。

時進仍是緊緊閉著嘴，乖乖拿起筷子，伸向距離自己最近的一盤醬黃瓜，心裡打定主意要和廉君這個食人的美人保持距離。

「聽說時家小少爺喜好各種美食，卻獨獨討厭黃瓜……也是，黃瓜這種沒滋沒味的東西，對於喜歡重口味的人來說，確實不太討喜。」廉君悠悠開口，挾起一顆花生米。

時進手一僵，筷子一拐就戳上醬黃瓜旁邊的三色炒蝦仁，在腦內和小死扯皮：「你家寶貝這是給我擺鴻門宴來了，你就不能管管？」

小死哼哼唧唧，不願面對現實：「胡、胡說，我家寶貝心性純善，才、才不會……」

「不會故意擺一盤醬黃瓜在我面前試探我？」時進磨牙，語氣陰森森：「還故意歪曲我摸他腿的事？」

小死小小聲：「可你確實摸了呀……那個，好摸嗎？」

時進覺得自己要被活活氣死了。

「好、好嘛……」見他不說話，小死軟下來，安撫道：「感情需要慢慢培養，信任也不是一朝一夕就能建立的，我先試試讓寶貝不那麼防備你，你等等啊。」

時進這才心裡好受了點，把戳住定了半天的蝦仁挾起來塞到嘴裡。

廉君把他的言行全看在眼裡，問道：「你剛剛在幹什麼，吃之前給蝦默念一遍超度經？」

時進咀嚼的動作一頓，快速嚥下蝦仁，語氣幽幽，意有所指：「我爸說要懂得感恩，食物也好、每天沐浴的陽光也好、路人給予的微笑也好，所有美好的東西都是值得感恩的。特別是對於幫

助了自己的人，一定要心懷善意。」

廉君放下筷子，端起酒杯，「想不到以狠辣和不近人情聞名的時行瑞先生，教育子女的理念卻這麼……善良，真是讓人意外。」

「他裝傻！他想不認我之前的救命之恩，太壞了！」時進在心裡憤怒譴責。

小死連忙安撫：「好了好了，buff加完了，寶貝不會再欺負你了！進進你最好了，進進麼麼噠，進進是這世上最好看的未成年！」

時進：「……」這馬屁拍的，突然好想把剛剛吃下去的蝦給嘔出來。

正扯著皮，推拉門再次被敲響，一個面貌陌生的男人出現在門口，手裡提著一個袋子。他頭髮剪得很短，五官立體，眼窩很深，眉眼間帶著一絲揮之不去的戾氣，瞳孔是無機質的綠，表明了他混血的身分。

「君少。」男人恭謹招呼。

廉君眼神輕轉，問道：「怎麼是你來，卦三呢？」

「卦三被卦一喚走了。」男人簡單回答。

廉君點頭表示明白，吩咐道：「把東西放下，出去吧。」

「是。」男人邁步進屋，把袋子放到桌邊，再輕輕退出，全程沒有看時進一眼。

時進慢慢皺眉。

「你注意到了嗎？」他在心裡凝重詢問。

小死語氣遲疑：「剛剛那個男人進屋的時候，寶貝的進度條好像漲了一點，等他離開，寶貝的進度條又退回去了。」

「所以不是我眼花。」時進放下筷子，忍不住回頭看向關上的推拉門，眉頭越皺越緊，「這個人想殺廉君，是個威脅，說不定廉君這幾天漲的進度條就是因為他。」

「可他看上去好像是寶貝的屬下……」小死語氣也凝重起來。

廉君看著時進一直扭著頭看門的模樣，問道：「時先生很在意卦四？」

時進回神，轉回頭看一眼廉君和他頭頂的進度條，表情沒了之前的輕鬆，有點緊繃，問道：「剛剛那個人叫卦四？」卦二、卦四，還有之前聽到的卦三，這些名字格式一樣，排序不同，能近身接觸廉君，看起來應該是廉君很重要的左右手……事情難辦了。

廉君晃了晃酒杯，黑得彷彿照不進光線的眼瞳直直看著時進，聲音越發輕了：「卦四的長相一向是討人喜歡的，我倒是不反對屬下談戀愛。」

這話怎麼說得奇奇怪怪的，時進聽不明白，索性忽略這句話，回答了廉君上一個問題，嚴肅道：「我確實很在意卦四。」

「嗯。」廉君淺酌一口酒，垂眼掩住眼中情緒。

小死瑟瑟發抖：「進、進進，你的進度條怎麼又漲了，變成960了。」

時進一愣，然後生無可戀地看一眼對面看似在專心品酒的廉君，幾乎是咬牙切齒地繼續說道：「因為我怕他！被抓過來那天，他透過門縫和我對上了眼，那綠色的瞳孔裡一點感情都沒有，像是嗜血的野獸。今天看了他的全貌，我覺得我的直覺沒錯，他很危險，眉眼間全是戾氣，不像是個好人。」一也不像是個對雇主忠心耿耿的人。

時進說到一半時廉君就重新抬了眼，眼神若有若無地看著時進開合的嘴唇，又喝了一口酒，表情高深莫測，也不知道在想什麼。

「降了降了！進進你的進度條降了，950了！」小死激動歡呼。

「但你家寶貝的進度條卻漲了兩點，一口酒一點。」時進潑冷水，被這一波三折的進度條弄得都要沒脾氣了，也不想再和廉君互相試探。

時進起身坐到廉君側邊，把他手裡的酒杯一抽，拿起筷子塞進去，沒好氣道：「身體不好就別喝酒了，嫌命長嗎？吃飯，你不要再和我說話了，我餓了，今天也不想再和你說話。」說完自顧自拿起筷子悶頭吃了起來，腦中還在想著那個疑似壞蛋的卦四。

他這邊距離時家五兄弟山高水遠的，廉君雖然心思難測，但目前看起來也不像是真的要殺他，所以他的進度條雖然看著數值快滿，卻勉強還算安全。廉君卻不一樣，進度條降得快也漲得快，死亡判定似乎也與他的不同，進度條走滿就是真的掛了，身邊還有個壞蛋潛伏，本人身體也差，比他要危險得多。

果然這世上沒有好降的進度條……時進挾起一塊魚片，為五天前天真的自己默哀。

廉君第一次被人從手裡奪走酒杯，愣了好一會才緩過神，看向身邊埋頭吃飯的時進，奇怪地居然沒有因為他的失禮而生氣，也沒有因為他過近的距離而神經緊繃，反而看著他吃得香甜的樣子，莫名也覺得胃口大開，動了動筷子，伸向時進剛剛挾過的魚片。

一頓飯十分刺激地開始，平平淡淡地結束。

吃飽喝足的時進，被面容普通的卦三送入一間溫馨舒適的客房，懷裡抱著自己失而復得的行李，懵懵的：「怎麼只是吃了一頓飯的工夫，我的進度條就又降回880了？」難道沉默使人長命？

小死驕傲挺胸，「因為我給你加的buff起作用了啊！」

時進這才想起自己也是有金手指的男人，眼睛亮了，問道：「所以你給我加了什麼buff，信任加成還是親切加成？」

「不是啊。」小死搖頭，解釋道：「信任和親切是別人對你的觀感，我加不了的，我只能在你身上加針對你自己的buff。」

時進疑惑：「那你到底給我加了什麼buff？」

小死突然支吾起來。

時進直覺不好，語氣陰森森：「坦白從寬，抗拒自殘。」

這威脅比什麼都好使，小死妥協，哼唧道：「你們剛剛不是在吃飯麼，我想著吃飯吃開心了，氣氛就會和諧起來，就、就給你加了個好吃buff……」

時進不明白：「什麼叫好吃buff，讓我變得特別能吃？」可他晚飯吃得不多啊。

「不是啊。」小死回答，聲音越發低了：「就是、就是讓你看起來特別下飯……你看，寶貝剛剛都多吃了一碗飯……」

時進：「……」

【第二章】廉君，我要跟着你混黑社會

當天稍晚，和客房隔了一個小庭院的主臥室突然傳來醫生進出的動靜——身嬌體弱的廉君疑似因為晚飯吃得太多，胃難受了。

時進透過門縫偷看，幽幽問道：「好吃buff大概會存在多久？」

小死聲音虛弱：「我不知道。」

「你自己的東西你不知道？」時進不敢置信。

小死越發心虛：「因為這個buff我以前沒用過，而且buff的持續時間是因人而異的。」

「……」時進無奈，轉而問道：「那最長大概能持續多久？」

「一、一年？」小死不大確定。

時進面癱臉，「……那你真的是很棒棒呢。」

小死語氣羞澀：「客氣客氣，我只發揮了一層功力而已。」

時進：「……」

醫生進出的動靜持續到凌晨才漸漸平息，時進見腦內屬於廉君的進度條停在620這個數值，憂愁地嘆了口氣。

廉君這個進度條是真的難搞，五天不見漲一百、吃一頓飯漲二十，五百的安全空餘轉眼就去了五分之一還加一點，也不知道他這種讓人糟心的情況，是怎麼平安活到現在，還成為疑似黑社會大佬的。

「小死，咱們得想個辦法留下。」時進開口，聲音被被子壓得悶悶的：「廉君現在這種情況，我感覺稍不注意他就會掛了。」

小死的聲音也正經起來，低低「嗯」了一聲，又補充道：「辛苦進進了，謝謝你。」

「咱倆誰跟誰啊，說什麼謝不謝的。」時進翻個身，看著不遠處畫著淡雅花紋的推拉門，安靜了一會，突然問道：「如果廉君死了……」

「書中的世界可能會失衡。」小死回答。

這書指的是什麼，時進很清楚，但其實直到現在，他都有點不敢相信自己居然重生在一本書裡。算了，想那麼多做什麼，活一天算一天吧。他拉起被子，閉上了眼睛。

一覺到天亮，時進再次生龍活虎。他帶著小死給的新buff，雄赳赳氣昂昂地來到飯廳，用力拉開門，大喝一聲：「廉君，我要跟著你混黑社會！」

啪嗒，廉君剛剛拿起的藥片掉到桌上。

守在一邊的醫生大爺鐵面無私，又取了幾顆藥放到廉君手裡，說道：「君少，藥您可以繼續扔，我還有一堆，總能讓您吃進去的。」

時進果斷後退拉上門，隔著門板說道：「對不起，我剛剛什麼都沒看見。」同時在心裡暗暗感嘆，沒想到廉君看起來十分厲害的樣子，卻像個小孩子一樣怕吃藥，果然人都是有弱點的。

廉君眉心一跳，手一揚、眼一閉直接把藥乾嚥了，看向醫生大爺，問道：「可以了嗎？」

大爺知道他現在有點動氣，識趣地沒有接話，而是示意了一下門外，轉移話題問道：「君少準備怎麼處理他？」

廉君回答：「當然是打包送回他哥……」

「不可以！」時進唰一下拉開門衝進來，撲通一下跪到廉君身邊，抱大腿，「君少，你一定要收留我，我哥哥一心想我死，你不能送我回去，看在我救了你一次的份上，留下我吧！」說著用力掐一把自己的大腿，眼眶含淚地仰頭看廉君。

「哇喔。」醫生大爺大退一步，貼著牆壁看戲。

廉君被抱得一愣，然後沉了臉，說道：「鬆開！」

「不鬆！請神容易送神難，是你把我抓來的，你得對我負責！」時進放棄臉皮，仗著現在這具身體年齡小，撒潑耍賴——剛剛小死給他加了事半功倍buff，還推算出這樣做留下的成功率最高，

所以這手絕對不能鬆！

廉君的腿天生無力，踹不開時進，蒼白的臉也不知是氣的還是怎麼，微微有些發紅，唇緊緊抿著，突然從衣袍腰帶的位置抽出一把匕首，比到時進脖間，威脅道：「鬆開，不然殺了你。」

時進身體一僵，有些猶豫。

小死高聲提醒道：「寶貝是在嚇唬你！他不會對你動手的，你看你的進度條，一點都沒漲！進別怕，上，拿下寶貝！」

這話怎麼怪怪的？時進嘀咕，心裡卻安定下來，死死抱著廉君大腿不鬆開，嘴一張，劈里啪啦就把時家的情況快速說了一遍，然後可憐巴巴地看著廉君，努力賣慘和拍馬屁：「君少，你這麼好，肯定不會讓我回去送死的對不對？而且我還沒成年，你忍心讓我獨自在社會上晃嗎？萬一下次碰到真正的黑社會，我可能就真的涼了啊。」

廉君眼神一動，挪開了匕首，卻不是因為他的賣慘，而是問道：「你除了時緯崇之外，還有四個哥哥？」

「對啊對啊，他們都可凶殘了。」時進回答，把手腕上的傷疤露給他看，「你看這個，為了不死在我哥手裡，我不得不用假裝自殺的法子換得一點喘息空間，找機會逃了出來，所以千萬別把我送回去，我會死的，真的。」

廉君若有所思，又輕輕動了動無力的腿，語氣放鬆了一點：「鬆開，否則真的送你回去。」

見他軟化，時進慢慢鬆開手，心裡有些緊張。

廉君不看他，扯了扯亂掉的衣襬，擺手示意看熱鬧的醫生離開，待房內沒有其他人之後才再次開口問道：「你說的都是真的？」

「比真金還真。」時進打包票，努力為自己的話語增加說服力，用力說道：「還記得我帶的那個黃瓜抱枕嗎？那上面有我自殺時留下的血跡，我當時就是用它藏著證件和現金瞞過我大哥，找機會溜掉的。」

廉君不說話了，垂眼露出思索的樣子。

時進不敢打擾他思考，就眼巴巴看著他。

「留下你也可以。」幾分鐘後，廉君終於鬆口。

小死驚喜尖叫：「啊啊啊，進進，你的進度條突然降為780了！」

時進一愣，然後大喜——廉君剛鬆口說他可以留下，進度條的數值就嗖一下降了一百，這是不是意味著只要待在廉君身邊，哪怕他的下落暴露，時家五兄弟也會因為忌憚廉君而不敢輕易對他動手？進度條也漲不滿？

這真是意外之喜！沒想到廉君居然是這麼厲害的寶貝！

時進開心得太明顯了，廉君看著他臉上傻白甜的笑容，看著看著，突然就覺得……餓了。

他掃一眼桌上之前看起來還沒滋沒味的早餐，對自己莫名生起來的食欲感到疑惑，微微皺眉，繼續說道：「但我身邊從來不留無用之人。時進，你背景麻煩，憑你之前對我的救命之恩，我可以讓你留下，但你要想清楚，在我這裡就做不了你的時家少爺了，得按我的規矩來。」

時進毫不猶豫回道：「我也不想再做什麼少爺，君少，我會努力變得有用的，讓你不後悔今天的決定。」這話也是在委婉告訴廉君，他不想只做個單純被庇護的人，而是想真正跟著廉君。

廉君聽明白了他的言外之意，修長的手指敲了敲桌子，視線略帶審視地掃過他的臉，意味深長道：「既然如此，那麼，證明給我看。」

小死語無倫次歡呼：「700了！進進你的進度條降到700了！嗚嗚嗚，我好感動，寶貝真好，進進也真好，窩愛膩們，窩要看膩們生猴幾……」

本來很開心的時進：「……不會說話就閉嘴謝謝。」

被允許留下的時進，被卦三領著搬出廉君所在的庭院小樓，住到卦一等人居住的單身宿舍，並領到幾套花花果園的工作服，正式成為花花果園的一員。

「我們花花果園是Y省幾大果園之一，主要種植水果有芒果、黑葡萄、石榴、梨……等等，果園總面積幾千畝，包括三個山頭、兩個人工湖、四個小型培育園和一些其他基礎設施。你是新來的，就暫時先跟著卦二去芒果園吧，那邊最近沒什麼活，你先熟悉一下。工資待遇方面，因為你是走後門進來的，所以看在君少的面子上，我們直接給你正式員工的待遇，包食宿，一個月六千。」

時進聽著卦三的解說，心裡加入黑社會組織的興奮被懵傻取代，忍不住問道：「那、那個，你們不是黑社會嗎？」怎麼還真的種起水果來了。

卦三嚴肅臉糾正：「我們不是黑社會，是正經生意人。」

時進的視線落在他腰間的槍套上，槽多無口。

「基本情況就是這樣，行了，你去幹活吧，今天剛好有一批芒果要運出去，在二門那邊，你抓緊時間和卦二會合，別誤了事。」卦三說完塞給時進一個果園地圖和一部新手機，又不容拒絕地沒收了時進的舊手機，然後乾脆俐落地走了。

時進看著他離開，抽了抽嘴角，把手機一揣，跟著地圖指示朝著二門走去。

花花果園的所有建築都建在山谷裡，三面靠山，一面朝外對著時進蹭住的那座小山，小山外面才是公園和馬路，十分隱祕。山谷連通外界的門有四個，分別坐落在果園的四個方位，二門位於東面，在兩座山之間的縫隙處，寬度剛好夠兩輛卡車並排出入，時進到達的時候二門的鐵門正大開著，門內寬闊的空地上依序停著十幾輛大卡車。

時進收起地圖，視線掠過大開的大門，看向了門兩邊的山腰，不意外地看到兩個崗哨。

「小進進，你在看什麼？」卦二不知道從哪裡竄了出來，手裡拿著一個宣傳珍珠板，把時進看向山腰崗哨的視線擋了個嚴嚴實實。

時進幽幽看他一眼，指向山腰，並不遮掩自己看到了什麼，說道：「來之前卦三告訴我，咱們是正經的生意人，但正經生意人會把果園建在這麼一個易守難攻的地方，還在出入口兩邊立崗哨，甚至員工各個都配槍？」

卦二挑眉，笑出一口白牙，「這裡距離邊境太近，治安不好，都是形勢所迫嘛。」

騙鬼呢！時進翻白眼，見他不說，知道是自己還沒獲得眾人的信任，於是轉移話題問道：「你手裡這個又是什麼？」

「咱們果園的宣傳板啊。」卦二回答，走到一輛大卡車邊順手把宣傳板掛了上去，回頭對著時進顯擺，「怎麼樣，夠不夠醒目，這個宣傳方法是我想出來的，厲害吧。」

時進嚥下吐槽，問道：「那咱們什麼時候出發？這批水果要運去哪裡？」

往車上掛宣傳板這種宣傳方法不是早就爛大街了嗎。

「好孩子不要多問喔。」卦二走過來搭住時進的肩膀，笑咪咪，「你只用跟著我就行，其他的不用你做。」

時進把他的手抖下去，不再多問，板著臉應道：「好的呢，小老二。」

卦二一愣，反應過來他這是在回報自己之前喊的那聲「小進進」，大笑起來，拍時進肩膀，一副撿到寶貝的欣喜模樣：「你真可愛，一點都不像嬌生慣養的小少爺，我喜歡。」

時進對準他的腿就是一腳過去，不想再和他瞎扯。

一刻鐘後，車隊整合完畢，終於出發。時進隨著卦二上了車隊中間的一輛車，卦二開車，時進坐在副駕駛座。

「有駕照嗎？」卦二詢問。

「沒有，年齡不夠，但是會開。」時進回答。

「那咱們換班開，你可以先睡會，養養精神。」

時進皺眉，「你就不怕我無照駕駛被交警抓走？」

卦二眼神奇異地看他一眼，似笑非笑：「放心，咱們走的路線，遇不到交警。」

時進疑惑。

幾個小時後，當時進午覺睡醒，準備替換卦二時，他終於明白了卦二那句「遇不到交警」是什麼意思。

「咱們是不是過邊境了？」

時進看著周圍荒涼的環境和路邊偶爾可見的陌生文字路牌，十分懵。

「眼力不錯嘛。」卦二嘴裡叼著一根沒點燃的菸，含糊說道：「十分鐘後車隊會停下休整一刻鐘，你抓緊時間吃東西，準備接我的班。」

居然真的出了邊境。時進現在十分懷疑身後大卡車裡裝著的根本不是芒果，但他識趣地沒多問，聽話地從車載小冰箱裡取出食物吃了起來。

一番休整後，車隊繼續前進。卦二換去副駕駛座後直接睡了，時進跟著前車往未知的目的地開，在心裡詢問小死：「你家寶貝到底是幹什麼的？別說你不知道。」

這個小死確實知道，廉君進度條啟動後，關於廉君的資訊已經完整回饋到它這裡，於是詳細回道：「寶貝是一個跨國合法暴力組織的老闆，組織名叫『滅』。滅的發家過程有些不清白，和很多黑道勢力有恩怨，但那已經是老黃曆了，自從寶貝接管之後，滅變得越來越好，不僅砍斷了所有灰色生意，還和各國官方有了合作，偶爾會協助他們清剿一些不合法的暴力組織，正在逐漸洗白往明面轉。所以進進你信我，寶貝真的是個好人。」

時進越聽越心驚，也終於明白為什麼他只是被廉君允許留下，進度條就瘋狂降了一波——像廉

君這種黑白兩道都有背景的人物，生意人確實會忌憚幾分。

自己這是無形中抱上了一條大粗腿啊。

時進心情複雜地感嘆，想到進度條，小心思活泛了，空出手從口袋裡掏出手機。

小死疑惑：「進進你要給誰打電話嗎？我來吧，開車分心不好。」

「卦二在旁邊，誰知道他是不是真睡著了，被他看到我的手機自己往外撥電話，那我估計要被架到火上燒死了。」時進在腦中一邊回答小死，一邊熟練地按下一串數字，把電話撥了出去。

小死一驚：「進進，這不是時家大哥的電話嗎？你是不是撥錯了？」

「找的就是他，咱們現在在境外，用的是廉君給的加密手機，進度條還降到700，簡直是天時地利人和，不利用一下實在太虧了。」

小死聞言安靜下來，在他打電話時幫他看著路況，免得出事。

時進開的擴音，一點不在意被卦二聽到通話內容，但卦二似乎已經睡死過去，這麼大的撥號聲都沒吵醒他。

十幾秒後，電話終於接通，時緯崇的聲音傳出：「喂。」

時進故意把聲音壓低，黏糊糊喚道：「大哥。」

「小進？」時緯崇聲音揚高，語速瞬間加快：「你在哪裡？」

時進繼續黏糊糊，回道：「在一個很安全的地方，還找到了一份待遇很好的工作，大哥別擔心。我看到新聞了，恭喜大哥正式接管瑞行，這次我打電話給你，是想提醒你……」

「小進。」時緯崇打斷他的話，語氣不容拒絕：「告訴我地址，我去接你回來。」

回去？回去送死嗎？時進瞅一眼自己漲了十點的進度條，再次清晰認識到時緯崇對原主的殺意有多麼濃，語氣不再黏糊，快速說道：「小心你的助理，我曾經見過他和爸爸接觸，有緣再見，大哥你保重。」說完掛電話拉黑一氣呵成，把手機揣回兜裡。

小死很擔憂：「進進，進度條漲到720了。」

時進安撫：「沒事，會降回去的，這也是沒辦法的事，咱們只要和時家五兄弟恢復聯繫，進度條就肯定會有波動。我現在只希望時緯崇能有點人性，在承了我這麼無私的幫助後，能對我少一點殺意。」

「肯定會的。」小死貼心安慰，努力找理由，「你已經對時緯崇沒有任何威脅了，他不像是那種會趕盡殺絕的人，咱們再打打感情牌，他遲早會放棄殺你的心思。」

「但願如此。」

汽車一路前行，又走了一陣後，小死突然咦了一聲。

時進正在專心觀察沿路的環境，聞聲隨口問了一句怎麼了。

「進進，你的進度條正在勻速增漲。」小死語氣凝重，「漲速還越來越快，現在已經漲到750了。之前我以為進度條增漲，是因為時緯崇在被你拉黑後生氣了，但現在看來，卻像是前方有危險，你正在逐漸靠近。」

時進聽得心裡一沉，試探著加快一點車速，在發現進度條的增加速度也隨著車速增加時，忍不住低咒一聲該死。

「你怎麼了？」卦二睜開眼，一副剛睡醒的模樣，邊打哈欠邊問道：「我睡了多久？」

「沒多久。」時進回答，猶豫著要不要提醒一下卦二小心前方。

正這麼想著，卦二卻突然伸手關上卡車半開的窗戶，笑著說道：「天快黑了，前面要過一段穿林小路，可能會有野獸出沒，小心喔。」

時進聽著他意有所指的話，提著的心嘩啦一下鬆了，在心裡咬牙切齒：「這混蛋顯然知道前面有危險！」

小死吶吶：「大、大概吧。」

天說黑就黑，車隊陸續打開車燈，勻速駛入密林中的土路。

進度條已經漲到900，並開始以每分鐘十點的速度瘋狂增漲，時進手心全是汗，身體緊繃著，視線在兩邊黑漆漆的樹林裡掃來掃去，防備著隨時可能到來的危險。

「別緊張，小場面而已。」卦二伸手按住時進的肩膀，語氣很悠閒。

時進不說話，專心開車。

960、970、980、990……眼看著進度條就要走滿，時進慢慢屏住呼吸，腳懸在剎車上，十分想踩下去。

「別停，繼續開，跟緊前車。」卦二收緊按著時進肩膀的手，適時提醒。

時進牙一咬，看一眼自己距離走滿只剩三點的進度條，腳從剎車上挪開，踩到了油門上——不管了！卦二的實力最好和他表現出的態度一樣強大！不然今天大家都得死！

轟——！前方突然傳來爆炸聲，黑暗的密林被火光照亮，時進眼睛差點被亮瞎，再次反射性想踩剎車，耳邊卻又響起卦二的提醒：「跟緊前車，他們怎麼開，你就怎麼開，林子裡不能動重武，容易引起山火，對方不敢亂炸的。」

這動靜還叫不敢亂炸？時進想罵髒話，大腦卻冷靜下來，視線快轉，頂著爆炸的火光和濃煙迅速找到前車的位置，手中方向盤一轉，跟著前車開出小路，擦著樹木枝葉往前衝。

砰砰砰。密集的槍聲突然響起，卦二降下一點車窗，弓著身對準密林就是嗖嗖幾發子彈。

戰火點燃，槍聲你來我往，時進再也不敢分心，牢牢盯緊前車，開始在這條曲折的密林小路上走鋼絲。

也不知道過了多久，爆炸聲和火光終於減弱，車隊重新駛回小路。

卦二坐回副駕駛座，滿意誇讚：「小進進不錯嘛，心理素質很過硬。」

「媽的。」時進看著車玻璃上留下的彈痕，還是沒忍住罵出髒話，忿忿道：「還說你們不是黑社會！」

「什麼你們他們的，以後都是咱們。」卦二笑咪咪，拍時進肩膀，「小進進你要相信卦三，我們真的是做正經生意的。」

時進沒好氣，磨著牙問道：「那你說，咱們這些車裡真的都是芒果？」

「這個嘛……」卦二收回手，貼心問道：「小進進累不累，需不需要換班？」

這轉移話題的方式也太不走心了一點！時進不理他，踩一腳油門，拉近和前車的距離。

凌晨時分，車隊偏離小路，沿著一條明顯是臨時清出的道路朝著密林深處開去。時進開車經驗不夠，自認無法在路況糟糕的密林裡穩住大貨車的噸位，十分有自知之明地主動和卦二換了位置。

就這麼曲曲折折地往前又開了一小時，車隊終於到達此次送貨的目的地——一個建立在密林深處的隱祕村落。

卦二下車和守在村口的一個矮瘦男人說了幾句話，矮瘦男人點點頭，取出哨子吹了一聲，於是一大群穿著迷彩服的男人從村中各隱藏處走出來，也不用人招呼，自去卡車邊卸貨了。

時進觀察一下那些男人，發現他們舉手投足間居然有一點軍人的影子，心裡一跳，識趣地縮回腦袋——密林、不明貨物、半路阻截、疑似軍方的接貨人，卦二這次的送貨任務明顯不簡單，他還是裝傻比較好，可不能因為太過好奇而惹人厭煩。

卦二餘光注意到時進的動作，臉上笑容更深了。

接貨人卸貨很快，一個又一個塗著深綠色顏料的金屬箱子被運進村落，不到一刻鐘的工夫，卡車就全部空掉了。卦二和矮瘦男人打了個招呼，回到車上。

「睏不睏？」卦二關上車門詢問。

時進點頭，「睏。」

「那你睡吧。」卦二發動卡車，又叼了一根菸，卻還是沒點燃，「等睡醒了替我。」

時進再次點頭，掃一眼前方隱在夜色裡的村落，靠躺在椅子上，說道：「你想抽就抽，比起吸幾口二手菸，我更怕你疲勞駕駛把車開進溝裡。」

卦二笑罵：「你才會把車開溝裡。」說著卻取出打火機，把菸點了。

又是一天的極速行車，第二天凌晨時分，車隊平安回到果園。

時進在車上過了兩天，吃也吃不好，睡也睡不好，下車時已經處於半死不活的狀態，幾乎是被卦二拖回宿舍的，一沾到床就睡了過去。

這一覺時進睡得特別沉，醒來已經是第二天的中午，肚子餓得咕嚕嚕叫。

時進洗漱完摸去宿舍樓的食堂，一進門就看到靠門那桌上正在吃麵條的卦二，主動走過去。

卦二也看到他，笑著朝他揮了揮手。

時進坐到卦二對面，看著他精神抖擻的模樣，聲音有氣無力：「你精神怎麼這麼好？」

「是你精神太差了吧，一點都不像個年輕人。」卦二喊食堂師傅給時進也上了一碗麵條，上下打量一下時進的體型，嘖嘖搖頭，「你現在雖然肉肉的很可愛，但身體素質實在太差了，關鍵時刻會拖後腿，得練練。」

時進摸了摸自己比最開始已經小了兩圈的肚子，知道自己現在的體力確實是個大問題，想起上輩子的八塊腹肌，拿起筷子捲了捲麵條，語氣發狠：「行，那就練！」肥已經減得差不多了，也確實該練練了。

卦二挑眉，沒想到他這麼乾脆，目露欣賞，說道：「有決心就好，那咱們這就開始吧，芒果園在距離宿舍最遠的那個山頭上，你吃完早飯過去，先繞著芒果園跑個十圈吧。」

啪嗒，時進剛剛挾起來的麵條滑到碗裡，濺了他一手湯。

◆◆◆◆

好體力和好身材不是一天兩天就可以練成的，時進咬著牙，也不用人監督，每天自覺地上山下山跑圈，身形迅速瘦了下去，身高也竄了點，衣服卻換小了一號。

卦二靠在監控室的牆上，看著從一個畫面跑進另一個畫面的時進，感嘆道：「我就沒見過這麼高素質的新人，又自覺又勤奮，觀察力強，危機意識到位，心理素質過硬，聽話，不該問的不問，不該看的不看，不自負，有分寸……要不是知道他的背景，我都要以為他是從哪裡溜出來的軍校學員了。」

廉君也看著監控螢幕，問道：「我讓你問的事情都問清楚了麼？」

「問清楚了。」卦二回答，也不知是想到了什麼，臉上露出一個要笑不笑的古怪表情，「他混入咱們聯絡點和住進山腰小屋確實是巧合，據他的說法是，他剛到Y省時窮得連住旅館的錢都沒有，打聽半天打聽到了咱們外面那個小公園不需要門票就可以進，就去那裡湊活過夜，亂逛時眼尖看到了山腰的房子。」

從公園看到山腰，這眼也確實夠尖。

廉君搭在輪椅扶手上的手動了動，說道：「繼續。」

卦二忍著笑，繼續說道：「至於麻將館，那是因為他未成年，沒學歷，什麼工作都找不到，自認為麻將手藝還不錯，就決定去麻將館碰運氣。大的麻將館都管得嚴，他怕老闆不讓他在裡面做頂場的活，一番實地考察之下，最後選中咱們那個看起來管理特別鬆散的小麻將館。」

一直沉默守在一邊的卦三忍不住了，問道：「那他在咱們基地外面晃悠……」

卦二終於笑出了聲，回道：「他那是瞧中咱們散養在山上的雞了，我聽說卦四去抓他那天，他屋裡還燉著一鍋雞湯呢。」

饒是沉穩如卦三，聞言也忍不住想笑了，嘴張了張沒笑出聲，最後嘆道：「那他跟咱們還真有點緣分。」

「誰說不是呢，他也是倒楣催的。」卦二想起時進說起這些時怨念的模樣，笑意越發止不住。

廉君的嘴角也微微勾了勾，不過這點弧度很淺，沒人注意到。

他不再看著監控螢幕，滑動輪椅轉身，吩咐道：「等他體力達標之後，讓卦一去教他槍法和格鬥，練好了再帶他來見我。」

讓卦一教？卦一可好久不帶新人了。卦二和卦三對視一眼，點了點頭，恭謹應了一聲。

山上，時進滿頭是汗地停下，手撐著膝蓋，看一眼腦內突然降回700的進度條，疑惑：「怎麼突然降了？」

上次運完貨回來後，他的進度條從幾乎滿值慢慢退回到720，保持在和時緯崇打完電話後停留的數值，這段時間雖然因為他的體型改變陸續降了幾點，但也始終在710以上。

小死也很疑惑，猜測道：「會不會是從時緯崇那邊降的？你之前不是打電話提醒過他要注意助理的事情嗎？」

時進想了想，擦一把汗，回道：「大概是吧，算了，繼續跑吧，今天的任務還沒完成。」

轉眼一個月時間過去，這期間時進堅持每天上山跑圈，人瘦了，個子竄了，和宿舍樓裡的大家也陸續熟悉起來。他中間又跟著卦二運了幾次「芒果」，每次去的地方都不一樣，但再也沒去過第一次那麼偏的地方，也沒有再遇到危險。

現在的他已經徹底沒了剛重生時的模樣，曾經浸染得精緻的花美男款捲髮變成了俐落的黑直短髮，白皙的皮膚曬成了小麥色，沒了肥肉擠壓，五官變得清晰立體，眉眼俊秀，唇紅齒白，笑起來格外討喜。

卦二都驚呆了，沒想到時進的長相居然是小鮮肉掛的，每次都調侃他的笑容帶著奶味。外形徹底改變後，時進的進度條降到690，已經妥妥進入安全線。廉君那邊的進度條也奇異地沒再漲，甚至在胃養好之後，慢慢退回到600了。

時進對此有些疑惑，直到聽到卦三偶然提起卦四和卦一一起出任務去了，不在果園之後，才搞明白廉君的進度條為何停滯不動。

他曾試圖向卦二和卦三打聽卦四的事情，但無奈兩人都是人精，嘴也緊，他怕問得太深惹人起疑，於是只得到一些特別表面的資訊，沒什麼大用。

如此這般，日子突然就穩定悠閒了起來，甚至有了點歲月靜好的感覺，但顯然，這種靜好只是一種錯覺，進度條一日不消，安穩就像是鏡中花水中月，稍不注意就沒了。

一天凌晨，時進突然被語氣急切的小死從夢中喚醒：「進進，快醒醒！進度條突然開始漲了，你和寶貝的都是！你的漲到700，寶貝的漲到750，還在繼續增漲，肯定有哪裡出了問題！」

時進心裡一凜，睡意頓消，連忙從床上躍起，走到窗邊看一眼外面，眼尖地發現果園大門方向似乎有車燈在晃動，連忙穿好衣服出門，卻剛好和對門拿著手機出來的卦二碰個正著。

「怎麼了？」時進見卦二臉色不好看，連忙詢問。

卦二皺著眉，長話短說：「門口傳來消息，卦一和卦四回來了，卦一受了傷，一直昏迷，我去看看。」

卦四回來了？時進心裡一緊，看一眼腦內還在增漲的兩個進度條，說道：「我和你一起。」

卦二點頭，不再耽擱，邊打電話聯繫醫務室那邊，邊快步朝著外面走去。

兩人趕到的時候，醫務室的人已經先一步抵達門口，正在合力把卦一往移動擔架上移。卦四守在一邊，衣服上帶著血，胳膊也受了傷，表情沉沉的，看起來有點狼狽。

「怎麼回事？」卦二大步靠近，著急詢問：「不是送消息去了嗎，怎麼會帶著傷回來？」

卦四眉眼間的戾氣幾乎化為實質，回道：「行蹤暴露了，回來的路上我和卦一中了埋伏，卦一為了救我肩膀中了一槍。都怪我，是我大意了。」

「別亂想，這不怪你。」卦二聽他說卦一只是肩膀中了槍，鬆了口氣，見醫生已經推著卦一走了，連忙向卦四指指另一個移動擔架，說道：「你也給我上去，好好包紮一下傷口，其他的事等傷處理好了再說。」

卦四卻堅持不動，說道：「被攻擊的時候我得知一個很重要的消息，必須立刻告訴君少。」

卦二：「我幫你說，你給我先去包……」

「消息必須由我親自告訴君少。」卦四打斷卦二的話，見卦二皺眉看過來，隱晦示意了一下周圍圍著的人，強調道：「這消息很重要，必須由我親自、單獨告訴君少。」

卦二看懂了他的暗示，停住話頭，視線也在周圍圍著的人裡掃了一圈，沉吟幾秒，說道：「那你去吧，我會通知卦三給你開門，卦一這邊有我守著，你別擔心。」

「謝謝二哥。」卦四朝卦二露出一個感激和依賴夾雜的笑容，然後邁步朝著廉君居住的庭院小樓走去。

卦二目送他離開，等看不到他身影了才收回視線，擺擺手示意門口聚著的人散了，腳步一轉剛準備去醫務室看看卦一的情況，就發現身後跟著的小尾巴不見了。

他疑惑，隨手拉過一個眼熟的人，問道：「有看到那個跟著我來的新人嗎？跑哪裡去了？」

「好像是跟著卦一先生的擔架走了。」被拉住的人回答，表情有些遲疑，又補充了一句：「好像是這樣，我不大確定。」

「行，我明白了。」卦二放下心，這才大步走了。

此時被卦二尋找的時進正在拔足朝著小樓狂奔，情緒瀕臨崩潰。他從聽到卦四說要去小樓起就覺得情況不對勁，等看到廉君以二十、二十的速度持續往上飆的進度條時，呼吸都要卡住了。

「艸，這卦四不會是要去殺廉君吧！」他崩潰大喊，再次加快速度。

小死也要瘋了，一邊拚命給他加增速buff一邊尖聲喊道：「漲到840了！進進啊啊啊！」

「別喊了，這不是跑著嗎！卦四走的小路，咱們肯定能先到小樓的！」時進大吼，眼尖地看到路邊停著一輛自行車，拐過去就跨上去，邊用力蹬邊伸手摸褲袋。

小死哭著提醒：「進進，咱們出來得急，你沒帶手機。」

「艸！」時進收回手，視線在周圍掃來掃去，試圖找到一個活人借手機，卻絕望地發現平時定時有人巡邏的果園，在今晚卻詭異地安靜，沿路一個活人的影子都沒看到。

這情況絕對不對勁！時進心裡發沉，萬分後悔剛剛在門口的時候沒有不管不顧地大吼一聲卦四是叛徒，引起旁人的警覺——主要是他之前也沒想到卦四會這麼心黑，鋪墊都不來一個，一回來就要取廉君的命！

拐過最後一個彎，小樓已經出現在視野裡，此時小樓大門緊閉，只有幾盞夜燈亮著，看情況應該是走小路過來的卦四還沒到。

時進鬆了口氣，一個急剎跨下自行車，也不敲門了，怕隨時可能過來的卦四看到小樓異動後心生警惕，直接助跑、蹬牆、手往上伸勾住院牆，俐落翻進院子。

「誰！」守院的人立刻掏槍對準時進。

時進連忙舉起雙手做投降狀，快速說道：「我是跟著卦二的新人時進，卦四是叛徒，正在往這邊來，園裡的巡邏人員不見了，我懷疑他們出事了或者裡面有卦四的內應，卦三呢？我要找他！」

守院的人倒是認得時進，聽他說的內容一句比一句勁爆，眉頭一皺，不敢耽擱，連忙掏出手機給卦三撥了電話，但也沒有把對準時進的槍挪開，十分謹慎。

時進快要急死了，見腦內屬於廉君的進度條已經漲到940，擔心廉君身邊也有卦四的內應存在，等不了守院人慢慢和卦三彙報，一個箭步上前握住守院人拿槍的手，另一手用刁鑽的手法搶走守院人的手機，對準手機吼道：「卦三，把君少藏到安全的地方去，從現在開始別讓第二個人靠近君少，多熟悉的也不行！我懷疑君少身邊有其他的叛徒！」

吼完掛斷電話，又撥給卦二，一等接通就快速說道：「派人守死果園的四個大門，剛剛卦四開回來的車也要隔離起來，從現在起儘量只和值得信任的人待在一起，不要落單！別問了，卦四是叛徒！」說完把手機丟回給目瞪口呆的守院人，劈手奪走他手裡的槍，大踏步走到院門前，伸手拉開一條縫，找到已經出現在院門十幾公尺外的卦四，直接子彈上膛，一槍蹦了過去。

砰的一聲槍響，卦四反應不及，不敢置信倒地，手裡不知道從哪弄來的黑色提包掉到了地上。

守院人這時才從時進一系列搶手機、搶槍的騷操作裡回過神，頗有些惱羞成怒地上前按住時進的肩膀，喝道：「你幹什麼！事情都還沒調查清楚，你怎麼……」

「等調查清楚人都涼了！」時進打開他的手，見腦內屬於廉君的進度條停在970這個數值，心裡稍安，推開院門快步奔到受傷倒地的卦四面前，一腳把他手裡剛剛掏出來的槍踢出去，扯開旁邊的黑色小包，發現裡面裝的居然是炸藥，忍不住狠狠踢了卦四一下，罵道：「你這個瘋子！」

卦四本就中了槍，又被他照著腦袋踢了一下，一下子天旋地轉，什麼話都說不出來。

守院人這才發現外面的卦四，黑著臉跟了出來，喝道：「時進你到底在……」

「你給我閉嘴！」時進把炸藥踢到他邊上讓他看，然後彎腰把卦四翻得匍匐在地，用皮帶綁住他的手，剛準備把他揪起來送去給廉君，就發現腦內屬於廉君的進度條居然又開始漲了。

「艸！」時進罵髒話，把卦四甩到地上，轉身就朝著小樓裡跑去。

守院人又氣又懵，吼道：「你又要幹什麼！」

「救你家老大的命！」時進遙遙吼回來，也是氣得不行，大聲吩咐道：「把卦四看好了！今天這事還沒完！」

975、980、985……進度條漲得飛快，時進全力奔跑，心跳和進度條的漲速一樣快，在心裡狂吼：「定位你家寶貝的位置！別告訴我你做不到！做不到你家寶貝就涼了！」

小死急得直接破音：「馬上、馬上……在左側走廊盡頭的書房裡！」

時進腳步一拐就跑了過去，剛進入走廊就看到一個穿著醫生白大褂的人拎著個醫藥箱站在書房門口，而書房的門居然是半開著的，卦三正面朝下倒在地上，生死不知。

「995了！進進！」小死尖叫。

「媽的！不是說了別給第二個人靠近廉君的機會嗎！」時進腦子都要炸開了，舉手對準醫生準備推門的手就是一槍，然後助跑，加速，一個飛撲，直接把醫生撲倒在地，捉住他提著醫藥箱的手就是一折，最後一記扭身回踢，把醫藥箱踢去走廊另一頭。

醫藥箱砸到牆壁，上面的鐵扣被砸鬆，歪倒後露出裡面藏著的槍和炸藥。

「又是炸藥，這麼小的地方用炸藥，你是連自己的命都不要了嗎！」時進氣得不行，對準還在掙扎的醫生腦袋就是一下，直接把他敲暈，然後伸手推開書房的門，高聲喚道：「廉——」

噗，一聲被消了音的槍響響起，時進瞳孔一縮，極限側身躲開了這一擊。

小死的尖叫後知後覺響起：「啊啊啊，進進！」

「是你？」書房內，廉君放下槍，似乎有些意外時進的出現。

時進緊繃的身體嘩一下放鬆，滿頭的虛汗，沒好氣道：「不是我還能是誰！你看看你的屬下，一個叛徒，一個不聽話，守院門的人也全是傻子，你沒死可真是個奇跡！」

廉君挑眉，深深看他一眼，滑動輪椅來到落地大書櫃前，挪動了一下一個下層的小裝飾物，隨後咔噠一聲輕響，看起來笨重的書櫃居然輕輕朝旁邊滑開來，露出裡面的一個密道。

時進一臉被雞蛋噎住的表情——合著他在這邊急得不行的時候，廉君那邊卻還有其他的逃生手段，他根本是白急了？也是，剛剛廉君的進度條連死緩都沒到，他其實不用那麼急的，像廉君這種大佬，怎麼可能沒點別的逃生手段！

「進、進進……」小死慫慫開口，試圖安撫。

時進捂著胸口說不出話。

廉君被時進瞪著眼又氣又鬱悶的表情逗樂了，嘴角淺淺勾了一下，說道：「進來吧，卦四突然發難，應該是做了萬全準備，我們先去和其他人會合。」

時進翻白眼，剛準備彎腰把倒在門口的卦三背起來，就驚愕地發現「昏迷」的卦三突然動了動，然後麻溜地爬起身，遞給他一個「小夥子表現不錯」的眼神，先一步上前推著廉君進了密道。

臥……槽……時進手僵在空中，迅速想了一遍今晚發生的事，在心裡崩潰大吼：「被玩了！咱們被廉君玩了！他早知道卦四有問題，氣死我了，我要和他絕交！」

進入密道之後，廉君的進度條開始快速後退，很快就降到500，已經徹底確保安全。時進自己的進度條也跟著降回到690了。

時進見狀又是鬆了口氣，又是咬牙切齒，同時還有了點猜測，在腦內說道：「你家寶貝這個進度條，每次危機解除就退回500，那剩下的500……」

小死捧場接話：「進進有什麼想法？」

時進看一眼前面被卦三推著的廉君，猜測道：「剩下那500會不會和廉君的身體狀況有關？」

「我覺得進進猜得對，進進真聰明！進進窩愛膩！」小死熱烈拍馬屁，試圖哄時進開心。

時進好不容易扭回來的心態差點又被小死這句告白給膩歪崩了，忙掐了自己一把讓自己冷靜，問道：「你家寶貝的身體到底是怎麼回事，生病了嗎？」

小死的語氣正經起來，回道：「不是，寶貝是先天體弱，神經這塊也有點問題。」

「什麼意思？」時進皺眉。

小死嘆氣，詳細說道：「寶貝是早產兒，身體一直不好，雙腿無力是天生的，但以前沒現在這麼嚴重，可以日常行走，也可以做些基礎的強身鍛練，只是不能長時間劇烈運動，而且劇烈運動後雙腿會痙攣難受很長的時間。其實如果繼續這樣下去，以寶貝的毅力和努力程度，慢慢練好身體只是遲早的事，但幾年前滅出了點事，寶貝被人暗算，中了一種新型的神經毒素，人差點就沒了，後來雖然勉強把毒給解了，但還是傷了根本，身體徹底垮了。」

時進越聽眉頭皺得越緊，繼續問道：「那他的腿……」

「現在也能走，但走不了幾步，而且因為殘留毒素的影響，寶貝腿部的痛覺神經變得特別敏感，刀尖上的舞蹈這個故事你聽說過吧，寶貝現在走路大概就是那種感覺。」

刀尖上的舞蹈。時進忍不住再次看一眼前面坐在輪椅裡的廉君，沉思許久，眉頭突然慢慢鬆開了，問道：「小死，進度條裡可能存在不能消除的致死因素嗎？」

小死被問得一愣，回道：「不存在，不然這場博弈對你和寶貝就太不公平了。」

「那就好辦了！」時進又精神起來，開心說道：「既然不存在不能消除的致死因素，那證明你家寶貝的身體還有救，只要找對方法，他肯定會重新變得健康！」

小死懵了幾秒，也後知後覺地傻樂起來，說道：「對、對喔，進度條是不會騙人的，如果寶貝剩下的500進度條真的是身體方面的……啊啊啊，進進你真好，進進窩愛膩，進進窩是不是可以看到膩和寶貝生猴……」

時進語氣幽幽：「自殘瞭解一下？」

「……進進，密道走到頭了。」小死話語一拐，為自己贏得了死緩。

時進抬頭看過去，果然見到密道已經走到盡頭，一扇鐵門正靜靜立在終點的位置。

卦三去開門，廉君則滑動輪椅，讓自己正對著後面的時進，「怎麼這麼安靜，在想什麼？」

時進看向他，掃一眼他單薄的身體和蒼白的臉色，心情複雜地嘆了口氣，回道：「在想你這個月會不會給我發獎金，我可是幫你把卦四活捉了。」

廉君沒想到會聽到這樣一句回答，沉默幾秒，手指點了點輪椅扶手，乾脆順著他的話說了下去，問道：「你想要什麼樣的獎金，權利？金錢？或者……自由？」

嗯？獎金原來不是單純指現金，還能有其他含義嗎？時進疑惑，搞不明白廉君話裡的隱藏含義，剛擺手準備說給他工資加倍就好，想到什麼，又把話嚥了回來，確認問道：「這個獎金，是我說什麼你都給，都答應嗎？」

他這問題一出，廉君敲扶手的手指停了，門邊的卦三和出現在門後的卦二也話語一停，齊齊扭頭看了過來。

時進莫名，問道：「你們怎麼了，我說什麼奇怪的話了嗎？」

「沒有。」廉君斂了情緒，擺擺手讓卦三和卦二收回視線，承諾道：「你想要什麼？只要你開口，我都答應。」

得了保證，時進放心下來，說道：「那我要……」

轟——一聲巨大的爆炸聲突然從遠處傳來，時進的話被炸了回去，側頭朝著聲音傳來的方向看去——但他什麼都沒看到，密道門後是一個四面封閉的小醫務室，牆上沒有能供他觀察外界情況的窗戶。

廉君皺眉，吩咐卦二和卦三去處理外面還在蹦躂的卦四殘黨，挪動輪椅靠近時進一點，說道：「不要分心，時進，你想要什麼？」

他對這個問題表現得意外執著，有點不問出結果不甘休的架式。

時進側回頭，再次試圖張嘴。

轟隆隆——又是一連串密集的爆炸聲傳來，而且這些聲音指示的方位居然全都不一樣，時進不

淡定了，驚呼：「咱們的果園不會被卦四的殘黨給炸沒了吧，我的抱枕可還留在宿舍樓裡！」

反覆被爆炸聲打斷談話，廉君沒了耐心，抬手抓住時進的手臂，用力捏了一下引回他的注意力，沉聲問道：「時進，你到底想要什麼？」

他的手太冰，時進被涼得一激靈，終於發現他情緒有點不對勁，想縮回胳膊又忍住，皺了皺眉，反手扯下他的手握住，輕輕搓了搓做出幫他取暖的動作，回道：「你急什麼，我就是想和你每天一起吃飯，還有你這手怎麼這麼冰，今天溫度不低啊。」

——每天一起吃飯？

廉君怔愣，看向自己被他溫柔揉搓的手，眼神變幻幾秒，緊繃的手臂慢慢放鬆下來，不著痕跡地拉近兩人的距離，如同誘哄般地問道：「你的意思是，你想成為卦一他們那樣的存在，擁有和他們同等的權利，貼身留在我身邊？或者是成為比他們更親密的……什麼？」

怎麼突然湊這麼近……時進後退一步，搖頭回道：「不是啊，我就是單純想和你一起吃飯，畢竟你那裡的伙食肯定要比宿舍樓的好。唉，宿舍樓的食堂師傅口味偏重，做菜重油重鹽，我是真的吃不慣。」

廉君表情一僵，視線落在他後退的腳上，問道：「……就這樣？」

「就這樣，等等，有人來了。」時進表情一肅，掏出槍握在手裡，先把廉君推到牆角，然後摸到門邊，仔細聽外面逐漸靠近的腳步聲。

三公尺、兩公尺、一公尺……時進把子彈上膛，緊緊盯著被擰動的門把手。

咔噠，門開了，時進立刻把槍指過去，手指摸上扳機。

「別激動，是我。」卦二舉手做投降狀，安撫住時進後在室內找了找，找到正從角落滑出來的廉君，報告道：「殘黨已經處理完畢，卦四果然勾結了外人，試圖裡應外合，現在埋伏在外面的人已經被警方一網打盡了。」

廉君滑動輪椅出來，看都沒看時進一眼，回道：「不錯。」說完越過兩人，自己滑動輪椅離開了。

卦二疑惑，看向時進，比口型：你惹君少生氣了？

時進先是搖頭，後又點了點頭，遲疑回道：「大概是吧……」

卦二來了興趣，「你做什麼了？君少看著冷，其實脾氣挺不錯的，你能惹他生氣也算本事。」

時進嘆氣：「我告訴他我挑食，想去他那蹭飯……這個要求真的很過分嗎？」

卦二：「……噗。」

時進斜眼看他，掰手指。

「別別別，別動手，你……唉，你……」卦二按住他的手，拚命憋笑，最後實在忍不住，悶笑幾聲，伸手拍了拍他的肩膀，嘆了一句「傻孩子」，走了。

時進臉色黑如鍋底——你才傻！你全家都傻！

天亮時分，這場由卦四挑起的內亂終於解決，卦四被活捉，他的殘黨全部被揪出，花花果園內一片狼藉，爆炸造成的損失不可估量。

時進居住的宿舍樓也被炸塌了，忙碌一晚後想去補覺的他，發現自己居然沒床可睡。

卦二提著一個袋子路過，見狀安慰道：「別想了，再撐會吧，咱們今天就得轉移，車一會就來，你可以在車上睡。」

時進扭頭看他，問道：「轉移？去哪裡？」

「去B市，其實咱們半個月前就該走了，要不是為了早點解決掉卦四這個隱患，大家也不會在

事情全都處理完了之後，還一直窩在這個窮山溝裡。對於幹咱們這行的人來說，長時間停留在一個地方可是大忌。」卦二解釋，想到什麼，又說道：「對了，去B市後咱們可不能再穿著果園的衣服，走，跟我去領新裝備。」

時進應了一聲，最後留戀地看一眼面前短暫居住過的宿舍，乖乖跟上卦二。

半個小時後，換了一身行頭的果園眾人上了一輛改裝過的小型房車，朝著Y省機場駛去。

房車內的座位是「U」型的，時進坐在「U」字的一邊，身邊是卦二，對面是卦三和很少出來活動的憨厚臉卦五，「U」字拐彎、也就是主位的地方坐著廉君和斯文臉男人——也就是卦一。

此時卦一正拿著個平板電腦點來點去，身上除了臉色有些蒼白外，看不出受傷的跡象。

車內很安靜，沒有一個人說話。時進莫名有些不安，挪了挪屁股，剛準備和腦內的小死扯扯皮轉移一下注意力，就見卦一拿著平板電腦站起身，用數據線把平板電腦和車載電視連接起來。

電視開啟，一個監控畫面出現在上面，時進愕然發現，畫面裡的人居然是昨晚正在瘋狂踩自行車趕路的自己。

卦一調整好畫面後轉身，面向眾人，視線著重在時進身上停了停，說道：「趁著現在的空檔，應君少的要求，我們來盤點一下新人時進昨晚在叛徒清剿活動中的表現。」

時進：「……」

【第三章】臥底引發的騷動

時進很難受，想消失在這車上。

小死卻一點不明白他的羞恥和憂愁，語氣驕傲地說道：「進進，不要害羞，你昨晚的表現很亮眼，大家都會被你驚豔到的！」

時進語氣幽幽：「你知道嗎，在進入警校之前，我是個體育成績經常不及格的書呆子。」

小死不明所以：「所以？」

「所以我昨晚表現出的所有格鬥翻牆技巧，全是在警校學的，有著濃濃的警校標準教案的影子。」時進解釋，看向已經擺出開講架式的卦一，生無可戀，「而這輩子的時家小少爺時進，是個四體不勤的胖子，並且才剛剛減肥成功。」

小死：「……」

時進沉重嘆氣：「你覺得就在場這些人精，在看了昨天的監控之後，是會誇我，還是會點火烤了我？」

小死瑟瑟發抖，「進進，咱們跑吧，我幫你開buff。」

時進潑冷水：「跑什麼，咱們的行李是卦三找人從廢墟裡扒拉出來的，現在就裝在卦二的行李箱裡，你讓我拿什麼跑。」

「嗚嗚嗚，進進你不要死，進進我不要你死……」小死哭得像個即將失去媽媽的孩子。

時進語氣憐愛：「別哭了，萬一哭得我腦子進了水，咱們就更沒救了。」

小死：「……嗚嘰。」

時進：「乖。」

一人一系統在腦內扯皮的工夫，卦一已經開始分析時進的第一段監控。

他特意拉近畫面，把時進的身影放大，說道：「大家注意看監控的時間，此時卦四正從小路往君少的住所靠近，時進在發現不對之後，立刻走大路朝著君少的住所趕去，這個決定很果斷，也很

正確，但是看這裡……」

他點了點畫面中一手扶自行車，一手摸褲袋的時進，重點點了點時進摸褲袋的手，繼續說道：「這裡，注意這個動作，時進在昨晚犯了一個十分低級的錯誤——沒有帶聯絡工具。」

「噗。」卦二不給面子地笑出了聲。

時進幽幽看過去，對他露出一個看似平靜其實帶著殺氣的笑容。

「咳，那什麼，時進還年輕，處事經驗不足，可以理解、可以理解。」卦二面不改色開口，一副寬容好前輩的模樣。

卦一哪能不知道他的尿性，警告地瞪他一眼，然後看向時進，重點強調道：「記住，無論在什麼時候，和同伴失去聯繫都是最不被允許犯的錯誤，明白嗎？」

時進還記得初見時卦一一臉凶殘的模樣，聞言連忙點頭，哪裡敢多說什麼。

卦一滿意點頭，又播放了第二段監控——時進到達小樓後翻牆進入的這一段。

他先讓大家整體看了一遍監控，然後照例暫停畫面，退到時進翻牆的時候，把他的動作來回慢放給大家看了三遍，最後定格，問道：「都看清楚了嗎？」

車內本來還算輕鬆的氣氛隨著視頻的反覆慢放逐漸散去，時進的心慢慢提起，知道這次複盤最關鍵的地方來了。

「看清楚了的話，我們再來看看剩下的幾段監控。」卦一深深看時進一眼，又播放了幾個剪輯好的慢放版監控視頻。

這些視頻不再是連貫的一段一段，而是被細細截取成一個個小片段，裡面全是時進與人交手的畫面。片段很全，有時進控制住守門人，搶守門人手機和槍的畫面，有他小心拉開院門，精準傷到卦四，並快速衝出制服卦四的畫面，還有他在書房門口飛撲制住醫生的畫面。

他的每一個動作都俐落又果斷，能一擊制敵就一擊制敵，絕沒有任何多餘的動作，看起來十分

養眼——也看起來超級眼熟，彷彿在什麼經過正規訓練的群體身上見過。

卦二等人表情全斂，眉頭緊皺，齊齊朝著時進看去，眼帶探究。

「……我可以解釋。」時進頂著眾卦的高壓視線開口，強迫自己冷靜下來，一本正經地胡說八道：「你們也知道，我爸超級有錢，還超級招人恨，我作為他的兒子，不知道有多少人想打我的主意。我爸怕我出事，就給我雇了幾名保鏢，這些保鏢裡有退伍的軍人，我空閒的時候跟著他們學了一些格鬥技巧……不過我胖了之後學的這些東西就慢慢荒廢了，現在用起來也很生疏，讓你們見笑了。」說完露出一個稍顯尷尬的笑，把個不知自身實力的懵懂富家少爺演了個十足十。

小死心驚膽戰地給時進加了一堆類似「誠懇」、「威脅感減弱」、「聲音更柔更好聽」之類的buff，暗暗祈禱大家能被時進說的這個理由說服。

沉默，還是沉默。

就在小死慌得差點哭出來時，廉君突然開口說道：「原來如此。」

時進嘩一下鬆了口氣，在這瞬間甚至產生一種廉君真可愛的錯覺。

小死則喜極而泣，嚎道：「我就知道寶貝最疼你，進進你真好嗚嗚嗚。」

時進又無奈又無力，誠懇建議：「你可以只說後一句的，真的。」

氣氛瞬間化凍，卦二的表情恢復平時的模樣，伸手拍時進肩背，說道：「生疏還能做成這樣……你小子不會是我想的那樣，其實是個天才吧。」

時進連忙擺手表示自己只是一個普普通通的輟學未成年。

卦二笑哼，抬手揉他腦袋，罵他假謙虛。時進反手就是一招利爪掏心，罵他鹹豬手。

兩人鬧了起來，廉君敲了一下輪椅扶手讓他們安靜，側頭示意卦一繼續。

於是眾人噤聲，乖乖把注意力拉回影片上。

關於時進的身手部分，大家已經有了一個清晰的認知，於是卦一關掉了電視上的剪輯小片段，把完整的監控全部放出來，分析起時進在進入小院後的一系列戰術選擇。

首先，他高度肯定了時進先從門縫處放倒卦四，和提醒卦二隔離卦四車輛的行為；其次，他重點批判了一下時進在制服敵人後，居然不好好善後處理的行為，表示這種馬虎在單打獨鬥時可能造成十分嚴重的後果；最後，他總結陳詞——時進這個新人不錯，值得培養，能力很足，缺的只是經驗。說完這些後，他給卦二等人一人發了一張白紙，讓他們給時進昨晚的表現打分，滿分一百，六十為及格。

時進醉醉的，看著卦二等人陸續打完分，把紙條遞還給卦一的動作，只覺得自己像隻被人挑肥揀瘦的豬。

卦一收回白紙後也不看，直接遞給廉君。

廉君接過，掃一眼紙上的分數，看向時進，「最後一個問題，你是怎麼發現卦四不對勁的？」

時進沒想到這波檢討居然還沒完，心裡一緊，腦筋拚命轉動，面上卻紋絲不動，回道：「因為……因為我十分清楚虛假的關心和愛意是什麼樣的，所以昨天在看到卦四之後，我立刻分辨出來他當時對卦一的擔心和對自己的自責是假的，而且他十分回避看向擔架，那是心虛的表現，如果我沒猜錯，卦一身上的傷，應該是卦四弄的吧？」

卦一聞言眼神變得有些晦暗，像是想起什麼不愉快的記憶——顯然，時進猜對了。

「而且卦四要求單獨見君少的行為實在太可疑了，正常人在當時他那種情況下，不該是那種反應。」時進再次添加籌碼，為自己的話增加可信度。

廉君點頭，把手上的白紙一合，說道：「今天的檢討就到這裡，時進以後貼身跟著我，卦三，你暫時接管卦四的職務，等新一代卦四選上來。」

卦三恭謹點頭，應道：「是。」

車內氣氛隨著廉君的這句吩咐落地，迅速變得輕鬆愉快起來。卦二和卦五笑著朝時進道恭喜，

卦一也朝時進露出一個頗為友善的笑容，坐回座位上。

時進一臉懵逼，迷茫道：「你們在恭喜什麼？等等君少，你真的讓我貼身……」

「你不願意？」廉君打斷他的話，冷冷反問，眼神不善，大有他再廢話，就要把他就地結果的意思。

時進後脖頸一涼，連忙搖頭表示不是，掃一眼周圍明顯態度變得親切許多的卦三等人，後知後覺地反應過來——自己這是升職了？從跟著卦二的新人，變成了貼身跟著廉君的親信？所以剛剛的檢討是升職考核？

小死驚喜歡呼：「進進，你的進度條又退了，變成650啦！」

時進一時間不知道該擺出什麼表情才好，良久，抬手捂住臉，吁了一口氣——這一天天過得，真刺激。

檢討結束沒多久，機場到了。下車的時候卦三自覺讓位，讓時進過去幫廉君推輪椅。

時進看著廉君面無表情的漂亮臉蛋，認命上前，扶住輪椅把手。

廉君身分特殊，出行自然不可能坐普通的班機，為了確保廉君的安全，卦一聯繫官方，直接包了一架飛機。時進跟在卦一身後，把廉君推上飛機，扶廉君在座位上坐好，動作十分輕柔小心，小心到有些僵硬。

廉君看時進一眼，問道：「我很重？」

「你這哪裡重。」時進皺眉，想起他的身體狀況就覺得愁得慌，順口囑咐道：「你太瘦了，以後要多吃飯。」

「沒胃口。」廉君用毯子蓋住腿，抽出一本雜誌翻了翻，眼睛並不看時進，語氣淡淡的：「我喜歡重油重鹽的菜系，但身體原因，吃不了。」

時進：「……」大佬，你是在記仇嗎，是嗎是嗎？

折騰了一晚上加一整個上午，時進毫不意外地在飛機上睡著了。他本以為這一覺能安穩睡到飛機落地，卻不想美夢做到一半，小死突然又喊了起來。

「怎麼了？」他睜開眼，在腦內迷迷糊糊詢問。

小死語氣驚慌：「進進，你的進度條突然又漲了，直接漲了100，現在已經750了。」

時進唰一下清醒過來，坐起身震驚問道：「什麼？」他太激動，直接把這句話喊了出來，坐在他旁邊的廉君聞聲放下雜誌，側頭問道：「做噩夢了？」

「呃……是的。」時進回神，朝廉君尷尬地笑了笑，僵硬地往後靠回椅背裡，壓了壓情緒，在腦內問道：「進度條怎麼突然漲了，難道是你家寶貝又有了什麼其他威脅，波及到我了？」

小死回道：「不是，寶貝的進度條還是500沒有動。」

時進皺眉，視線謹慎地在四周掃了一圈，試圖找到進度條突然增漲的原因，結果看著看著，他突然想到了一件事——剛逃回國那會，他曾經猜測過，與時家五兄弟的距離遠近也是致死因素之一，後來這個猜測被證實是正確的，而B市作為首都，可是時家那五兄弟的常駐地之一。距離使人短命。

他側頭看向過道另一邊的卦二，不抱希望地問道：「小老二，B市是不是快到了？」

卦二朝他呲了呲牙，「飛機還有一刻鐘降落，你幾乎睡了整個飛行過程，豬豬男孩小進進。」

時進翻白眼，朝他比了個中指，收回視線在心裡把自己的猜測給小死說了一下，嘆道：「進度條一靠近B市就漲了100點，保守估計，時家五兄弟裡面，這會起碼有三個都窩在B市。」

小死瑟瑟發抖，「那咱們該怎麼辦？」

「還能怎麼辦。」時進癱在椅子上，微微側頭，用餘光看著廉君美好的側顏，幽幽道：「當然是黏緊金大腿，默默祈禱B市足夠大，大得我們碰不到那些個凶殘的兄長。」

小死：「……嚶嗚嗚嚶。」

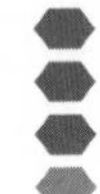

話雖然說得喪氣，但在飛機降落B市、眾人全部住進一家名為「夜色」的高檔會所安頓好後，時進還是積極行動起來，開始通過各種管道收集關於時家五兄長的資訊，試圖弄清楚都有哪幾位兄長窩在B市。

時家五位兄長裡，資訊透明的總共有三位，一個是大哥時緯崇，商圈新貴，行走的財經版新聞，網上一搜一個準；第二個是二哥費御景，律師，專攻經濟案件，業內大佬，非大案不接，一年三百六十五天，有三百天是不在家裡過的，只要搜搜他最近在辦什麼案子，基本就可以猜出他的下落；最後一個是三哥容洲中，娛樂圈閻王，人氣高得可怕，行走的娛樂版頭條，隨便進一個他的粉絲站，就可以詳細掌握他未來起碼一個月的行程。

時進一頓瘋狂搜索，甚至還假裝粉絲混入三哥容洲中的粉絲站，終於在凌晨時分，確定這三位兄長的下落——大哥時緯崇絕對在B市，而且將會在B市待上很長一段時間，因為他正計劃把老公司的業務和瑞行對接；二哥費御景絕對不在，他正在地球另一端給某位經濟犯大佬打官司，沒時間亂跑；三哥容洲中可能在，也可能不在，因為他最近有個通告需要在B市和S市來回跑。

在排除掉二哥費御景之後，假定剩下兩個資訊不透明的兄長也全在B市，那麼現在時進需要小心避免遇上的兄長就足足有四個之多。

「基本上約等於全員到齊了。」時進放下手機，看向腦內停留在750的進度條，長長嘆了口氣，「好在咱們從其他地方爭取到了一點犯錯空間，情況不算太糟糕。」

「嗯。」小死應聲，有些心疼，安慰道：「進進，你別太有壓力，進度條的消退是沒有時間限制的，其實、其實如果你覺得太累的話，咱們就這樣過下去也挺好的，寶貝也找到了，日子會慢慢好起來的。」

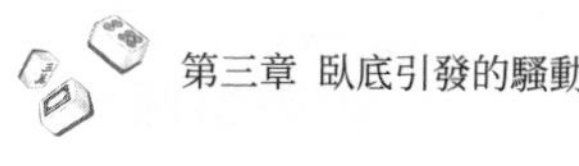

時進眼神軟下來，說道：「可是進度條不消，你會一直很難受，強制被我綁定，能力也被限制著，對麼？」

小死不吭聲。

「傻東西。」時進笑嘆，把手墊在腦後，故意說道：「我可不想聽你在我腦子裡哭一輩子，那也太吵了。」

小死包了眼淚，可憐巴巴喚道：「進進……」

「好了，不逗你了。」時進安撫，語氣變得正經起來，說道：「小死，我不想一直過著東躲西藏，被人惦記著小命的日子，你給的這第二條命太珍貴，我不想浪費。而且我總覺得原主的死有點蹊蹺，只是討厭年幼弟弟的話，時家五個兄長大可以留著他慢慢折磨，根本不用髒了自己的手，冒險殺掉他。他們都是年輕有為的俊傑，殺人這種過錯，一旦被發現，可是會賠進去一輩子的，太不划算。還有，你別忘了我上輩子是做什麼的，現在有一樁命案擺在我面前，如果不查個水落石出，我這輩子睡覺都會不踏實。」

小死十分感動：「進進……嗚、嘰嘰嘰……嗝。」

時進一愣，然後大笑：「小死，你不會是憋哭憋當機了吧。」

小死又「嗝」了幾聲，然後開口暴哭，一會說「進進你真好」，一會說「進進你真壞」，一副短路壞掉了的樣子。

時進又心疼又好笑，溫聲哄著它，不知不覺睡了過去。

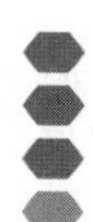

在會所混吃等死的日子開始了，因為需要貼身跟著廉君，所以時進哪裡也不能去，只能守在廉

君身邊看他批那些似乎永遠都批不完的文件，每天過得十分枯燥無聊。

卦一幾人倒是一副很忙的樣子，從來到B市的第二天起就開始每天往外跑，經常夜不歸宿。

「怎麼會連個能說話的人都沒有。」時進在腦內哀嘆，只覺得自己快要憋出病來了，「早知道來B市是來『坐牢』的，那我還擔心個屁地和兄長偶遇，這完全沒機會遇到嘛。」

小死哼哼唧唧：「也不算坐牢吧，你可以和寶貝多培養一下感情。」

「你看他像是會和我培養感情的樣子嗎？」時進眼神幽怨地看一眼書桌後的廉君。

小死無言以對。

「很無聊？」廉君突然抬起頭。

時進嚇了一跳，僵了兩秒，到底不願意再繼續枯燥下去，誠實地點了點頭。

廉君合上文件，從書桌後出來，說道：「你跟我來。」

時進疑惑：「去哪裡？」

「去練槍。」廉君取下膝蓋上的薄毯，示意時進過來推輪椅，吩咐道：「走專用電梯，去地下二層。」

夜色裡面居然還有練槍的地方？時進意外，繼而眼前一亮，屁顛顛地上前扶住輪椅。

之前通過卦二的介紹，時進已經知道夜色是廉君的私人產業，它雖然對外表現得像是一個普通高端會所的樣子，但其實招待的客人全是同行大佬或者掩藏身分的軍方合作人，一個普通的客人都沒有。

閒得無聊的這幾天，時進讓小死幫忙走了下後門，偷摸弄清楚夜色的詳細格局構造，早就發現夜色有一個對外隱瞞著的地下二層，但之前他以為這個地下二層是類似雜物室一般的存在，卻不想居然是練槍的地方。

好像終於有了點黑社會的感覺……時進默默想著。

電梯到達，梯門開啟，一個類似前臺和招待室結合的地方露了出來，檯子後面守著兩個長相普通的壯漢，看到廉君出現，全都恭謹地起身。

「君少。」兩人呼喚。

廉君點了點頭算是回應，指了一下身後的時進，說道：「找個人從基礎開始教他，再給他挑一把趁手的武器。」

壯漢們看一眼時進，恭謹應是，其中一個人走出來，示意時進跟著自己走。

時進有些猶豫，看向廉君，問道：「你不和我一起嗎？」他的工作可是貼身保護廉君來著……也不知道是不是錯覺，在他問出這句話後，站在一邊的兩個壯漢表情似乎都變得有些奇怪。

廉君倒是很明白時進為什麼這麼問，回道：「不了，這裡是我的地方，沒人敢不長眼地進來惹我。你好好練，回頭我會讓卦一檢查。」

時進心裡腹誹，花花果園那不也是廉君自己的地盤麼，結果意外是一個接一個，進度條漲漲落落得跟雲霄飛車似的。

「要不我還是跟你回去吧。」他肉痛地說著。

壯漢們的表情變得更奇怪了，視線隱晦地在時進和廉君之間轉來轉去，一副發現了什麼大祕密的樣子。

廉君淡淡掃他們一眼，朝時進擺手，「好好練，練不好你就再回卦二那裡去。」

回卦二那裡？那可不行！

時進見這事沒得商量，心裡又確實挺想摸摸搶解饞的，於是不再糾結，乖乖應了一聲。

廉君滑動輪椅轉身進了電梯。

「欸，等等，你記得等我一起吃飯啊，不許自己先吃！」時進匆忙提醒。

廉君隔著漸闔的電梯門看他一眼，面無表情地側過頭，一副嫌他話多的樣子。

時進在腦內嘆氣：「唉，你家寶貝居然嫌棄我。」

小死小小聲：「主要是你和寶貝一起吃飯的時候，表現得太像老媽子了……」挑食要管，胃口開了之後吃多了要管，酒不許碰，飲料只許喝牛奶和豆漿，冷菜一律不許碰，一碰就表情大變，一副廉君在吞毒自殺的模樣，那碎碎念的勁頭，真的是有點可怕……最可怕的是，寶貝居然就任由時進安排……

「我那是為了誰！你沒發現他最近胃口大了一點嗎，多吃幾口飯也不會再難受了！」時進忿忿不平。

小死立刻掐起了嗓子：「對對對，進進最膩害了，進進最疼寶貝了，進進窩愛膩。」

「……閉嘴！」

夜色的練槍館十分專業，時進在裡面如魚得水，很快就把枯燥無聊之類的詞彙甩出腦海，快活得像是老鼠進了米缸，恨不得住在裡面。

他上輩子決定考警校就是因為喜歡槍，只可惜當了員警後並沒有多少機會用和練習，一手好槍法幾乎落了灰，現在有機會天天泡在槍堆裡，他簡直要開心得升天了。

半個月時間眨眼過去，時進把夜色裡所有種類的槍全部摸了一遍，所有練槍模式也練了一遍，最後挑了一把只有巴掌大小的袖珍小槍做了隨身武器，然後被帶他的教練給丟出去。

「你別再來了，太打擊其他人練槍的積極性了。」教練語氣硬邦邦，看著時進的眼神十分複雜，似是佩服，似是欣賞，又像是咬牙切齒。

時進委屈：「可我還有好幾個模擬情景沒通關呢。」

「類比情景區需要重新裝修，要暫時關閉一段時間。」教練皺眉回答，看著時進一天比一天白的膚色和彷彿還帶著奶味的臉，心梗得不行，忍不住問道：「你真的還沒成年？」

時進不明所以點頭，皺眉強調：「你不能因為我年齡小就歧視我，而且我快成年了，下個月月底就是我的十八歲生日！」

歧視？誰敢歧視敢跟君少撒嬌，並且硬賴著和君少一起吃飯，君少還不拒絕的人？嫌命長嗎？

教練一臉被屎糊了的表情，掃一眼時進繭都沒磨出來一個的手，憋了半天憋出一句：「好好照顧君少，別辜負他。」說完把他丟入電梯，幫他按了關門鍵。

時進就這麼被地下二層掃地出門，蔫蔫回了廉君書房繼續種蘑菇，並試圖用改進廉君午飯菜單這件事打發時間。

廉君顯然也沒想到時進會這麼快槍法合格，不語不動地看了時進好一會，直看得時進後背都要起毛時，終於有了其他動作——打電話把卦二喊了回來。

卦二急匆匆趕回，身上還穿著一身高檔西裝，也不知道之前是在幹什麼。

面對卦二帶著疑惑和焦急的詢問，廉君放下檔，指向了沙發上一臉無辜的時進，吩咐道：「帶他出去轉轉，給他找點事做。」

卦二滿心被緊急召喚的緊張嘩啦一下散光了，無語地看一眼時進，說道：「可是君少，您身邊不能沒人保護，而且我現在辦的事需要拋頭露面……」

「打電話把卦九調過來跟著我。時進現在需要積累實戰經驗，你把他帶出去，讓他跟著你多看多學。」廉君語氣不容拒絕，說完擺了擺手，重新拿起文件，一副不願意再多廢話的模樣。

卦二識趣閉嘴，側頭看向時進。

時進純良微笑。

卦二翻白眼，示意他跟上，轉身出了書房。

等到了外面，卦二終於忍不住，湊近時進壓低聲音問道：「你幹什麼了？怎麼逼得君少把你攆了出來。」

「因為進進想逼寶貝喝湯！寶貝不喜歡喝湯！」小死高聲回答。

時進捂了捂自己的額頭，十分不願意承認自己居然被廉君嫌棄得丟了出來，厚著臉皮回道：「大概是我太優秀了吧，君少不想埋沒我這個人才。」

卦二：「……我信了。」

「謝謝信任。」時進一臉誠懇。

卦二用一根向下的小指表達了自己此時的情緒。

時隔大半個月之久，時進終於呼吸到會所以外的空氣。卦二把他塞到一輛造型十分拉風的黑色豪車裡，朝駕駛座等待的司機吩咐道：「去最近的商場。」

司機低應一聲，發動汽車。

時進疑惑：「去商場幹什麼？對了，你最近在忙什麼，我又需要做什麼？」

「去商場給你換身行頭，你現在太糙了。」卦二扯了扯脖子上的領帶，放鬆地靠在座椅上，掏出手機調出一個加密文檔，解鎖後丟給時進，解釋道：「我最近在做一個目標接近任務，政府那邊有個退休老傢伙最近心思活泛了，找路子偷了一份官方的重要文件，想賣去國外。官方想收拾他，但沒明面上的證據，就找了君少幫忙，想讓君少幫他們摸清楚老傢伙派去做交易的人是誰，方便鎖定賣家和交易地點，把後面的大魚給揪出來。」

這麼刺激的嗎？時進表情認真起來，仔細翻看文件。

卦二對他進入狀態的速度十分滿意，繼續說明：「這個老傢伙十分警惕和狡猾，做事很小心，但他有一個很大的弱點——他有一個養在別人那裡的私生子，名叫徐懷，吃喝嫖賭樣樣都會，是B市出了名的玩咖，我現在的身分是賭場老闆和白藥商人，目前已經接近了這個私生子的玩樂圈子，下一個目標是正面和這個私生子搭上話，想辦法從他那撬出一點有關於他老爸的消息。」

時進快速掃了一遍資料，聞言皺眉問道：「那萬一這個徐懷什麼都不知道呢？你不也說那老傢伙做事很小心，徐懷這麼不靠譜，他不一定會把這麼重要的事說給徐懷知道。」

「不知道也有不知道的解決辦法。」卦二抽出一根菸叼在嘴裡，表情意味深長，「如果合法的手段撈不到消息，那咱們就只能來點激烈的了。小進進，好好學著吧，想跟在君少身邊，心臟不強大點可不行。」

時進斂眉深思，側頭對上卦二高深莫測的眼神，伸手，抽出了他嘴裡的菸，誠懇建議：「吸菸有害健康，戒了吧。」

卦二：「……」媽的，還能不能好好裝一下身為老前輩的逼了。

到達商場後，卦二把時進塞入一間高級造型店裡，喊來要價最貴的髮型設計總監，讓他給時進弄一個又潮又閃亮的新髮型。

時進生無可戀，知道這是任務必須，所以只能let it go。

幾個小時後，當時進從商場裡出來時，他已經成了頭頂奶奶灰蓬鬆自然捲頭髮，身穿最新款潮牌衣服，手戴昂貴手錶，耳朵上戴著鑽石夾耳耳釘，腳踩限量版球鞋的正宗鮮肉小白臉一枚了，還是特別騷氣的那種。

「這造型不錯，來，先拍一張給君少過過目。」卦二讓時進靠著車站著，給他鼻梁上架上一副墨鏡，拿起手機咔咔咔狂拍。

時進拉下墨鏡，視線威脅地在卦二的下三路流連。

卦二見好就收，把照片群發給了廉君和卦一等人，讓他們熟悉一下時進的新造型，免得再見面時認錯，然後拽著時進坐上汽車後座，大手一揮，老闆架式十足地說道：「開車，去零度酒吧。」

司機聽話地發動汽車。

時進把臉上的墨鏡取下來，問道：「這個零度酒吧又是什麼說法？」

「零度是徐懷最喜歡去的娛樂場所之一，那兒的老闆是徐懷的朋友，我打聽到徐懷的狐朋狗友之一今晚會在那裡辦生日酒會，徐懷肯定會去湊熱鬧，咱們去堵他。」卦二解釋。

時進點點頭表示明白，「那到酒吧後我需要做什麼，也裝成吃喝嫖賭樣樣精通的富家子嗎？」

卦二回道：「不用，你的人設不是那樣的，徐懷是個顏控，男女不忌，最近剛和網紅小女友分手，我估計他要換個口味，你的人設是我包養的小白臉，根據調查，他剛好喜歡你這種氣質乾淨的年輕男孩子。」

時進：「……」

「一會記得表現得浪一點，徐懷大男人主義特別嚴重，雖然喜歡長相清純氣質乾淨的，但又不喜歡勾搭對象太端著，特別難伺候。」卦二還在補充要點。

時進頭疼地靠在椅背上，突然覺得還是待在廉君身邊看他批文件比較舒服，外面的空氣一點都不清新，反而十分糟汙混亂。

兩人在商場磨嘰了太久，到酒吧的時候天已經黑透了，倒是剛好趕上酒吧慢慢開始熱鬧起來的時候。

卦二在車上換了一身休閒點的衣服，還把頭髮抓亂，氣質立刻放蕩不羈起來。

「一會在酒吧裡你跟緊我，別人遞的菸酒糖全都別接，接了也別吃，很可能是加過料的。我的人設可能一會需要對你動手動腳，你給我忍住了，別把剛剛吃的麵包吐出來。」

時進問得十分認真：「那我可以反過來對你動手動腳嗎？」

卦二頓住，笑著朝他呲了呲牙。

時進豎給他一個中指。

吧內人不多，徐懷和他的一眾狐朋狗友都還沒來，卦二帶著時進去了吧臺，坐到中間最顯眼的位置，給自己點了一杯威士忌，給時進點了一杯騷氣的零度招牌雞尾酒之一「夢幻之夜」。

「夢幻之夜」酒如其名，顏色確實很夢幻，整體呈現出一種漂亮的冰藍色，被裝在一個三角雞尾酒杯裡，酒液上還漂著一顆帶梗櫻桃，冰藍配著櫻桃紅，撞色撞得十分好看。

只可惜這酒能看不能喝，點來只是用作增加時進騷氣度的道具。

「記得隔段時間就把酒液偷偷潑出去一點，裝作喝過的樣子，別露餡。」卦二湊近提醒。

時進端起酒杯，十分玩咖模樣地晃了晃，藉著身體遮擋，朝卦二比了個OK的手勢。

兩人做出調情的樣子在吧臺上喝酒，靜靜等待大魚上鉤。大概酒過三輪之後，目標人物之一出現了——今晚的壽星帶著一眾朋友出現在酒吧入口。

卦二向時進使了個眼色，比了個「浪一點」的口型。

時進壓下給他豎中指的衝動，放下酒杯，按照原計劃去舞池裡浪了。

身為一個愛好搓麻的小警官，時進自然是不會跳舞的，但他不會，小死卻可以給他加buff讓他會，還能讓他會得特別騷氣！

「哇，進進你跳舞好好看，大家都在看你！」小死在腦內激動歡呼，一副與有榮焉的樣子。

時進心塞得想吐血，催眠自己周圍的人只是一群蘿蔔白菜，照著小死給出的動作指引和身體牽引感本能舞動，還時不時地撩一下頭髮，扯一下衣領。

「小進進不錯啊，想不到你跳舞這麼厲害。」耳朵上的鑽石耳釘裡傳出卦二的聲音，時進翻白眼，不想理他。

卦二卻不放過他，開始囉囉嗦嗦地給他即時播報情況：「壽星帶著朋友們去了正對舞池的卡座，像是在等什麼人……他們看到你了……壽星拿手機對你拍了一張，好像把你的照片發給了誰……哎呀我怎麼沒想到呢，小進進跳舞跳得這麼好，必須拍下來給君少他們看一看。」說完一陣拍照的聲音傳來。

時進終於憋不住了，轉身背對壽星一行人，朝衣服上的鈕扣麥殺氣騰騰地說：「卦、二！」

「什麼卦二、卦三的，我現在是陳二，你得喊我二哥，一會別喊錯了。」卦二語氣仍然十分欠揍，不過拍照聲倒是停了。就這麼又即時播報了一會，時進終於聽到自己想聽的內容，「徐懷來了，你再跳五分鐘，然後下來回我這裡。」

時進鬆了口氣，回了一句明白，躲開第N個湊過來想和自己尬舞的人，繼續跳了一會，然後做出累了的樣子，跳下舞池回到卦二身邊。

卦二一臉「我的小寶貝你怎麼這麼誘人，我真是受不了」的油膩笑容，伸臂搭住時進的肩膀，側頭在他耳朵上用力蹭了一下。

「我的汗味好聞嗎？」時進皮笑肉不笑。

「還行，一股子染髮劑的味道。」卦二回答，臉上依然笑得油膩，還端起時進的酒杯遞過去，壓低聲音：「徐懷在看著這邊，騷氣一點。」

時進接過酒杯，低頭咬住伸出酒面的櫻桃梗，把櫻桃叼起來，含一下又吐出來，仰頭朝著卦二湊去，也壓低聲音，惡意滿滿地問道：「這樣夠騷氣嗎?喏，櫻桃，給你吃。」

卦二身為鋼鐵直男，還從沒被同性這麼調戲過。他看著櫻桃上疑似口水的東西，到底下不去嘴，表情扭曲了一瞬，說道：「算你狠。」

「彼此彼此。」時進滿意了，錯開臉把腦袋搭在卦二肩膀上，做出和他膩歪的樣子，自個把櫻桃吃了，吃完剛準備退開身，就和一個坐在角落處的男人對上視線。

男人有些眼熟，好像在哪裡見過。

小死驚呼：「進進，你的進度條怎麼突然漲成760了！」

時進連忙錯開和男人對上的視線，隱隱覺得不妙，連忙在腦內說道：「我也不知道，小死你查查坐在我正對面角落處的那個男人，穿深藍色外套的那個人，我怎麼覺得他有些眼熟。」

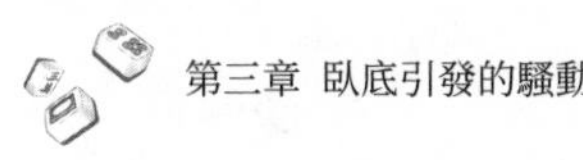

小死聞言連忙動作，很快就給出結果：「酒水消費記錄顯示他叫龍石，是一個娛樂公司的經……啊啊，進進，他是你三哥容洲中的經紀人！和容洲中關係特別好！」

艸！果然眼熟沒好事！時進冷汗唰一下下來了，忙退開身讓卦二擋住自己。

但是已經晚了，那個男人居然起身走過來，禮貌地停在兩人兩步開外，和善說道：「你們好，我是中佳影視的藝人部負責人龍石，是這樣的，我剛剛看到這位小先生的舞蹈，覺得他十分適合往娛樂圈發展，不知道小先生對成為明星有沒有興趣？放心，我不是騙子，這是我的名片。」說著掏出一張名片，雙手遞到時進面前。

卦二聽得一愣一愣的，待明白龍石的意思後，差點沒直接笑出聲，忙低咳一聲壓下笑意，見時進看著名片不動，還以為他也是被唬愣住了，伸手代他接過名片，回道：「抱歉，這件事我和我朋友需要好好考慮一下，您……」

「不用考慮了！」時進回神，搶過卦二手裡的名片就直接塞回龍石手裡，朝龍石擠出一個乾巴巴的笑容，拒絕道：「我對成為明星一點興趣都沒有，多謝您的賞識，再見！」

說完拉著卦二就想走。

這次換成龍石愣住了，他之前見時進一副特別享受成為舞臺焦點的樣子，還以為他也是那種喜歡出風頭的年輕人，卻沒想到他居然會拒絕邀約拒絕得這麼乾脆。

猶豫幾秒，他到底不忍心錯過時進這麼好的苗子，又追上前，說道：「請你再考慮一下，我真的不是騙子，你如果不相信，我可以讓我的藝人容洲中給你打電話，他你總不會不認……」

「我不認識！」時進頭髮都要炸開了，見這龍石不依不饒的，害怕他真把容洲中給引過來，轉身擋住他的腳步，誠懇說道：「龍先生，別跟了，真的，我不想當明星，明星累死累活還沒隱私，太苦了，比起明星，我更喜歡當小白臉，小白臉躺著就能拿錢，見到我身邊這個金主沒有？他超級有錢，我超喜歡跟著他的。」說著扯了一下身邊的卦二。

卦二秒懂他的意思，配合地攬住他的肩膀幫他演戲，說道：「當然，寶貝我最喜歡你了，你想要什麼我都給你，當明星哪有當我的情人舒坦。」

「就是，當明星有什麼好的，容洲中是吧，他不就是有個會睡的媽麼，有什麼了不起的，男戲子一個而已。」一道稍粗的男聲強勢插入話題，迅速把氣氛拉爆。

龍石表情一沉，側頭看過去。

卦二和時進也跟著抬頭看去，意外地發現幫他們說話的不是別人，正是他們今晚的最終接近目標——徐懷。

「你說話注意點。」龍石不快開口。

徐懷遞給時進一個「小問題，哥幫你解決」的眼神，仗著身上肉多，走到龍石面前氣勢洶洶地看著他，橫道：「在我的地盤你還敢這麼囂張，快滾，別逼我派人抬你出去。」

龍石在娛樂圈摸爬滾打這麼多年，自認為脾氣已經夠好了，但此時也難免動了氣。他沉沉看著徐懷，問道：「你叫什麼？」

「嘖，怎麼，這是準備以後回來找場子？那你可得把爺爺的名字記清楚了，徐懷，爺叫徐懷，我等著你來找我算帳。」徐懷用力拍龍石胸口，拍得龍石後退了一大步。

龍石表情更難看了，掃一下胸口，說道：「我記住你了，徐懷。」說完略微恨鐵不成鋼和遺憾地看一眼時進，黑著臉轉身走了。

時進目送龍石離開，在心裡給徐懷點蠟——得罪龍石就等於得罪了容洲中，容洲中娛樂圈閻王的外號可不是白得的，那睚眥必報的作風，簡直是人見人怕，鬼見鬼愁，這徐懷多半要涼了。

小死有些想哭：「進進，你的進度條漲到770了，就在龍石走前看了你一眼之後。」

時進聞言一愣，頓時也想哭了。

真是千防萬防，防不過豬隊友的突然出現，徐懷是吧，他記住了！

雖然過程完全沒有按照計劃來，但卦二今晚的任務最後還是完成了。通過這一次「英雄救美」，時進成功和徐懷搭上話，並順勢跟著徐懷去了他朋友過生日的包廂。

時進生無可戀，越發覺得還是留在廉君身邊好，又安全又清淨，之後面對徐懷有意無意地灌酒，他忍不住有些遷怒，讓小死給自己加了個「千杯不醉」buff，豪氣無比地灌了回去。

徐懷還沒見過時進這樣的人，長相乖巧俊秀，舞蹈熱辣勾人，性格豪爽大氣，就連拜金都拜得特別直白，簡直是無一處不矛盾、無一處不勾人，讓人心癢癢地想要看他更多的樣子。

他越和時進接觸越喜歡，幾乎忘了時進身邊還有個金主卦二，座位從卦二對面挪到時進對面，又從時進對面挪到時進旁邊，眼珠子就差黏在時進身上了。

卦二也沒想到時進在進入包廂後居然這麼放得開，狀態特別好，索性由著他發揮，不著痕跡地縮小存在感——今天的任務就只是爭取和徐懷搭上話而已，以便以後做更深的接觸，現在任務已經完成，倒也不需要時進一直按照劇本來，喝酒就喝酒吧，反正有他在旁邊看著，沒事。

徐懷毫無意外地被時進灌醉了，在他徹底醉倒之前，時進讓小死給自己加了個「聲音誘惑力加成」buff，湊近他耳邊，哄他和自己一起出了包廂。

壽星和他的一眾狐朋狗友們見狀，紛紛露出曖昧不明的笑，卦二則暗暗翻了個白眼，眼一閉，做出已經喝醉，自己什麼都不知道的模樣。

「小遠寶貝，我知道一個好地方，走，我們去那裡快活快活。」徐懷被時進架著，嘴裡還不忘占時進便宜。

時進皮笑肉不笑，回道：「好，我們去快活快活。」保證快活得讓你終生難忘。

兩人跌跌撞撞地進了一個隱蔽處的空閒小包廂，反鎖包廂門。

大約半個小時之後，包廂門開啟，時進獨自出來。他故意擺著一張不滿氣憤的臉，回包廂後無視徐懷一眾狐朋狗友曖昧起哄的聲音，沒好氣地讓他們去小包廂接徐懷，然後喊醒裝醉的卦二，帶

著他頭也不回地走了。

兩人回到車上，卦二立刻精神了，問道：「你帶徐懷出去幹什麼了？」

「套話，包廂人太多，我不好發揮。」時進回答。其實真實原因是包廂人太多，不方便小死加某些不太和諧的buff。

卦二也不跟他多糾結這個，繼續問道：「那你套出什麼來了？」

「重要消息。」時進回答，詳細說了一下自己的發現，「我懷疑徐懷就是那個被派出去交易的人，他之前灌我酒的時候說漏了嘴，說他過段時間要去國外發財，會變得比你這個金主更有錢，問我要不要跟他。剛剛我帶他去小包廂，哄著他把發財的事詳細說了一下，他提起自己最近要和朋友去遊輪上玩，之後就會出國，不過去遊輪的具體時間我沒套出來，他醉死過去了。」

卦二像看怪物一樣地看著時進，像是不敢相信他居然真的套到了資訊。

時進被看得發毛，說道：「你不是能聽到我這邊的動靜嗎，現在這眼神是什麼意思？」

卦二從口袋裡掏出一個隱藏耳機，一臉的一言難盡：「你和徐懷去小包廂後，耳機裡就開始傳出徐懷……的叫聲，太辣耳朵了，我就把耳機給摘了。咳，我那不是以為你為了任務犧牲自己，和徐懷真的那什麼去了麼……」

時進抬手就是一個爆錘。

「別別別，別動手，開個玩笑而已，我知道你有分寸。」卦二連忙躲開，轉而討好地拍馬屁，「小進進你真厲害，一下子就把任務完成了大半，等核實了這個資訊，咱們就可以好好休假了。」

時進疑惑：「什麼意思？這事我們就不再管了？」

「管什麼，後面就都是官方的活了，咱們小門小戶的，可管不了這種跨國買賣。」卦二閒閒開口，示意司機開車回會所，側頭打量一下時進，說道：「不過我倒是沒想到，小進進你酒量居然這麼好，千杯不醉啊。」

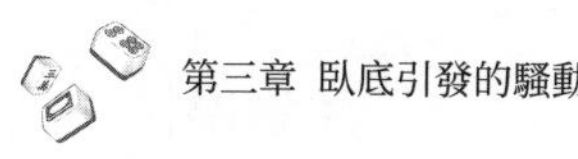

撲通一聲，彷彿魔咒被解除，上一秒還精神抖擻神志清明的時進，下一秒就臉色發紅地歪倒在了椅背上，抬手捂住嘴，眼神矇矓地看向卦二，弱弱開口：「媽媽，我想吐……」

卦二：「什麼？」

buff是有時間限制的，時間限制一過，身體該受的罪，那還是要受的。

醉酒後的時進形如半傻，吐了一通後被卦二強灌了一瓶水，終於稍微精神了一點，但他一精神，就開始扒著卦二，吵著鬧著要去看寶貝有沒有好好吃飯。

卦二特別想直接敲暈他，但看著他可憐巴巴醉酒難受的樣子，又有點下不去手，想著再給他灌點水吧，就見醉酒的時進自個摸索著掏出手機，撥了電話出去。

當看到手機螢幕上「君少」這個名字時，卦二差點沒被自己的口水嗆死，崩潰地去搶時進的手機，急道：「我還道你的寶貝是誰，原來你真的對君少起了賊心！快掛了，也不看看現在什麼時間，快別作死！」

時進扭來扭去地躲，力氣賊大，然後卦二最不想看到的畫面出現了──電話接通了。

廉君的聲音從手機裡傳出來，有些低，明顯是被吵醒了，低喚了一聲：「時進？」

卦二連忙補救，高聲應道：「君少抱歉，時進他喝醉了，亂撥電話玩呢，您繼續睡……」

「寶貝！」時進石破天驚一聲吼，一巴掌糊開卦二，對著手機老媽子念，「你為什麼不喜歡喝湯！湯那麼好喝，你為什麼不喝！你胃不好，要多溫補你知不知道！你還想不想好了，想不想健康起來了！你多大人了，怎麼可以挑食！你太過分了！」

卦二倒抽一口涼氣，伸手就捂住了時進的嘴，朝著手機說道：「君少，他真的醉了，我會收拾他的，您繼續睡，他不知道自己在幹什麼，您別生氣。」

「唔唔唔……寶貝！」時進還在掙扎著想要出聲。

卦二簡直想打死他了，用力壓著他，搆著手去搶他的手機。

就在卦二以為廉君那邊應該已經掛掉電話時，廉君的聲音居然又傳了出來：「帶他回來見我，立刻馬上。」說完掛斷電話。

卦二終於搶到手機，但好像已經沒什麼用了。他滿臉菜色地低頭，看著手裡掙扎著、掙扎著就閉眼要睡過去的時進，又氣又無奈，鬆開手，「鬧吧鬧吧，有你想哭的時候，哥也幫不了你了。」

回到會所時，時進已經徹底醉死過去，卦二無法，只能把他背著去見廉君。

廉君身上披著睡袍等在書房，見時進是橫著進來的，眉頭一皺，打量一下時進身上騷氣的打扮，看向卦二，問道：「任務怎麼樣了？」

「已經和目標人物徐懷接觸上了，時進還從徐懷那裡套到一些消息，初步確定這檔交易人就是徐懷，交易地點應該是在一艘遊輪上。」卦二回答，見廉君又看向時進，忙補充道：「這次多虧了時進任務才能這麼順利，他喝酒也是為了和目標拉近距離套話，不是故意的。」

被丟在沙發上的時進突然動了動，翻個身後低喃出聲：「寶貝……喝湯……」

卦二心中警鈴大作，連忙又加大聲音把龍石這個插曲彙報了一遍，試圖用自己的聲音蓋過時進那聲寶貝。

但顯然廉君的聽力沒問題，他滑動輪椅移到沙發邊，看著時進又醜又傻的睡相，居然慢慢伸手，把時進微張的嘴給捏到一起。

時進難受地扭了扭頭，看起來更傻了。

卦二：「……」

「去查查那個龍石。」廉君捏完就收回手，摘下時進耳朵上的耳釘，丟給卦二，繼續吩咐道：「核實一下時進套取到的資訊，確定無誤後交給官方。」

說完擺手示意他帶時進去睡覺，滑動輪椅走了。

卦二目瞪口呆，有點不敢相信今天這事居然就這麼完了，看向仍睡得無知無覺的時進，隱隱咂摸出了一點奇怪的氣息——君少好像對時進特別的……呃，寬容？

◆◆◆◆

宿醉後的頭疼讓人欲仙欲死，時進睡醒後也不知道現在是幾點，先踩著虛浮的步子飄去浴室隨便洗了個澡，然後頂著一頭褪色褪得厲害的頭髮，跑去砸響卦二的門。

卦二開門後見是他，同情地看他一眼，說道：「醒啦，去吃飯吧，君少還等著你呢。」

時進反應遲鈍，緩了好幾秒才點點頭，略顯心虛地問道：「我依稀記得昨晚我給君少打了個電話，那個……我沒說什麼出格的話吧。」

卦二嘆氣，沉重地拍了拍他的肩膀。

「我、我說了？」時進喉嚨口發緊。

卦二一臉不忍，「說了，你喊君少寶貝，還指責君少挑食……你，唉，你好好去吧，我會為你祈禱的。」

時進淚流成河，機械轉身，在腦內要哭不哭：「小死，你居然沒有騙我……」

小死十分委屈：「這種事情，我騙你做什麼。」

「那你昨晚怎麼不阻止我……」

「我阻止了，你不聽。」

一人一系統相對沉默，最後還是小死先心軟，底氣不太足地安慰：「沒事的，寶貝那麼疼你，不會怪你亂喝酒的。」

「你不懂，這跟喝酒沒關係……」這和那句「寶貝」有關係……時進幽幽長嘆，勉強打起精神，朝著餐廳走去。

餐廳門開啟，一桌全黃瓜宴出現在面前，廉君坐在桌後，面前擺著一碗湯，正在用平板電腦翻著什麼。

「君少。」時進弱弱呼喚。

「坐，吃飯。」廉君頭也不抬。

時進坐下，看著面前的醬黃瓜、清炒黃瓜、黃瓜雞蛋粉絲湯、涼拌黃瓜……一堆黃瓜菜，想起原主對黃瓜的討厭程度，深深感受到廉君的惡意，試探開口：「那個君少，昨天……」

「不要挑食。」廉君放下平板電腦，端起面前的湯，喝了一口，「宿醉後不宜吃得太過油膩，吃吧，不要辜負了廚師的一片好心。」

這好心也太沉重了。

時進掃一眼廉君面前的湯，垂頭拿起筷子——看來廉君是真的很生氣，都氣得逼自己喝湯了……不過還好，不喜歡吃黃瓜的是原主，他倒是不大挑剔黃瓜的味道。

先舀了半碗黃瓜雞蛋粉絲湯到碗裡，時進挑起一塊雞蛋，往嘴裡塞去。

「容洲中今早在網路上發文，內容是『尋找昨晚在酒吧跳舞的年輕人』，表示想簽他進自己的公司，下面還附了一個以酒吧舞池為背景的年輕人跳舞視頻。」廉君突然開口。

「噗——」時進剛吃進嘴裡的雞蛋全噴了出來。

【第四章】

他們真的是壞哥哥嗎？

廉君抬眼看著時進，不說話。

時進連忙捂住嘴，十分不好意思：「抱歉，我不是故意的，要不咱們再換一桌菜？」

「不用。」廉君挪了挪自己的湯，平淡說道：「誰污染，誰清理，不要浪費。」

時進：「……」

不知道是午餐還是晚餐的餐繼續，時進坐立不安，眼神時不時往廉君的平板電腦上瞟一瞟，最後實在沒忍住，偷偷摸出自己的手機，打開社交軟體。

以容洲中的人氣，時進都不用費勁搜索，隨便點開一個頁面，就看到最顯眼的地方掛著的內容為「容洲中尋找跳舞年輕人」的資訊。

他心慌得不行，在腦內問小死：「你說容洲中認出我沒有？」

小死也沒想到容洲中會來這一齣，遲疑回道：「應該沒有吧，你現在變化太大了，而且進度條沒有漲，還是770沒動。」

時進稍微放心了——進度條是不會騙人的，沒漲就肯定是沒出事。那麼既然容洲中不是因為認出他才發消息，那他這麼做，難道是單純為了幫龍石出氣？想發動網路暴力？

嗯……好小氣。

時進關掉手機放好，像個上課偷玩手機的學生一樣，本能地在玩完之後抬頭朝著「老師」廉君看去。

廉君正直勾勾看著他，面無表情。

時進身體一僵：「呃……」

「說說這個容洲中。」廉君放下湯勺，擺出了長談的架式，「當初你說要留在我身邊，我同意了，但鑑於你還沒徹底穩定下來，所以我沒有過多詢問你的私事。現在你貼身跟著我，我想我們有必要互通資訊。卦二說你昨天明顯在躲著龍石，為什麼？」

時進愣了一下，連忙放下筷子，心裡其實早就想跟廉君透下自己的底了，於是老老實實說道：「因為我認識龍石的雇主容洲中，他是我的三哥。除他之外，我還有四個哥哥，大哥時緯崇你已經知道了，剩下的三個哥哥分別是二哥費御景、四哥向傲庭、五哥黎九崢，我在躲著他們。」

廉君坐直了身體，問道：「費御景，是那位律師費御景？」

時進點頭。

「黎九崢，我沒記錯的話，蓉城孫老的關門弟子就叫黎九崢，是名很厲害的醫生。」

時進還是點頭。

「而向傲庭……」廉君用手指點了點桌子，眉頭微攏，似是想不起來國內叫這個名字的重要人物有誰。

時進心虛補充：「他是開飛機的……戰鬥機，是軍方的人。」

廉君點桌子的手停了，深深看著他。

時進默默低頭。

「你這幾個哥哥……」

「一個比一個麻煩。」時進識趣補充。

「他們真的都想要你死？」廉君詢問。

時進用力點頭，還摸了摸手腕上的自殘痕跡。

餐廳裡安靜下來，良久，廉君伸手按下桌邊的呼叫鈴，讓人撤了桌上的黃瓜宴，給時進上了一碗清湯麵。

「吃吧。」廉君開口。

時進摸不準他的想法，乖乖拿起筷子，小聲說道：「君少，我知道我的家庭環境比較複雜，但你放心，我會小心處理好的，儘量不給你惹麻煩……」

「你的存在本身就是個麻煩。」廉君打斷他的話，看他一眼，又讓人給他上了兩個荷包蛋，說道：「網路的事情我會處理，你最近少出門……那個容洲中認出你沒有？」

時進搖頭，感動得雙眼變成荷包蛋，看著廉君，淚汪汪，「君少，你對我真好……」

廉君挪開視線，十分絕情，「別頂著這頭亂七八糟的頭髮做這種表情，醜。」

時進：「……」

網路持續發酵，容洲中人氣太高，在貼文發出之後，他的粉絲積極回應了他的號召，短短幾個小時內就在全網挖出了總共十幾份由不同人、從不同角度拍攝的視頻，其中有的清晰、有的模糊，清晰得足以截出時進的全臉照，讓人看清他的五官長相。

時進恨不得穿回昨晚，把上臺跳舞的自己打死。

「我總覺得再這麼下去，容洲中認出我只是遲早的事。」時進心塞得不行。

小死想安慰，卻無法自欺欺人。胖瘦雖然可以影響一個人的外貌，但減肥到底不是整容，五官特徵是不會有太大變化的，而且時進青春期以前只是微胖，用現在的照片和以前的照片對比一下，要認出來也不難。

「不行，我得改變一下形象，不然以後都沒法出門了！」

時進突然站起身，大步朝著外面走去。

小死嚇了一跳，問道：「進進，你想怎麼改變形象，整容嗎？」

「不是，整容太疼了。」時進搖頭，抬手扒拉了一下自己的頭髮，無腦遷怒，「都是這頭騷氣的頭髮惹的禍，我要把它剃了！」

小死：「……啊？」

晚餐時分，當廉君再看到時進時，時進的頭頂已經乾淨得一根毛都不剩了。

廉君放下筷子，面無表情，「這是怎麼回事？」

「你不是嫌我之前的頭髮醜嗎，所以我把它給剃了，嘿嘿。」時進摸著光頭傻笑。

事實證明，長得好看的人即使剃光頭那也是好看的，但是因為沒了頭髮的修飾，時進現在看起來比之前更小了，特別是笑起來的時候，傻氣度和幼稚度簡直爆表。

廉君定定看他的光頭幾秒，抬手揉了揉眉心。

「你怎麼了？」時進傻乎乎詢問。

廉君又看了他一眼，擺擺手示意他吃飯，自己也拿起筷子，說道：「容洲中已經把貼文刪了，並表示他只是和大家開個玩笑，視頻裡跳舞的人其實是他認識的人。」

時進直接破音：「什麼！他認出我了？」

「他不知道，這只是對外的說法。我讓卦二通知官方，讓官方以他們的名義聯繫了容洲中，告訴容洲中你是官方派去接近犯人徐懷的臥底，希望他不要大肆宣傳臥底的照片，所以他配合官方給的說法刪文了。」廉君解釋。

「喔喔，是這樣啊……」時進淡定下來，這才注意到廉君手邊又擺著一碗湯，狗腿十足地誇道：「君少又喝湯啊，最近都不挑食了呢，真好。」

廉君聞言直接按鈴讓人上了一顆水煮蛋，然後當著時進的面殘忍切碎。

時進覺得頭頂涼颼颼的，知道自己馬屁拍到了馬腿上，乖乖埋頭安靜吃飯。

轉眼又半個月的時間過去，通過廉君的後臺操控，時進跳舞的視頻無聲無息地消失在網路上。時進緊繃的神經也終於放鬆下來，不再整天提心吊膽，害怕自己被幾位兄長認出來。

這期間徐懷已經被官方正式確定了交易人的身分，沒過多久，徐懷突然被人套麻袋痛揍了一

頓，還被扒光了丟在零度酒吧門口，出了一次大醜。

徐懷治好傷之後，去外地散心卻徹底消失蹤影，再也沒有出現過。同時，臨海的某艘遊輪突發事故，死了幾位國內外的遊客，激起一波小小浪花後又迅速被人遺忘。

初冬的第一場雪不知不覺落了下來，時進用帽子、圍巾把自己包得嚴嚴實實，和卦二一起出門買東西。

「咱們真的要在B市過冬嗎？」時進詢問，聲音被圍巾弄得悶悶的。

卦二嫌棄地看他一眼，轉了轉自己光溜溜什麼都沒圍的脖子，回道：「原本計劃要去M國島上過冬的，但官方那邊又出了點事，拜託君少多待一陣子，所以就只能留下了。」

時進點頭表示明白，又問道：「那咱們這次出門要買什麼，會所裡不是有專人負責採購嗎？」

「你到地方就知道了。」卦二賣關子。

時進不滿地哼了一聲，和他一起上了車。

汽車朝著最近的商場行去，時進百無聊賴，伸手畫著車窗上的霧氣玩。快抵達商場時，小死突然在時進的腦內尖叫起來，害他嚇了一跳，手指打滑、身體一歪，差點撲到車門上，連忙扶著門坐穩，在腦內問道：「怎麼了？」

「進進，你的進度條突然漲到870了！毫無預兆，突然就漲了！」小死慌得聲音都變了調。

時進虎軀一震，連忙去看進度條的數值，反覆確認自己沒有眼花後，也傻了：「怎麼回事？怎麼會突然漲了這麼多？」

小死也搞不清楚，尖聲回道：「我不知道啊！」

時進扭頭往四周查看——他現在在車上，什麼事都沒幹，進度條突然暴漲，肯定是附近有危險源出現了！而在B市，能成為他危險源的，除了那幾位哥哥外就沒別的了！

「你幹麼呢？」卦二見他扭來扭去地看窗外，十分莫名，笑著把車停下，招呼道：「好了，下車吧，咱們得速戰速決，君少還等著我們回去呢。」

時進除了車子什麼都沒看到，慢慢收回視線，看向不遠處的商場，猶豫了一下，牢牢握緊車門把手，堅定說道：「我不，卦二，咱們現在就回去吧，我尿急。」

卦二下車的動作一頓，側頭看他，抬手就把他腦袋上的帽子摘下來，薅他只長出了一點硬茬的毛刺刺頭髮，笑罵：「我看你不是尿急，是皮癢，快下車。」

時進仍是不從。

兩人就下不下車這件事發生了激烈爭執，時進執意不下車，哼唧半天卻給不出一個合理的理由。卦二堅持要他下車，並表示今天不在商場待夠兩小時，誰也不許回去。

正鬧得凶時，一道人影突然出現在車外，伸手握上副駕駛座的車門把手，輕輕一拉，把本就沒鎖死的車門給拉開了，然後一道熟悉的聲音響起：「你們到底會不會停車，我……」

小死瘋狂尖叫，時進身體一僵，卦二皺眉看過去。

車外，時緯崇話語陡停，視線慢慢落在被卦二扯得歪著身的時進身上，視線在他臉上細細掃過，最後停在他鼻尖的那顆痣上，眼裡開始醞釀風暴，冷冷出聲：「時進，你可真會躲。」

時進：「……」臥槽！

生死關頭，時進迅速冷靜，掙開卦二的手坐起身，朝著時緯崇露出一個禮貌的微笑，壓低聲音說出一口不知道是哪裡的方言，細聲細氣地說道：「解位先森，你闊能是嫩錯愣了，再見！」

說完拉住車門，試圖把門關上。

時緯崇額頭鼓起幾根青筋，腿一邁，踩上副駕駛座的車裡，阻止時進關門的動作，另一手握住

時進拉門的右手，把他的袖子往上一擼，用力按住他手腕上自殺留下的疤，冷笑說道：「時進，你當我傻嗎？下來！」

小死持續尖叫：「進進！進度條漲到880了！救命！」

時進額頭冷汗唰一下就下來了，用力往回收手，扭頭喊道：「卦二，幫我拉開他的……」

「咔」的一聲，子彈上膛和拉保險栓的聲音響起，卦二把槍口對準時緯崇，另一手按住時進的肩膀把他往身邊帶，看著時緯崇，說道：「放開他。」

臥……槽……時進目瞪口呆。

時緯崇的臉一下子就黑透了，抓著時進的手指收緊，完全不避開槍口，咬牙問道：「時進，你讓外人拿槍指著我？」

小死的尖叫再次升調：「890了！進進啊啊啊！」

——啊啊啊！別漲了！

時進心裡也在尖叫，剛準備說點什麼緩和一下局面，就見又一道勁瘦修長的身影出現在車外，同時一道稍顯熟悉的低沉男聲在車外響起：「大哥，怎麼去了這麼久，是遇到什麼麻……」

男人話沒說完就看清車內的情況，劍眉一皺，毫不猶豫地掏出自己的配槍，對準車內的卦二，喝道：「你幹什麼？把槍放下！」

小死激動得要當機：「漲到900了，寶貝不在身邊，我們要完了啊啊啊！」

時進也是要窒息了，不敢置信地看著車外那位站在時緯崇旁邊氣質鋒利的男人，視線掃過他與時行瑞有那麼兩三分相似的眉眼和顯得有些凶的嚴肅表情，欲哭無淚：「四、四哥……」你為什麼會在這裡啊？

來人正是時家老四向傲庭，他聽到時進的呼喚，明顯愣了一下，視線挪過去上下掃一下時進的臉，最後也把視線定在時進的鼻子上，然後伸手就來抓他，說道：「小六，你這段時間跑到哪裡去

了？過來。」

「別動他。」卦二傾身擋住時進，槍口挪動與向傲庭的槍對上，目露威脅，「都滾出去，小心子彈無眼。」

向傲庭動作一頓，視線上移和卦二對上，抓著時進的手並不鬆開，拿槍的手也拉開了保險栓，身體緊繃著，蓄勢待發，問道：「小六，你被人威脅了？」

兩把槍就在時進的腦袋邊懸著，進度條還在要漲不漲地挪動，時進出了一身冷汗，用力搖頭，「沒有沒有，卦二是我的好朋友，都是誤會，你、你們先把槍放下，順便手也放一下……」

「放了讓你再跑掉嗎？」時緯崇出聲，語氣裡的咬牙切齒，只要是個人都聽得出來。

時進的小心臟抖了抖，知道局面不能再這麼僵持下去，這次被找到，時緯崇肯定是不會善罷甘休的，自己身邊雖然有個卦二，但時緯崇身邊有向傲庭，二對二，硬槓局面不一定對自己有利，得想辦法拖延一下時間，或者躲回會所裡去。

在腦內迅速過了一遍利弊，時進冷靜下來，挺身擋在兩把槍中間，看向時緯崇說道：「大哥，我不會再跑了。卦二，你先把槍放下，這兩個人是我哥哥，不會傷害我的。」

卦二稍微知道一點時進的家庭情況，所以才在見到時緯崇時，直接掏搶想迅速逼退他，現在聽時進這麼說，眉頭皺起，確認問道：「你確定？」

「確定，我沒事的。」時進說完又看向時緯崇，擠出一個有點難看的笑容，「大哥，我真的不會再跑了，我現在就住在離這不遠的夜色會所裡，會一直住到年後。」

時緯崇看了他幾秒，像在辨認這句話的真假，慢慢鬆開了手，卻不是軟化，而是轉身走到汽車後車門處，拉開車門坐了進去，同時撥了通電話出去，「老三，來商場門口，找到小進了。」

時進倒抽一口涼氣——老、老三？難道容洲中也在這附近？他這是一出門就撞見三位哥哥一起出行了？

卦二聽到時進提起夜色，微微挑眉，知道時進是準備讓廉君出面了，於是毫不猶豫地收了槍，也拿出手機撥電話出去，快速把這邊的情況說了一遍。

過了沒兩分鐘，時緯崇和向傲庭的手機同時響起，兩人對視一眼，一個直接接了電話，一個擠進時進坐的副駕後才接電話。

「喂，我是時緯崇。」

「喂，長官。」

兩人同時開口，時進被向傲庭擠著，隱約聽到一點向傲庭的電話內容，打電話來的應該是向傲庭的長官，正在訓斥他亂對軍方合作夥伴動槍的事，命令他立刻停手。

向傲庭皺眉，應了幾聲後掛斷電話，朝著卦二看去，眼帶探究。

時緯崇那邊則似乎是廉君親自打的電話，通話時間不長，但明顯通話內容更不友好，這一點從時緯崇身上陡然沉下來的氣息就能看出來。

最後時緯崇以「他是我的親弟弟！」這句話結束了通話，看向側頭偷看的時進，問道：「時進，這就是你說的待在安全的地方，還找到了一份穩定的工作？」

時進心虛地躲開視線，尬笑兩聲，不敢接話，心裡則在猜測著廉君剛剛到底都對時緯崇說了些什麼。

局面因為這幾通電話暫時穩住了，五分鐘後，戴著帽子口罩的容洲中靠近車輛。他漂亮的桃花眼一掃，視線落在髮型別致的時進身上，露出一個似笑非笑的表情，也不多問，繞到另一邊，拉開車後門也坐了進去。

時進被他看得後背毛毛的，總覺得他的眼神有些意味深長，悄悄往卦二身邊挪了挪。向傲庭察覺到時進的動作，眉頭一皺，轉手就把他塞去後座。

一不小心就坐到時緯崇和容洲中中間的時進：「……」媽媽，好可怕。

小死也在他腦中瑟瑟發抖：「進、進進，你的進度條雖然停在900沒漲了，但、但是我覺得情況有點不妙……」

「不用覺得了，就是很不妙。」時進在腦內開口，餘光看著身邊兩雙大長腿，滿心絕望——一次來三個，情況能妙了才真是見鬼了。

時緯崇對時進僵硬躲閃的小學生坐姿十分不滿意，把他往後一扯強迫他靠著椅背挨著自己坐好，朝卦二說道：「人齊了，你的老闆約我去談談，開車。」

卦二這邊也接到廉君的交代，聞言從後視鏡裡看一眼時進，發動了汽車。

開開心心出門，心驚膽戰回家。

到達會所後，卦二引著眾人進入專用電梯，直上廉君居住的六樓。

出乎意料的，廉君居然親自在電梯外等待，身上還穿著一件他很少穿的紅底白梅圖案的長袍，整個人耀眼得像是冰雪世界裡綻放到極致的曼陀羅花。

卦二率先走出電梯，開口喚道：「君少。」

廉君點頭，朝著時進招了招手，「過來。」

大腿在呼喚，時進邁步就走。

時家幾位兄長完全沒想到站在時進背後的人居然是廉君這種樣子，一時間有些發愣，都沒來得及阻止時進彷彿幼鳥歸巢般的動作。等他們回神時，時進已經站到廉君身邊，還自覺扶住了廉君的輪椅。

時緯崇臉一黑，邁出電梯，走到廉君面前，居高臨下，「廉先生，我要帶我弟弟回家，你無權

阻止。」

廉君沒有應他的話，而是側頭對著時進，問道：「你想回家嗎？」

所有人的視線唰一下挪到時進身上，時進覺得壓力山大，甚至覺得大腿在給他挖坑，僵硬半晌，最後頂著三位兄長的高壓視線，硬著頭皮搖了搖頭，邊注意著進度條邊回道：「不想，留在君少身邊挺好的，我喜歡這裡。」

「既然如此，那麼誰也帶不走你。」廉君安撫一句，這才看向時緯崇，「時先生，這就是我的態度，如果你不接受，那麼我們沒什麼好談的，請回吧。」

小死刷一下鬆了口氣，開心說道：「沒漲沒漲，進度條停在900不動了，這好像是寶貝給你撐出來的安全線。」

時進也暗暗鬆口氣，更加握緊了大腿的輪椅扶手。

時緯崇從時進說出那句「不想」時，就忍不住想上前把時進給拽回來。守在一邊的卦二見狀立刻跨前一步，雖然沒再掏槍，但威脅的意味十足。

「大哥。」一向傲庭喚了時緯崇一聲，示意他不要輕舉妄動——軍人的直覺告訴他，電梯外的這個接待廳看似普通平常，空蕩蕩沒什麼人的樣子，但暗中起碼有五個以上的槍口對著這邊，總之，這裡是對方的地盤，硬來對他們很不利。

時緯崇看懂了他的暗示，不甘地收回手，看向時進，問道：「為什麼？」

時進看一眼進度條，想起重生以來心驚膽戰到處躲藏的日子，想起原主的結局，仗著現在金大腿就在身邊，直視著時緯崇的眼睛，說了一句幾乎算是挑破所有兄弟溫情假象的話，回道：「因為我想好好活下去，大哥、三哥、四哥，我不明白，偏心的是爸爸，你們為什麼討厭我？我有對你們做過什麼嗎？」

說完不再看時緯崇他們，推著廉君的輪椅，頭也不回地離開。

走廊裡只有輪椅滑動的聲音，客廳的入口就在走廊盡頭。

「時進。」廉君突然開口。

正在緊張確認進度條數值的時進回神，應道：「怎麼了，君少？」

「今天日子特殊，你哭的話，我可以假裝沒看到。」廉君開口，莫名其妙地說了一句，然後擺手示意他停步，說道：「客廳怎麼沒開燈，你去打開。」

時進不疑有他，停步繞過去上前開燈。

開關被按下去的瞬間，入口處懸掛的小禮炮一起炸開，彩帶爆出，撲了時進一身，同時客廳裡燈光大亮，露出正中間茶几上放著的三層大蛋糕。

時進直接傻住了。

「你回來得太快，別的都來不及準備。」廉君滑動輪椅來到時進身邊，拉起他的手，往他手裡塞了一個紅包，說道：「生日快樂，恭喜成年。」

時進頂著一頭彩帶，好久沒說話。

廉君陪在他身邊，也沒說話。

小死本來還驚喜地尖叫著，見狀聲音慢慢弱下來，擔心問道：「進進，你怎麼啦？」據它所知，時進和原主的生日是同一天，這場安排應該確實很驚喜才對。

「我沒事。」時進回神，腦內回小死一句後抬手抹了把臉，笑著搖搖頭把頭頂的彩帶全部晃下來，側身看向廉君，捏了捏手裡的紅包，故意問道：「君少你紅包裡給我包的什麼？我怎麼摸著像是一張卡。」

廉君看他一眼，不理他，滑動輪椅想進入客廳。

時進膽大包天地拖住輪椅扶手，把輪椅拽回來，彎腰湊近廉君，看似淡定實則緊張地伸出手，問道：「那個……君少，我可以抱一下你嗎？」

廉君攏眉看著他，十分明顯的不樂意。

「可以嗎？我今天生日。」時進不要臉地祭出自己的壽星身分。

廉君看他良久，像是拿他沒辦法了，抬起手搭住他的肩膀，稍微往前靠了一下，然後立刻退回身，說道：「去切蛋糕吧，卦一他們也為你準備了禮物。」

這個擁抱十分敷衍和不完整，時進卻已經滿足了，笑著轉到廉君身後扶住他的輪椅，語調因為開心而不自覺揚高，得了便宜還賣乖：「君少，我今天允許你吃一塊蛋糕，晚上還不用喝湯！」

廉君皺眉訓斥：「不要得寸進尺。」

「嘿嘿。」時進傻呵呵一樂，一個加速跑，把他推到蛋糕前。

其他人推廉君時總是十分謹慎，速度不會太快也不會太慢，保持在一個讓人舒服的速度，從不敢有什麼過激的動作。

廉君被時進的突然加速嚇得本能抓住了輪椅扶手，待反應過來後，感受著撲面而來帶著蛋糕甜香的微風，又慢慢放鬆下來，勾了唇角，嘴裡卻仍在訓斥：「胡來什麼，你已經成年了，以後做事要穩重一些。」

時進十分敷衍地應著，已經自顧自去給蛋糕插生日蠟燭。

這邊蠟燭剛插好，卦一等人就一人推著一個小推車進來，推車上全是各種各樣吃的，車架上還應景地纏著小彩燈，以卦一等人的糙漢審美，這大概已經是他們能做出最精緻的東西了。

時進也不嫌棄，樂呵呵地幫著大家把東西擺好，然後搬來一個椅子放到茶几邊，直接爬上去，以一個遠遠高於蛋糕的位置，許願之後對著蛋糕下了刀。

第一塊蛋糕肯定是給廉君的，時進拿了第二塊，然後把刀一甩，讓卦一等人自由發揮了。

卦二直罵他沒良心，時進才不管，窩在廉君身邊美滋滋拆禮物。

仗著自己是壽星，時進在拆完禮物、吃完蛋糕後大手一揮，讓會所後勤送了一副麻將過來，在客廳裡清了張桌子，擺開了陣勢。

卦一看得眉毛直抽，想起當初時進在麻將館裡如魚得水的樣子，不等時進招呼就直接表示自己絕對不參加這種賭博活動。

時進噎住，偷偷把視線往廉君身上瞟，廉君回以一個冷淡死亡視線。

時進只得打消和大腿分享快樂的想法，轉手拽住卦二，然後喊了一聲卦三和卦五。新調到廉君身邊的卦九是個天天犯睏的娃娃臉青年，此時正趴在沙發上睡大覺，時進也就不鬧他了。

一桌四個人，卦二是個點炮王，麻將技術爛得沒眼看，還愛耍賴。

卦三話不多，卻有些功底，總是悶聲不響胡大牌。

卦五的牌技和他的臉一樣憨厚，輸贏都不計較，看起來還挺樂呵。大家都有意無意地捧著時進，時進贏錢贏到手軟，臉上的笑就沒停過。

奮戰到半夜，過足了牌癮的時進被卦一丟回房睡覺，他連夢裡都是麻將在奔跑，全然忘了白天出門遇到兄長的驚險刺激。

然而一覺醒來，美夢結束，殘忍的現實撲面而來——昨晚撕破臉之後時緯崇居然沒有走，硬是讓助手送了一輛車來，在會所門外將就了一晚上，並反覆要求見時進。

時進趴在會所二樓過道的窗戶上，看著會所門口停著的黑色商務車，心慌慌：「你說他這是什麼意思，要和我當面PK嗎？」

小死其實也很慌，但還是勉強安慰道：「進進不怕，這裡是寶貝的地盤，你的哥哥們不能把你怎麼樣的。」

「但我總不能一輩子黏在你家寶貝身邊，一步都不離開吧？我願意，你家寶貝也會嫌棄啊。」

時進嘴裡發苦，十分懊惱，「衝動是魔鬼，我昨晚就不該直接撕破臉的，保命是一回事，咱們的主要任務還是消掉進度條，就現在這撕破臉的狀態，進度條要怎麼消。」

小死哼哼唧唧給不出個好的建議來，也很發愁。

「不行，得想個辦法和這幾個哥哥緩和一下關係，起碼得把進度條降回安全線。」時進握緊窗框，又看了一眼樓下的商務車，轉身朝著廉君的書房跑去。

時緯崇在夜色外一守就是好幾天，表現得十分執著，他就算偶爾因為工作或者生活需要暫時離開，過不了幾個小時就肯定會回來，一副不見到時進不甘休的樣子。

就這麼耗到了第六天，時緯崇終於再次被請進了夜色。

時進在會客室見他，面前擺著幾份文件。

「小進，我需要和你談談。」時緯崇一進門就開了口，眉頭皺著，看得出來情緒不怎麼好。

「等一下，大哥你先聽我把話說完。」時進阻止了他的發言，示意他坐下，然後把幾份文件依次打開，擺在他面前，一一說明道：「這是Y城西區的投標案，我建議你放棄，這是個大坑；這是J國K區的開發計劃，我建議你跟進，對瑞行的發展有好處；這個是爸爸生前就在計劃的三線轉移，你可以參考一下……最後是這個，爸爸的心腹名單，你如果想把瑞行的生意重心挪回國內的話，我建議你不要用他們，他們會給你使絆子。」

時緯崇越聽表情越嚴肅，拿起這些文件挨個翻了一下，抬眼看向時進，像是不認識他了一樣，問道：「你這些是從哪裡弄來的？」這裡面甚至有他正在計劃的案子。

「我跟在爸爸身邊，他知道的東西，我當然能知道。」時進回答，親自給他倒了杯茶，說道：

「我要說的已經說完了，大哥你想談什麼，說吧。」

小死很絕望：「進度條還是900，給了這麼大一顆糖出去，時緯崇為什麼一點反應都沒有？」

時進聽得也有些洩氣了，但還是勉強安撫道：「不急，咱們聽聽時緯崇想談什麼，起碼現在我和他的立場不算是完全對立了，他態度總會鬆動的。」

時緯崇聽時進說這些資料全是從時行瑞那得來的，表情變得莫測起來，又仔細翻了一遍這些文件，身上氣息不知不覺收斂，語氣也冷靜淡定下來，問道：「為什麼告訴我這些？」

「原因和當初我選擇放棄遺產時告訴你的理由一樣。」時進坦然對上他的視線，再次問道：「大哥，你想跟我談什麼？」

時緯崇這次回答得很快：「我要你跟我回去。」

時進拒絕得也十分乾脆：「我不願意。」

談話秒速進入死胡同，時緯崇沉著臉不說話。

時進暗暗坐直身子，雖然十分不願，但還是在心裡做好了和時緯崇徹底撕破臉的準備——再次感謝金大腿的存在，讓他現在有命去試和時家幾兄弟撕破臉的可能。

空氣彷彿凝固了，良久，時緯崇終於再次開口：「你這段時間過得好嗎？」

時進：「……啊？」這劇本怎麼好像有點不對？

「你變了太多，瘦了，長高了，穿衣服都不挑了……」時緯崇說著眼神慢慢緩了下來，表情帶上一絲無奈和疲憊，語帶嘆息：「你失蹤之後我每天都在擔心你，想著你從小嬌生慣養，一個人在外面要怎麼生活。」

時進身上開始冒雞皮疙瘩，完全不懂這個劇情發展，表情傻傻的，在腦內問小死：「他這是幹麼呢？想打感情牌騙我走？」

小死結結巴巴：「大、大概？也或許是他知道寶貝勢力太大，無法硬來？」

「那他可真是個心機boy。」

小死瘋狂附和。

「你這犯傻的模樣還是和小時候一個樣，一點都沒變。」時緯崇看著時進傻愣住的表情，突然淺笑了一下，但這絲笑意又很快被黯然取代，之後便是一聲低嘆，無奈道：「小進，你不願意跟我走，我不逼你，也逼不了你，我只是想讓你明白，你對哥哥們有誤會，如果你願意，哥哥們隨時歡迎你回家。」

「我很喜歡現在的生活，也很喜歡待在君少身邊。」

時緯崇沉默，低聲問道：「那個君少就真的比哥哥們都重要？」

廢話，救命稻草當然比殺人兇手重要！

時進有些扛不住時緯崇的溫情攻擊，心裡倒寧願時緯崇真的和自己大撕一場，屁股挪了挪，沒有接話。

「我懂了。」時緯崇嘆氣，欲言又止，語重心長：「小進，你還小，很多事不懂，廉君他並沒有你想像的那麼好，他的發家史……有些不清白。」

小死氣到炸毛：「哇，他居然說寶貝壞話！他想挑撥離間！進進你不要信他！」

時進也很憤憤——這個時緯崇果然是個心機boy！硬來不成，居然丟軟釘子抹黑廉君，卑鄙！

那邊時緯崇還在繼續說：「這幾天我好好查了一下廉君，發現他不止發家史不大清白，還樹敵頗多，你跟在他身邊，實在危險。」

時進立刻警惕起來，問道：「有人想害君少？誰？」

時緯崇剩下的話就這麼被噎回去，他頗有些煩躁地扯鬆領帶，端起桌上的茶水喝了一口，自個消化了會，突然轉了話題，說道：「小進，你以為哥哥們這次找到你只是巧合嗎？」

時進一愣，直覺反問：「難道不是？」

「當然不是，老三在看到那個跳舞視頻的時候就開始懷疑是你了，但你變化太大，他怕認錯人，就找了老四，你也知道，老四因為職業的原因，在認人這方面比普通人強得多。」

時進目瞪口呆，然後額冒冷汗——他怎麼就忘了，軍人可不是純靠外表認人的，他當初能一眼認出卸掉偽裝的卦一，向傲庭自然也能通過視頻認出減肥的自己，更何況那些視頻有些還拍得超級清晰，五官看得一清二楚！

小死也結巴起來，說道：「可、可那段時間進進你的進度條沒有漲啊，真、真的那麼早就認出來了嗎？」

這也是時進現在想搞清楚的！

見時進露出震驚的樣子，時緯崇又嘆了口氣，繼續說道：「在大致確認視頻裡的人可能是你後，我和老四開始順著這條線調查，發現你曾經到過前幾天我們重逢的那家商場，沒過多久，老三那邊突然收到一條來自官方的消息，說你是官方的臥底，不要隨意暴露你的視頻。我們覺得不大對勁，怕認錯人，也怕視頻裡的人確實是你，就一邊讓老四去查官方的消息，一邊派人輪流在那家商場蹲守。找到你的那天是你的生日，我想著你或許會再去那個商場買點什麼，或者慶祝生日，就約了老三、老四一起過去，幸運的是，我們真的找到你了。」

時進已經徹底聽傻了，腦中瘋狂回顧那段時間自己進度條的變化，越想越覺得奇怪，在腦內問道：「小死，我怎麼覺得有點不大對？」

小死也懵懵的，問道：「哪裡不對？」

「就是進度條的漲幅……我一時半會也說不清楚。」時進皺了眉，又看一眼對面完全是一副好哥哥樣子的時緯崇，撇開固有的劇情偏見去看的話，只憑他現在的感覺，居然覺得時緯崇此時的模樣看起來還挺真誠的。

但進度條又不可能說謊，到現在為止，進度條的數值可還卡死在900，一動都不動，如果時緯崇真像他表現出的那麼疼愛弟弟的話，沒道理進度條一點都不往下降。

「大哥。」時進手心有些冒汗，覺得自己好像被劇情給坑了，又覺得現在的時緯崇在給自己挖坑，問道：「你為什麼那麼想讓我回家？你不怕帶我回去後，我偷偷聯合爸爸留下的心腹，給你使絆子嗎？」

時緯崇看傻子似地看他一眼，回道：「小進，平時少看那些豪門狗血電視劇，影響智商。」

時進：「……」

時緯崇還是語重心長：「小進，我說這麼多，就是想告訴你，待在廉君身邊不安全，他並不是真的對你好。你這麼小，他卻讓你去接近徐懷那種人渣，還是用那種……那種辦法，如果這次哥哥沒找到你，你下次會被他派去幹什麼？直接和人賭命嗎？」

時進有些絕望，在腦內跟小死說道：「小死，怎麼辦，我覺得快被他說服了，他真的是個壞哥哥嗎？」

「可進進你的進度條還是一點都沒降，依然是900……」小死語氣也很不確定。

「小進。」時緯崇那邊還在說，語氣越來越懇切：「跟我回家吧，你這個年紀應該去上學，而不是在這邊和黑社會糾纏不清。我知道爸爸的死對你打擊很大，你心裡有很多疑問，或許還對我心懷怨恨，我都能理解，但我真的不想眼睜睜看著你往火坑裡跳，跟我回家吧，好不好？」

時進覺得如果不是進度條橫在那，他肯定已經被時緯崇的兄長之愛感動了。只可惜，事情沒有如果。

「大哥，對不起。」他表情為難，語氣卻堅定：「君少不是黑社會，待在他身邊我覺得很安全，謝謝你的關心，我很感激。」如果這關心是真心的話。

兩人的談話再次陷入死胡同，時緯崇看著時進，徹底沉默下來，像是已經不知道該跟他說什麼才好了。

時進被他看得不自在，也突然覺得自己好像特別過分，站起身，扯起嘴角勉強朝著他笑了笑，說道：「我一會還有訓練……失陪。」說完頭也不回地離開會議室，衝回房間擰開浴室水龍頭，把腦袋扎進去。

嘩啦啦，冬天一通冷水澆下來，哪怕室內有暖氣，時進也被冷得激靈靈打了個寒戰，然後強制性冷靜下來了。

「小死，劇情肯定有漏洞，咱們得更周全一些，多考慮一些別的可能。」時進關掉水龍頭，看著鏡中被凍成傻子的自己，抬手一抹臉，扯起一塊毛巾走出浴室。

小死已經被時緯崇的兄長關愛弄得開始懷疑自我，聞言連忙問道：「什麼別的可能？」

「考慮時家五兄弟，並沒有原劇情中寫的那麼想殺弟弟的可能。」時進坐到沙發上，頂著毛巾，抽紙巾擼凍出來的鼻涕，「就我對時緯崇的瞭解，我覺得他如果真想殺我，根本不會親自守在會所外幾天，還跟我說那麼多廢話，我甚至覺得他其實已經被我之前那通放棄遺產和自殘的行為軟化了，剛剛是真的在關心我。」

小死遲疑：「是、是這樣嗎？」

「也許是，也許不是，我只是希望我們不要太過局限原劇情，反而忽視了真正的危險因素。」

時進把紙巾丟掉，安靜思考了一會，說道：「小死，你把原書劇情再弄一份出來，我想要確定一些事情。」

時進花三天時間把原書本就不長的劇情逐字逐句地分析了一遍，最後糟心地確定了一件事——原劇情中沒有一個清晰直觀的證據表明，原主是被五位哥哥殺掉的，哪怕是主人翁自己也沒有直接證據。

原主的死亡過程十分漫長且痛苦，時行瑞死後，原主沒過多久就被人綁架，雖然後來被救了回來，但卻毀了容，還少了兩根手指。

之後原主被五位哥哥奪走公司，「圈禁」在五哥黎九崢的私人醫院裡，哪兒也不能去。此時，原主已經認定自己是被五位哥哥傷害的，原因是——哥哥們沒有像以前那麼愛他了，哥哥們搶了他的遺產、哥哥們對他冷言冷語冷嘲熱諷、哥哥們都是虛偽的大騙子！

時進：「……」少年，雖然時家五兄弟確實是虛偽的大騙子，但你確認兇手的方法會不會太草率、太主觀了一點？

「圈禁」持續了半年，半年後原主差不多把傷養好了，於是時緯崇把原主從老五黎九崢那裡接回去，送原主去學校。原主因為毀了容，在學校受到嚴重歧視，原主很難受，認為時緯崇送他回學校是為了羞辱他！

原主心中仇恨的火苗嘩嘩地燒，忍不住聯合時行瑞的老心腹，想給當時接管瑞行的時緯崇使絆子。結果他絆子剛使了一半，就莫名其妙出了車禍，重傷垂危。

這一垂危就是一年的時間，原主在病床上痛苦掙扎，不能正常進食、不能正常說話，只能痛苦地聽著醫生、護士討論著他的可憐和落魄，最後懷著對兄長們的滿腔恨意，器官衰竭而死。

書是以原主的視角寫的，所以看書的人十分容易代入原主的角色，不知不覺跟著原主的思路走，時進第一次看的時候就差點被劇情憋屈死，恨五個兄長恨得牙癢癢，但現在再看一遍，撇開那些主觀的情緒只從情節上來看，劇情裡不清不楚的地方實在太多了。

綁架案也好，車禍也好，這些直接導致原主死亡的事件，全都沒有證據表明是五個兄長派人做的，雖然他們嫌疑最大，動機也最足。

「咱們被劇情坑了。」時進最後長嘆一聲，下了結論。

劇情提供者小死默默縮小了存在感。

「時家五位兄長或許都不喜歡原主，都希望原主消失，但他們不一定真的付諸行動。就像是我們生活中偶爾也會產生希望某個討厭的人去死的想法，但卻不會真的去動手殺人一樣。」時進說著，最後看一眼寫著分析結論的白紙，把它泡到水裡一頓揉搓毀屍滅跡，抱起身邊已經顯得很舊的黃瓜抱枕，說道：「走，咱們去驗證一下這個結論。」

小死立刻回神，問道：「進進你要怎麼驗證？」

「去找脾氣最差的容洲中吵架，試探他的態度！」時進表情認真，信心滿滿。

小死：「……」

一個小時後，沒有駕照的時進由卦二親自開車送到B市某個別墅區門口。

「你確定他在家？」卦二叼著菸詢問。

時進點頭，「確定，我去他粉絲站打探過消息了。」

卦二嘴裡叼著的菸差點嚇掉了，「粉絲站連偶像在不在家這種事都知道？」

「正常粉絲是不知道的，但有一種最被明星厭惡的粉絲肯定知道——私生飯。」時進回答，解開安全帶，朝著卦二揮手，「你回去吧，開車小心。」

卦二不放心，問道：「真不需要我陪你？」

時進從善如流：「那你還是陪我吧，我怕。」

卦二：「……」

容洲中住的別墅區保全很嚴，訪客不能隨便進入，時進打容洲中的電話半天沒人接，發簡訊也不回，乾脆不走正門了，帶著卦二翻牆爬進去。

卦二很無語：「你怎麼知道這邊是監控死角？」

「我以前翻過。」時進睜著眼睛說瞎話，拍拍身上蹭到的灰，稍微認了下方位，帶著卦二朝著別墅區最角落處的區域走去。

卦二不疑有他，邊跟著他往裡走邊問道：「容洲中不接電話，會不會是真的不在家？」

「不在的話咱們下次再來。」時進十分光棍。

卦二挑眉，「再來爬一次牆？」

「如果他還是不接電話的話，那就只能再爬了。」時進回答。

卦二朝他豎了個拇指。

一路走到別墅區最清淨也最偏僻的區域，時進停在一棟帶小院的別墅前，伸手按響了院門上的門鈴。

門鈴過了好一會才有人應，院門上的對講機亮了起來，傳出容洲中的聲音：「哪位？」

時進把自己的大臉湊到電話上的攝像頭前。

電話那邊沉默幾秒，直接掛斷，之後院門咔噠一響，從內打開了。

時進推開門走進去，卦二慢他一步，先打量了一下周圍的環境才邁步進去。

別墅大門也是開的，容洲中正穿著一身睡袍靠坐在正對著玄關的沙發上，頭髮有些亂，之前應該是在睡覺，表情懶懶的，見時進進來，語氣十分不好地問道：「你來幹什麼？」

時進對他的態度早有預料，聞言沒什麼特別的反應，坐到他對面的沙發上，把黃瓜抱枕放到茶几上，說道：「我來還你這個。」

在原劇情中，容洲中就是幾個哥哥裡畫風改變得最明晰的。時行瑞還在時，他雖然也會表現出關心原主的樣子，但卻演得十分不走心，只知道砸錢給原主送禮物，平時都找各種理由不接原主的電話。等時行瑞死後，他最先卸掉偽裝，不再掩飾自己對原主的不耐煩和不喜，只要有機會，就會給原主心裡插刀子，嘴特別毒。

容洲中掃抱枕一眼，問道：「你什麼意思？」

「你當初送我這個的時候，說是想讓我多看看這個，以後多吃青菜，不要再挑食，說我再胖下去就不帥氣了。」時進面無表情，語氣故意弄得硬邦邦的：「現在我想通了，不是的，你送這個純粹只是想要膈應我。」

容洲中挑眉，上下打量一下時進，突然笑了，笑得不大友善，「真是想不到，就你這豬一樣的腦子，居然還有變聰明的一天，老大說得對，你確實和以前不一樣了。」

時進聽得心裡一動——資訊來了，時緯崇曾和容洲中談論過自己。

「我以前確實是豬，你和大哥他們的關心那麼敷衍和虛假，我居然一點都沒看出來。」時進自嘲，繼續面無表情，語氣更硬了：「好在我現在醒悟還不晚。」

容洲中一臉「我看你又要鬧什麼么蛾子」的表情，示意他有話快說，眼神居高臨下，厭惡中帶著點憐憫。

時進抬眼看他，認真問道：「你真的從來沒有把我當弟弟看待？」

容洲中嗤笑一聲，像是聽到了什麼天大的大笑話。

時進皺眉，繼續問道：「那你過去送我的那些禮物……」

「都是讓老大找人幫忙挑的。」容洲中意外的坦誠，坦誠地給時進心窩捅刀，「我挑的禮物就只有一個，這個抱枕，至於送它的理由，你已經知道了。」

時進：「……」突然覺得容洲中有點欠揍。

「你問完了？問完了就滾吧，我可沒空陪你玩什麼你問我答的無聊遊戲。」容洲中起身想走，走前還不忘把抱枕塞進沙發邊的垃圾桶。

一直安靜旁聽的卦二見狀表情一沉，替時進覺得不值，腳步一邁就想上前。時進卻出乎人預料的，居然直接掏出武器對準了容洲中，冷聲說道：「坐下，我還沒問完。」

卦二腳步一停，看向時進，見他表情緊繃，皺了皺眉，又默默退回去，順便幫他拉上別墅的窗簾，並將大門反鎖。

容洲中邁出去的腳挪回來，側頭看向時進和他手裡的槍，諷刺一笑，「真是出息了，這麼一把玩具，你想嚇唬誰？」

砰的一聲，時進一槍把沙發邊的垃圾桶爆了，眼都不眨一下。

「有點意思。」容洲中重新坐下，臉上在笑，眼神卻很冷，下巴一揚，大爺樣說道：「你問，我倒是想知道你比從前變了多少。」

「也沒變多少，就是幾乎成了另一個人而已。」時進把槍收起來，同時在心裡問道：「小死，進度條漲了嗎？」

「沒漲，還是900。」小死回答。

這樣都沒漲？時進有些意外，容洲中可是出了名的小氣，自己都拿槍威脅他了，他居然還沒對自己殺意爆棚？難道是大腿太厲害了？

他想不通，索性決定再來點更狠的。他看向容洲中，繼續之前的問答：「跳舞視頻是你故意發的？你那時候就認出我了？」

容洲中像是沒想到他居然是要問這個，打量一下他的表情，覺得有些無聊地回道：「只是懷疑，發微博是想收集更多現場視頻。」

「你是怎麼認出我的？」時進詢問，這可以說是他最想不通的地方了。

容洲中嗤笑，「剛覺得你變聰明了，結果你又傻了，時進，你是不是不知道你跟你媽媽長得有多像？」

原主的媽？居然是因為這個？時進愣住，微微皺眉。原劇情對時家上一輩的描寫十分少，時行瑞開場就掛了，時家五位兄長的母親一直是透明人般的存在，而原主的母親則是在生下時進沒多久

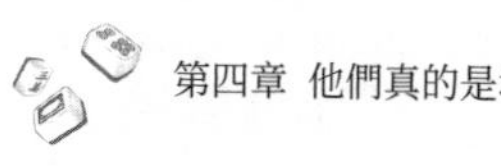

後就死了，家裡連張她的照片都沒有，原主還真不知道自己母親的長相，繼承了原主記憶的時進自然也不知道。

但容洲中卻說原主和母親很像，他見過原主的母親？

時進心裡這麼想的，也這麼問了。

容洲聞言表情卻淡了下來，有些懨懨的樣子，回道：「當然見過，事實上，除了你，時家所有人都見過。時行瑞就那麼個狗樣子，喜歡一個女人的時候，巴不得帶給所有人見見……你問完了沒有，問完就快滾，我還要補覺。」

時進直覺他沒把話說完，似乎在回避什麼，想再打探一下，但見他不耐的樣子，又默默把這個想法壓下，按照原計劃說道：「三哥，你嫉妒我吧？」

「什麼？」容洲中一副聽到什麼天方夜譚的樣子，懨懨的樣子沒有了，皺眉看著時進，像在看個神經病。

「嫉妒爸爸疼我，把我養在身邊。我聽老管家說過，在我出世前，你是爸爸最寵愛的孩子，三哥，被我搶走一切的滋味不好受吧？需要通過討好我，從而獲得父親歡心的感覺更不好受吧？我被爸爸傾盡一切地寵著，而你卻需要自己辛辛苦苦在娛樂圈打拚，明明已經那麼出名了，卻從來得不到爸爸的一個正眼，媒體在介紹你的過去的時候，永遠是父不詳，你知道你的黑粉都是怎麼笑話你的嗎？」

容洲中坐起身，很明顯動了氣，說道：「時進，你最好給我閉嘴！」

「我為什麼要閉嘴？你在我面前演了十幾年的好哥哥，把我的真心放在地上踩，現在憑什麼要我閉嘴！」

時進站起身，傾身用力拽住容洲中的衣領，看著他的眼睛，恨恨說道：「我每次給你打電話關心你的時候，你在笑話我吧？我每年費盡心思給你準備的生日禮物，你是不是也像剛剛那個抱枕一樣，把它們扔進垃圾桶？我盼著你們來、盼著你們的電話、盼著你們的隻言片語，你們卻在背後聯合起來騙我、笑話我，一起算計我。容洲中，人心都是肉長的，但你們的不是，你們心裡住著刀子，肚子裡藏滿殺氣，卻不敢朝那個真正辜負你們的人刺，只知道懦弱地一次次對準我，你們幾個都是懦夫！」

「你又懂什麼！」容洲中是真的生氣了，用力抓住時進拽著自己衣領的手，反逼過去，「少給自己臉上貼金！我確實不算個好哥哥，但你就是個好弟弟了嗎？少把自己說得那麼可憐和高尚，你以為大家不知道那個老王八蛋是怎麼教你的嗎？『那五個人不是你的兄弟，只是爸爸給你培養的下人，你不用太把他們當回事，表面工夫做好就行』，這句話耳熟不耳熟？你回答的那聲『爸爸我知道了』你又還記不記得？」

剛把原劇情和原主記憶分析過一遍的時進，聞言立刻想起這段對話發生的時間，不敢置信道：「一個九歲孩子說的話你居然當真了？你要不要這麼記仇和小氣！」

「你果然還記得！」容洲中卻像是揪住把柄，想把時進掀開，怒道：「你給我滾！今天放你進門的我真是腦子壞了！」

時進可是練過的，當然不可能被他掀開，見進度條居然還沒漲，心一狠，對準容洲中的帥臉就是一拳，吼道：「你這個小氣鬼！我什麼時候把你當成下人過？明明是你總擺出高高在上的態度，對我愛理不理的！」

容洲中被打得一懵，然後暴怒，還手就是一拳，「時進你找死！」

兩人你一拳我一拳地打了起來，戰況激烈，卻毫無技巧可言，純粹是發洩。卦二遠遠看著，十分無語，乾脆裝壁花看戲。

這一架打了十幾分鐘，容洲中打不過練過的時進，簡直要氣瘋了，最後被時進壓在地板上，什麼形象都沒了，憤怒說道：「時進，我一定要殺了你！」

「你殺！」時進把他翻過來，掏出自己的槍塞進他手裡，把脖子伸過去，說道：「你殺，這裡是心臟，這裡是氣管，來，動手，動手啊！」

容洲中被逼著握住搶，死死盯著時進，牙關緊了緊，突然轉手把槍丟出去，用力推開時進，咬牙說道：「時進你就是個瘋子！給我滾，以後別再讓我看到你！」

時進順勢倒在地板上沒有動，問小死：「進度條怎麼樣了？」

小死已經快被時進的胡來給嚇死了，聲音哆哆嗦嗦的，還帶著一絲迷茫和不敢置信，回道：「進進，進度條降了，變成890了。」

時進：「啊？」

【第五章】向傲庭的魔鬼訓練

進度條居然降了，在時進和容洲中徹底撕破臉打了一架之後。

時進一臉呆傻，看看腦內的進度條，又看看不遠處黑著臉，癱在沙發上調整呼吸的容洲中，心裡亂糟糟的，搞不清楚這是怎麼回事？但有件事卻是可以肯定了——容洲中對他沒有殺意。

剛剛他槍都送到容洲中手上了，已經快要氣瘋的容洲中卻轉手就把槍丟出去，這不符合殺人兇手的反應。

真正心有殺意的人，在被想殺的人氣到幾乎失去理智的時候，是不會手握武器卻不行動的。

劇情果然有漏洞。

確定了這一點，時進覺得鬆了口氣，又覺得有些心虛。吵架變打架，雖然他選擇這麼做是為了搞清楚進度條的玄機，排除一下兄長們的殺人兇手嫌疑，但動手還是太過火了，而且他不是原主，做這些是理不直氣也不壯的。

如果以容洲中的立場去看，那今天這一切簡直就是天降橫禍。

本來嘛，人家在家睡得好好的，卻被一向不待見的弟弟堵上門找茬……心中瞬間鋪滿了對容洲中這個「排雷工具」的愧疚，時進從地上爬起來，看著沙發上已經調整好呼吸，閉著眼睛癱在沙發上不知道在想什麼的容洲中，試探問道：「那個，傷口疼嗎？」

容洲中睜開眼扭頭看他，嘴角還帶著青紫，桃花眼裡一片冷光，咬牙說道：「你說疼不疼？你怎麼還沒滾？」

「滾不了，我腿疼，剛剛打架撞到茶几了。」時進老實交代，瞄一眼容洲中的臉，心虛問道：「你接下來有工作吧？那個，你臉上的傷口……」

容洲中一愣，抬手摸了摸隱隱作痛的嘴角，更氣了，沒好氣地踹了一下茶几，吼道：「時進你可真會給我找事，滾滾滾！趕快滾！」

時進就不滾，反而跛著腿靠近了一點，問道：「你家醫藥箱在哪裡？」

容洲中扭頭不看他，一副氣到要厥過去的模樣。

「不說算了，我去拿點冰塊給你敷一敷吧，你靠臉吃飯，治傷要緊。」時進邊說邊往廚房的方向蹭。

「兔崽子你說誰靠臉吃飯！」容洲中坐起身看著時進，咬牙切齒，「我那是靠實力！實力！時進你是不是故意的？你今天到底是來幹什麼的，找死嗎你！」

時進滿臉「是我對不起你」的表情看他一眼，把撿回來的槍重新遞過去，誠實回道：「我確實是故意的……這個給你，你要是生氣的話，可以……」

「……日！」容洲中氣得抓頭髮，表情都快扭曲了，「可以什麼？我還能殺了你不成！你走行不行，快走！」

……可以蹦幾個垃圾桶出氣。

時進默默把槍放到沙發上，就不走，轉身挪到廚房。

容洲中看著他跛著腿離開的背影，氣得再次閉上眼，癱在沙發上，胸膛劇烈起伏著，一副努力壓抑怒氣的模樣。

圍觀全程的卦二，心中突然對他充滿同情——太慘了，有時進這麼個倒楣弟弟，偶爾動念頭想摁死他好像也不是什麼不能理解的事。

時進拿了冰塊出來，還順便煮了一鍋麵條。折騰到午飯時間都過了，大家肯定都餓了。

「先用冰塊敷一下嘴角。」時進把冰塊放到容洲中面前，開始拿碗從端來的鍋裡盛麵，邊盛邊碎碎念：「你家冰箱裡怎麼什麼吃的都沒有，就只有一包麵條和幾顆雞蛋，連把青菜都找不到，你這樣不行的，給，吃吧，先墊墊肚子。」

容洲中早在聞到麵條香味的時候就睜開眼，此時見時進堪稱賢慧地蹲在茶几對面盛麵條，臉上還青青紫紫的，一時間氣也不是，罵也不是，又覺得時進是個瘋子，又覺得他蠢得像頭豬，心裡情

緒倒來倒去地變，只覺得剛剛壓下去的火又要拱上來了。

「你還會煮麵？」卦二強勢插入話題，坐到時進旁邊。

「會的，就是手藝不大好。」時進十分謙虛，把盛出來的第一碗麵放到容洲中面前，第二碗放到卦二面前，最後一碗分量不大足的擺到自己面前。

容洲中瞪著麵碗沒動。

卦二已經不客氣地吃了起來——他反正已經餓了。

兩個不請自來的客人，就這麼當著房屋主人的面吃起麵條，嗦麵條嗦得特別響，簡直像是故意的。容洲中額頭青筋鼓起，臉上一片忍耐，最後忍無可忍地坐起身，瞪著時進埋在麵碗裡的獼猴桃腦袋，剛張嘴準備放毒，時進就突然抬起頭。

「快吃吧，麵放太久就糊了，不好吃了。」時進溫聲勸道，還把碗往容洲中面前推了推。

容洲中對上他無辜得彷彿無事發生過的眼神，想出口的話就這麼噎在喉嚨口，一口氣哽著下不去也放不出，眼神變來變去，最後伸手把碗一端，真的開始吃麵了，吃得咬牙切齒的——吃飽了才有力氣趕人，他之前打架打輸了，肯定是因為睡了一天沒吃飯，所以沒力氣，不是他技不如人！精分裝傻的小兔崽子，等著挨收拾吧！

然而等他吃飽，醞釀了一波準備好好應付賴著不走的時進時，時進卻乖乖洗碗掃地，還把垃圾裝好自己提著，禮貌地提出告辭，走前還囑咐容洲中小心私生飯，因為他就是根據私生飯的指引摸到這的。

容洲中默默深呼吸，從牙縫裡擠出了三個字：「快、點、滾。」

「那我這就走了。」時進提著垃圾往門口走，走到玄關處時突然又轉回身。

容洲中立刻虎視眈眈地看過去，身體緊繃，做好了戰鬥準備。

「三哥，今天的事……對不起了。」時進道歉，朝容洲中彎腰鞠躬行了個大禮，然後拉著卦二頭也不回地離開——關門的時候還特別小心，放輕了動作，顯得十分禮貌。

咔噠，別墅內恢復安靜。

容洲中看著玄關，最後忍不住抬腳踹了一下玄關邊的凳子，憤憤罵道：「該死的小兔崽子！」

時進一上車就癱在椅子上，皺眉摸腿。

「怎麼了，真傷著了？」卦二詢問。

時進點頭，回道：「好像腫了。」

卦二皺眉，叼了根菸卻沒點，動手發動了汽車，說道：「忍一忍，車上沒醫藥箱，咱們回會所。你說你，打架就打架，偷偷讓著你哥是什麼意思？他打你可是實打實的，你還給他面子特地避開他的臉，他臉上就嘴角一塊青紫，你再看看你臉上，我都不知道該說什麼好了。」

「這不是一開始沒想打麼……」時進心虛，見他皺眉，討好地朝他笑了笑，說道：「謝謝你今天陪我來，回頭請你吃飯。」

「吃會所免費提供的飯？」卦二沒好氣地斜他一眼，說道：「行了行了，身上疼就別強撐著說話了，你還是想想等回了會所，該怎麼跟君少解釋你這一身傷吧。」

時進：「……」糟了，怎麼忘了還有這一茬。

這一天的午飯，廉君沒有等到老媽子時進，問了卦一，才知道時進拉著卦二出門了，說是去找容洲中還東西。廉君面上沒說什麼，午飯卻少吃了半碗飯。

午飯過去沒多久，時進和卦二回來了。

卦二還是好生生的，時進卻帶了傷，走路都一跛一跛的。

「怎麼回事？」廉君皺眉，放下手裡的文件。

時進有些心虛，瞄他一眼，回道：「我和我哥打了一架。」

「贏了還是輸了？」廉君繼續問。

時進一愣，回道：「算是我贏了吧，我哥最後被我按在地上打。」雖然真算起來，其實他身上的傷要更重一些。

廉君看一眼他青青紫紫的臉，擺手說道：「去處理傷口。」

這是不準備追究他私自出門打架的事了？時進立刻開心起來，忍著疼給廉君拍了好幾句馬屁才美滋滋地跛著腿去醫療室了。

等他離開後，守在廉君身邊的卦一皺眉說道：「君少，和官方合作的新任務真的要讓他去？」

「他的年齡最合適。」廉君回答，見還沒離開的卦二看了過來，解釋道：「官方那邊的消息過來了，你們這段時間準備一下，給時進做一個短期集訓，官方那邊應該也會派人過來協助訓練的事，準備接洽。」

卦二皺眉，有些擔憂地看一眼時進離開的方向，點了點頭，低應了一聲。

時進處理完傷口回房後，小死突然開口：「進進，剛剛你的進度條降到880了。」

又降了？時進疑惑，剛準備詳細問問，兜裡的手機突然響了，拿出來一看，居然是容洲中發了簡訊過來，內容十分簡單粗暴：你等著死吧！

「……」進度條的下降和簡訊就在前後腳進來，真是讓人沒法不聯想。

時進盯著這條簡訊看了幾秒，微笑，動了動手指，回：好的，三哥，你記得給傷口擦藥。

容洲中：……滾！

時進滿臉父親般的慈愛，滿足感嘆：「如果被容洲中死亡威脅一下進度條就能降，那我願意他天天過來咒我死。」

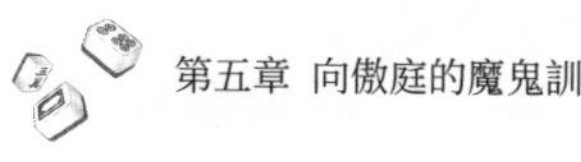

小死：「……」

雖然身體受了罪，但時進對今天的試驗結果還是很滿意的。

首先，他確定劇情是有漏洞的，五個哥哥並不一定都想殺他，起碼容洲中就不想，就算想也不會真的動手；其次，進度條的漲幅很有問題，這裡面的關聯還得再分析分析；最後，進度條的增漲減少，可能不僅僅只和致死因素有關，或者說，他之前對致死因素的理解太狹隘了。

小死對此表示不大明白。

時進跟它詳細解釋：「致死因素包含多種種類，大概可以分為主觀因素和客觀因素這兩種。廉君那邊就大多是客觀因素，比如身體的好壞，四周有沒有以及有多少危險元素之類的。我這邊就不一樣了，進度條漲漲落落全無規律，跟雲霄飛車一樣，裡面包含了很大一部分主觀因素，比如五位兄長或者某位未知人物對我的殺意之類的。這一點從我和你家寶貝不一樣的死亡判定方式就可以看出來，廉君的進度條是走完人就直接掛了，我不一樣，我的進度條走完了，還得被動走一下劇情才能死。」

小死若有所思。

「除此之外，我和廉君的進度條還有一個很大的區別，他的進度條漲落，只和他本身或周圍的致死因素是否增加有關。而我的進度條漲落，則可能還和生存因素有關。」

小死疑惑：「生存因素？」

「對，這是我新冒出來的猜想。還記得我被廉君允許留在他身邊時，進度條的那波大降嗎？當時我只想著，是廉君的存在威脅到那些想殺我的人，導致我的致死因素下降，於是進度條也跟著降了。但其實換個思路想想，那裡與其說是致死因素被廉君嚇少了，倒不如說是廉君為我增加了存活的籌碼，增加我的生存因素，這樣解釋起來是不是就合理多了？」

小死還是不大明白這裡面的區別，它本身就殘缺得厲害，能力還因為和時進綁定而被限制，腦

子其實不大靈光。

時進見狀稍顯苦惱地撓撓頭，也不知道該怎麼詳細解釋了，乾脆說道：「你就當我的進度條其實是受致死因素和生存因素兩者共同影響的就行了。以前我覺得時家兄長是致死因素，現在我倒覺得，他們可能是生存因素。當然，也不排除他們裡面真的有人想殺我的可能，但起碼容洲中和時緯崇現在應該已經不是致死因素了。」

小死這下聽懂了，說道：「你的意思是，時家五位兄長中的部分人可能並不是壞人，躲開他們並不能減少你的致死因素，反而和他們搞好關係，可以增加你的生存因素，讓進度條數值下降？」

「對對對，就是這個意思，撇開各種偏見不談，時家五位兄弟是不是都很厲害？和他們搞好關係，那我不就又擁有很多個大腿？」時進美滋滋地暢想未來，還舉了個很近的例子，「比如今天和容洲中打的這一架，以前他從不會主動給我打電話發簡訊，但現在他卻發了，這證明什麼？證明男人之間的友誼，打一架就能建立起來！」

「……」小死對他的盲目樂觀無言以對，不得不潑冷水：「但是進進，就算他們不想殺你，你的死也很可能是因為他們。接近他們，幾乎就等於接近了兇手，你忘了到達B市前和遇到時緯崇他們前，猛漲的進度條了嗎？」

嘩啦啦，時進的暢想只來得及存在一秒，就被殘忍的現實戳破——小死說得沒錯，以原主那單薄得可憐的生活圈，原主的死因只可能和五位兄長有關，殺原主的人就算不是五位兄長，也應該是和五位兄長有關的人，否則沒法解釋進度條在遇到五位兄長有關的事情時，那種毫無規律可言的瘋狂增漲。

所以分析來分析去，就算把進度條的每一點增漲下降的原因都分析出來，最根本的問題還是沒有解決，事情反而隨著時緯崇等人的兇手嫌疑被排除，而變得更加撲朔迷離。

以前時進只需要認定五位哥哥是殺人兇手，只對著他們使勁就行了，現在殺人兇手成了未知，他的每一步動作都成了走鋼絲，一不小心就可能踩到真兇的雷。想想也是有點絕望。

「但事情也算是有了一點進展嘛，像殺人兇手的範圍基本上就可以圈定了。」時進很快振作，翻出紙筆，迅速把五個哥哥的名字寫上，然後在時緯崇和容洲中的名字上打個圈，碎碎念：「大哥和三哥的嫌疑已經排除了，剩下三位兄長還有待接觸。而和他們有關的人，分別有親人、下屬、合作夥伴、競爭對手……」

小死繼續潑冷水：「以時家五位兄長的人脈，這些人加起來得有上萬個吧。」

時進：「……」

時進努力縮小範圍：「那只算利益有關的人……」

小死：「那就是上百萬個。」

時進震驚：「怎麼還更多了？」

「為容洲中花過錢的粉絲應該都算是利益有關的人吧？嚴格說起來，我這還只是保守估計。」小死回答。

時進：「……」

分析好像進入死胡同，時進癱在沙發上，大腦放空，生無可戀。

小死陪他一起放空。

幾分鐘後，時進突然從沙發上彈起來，眼裡放出彷彿偵探看到破案關鍵線索的綠光，興奮說道：「小死，咱們忽視了一個很重要的問題——殺人動機。原主一個未成年的高中生，為什麼會有人想殺他？他有什麼特殊？」

小死愣了愣，順著他的思路想，遲疑回道：「他特別有錢？還獨得時行瑞的偏愛？」除此之外好像也沒什麼特殊的了。

時進用力點頭，循循善誘：「現在咱們按照這兩個限定條件來篩一遍剛剛那上萬個人，所以，會因為錢和時行瑞的偏愛，而對原主動殺心的人……」

小死靈光一閃，大吼出聲：「時家五兄弟！」

時進一口氣沒提上來差點被自己噎死。

「……還有他們的媽媽和親人們！」小死當機一會才接上自己的話，語氣也興奮起來，「他們也是有殺人動機的！」

時進終於緩過來，心裡稍微安慰一點，覺得自己這個金手指總算還有點救，補充道：「還有一部分人不能忽略，那就是時行瑞培養的心腹。我懷疑那群人裡可能有勾結了外人的叛徒，原劇情裡，原主聯繫時行瑞心腹後沒多久就出車禍，時機實在太巧了，就是不知道叛徒勾結的又是哪方的人馬？」

小死有些發愁：「怎麼感覺還是好多……」

「沒關係，咱們一點一點排除，總能揪出幕後真兇的。」時進安慰，看一眼時間，見已經到了晚飯時間，吁口氣坐起身，說道：「不想那麼多了，先吃飯！吃完飯才有力氣調查！」

小死被他感染，也用力嗯了一聲，附和道：「先吃飯！進進多吃點！」說完過了一會，又小聲補充道：「進進，我太沒用了，對不起……」

「沒有的事。」時進笑著擺擺手，開門朝著餐廳走去，溫聲安慰：「如果不是你，我還活不了這輩子呢，你已經很厲害了，以後也會越來越厲害的，我相信你。」

小死感動得不行，想哭又怕時進嫌吵，硬生生憋著，最後只憋出了一聲：「嗝。」

時進：「……」

到餐廳的時候廉君已經坐在裡面了，桌上擺著七八盤菜，時進粗略瞟了一眼，發現居然大部分是自己愛吃的。

「坐。」廉君見時進進來，放下手裡的平板電腦。

時進立刻乖乖坐好，朝廉君露出一個標準微笑，十分沒技巧地拍馬屁：「君少今天看起來也是這麼精神呢。」

廉君淡淡看他一眼，拿起筷子，「別笑了，臉太腫，醜。」

時進：「……」

兩人安靜吃飯，氣氛倒也還算和諧，等吃完飯，時進準備離開時，廉君又把他喊住了：「有件事要跟你說。」

時進立刻坐回來，擺出專心聆聽的樣子。

廉君讓人給他一杯飲料，說道：「本來跟著我的人，出任務我都是直接吩咐，不會事先詢問意見的，但你情況有些特殊，所以我還是問一句，官方那邊來了消息，想和我們合作出個任務，我想讓你去。」

時進一愣，然後點了點頭表示明白——跟在廉君身邊不能混吃等死，對於出任務什麼的，他早有心理準備。

「你先別急著點頭。」廉君擺手，詳細說道：「這次任務需要你獨自參加，沒有卦二帶你，和你合作的都是官方的人，而且任務有一定的危險性，你可以考慮一下再給我答案，我不強求你參加這次任務。」

獨立任務？讓他這個剛來的菜鳥去？時進感到意外，問道：「君少為什麼想讓我去？不怕我搞砸嗎？」

「搞砸也沒關係，這次我可以幫你兜著。」廉君回答，修長的手指轉了轉水杯，「至於為什麼

想讓你去……客觀原因，你的年齡和條件最合適，讓你去是最佳選擇。」

時進試探追問：「那是不是還有主觀原因？」

「有。」廉君過了一會才回答，抬眼看他，「你太吵了，我想清淨幾天。」

時進：「……」時進啊時進，你為什麼要自取其辱，當個安靜傾聽的啞巴不好嗎。

「這個任務你要做嗎？」廉君詢問。

「……做。」時進從牙縫裡擠出這個字，心裡委屈極了。

「那去休息吧。」廉君擺手趕人，十分絕情，「任務開始前官方會派人過來給你做一個短期培訓，地點就在會所，你這幾天別亂跑，好好養傷，爭取快點恢復身體狀態。」

時進含著一口老血離開餐廳，背影蕭瑟。

「你家寶貝太壞了，白瞎了我哄他吃下去的那麼多飯！」時進在心裡血淚控訴。

小死哼哼唧唧，試圖修補他破碎的少男心：「寶貝其實捨不得你呢，你看今天上的菜，大部分都是你愛吃的。」

「也是，豬餵肥了才好宰。」時進並不領情。

小死：「……」

這天之後，時進開始了一邊養傷一邊跟著卦一等人訓練的生活，雖然他很想打鐵趁熱繼續分析真兇人選，但突如其來的任務讓他不得不暫時擱置分析大計，集中注意力訓練。

這期間時緯崇又來找過時進一次，時進正愁沒機會試探一下他，和他緩和一下關係呢，接到消息後立刻主動去會所外和時緯崇見了一面，內心雀躍，表面冷酷。

兩兄弟在車邊進行了一場簡短的談話。

「為什麼要和老三打架？」時緯崇問。

「我早就想打他了。」時進回答。

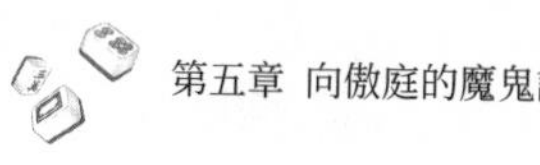

「都傷到哪裡了？」時緯崇繼續問。

「哪裡都傷了。」時進回答。

時緯崇皺眉，看著他青青紫紫的臉，沉默了一會，問道：「還想打嗎？我可以陪你打。」

時進：「……」兄弟你為什麼不按套路出牌。

「我不和你打。」時進故意扭頭硬邦邦回答，自覺叛逆少年的戲份應該是夠了，瞄時緯崇一眼，表情緩和下來，問道：「大哥，你還討厭我嗎？」

時緯崇見他軟化，低嘆一聲，試探著抬手摸了一下他毛刺刺的腦袋，見他沒拒絕，表情更緩，回道：「我在試著不帶著偏見去看你……小進，你總歸是我弟弟。」

小死驚喜出聲：「降了降了，進度條降到870了！」

時進心裡提著的一口氣嘩一下就鬆了，臉上不自覺露出點笑意來——推測沒錯，時緯崇果然是生存因素，和他搞好關係可以提高生存率！

時緯崇捕捉到他這絲笑意，心裡越發不好受，說道：「小進，我知道我以前誤解你太……」

「謝謝你！」時進突然伸臂抱住他，還用力拍了兩下他的肩背，開心說道：「大哥你不討厭我真是太好了，謝謝你！」

時緯崇被抱愣住了，事實上，長這麼大，他還沒被人這麼擁抱過，父親也好，母親也好，兄弟也好，大家的關係都是遠遠的，友好也都只維持在一個很克制的範圍內，親昵是從來沒有出現過的東西。

身體本能地緊繃著，因為冬天穿得太多，所以這個擁抱倒也不算太親密，但拍在後背的力量卻很有分量，搭在肩膀上的腦袋也有些重。

時緯崇看著時進近在耳邊的腦袋，心裡突然就冒出一些顯得很黏糊的情緒——面前的人還只是個孩子呢，是他剛成年的弟弟，最小的弟弟。

「……這有什麼好謝的。」他開口，垂著的雙手試探抬起，想去回應這個突如其來的擁抱，但他剛有動作，時進的身體就快速抽離了。

「大哥，我一會還有訓練，得回去了。」時進只抱了幾秒就放開了，怕做得太過火顯得假，或者又引來時緯崇的猜疑，放開後還不忘立刻釋放自己的善意，「下次找我直接電話聯繫約時間吧，不用再在會所外面等著了，大冬天的，怪冷的。」說完怕說多露破綻，朝著時緯崇揮了揮手，轉身小跑著走了。

時緯崇目送時進進入會所，僵著的手慢慢放下，在原地站了一會，淺淺吐了口氣，轉身回到車上。

回到會所後時進把時緯崇的電話從黑名單裡拖出來，發了個笑臉簡訊過去。大約十分鐘後，時緯崇回了簡訊，同時時進的進度條降到850了。

「降了三十點，今天收穫不錯。」時進十分滿意。

想了想，時進又給容洲中發了條簡訊：傷好了嗎？大哥來找我了，我告你狀了。

容洲中的簡訊回得很快，只有一個字：滾！

時進對著手機螢幕傻樂，突然覺得容洲中這個娛樂圈閻王其實一點都不凶，還挺可愛的。

如此又是兩天時間過去，就在時進身上最後一塊瘀青也淡得快要看不到痕跡時，官方那邊終於遞了消息過來，培訓人員已經敲定，下午就到。

時進對此很不解，問道：「不是說這任務很重要嗎，怎麼培訓的人卻這麼晚才確定，官方那邊出問題了？」

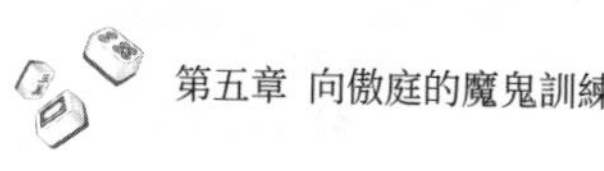

卦一搖頭，臉上帶著些不滿，回道：「不是出問題了，是那邊上層在培訓人選上出現分歧，較勁了幾天，拖到現在才定下。」

「只是個培訓而已，這有什麼好較勁的。」時進更不解了。

卦一有意教他，於是詳細解釋道：「他們較勁的不是培訓本身，而是進『夜色』的名額，君少的私人地方，你以為是隨便來個官方人員就能進的嗎？『夜色』的入門卡可不好拿。」

時進恍然大悟，嘖嘖搖頭，自動把官方派來的培訓人員想像成了一個醉翁之意不在酒的官僚胖子，識趣地不再多問。

下午的格鬥課進行到一半，訓練室的門突然被敲響。

卦一停下和時進的對練，喊了一聲進來。

門被推開，卦二探頭進來，先看了眼卦一，然後把視線定在時進身上，表情有些奇妙，說道：「那邊的人來了。」

時進滿臉疑惑：「來就來嘛，卦二你怎麼這個表情，臉抽筋了？」

卦二沒好氣地翻他一個白眼，懶得再給他使眼色，伸手徹底推開門，側身讓出站在身後穿著一身黑色訓練服的人。

視角的原因，卦二讓開後，時進先看到的是一雙穿著黑色短靴和同色休閒褲的大長腿，心裡還有點意外，在腦子裡跟小死吐槽，說官方比他想像的靠譜，沒真的派個不幹正事的胖子過來，結果等那人上前一步，露出他的臉時，時進直接傻了。

「四、四哥？」時進目瞪口呆，不敢置信。

向傲庭往裡走的腳步一停，眉頭一皺，視線精準地落在時進身上，看到他身上的訓練服時，表情突然沉了下來，問道：「你怎麼在這裡？」

時進被他這話問得莫名其妙的，反問道：「這問題該我問你吧，你不是開飛機的嗎，怎麼成培

訓人員了？還有，什麼叫我怎麼在這裡，你裝什麼傻，我住在這裡的這件事你不是知道嗎？」

「我當然知道你住在這裡，不然我也不會申請接下這次的對外培訓。我是問你，你為什麼會待在這間訓練室裡！」向傲庭回答，隱隱意識到什麼，看向引路的卦二，問道：「小進為什麼在這裡？你說帶我來見這次的任務參加人員，人呢？」

卦二指了指時進，回道：「他就是你需要培訓的任務參加人員。」

向傲庭的表情變得十分難看，眼神變了幾變，沉聲說道：「我要見廉君。」

卦二從看到向傲庭出現的那一秒就知道這事要糟，聞言也不意外，抬手跟卦一打了個招呼，轉身示意向傲庭跟著自己來。

時進也覺出不對了，忙摘掉身上的護具從訓練臺上蹦下來，快步趕上兩人，說道：「我和你們一起去。」

卦二無所謂點頭，向傲庭則注意到時進摘護具時的熟練動作，表情更難看了。

三人一路朝著廉君的書房行去，時進邊走邊在腦內和小死交流，說著說著突然想起容洲中發的那個等死簡訊，靈光一閃，單手摸出手機啪啪打字：三哥，你是不是早知道四哥要來夜色？

容洲中的簡訊回得很快，內容依然簡短：死吧，小兔崽子！

這幼稚鬼果然知道！時進關掉他的簡訊，看一眼走在前面的向傲庭，皺了皺眉，快走幾步追上他，試圖搭話：「四哥，你這次……」

「我們的問題一會再談。」向傲庭頭也不回地打斷他的話，見廉君的書房已經近在眼前，加快腳步直接上前推開書房的門，無視書房內立刻站起身警惕望過來的卦九，走到廉君所在的書桌邊，靠近後俯身撐住書桌桌面，逼視著廉君，毫不掩飾自己的攻擊性，問道：「廉君，為什麼我的弟弟會是這次的任務參加人員？」

「四哥。」時進一進來就看到向傲庭這個動作，心裡一緊，怕他對廉君亂來，忙跑到廉君身邊站著，稍微擋了廉君一手。

向傲庭見狀表情更沉了，看廉君的眼神簡直像是在看一個蠱惑無知少年的大魔頭。

時進試圖和向傲庭溝通，說道：「四哥，你……」

「你閉嘴！」向傲庭喝止他的話，仍看著廉君，質問道：「廉君，你到底是什麼意思，你為什麼會讓時進一個孩子去做這次的任務？」

時進想反駁他「孩子」的說法，卻被廉君拉了一把。

「沒什麼意思。」廉君開口，擺手阻止卦九和卦二靠近向傲庭的動作，迎著向傲庭滿是敵意的眼神，回道：「我選時進，當然是因為他的條件最合適，還有，時進不是孩子，他已經成年了。」

「但他才剛成年沒幾天！」向傲庭被廉君的態度激怒了，話說得十分不留情面，「他幾個月前甚至還只是個跑兩圈都會累癱的胖少爺！你讓他去出任務，就是在送他去死！覺得他條件合適？你是覺得用他這個炮灰，換上面給你的好處十分划算吧！」

這話一出，卦二和卦九的表情都變得難看起來，看向傲庭的眼神變得十分不善。

廉君從不會用手下的性命去換取利益，向傲庭這麼說是在侮辱廉君，侮辱他們「滅」！

話說到這份上，廉君也看出以向傲庭目前的狀態，應該是聽不進任何解釋了，於是側頭示意一下時進，說道：「動手。」

向傲庭氣得站直了身，手一動就想掏武器。

時進秒懂了廉君的意思，也覺得是時候讓向傲庭重新認識一下自己，立刻撐住桌面一個靈活跳躍，長腿一掃，直衝向傲庭準備拿槍的手，另一手則拿起廉君桌上的筆，以筆作匕，朝著向傲庭眼睛刺過去。

向傲庭眼神一變，迅速後退躲開他這一擊，手裡的槍到底沒能抽出來。

時進趁機落地，把筆一丟，雙手握拳以一個標準的格鬥開場姿勢朝著向傲庭攻去。

「小進，你……」向傲庭不敢置信，又驚又疑。

時進攻得毫不留手，打斷他的話：「多說無益，卸掉武器，咱倆比過再說。」向傲庭皺眉，很快收斂情緒，只躲不攻，本想著先找破綻把他制住再和他好好談談，幾招過後卻發現他的攻擊俐落又有力，十分有章法，根本不像是一個新手，心中驚疑更甚，表情漸漸認真起來，逐漸開始回攻。

砰砰砰！兩人你來我往，書房裡全是拳腳相擊的聲音。

時進攻勢迅猛凌厲，向傲庭的回擊沉穩刁鑽，兩人動作很快，沒一會工夫就過了好幾十招。

卦二表情漸漸古怪起來，一臉「這世界還有沒有道理」的表情，嘀咕道：「搞什麼，這兩兄弟是不是跟著一個師父學的格鬥，怎麼看著路數那麼像，還有，向傲庭一個開飛機的，格鬥怎麼會這麼厲害，他這完全是單手在和時進打吧。」

「是單手。」卦九看得仔細，還拿出手機偷偷錄影，說道：「兩人學的都是軍中的路子，路數像很正常，但向傲庭更重實踐，時進練得少，有些僵化了。」

卦二無語地看著他手裡的手機，問道：「你這是幹麼呢？」

「取經。」卦九頂著一張娃娃臉，一板一眼地說道：「向傲庭很厲害，卦一應該也打不過他，錄下來好好研究。」

卦二聽到這話簡直要氣死了——就沒見過這麼長「敵人」威風的。但氣歸氣，卻又說不出反駁的話，卦一最厲害的地方是槍法和偷襲，格鬥可能還真幹不過向傲庭。

時進也很快發現向傲庭的留手，眼神一閃，用一個下蹲的假動作引得向傲庭抬腿攻來，然後趁機撐地側身，側面抱住向傲庭的腿，伸手猴子偷桃。

「咳咳！他幹麼呢，小進進這是幹麼呢！打不過耍流氓啊。」卦二立刻咋呼起來，然後接收到廉君和卦九的雙重嫌棄視線。

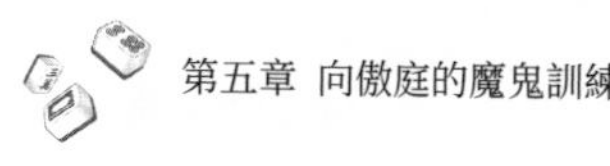

卦二：「……」

向傲庭顯然也沒想到時進會用這麼不要臉的招數，僵了一下才側身去躲，時進卻突然改爪為掌，稍微挪動地方，正好拍在向傲庭躲避時露出來的腿部麻經處，同時歪身用力撞了過去。

向傲庭不穩倒地，時進成功用身體壓住他，抹一把額頭打出來的汗，居高臨下地看著向傲庭，得意說道：「四哥，我贏了。」

向傲庭看著他近在咫尺滿是神采朝氣的臉，喘著氣沒有說話，眼神有些複雜，過了好一會才伸手按住他的肩膀用巧勁把他掀開，看向廉君，臉上已經沒了怒氣，卻還是帶著不贊同，說道：「廉君，出任務不僅僅只會格鬥就可以了，我還是不同意讓小進參加這次任務，我會給上面遞報告書，申請讓你們換人。」

廉君的回答也十分乾脆，說道：「你換不掉，你們和我只是合作關係，我出什麼人，你們無權干涉。而且你並不是這次任務的真正參與人員，如果我說不滿意，你現在就得離開。」

所以這其實並不是一個可以雙向選擇的事情，向傲庭在夜色是完全被動的，他能折騰今天這一遭，還是因為廉君給了他一點面子。

「不要小瞧了時進。」廉君威脅完，又講起道理：「時進遠比你以為的更優秀，向傲庭，你們這些做兄長的都有一個通病，那就是只憑主觀臆斷認定時進是個什麼樣的人，但你們都錯了。時進，帶你哥哥去槍館，你今天該練槍法了。」

時進被誇得心裡美滋滋，朝廉君露出一個狗腿十足的笑，從地上爬起身，伸手拍了一下向傲庭的肩膀，說道：「走吧，咱們再去比比槍法。」

向傲庭被廉君的話說得有些愣，被拍後側頭看向笑得燦爛自信的時進，發現自己竟然從來沒見過他這樣笑著的樣子，嘴唇動了動，終是沒說什麼，隨著時進朝外走去。廉君說得對，他根本就沒有選擇權，他現在唯一能做的，就是爭取留下。

兩人到了槍館，時進有意讓向傲庭對自己改觀，於是帶著向傲庭去了最難的模擬情景區，說道：「槍你任選，咱們的戰場就是這片情景區，場內總共十五個劫匪、五個人質，要比比嗎？」

夜色的模擬情景區剛重新裝修過，設備升了一次級，十分適合練習。向傲庭稍微打量一圈，看向時進，應下他的挑戰：「比。」

他想看看這個弟弟在他不知道的時候，到底成長到什麼模樣。

「那開始吧。」時進摩拳擦掌，率先去換裝備。

時進的強項本就是遠攻和槍法，腦子也靈活，危機意識強得誇張，等兩人在模擬區一番戰鬥解救出所有人質，來到外面的綜合評價室會合時，評分系統已經給出評價——雖然向傲庭多解救出一位人質，但時進解決掉的劫匪卻多了三個，而且時進的槍法命中率居然比向傲庭高。

「這兒還有戰術演練系統，也是新安裝的，要去玩玩嗎？」時進摘掉安全頭盔，說話還有些氣喘，再次發起挑戰。

此時向傲庭已經對時進徹底改觀了，深深看著他，薄唇緊抿，嚴肅的臉看起來更凶，點頭說道：「去。」

戰術演練是最能看出一個人的綜合戰鬥素養，兩人在演練室待了一下午，練到後面完全是向傲庭不讓時進走，反覆更改演練情景，想摸清時進的極限在哪裡。

時進累得不行，最後出來時已經不大想搭理向傲庭了——這傢伙完全就是一個瘋子！訓練瘋子！太狠了！

向傲庭也不需要他搭理，出來後一直沉默著，一副陷入某種思緒的模樣，時不時看時進一眼，視線像是探照器一樣，看得人毛毛的。

時進甚至懷疑向傲庭打算切開自己的身體看看內部的構造，於是火速把向傲庭塞入夜色食堂，自己則小跑到小餐廳，和廉君一起吃飯。

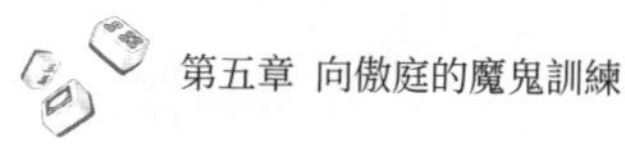

「情況怎麼樣？」吃完飯後，廉君沒頭沒尾地詢問。

時進正在擦嘴，聞言一愣，瞇眼回憶了一下下午的經歷，回道：「還行，向傲庭很厲害，戰鬥經驗豐富，我跟著他學了不少東西。」

「嗯。」廉君點頭，問道：「那不換？」

這是在問時進要不要換個培訓人員。

時進考慮了一下，搖了搖頭，「不用換，就他吧，反正也就培訓一陣子，不是讓他一直留在這裡。」而且向傲庭來得正好，方便他打探時家五兄弟各自母家的情況，原劇情對這方面的描寫太少，他需要收集線索。

食堂那邊，同樣也發生了一場對話。

向傲庭主動坐到卦二對面，問道：「時進接受你們訓練多久了？」

卦二看他一眼，不大想理他，反問道：「能有多久，他脫離你們視線才多久？」

向傲庭察覺到他的敵意，微微皺眉，又問道：「他不和你們一起吃飯？」

這次卦二直接不回答了，筷子一丟，走了。

向傲庭目送他離開，回想一遍今天在夜色的所見所聞，若有所思。

一夜無夢，第二天，時進吃過早飯，消完食後照常去了訓練室。這次在訓練室裡等著他的不再是卦一或卦二，而是換了一身軍綠色訓練服的向傲庭。

「我們今天來摸一下底。」向傲庭似乎已經接受自己要培訓的任務參加人員是時進的事實，手裡拿著一個記錄板，上面列著一些項目，一臉的公事公辦，抬手指向訓練室的跑道，說道：「先熱身，昨天只測了格鬥和槍法，今天我們來測測基礎，先從耐力開始。」

時進見他這副模樣，心裡突然冒出一點不祥的預感，問道：「跑幾圈？」

向傲庭看著他，薄唇微張，話語鏗鏘：「跑到你跑不動了為止。」

臥……槽……兄弟你會不會太狠了？

「不想跑就退出任務，我不會送一個不努力的菜鳥去敵人手下送死。」向傲庭語氣冷酷。

這話說得多麼像他警校裡的那位老教官，時進默默嘆氣，老老實實熱身去了。

跑步、俯臥撐、仰臥起坐、單槓、雙槓……時進再次想起了初入警校時被體能訓練支配的恐懼，整個人神經繃到極致，累得話都不願意說，更別說找向傲庭打探消息了。

向傲庭也是態度莫測，時進每完成一項訓練，他的表情都要奇怪地沉一段時間。

一天訓練下來，時進幾乎去了半條命，衣服被汗濕了一次又一次，最後幾乎是被向傲庭拖出訓練室的。

「耐力還行，整體體能不達標，肌肉沒成型，太軟了。」向傲庭殘酷評價，直接把時進丟進醫療室，讓醫生給他吊點滴。

時進也知道自己這輩子的身體不行，體能是個大問題，但還是故意嗆道：「是，就你肌肉硬，四哥，你是不是在公報私仇，哪有一上來就這麼極限訓練的，循序漸進不行嗎？」

向傲庭回道：「不行，任務隨時可能開始，你沒時間循序漸進。」

時進癱在椅子上說不出話。

向傲庭見狀皺眉，沉默幾秒，終於誇了一句：「你基礎不錯，也很努力。」

「謝謝啊，世道險惡，我不努力可活不下去。」時進半真半假地接話。

向傲庭坐到他身邊，看了他一會，突然問道：「為什麼？」

什麼為什麼，這些哥哥為什麼總喜歡問為什麼？問也就罷了，就不能問得詳細點嗎？他又不是這些人肚子裡的蛔蟲。

時進無奈了，問道：「什麼為什麼？」

「為什麼選擇這裡？」向傲庭看著他已經完全看不出過去模樣的臉，問道：「你明明可以選擇

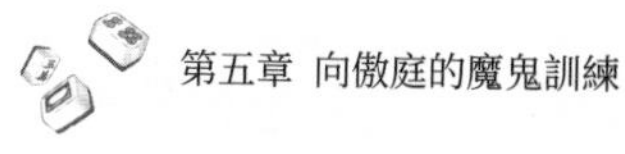

更安穩舒適的生活，為什麼選擇留在這裡？」

「你不知道？」時進挑眉反問。

向傲庭誠實搖頭，他確實不知道，這幾年他大部分時間都留在軍中，和親人的聯繫太少了。

時進看著他完全不作偽的表情，心裡突然冒出個稍顯奇妙的猜想——這個四哥……不會完全就在狀況外吧？什麼利益之爭、兄弟算計的，他好像完全沒意識，一言一行都很坦蕩，好像心裡沒什麼見不得人的東西。

「你不討厭我嗎？」時進坐起身，看著他的眼睛追問。

向傲庭眼裡有些疑惑，也有著被看穿心思的不自在，甚至還有點對自己居然擁有這種心思的自責和愧疚，面上卻仍是嚴肅，回道：「討厭，我不喜歡你過去的生活態度。但現在的你……很努力，也很健康，除了找的老闆是廉君和叛逆不願意回家繼續讀書外，其他都很不錯。」

乖乖，聽聽這答案、看看這表情，這真的是個壞哥哥嗎？

時進試探著握住向傲庭的手。

向傲庭身體一僵，卻沒有躲開，只皺眉問道：「怎麼了？」

「沒怎麼。」時進已經不知道該擺出什麼樣的表情，癱在床上，乾巴巴說道：「就是突然想碰碰你……四哥，我們好好相處吧，好不好？」

「沒用的，我是不會給你放水的。」向傲庭絕情抽手，義正辭嚴，「既然選擇了，就要堅持下去，你現在付出的汗水，都是你出任務時的生機，小進，你的態度還是不夠慎重。」

時進：「……」

小死弱弱出聲：「進進，進度條降了，840了。」

時進低吟一聲，並不覺得安慰，只覺得頭疼，這個四哥從某方面來說，好像也挺難搞的。

魔鬼訓練一旦開始，就完全停不下來。每一天時進都是豎著進訓練室，癱著被向傲庭拖出來，看起來別提多慘了。

這種情況一直到一個星期後才勉強好轉，時進的身體終於慢慢適應這種高強度訓練。而他從向傲庭那打探消息的計劃也依然進展為零。

向傲庭跟塊只知道訓練的臭石頭一樣，想聊點別的？想都別想。

又是一天訓練結束，這次時進終於能自己走出來，兩人在門口告別，走了沒幾步，向傲庭突然出聲喚住時進。

「怎麼了？」時進疑惑詢問。

向傲庭猶豫了一下，問道：「你每天都在哪裡吃飯？」

時進一愣，回道：「六樓啊，和君少一起。」

向傲庭表情突然難看，語氣怪怪地問道：「小進，你是不是……是不是……」

「是不是啥？」時進越發疑惑，一頭霧水。

「……算了。」向傲庭突然閉了嘴，硬邦邦說道：「可以進行下一階段的訓練計劃了，你今天好好休息，明天早點過來。」說完轉身走了。

時進莫名其妙，抬手抓腦袋，「這是打什麼啞謎呢？」

訓練持續了大半個月，這期間時緯崇打了兩次電話過來，想約時進和向傲庭見面，明顯也是知道向傲庭來了夜色這件事。時進其實挺想出去和時緯崇好好鞏固一下關係，但無奈任務要緊，所以只能婉拒。

在又一場大雪落下來時，向傲庭突然離開夜色幾天，再回來時，就帶來任務即將開始的消息，

而時進也終於得知這次任務的具體內容。

「這次我們要做的，是一個資訊收集任務。」向傲庭把一份加密資料投影出來，詳細給時進解釋道：「畫面上這個人叫劉元，外號元麻子，做人口販賣生意，他是你這次的主要接近目標。他曾經是我們的一個線人，後來叛變。現在我們懷疑有軍方內部人員被他說動，成了他的後盾。我們前幾次派出去的臥底和探子全部被識破，所以這次只能找外援。」

人口販賣？還和內部人員有勾結？時進臉上露出厭惡的表情，不怪他這樣，只要是幹過員警的，就沒幾個不討厭人口販子的，這些人簡直比殺人犯還遭人恨。

「元麻子隸屬於一個名叫『狼人』的非法暴力組織，這個組織主要成員長年躲在國外，除了人口販賣外，還接各種黑色生意，最近我們得到消息，他們分批偷偷潛回國內，似乎是接了什麼大生意，這是我們的機會。」

時進大概明白了他的意思，問道：「官方想知道狼人和劉元的背後靠山是誰？」

「沒錯。」向傲庭點頭，十分滿意他的思考和反應速度，繼續說道：「這次任務是機密任務，為了防止再次被洩露計劃，參與任務的人員全部是從其他地方調來的，你是裡面唯一的外援，承擔的任務也最重，我們需要你假裝成被元麻子拐賣的人，混入狼人內部，盡可能多收集一些資料。」

時進皺眉，問道：「怎麼偽裝？還有，人口販賣主要受害者是兒童和婦女，我這樣的，元麻子會拐嗎？」

向傲庭沉默了一會，回道：「會，與大數據相反，元麻子最中意的拐賣目標群體是年齡十七、八歲、長相俊秀、耐折騰的鄉下進城打工少年。」

時進聽著聽著，臉上的表情就沒了，幽幽看著向傲庭，「別告訴我，那個元麻子是……」

「他做人口販賣，也兼職做皮條客，因為本人性向原因，所以他偏愛拐賣年輕的男性，一般被他拐賣的男性會被他祕密培訓一段時間，玩膩了之後丟去T國，再經由T國分散賣到世界各地。」

「……」為什麼他的任務就逃不開出賣色相這個坎。

向傲庭也覺得這任務有些一言難盡，伸手拍了拍時進的肩膀，安慰道：「別怕，有可靠證據表明，元麻子已經不能人道了，而且狼人這次在國內活動，不敢像在國外那麼肆意，我們會儘量保證你的安全。」

時進並不覺得被安慰了，不抱希望地問道：「你們要怎麼保證我的安全？」

向傲庭收回手，說道：「我也申請參加這次任務，上面已經批准，我會是你的直接聯絡人，你那邊一有異動，我就會去救你，所以不用怕。」

時進有些意外，沒想到他也參加了這次任務，心情頓時有些複雜。向傲庭是開飛機的，隸屬的部門和這次任務負責的部門八竿子都打不著邊，要調來參加這次的任務，向傲庭肯定沒少運作。

「四哥，你不用這樣的。」

「要的。」向傲庭關掉投影，一臉嚴肅地說道：「你是我弟弟，哥哥保護弟弟，應該的。」

時進在腦內嘆氣：「完了，我覺得我被他反向攻略了，他可真是個正直又可靠的好哥哥。」

小死仔細回想，居然也想不出向傲庭有哪裡不好，於是只能沉默。

如此又過了兩天，任務的具體日期定下了。元麻子出現在H省的一個小鎮，似乎是準備在那裡坐火車往內陸移動，這是個接近他的好時機。

時進飯吃到一半就接到向傲庭打過來的出發電話，掛斷電話後看向廉君，想說明情況，卻被廉君搶了先：「注意安全。」廉君放下筷子囑咐。

時進的話嚥了回來，點了點頭，反過來囑咐道：「我不在的時候你要好好吃飯。」

「囉嗦。」廉君回了一句，挪動輪椅從桌後滑出來，取出一個小掛件放到時進手上，說道：「聽說你把黃瓜抱枕還給了容洲中，這個給你，記得隨身攜帶。」

時進低頭，見他給的是一個雞腿外形的卡通掛件，忍不住笑了起來，晃了晃這個小雞腿，故意說道：「君少，我不喜歡吃雞腿。」

廉君看他一眼，擺手說道：「去吧，別耽誤時間。」

「那我去了。」時進收好小雞腿，突然上前抱了廉君一下，然後迅速鬆開，邊後退邊朝廉君擺手，笑著說道：「等我完成任務回來，我要吃烤全羊！」

廉君緊繃的身體慢慢放鬆，沒有說話，等看不到他的身影了，才冷聲回道：「休想，我不能吃，你也不許吃。」

◆◆◆◆

H省隔壁的S省，時進穿著一身款式老氣的冬裝，頭上戴著一頂俗氣的黑色針織帽，背著一個行李包擠上火車。

他嘴唇凍得發紫，手裡握著一個陳舊的老人手機，一直低頭，眼神有些瑟縮，身體語言很是拘束，一看就知道是第一次坐火車出遠門。

這樣的人大家都見得多了，所以沒什麼人注意他。他順利找到自己的座位坐好，試探著朝同座人釋放善意，只可惜同座人是個勢利的中年人，對他的笑容回以一個嫌棄的白眼。

於是他變得更加拘束，微微側著身，雙手拿出手機，小心撥出一個號碼，用著一口不知道是哪裡的方言輕聲說道：「姆媽，我已經上車了，泥不要擔心，我肯定能賺夠哥哥的彩禮錢的，泥讓他不要藍過，腿斷嘍就斷嘍，養養就會好的，嫂子也說可以等他腿養好再辦婚禮，沒事的。」

電話那邊的向傲庭：「……」

時進晃了晃手機，做出疑惑的樣子，加大了音量：「姆媽？你能聽到嗎？是沒有信號嗎？」

「……能聽到。」向傲庭調整了一下狀態，問道：「看到目標人物了嗎？」

「奇怪咧，沒信號嗎？」時進拿著手機站起身，開始在車廂裡小幅度移動，轉了一圈像是手機終於有信號了，停步開心說道：「聽到咧、聽到咧，姆媽你說，我聽著。」

這一口奇怪的方言實在太影響溝通了。

向傲庭低咳一聲，問道：「找到任務目標了？」

「是咧。」時進回答。

「元麻子這次出行應該是要去C市和狼人大部隊會合，從S省到C市要經過六個站，總車程十六個小時，你爭取在這段時間內和他搭上話，被他『拐』走。」向傲庭囑咐。

時進害羞低應：「姆媽，我曉得咧，哥哥的婚事要緊，他都快三十咧，是個老光棍咧，我還小咧，不想要朋友。」

向傲庭：「……」

任務開始後的第一次例行通話結束，時進美滋滋，向傲庭有點內傷，覺得自己果然並不瞭解時進這個弟弟。

元麻子是個面色蠟黃高瘦的中年人，寡眉薄唇，長相有些刻薄。他就坐在車廂的角落處，時進進來時他正在假寐，並沒有注意到時進，直到時進挪到他附近講電話，他才被時進好聽的聲音吸引，睜開眼皮攏拉的小眼睛。

時進穿著不怎麼樣，說話土氣，身體語言也很畏縮，但皮相是實打實的不錯。

雖然為了遮掩嬌貴少爺的本質，時進給自己弄了點遮掩，把露出來的皮膚全部弄糙了，但五官變不了，好看就是好看。

時進收起手機時敏銳察覺到元麻子的視線投過來，並長時間停留在自己身上，心裡很滿意，面上卻假作不知，回了自己的座位。

【第六章】執行獨立任務初體驗

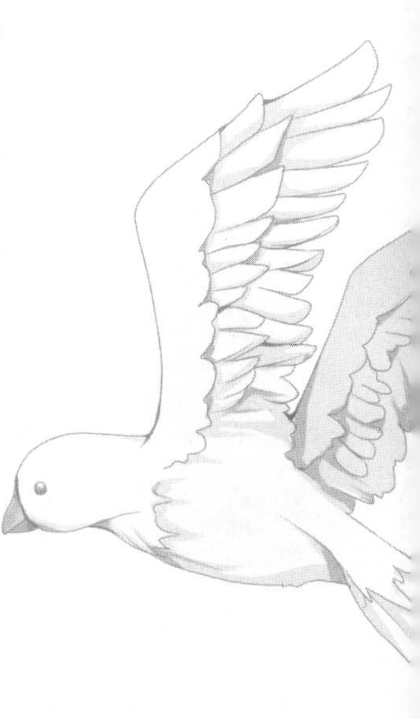

火車開動，車廂內漸漸安靜下來，這一站上的人不多，沒什麼人說話。

時進靠在座位上看窗外，時不時望一眼頭頂的行囊，按一按手裡老舊的手機，表現得像個第一次出門處處警惕小心的小老鼠。

天漸漸暗了，車廂裡飄起泡麵和便當的味道，時進臉上帶著些睏倦，打了個哈欠，卻沒有去買吃的，而是起身勾了一下行李包，從裡面掏出一包用袋子裹得嚴嚴實實的餅子出來。

夜深了，車廂內的人陸續睡去，時進也腦袋一點一點，歪靠著睡熟了。凌晨的時候火車停靠了一下，有人上下車，時進去解決了一下生理問題，回來路過元麻子的座位時故意抬手抓了抓脖子，露出一點線條好看的鎖骨。

天黑了又亮，火車停靠站的頻率變得密集——他們已經接近繁華的內陸城市。

時進和一個面相憨厚的中年人搭上話，在和對方交談時十分傻白甜地把自己的資訊透露個七七八八，好在和他聊天的人似乎不是壞人，看他傻傻的，還叮囑他在外要多長點心眼，並給他買了份熱飯。

時進十分感激，面上滿滿都是不好意思，但吃飯的時候卻狼吞虎嚥，看起來是餓得狠了。

晃晃悠悠又是幾個小時過去，下一站就是C市，然而時進還沒和元麻子搭上話。

向傲庭主動打電話過來，問他的情況。

時進窩在座位上撕餅子玩，回道：「快咧快咧，到地方了再聯繫，手機要沒電了，我曉得咧，錢我藏得好著咧，沒事。」

聽他提到錢，向傲庭心裡一動，問道：「元麻子已經對你動手了？他偷了你的錢？」

「是咧。」時進回答，在心裡補充，而且就是在他透露出自己會在C市下車後不久下的手。

這元麻子比他想像中的更精蟲上腦，行事也更小心，不過對方主動出手倒也好了，減低他故意接近露破綻的可能。

向傲庭放了心，一時間不知道該說他運氣好，還是該說他計算人心算得精準，又囑咐了幾句，主動掛斷電話。

半個小時後，火車成功停靠，時進背著行囊下車，故意走得很慢，方便元麻子跟上來。他一路跟著人群出了站，幾次被人撞到，每次都主動道歉，最後終於磕磕絆絆地到火車站外面，摸手機想給人打電話。

結果這一摸，卻直接摸了個空。

時進心裡一點都不意外，面上卻露出驚慌著急的樣子，開始上上下下摸自己衣服兜，還放下行李包，蹲下身埋頭在裡面翻找起來。

「小兄弟你怎麼了？」一道瘦長的人影出現在時進旁邊。

時進心道一句來了，面上卻十分警惕地抬頭望了來人一眼，抿緊唇表示沒什麼，抓著行李包起身想走。

元麻子忙攔住他，露出一個和善的笑容，說道：「小兄弟別怕，我是和你坐一趟火車的朋友，就在角落那裡，還記得嗎？我看你好像遇到了一點麻煩，想過來幫幫忙。大家都是在外討生活的，不容易，能互相幫忙就幫一點。」

時進將信將疑地打量他幾眼，像是記起他來了，慢慢放鬆警惕，眉眼垮了下來，用不大標準的普通話說道：「嗯，我確實遇到了一點麻煩，我找不到我的手機了……怎麼辦，我姆媽還等著我的電話。」

「你別急，叔的手機借你用，你再找找，說不定是塞到哪裡忘記了。」元麻子連忙安慰，並主動遞出手機。

這個動作成功取信了「土包子」時進，他露出靦腆和不好意思的模樣，接過元麻子的手機，反覆道謝後側身小心撥了通電話出去。

向傲庭很快接起電話，卻沒說話。

「姆媽，是我。」時進主動招呼，看一眼站在旁邊的元麻子，朝他不好意思地笑笑，說道：「我的手機沒電咧，借了同車的好心人……嗯嗯，沒事咧，我這就打電話聯繫老王叔，他工廠的名字我記著咧。」

向傲庭：「……你用元麻子的手機？」

「是咧。」時進回答。

向傲庭沉默幾秒，示意旁邊的其他任務人員鎖定現在正在和他通話的電話號碼，然後問道：「你能行嗎？需不需要幫忙？」

「能行，姆媽我先掛了，別人的手機，我不好意思說太久。」時進說完就把電話掛了，然後感激地把手機還給元麻子，一直道謝。

元麻子連忙表示沒什麼，趁機跟他搭話，問他是不是在等誰，來C市是做什麼的？

時進一點沒遮掩地把在車上說給別人聽過的內容再次講一遍，說自己是來打工的，這邊有個老鄉老王叔會來接他，然後再次朝元麻子道謝。

元麻子點點頭，故意說車站人多，懷疑他的手機應該是被人偷了，並讓他看看還有沒有被偷什麼。時進做出驚慌的樣子，埋頭去翻行李包裝錢的地方，毫無意外地摸了個空，頓時露出快被嚇哭的模樣，整個人都傻了。

元麻子一邊叫喚著「哎喲哎喲，小偷真是作孽」，一邊連忙安慰時進。

之後便是一波互相套路，最後元麻子成功說服時進上了他「朋友」開來的車，說是要送他去老鄉的工廠。

元麻子的「朋友」是一個其貌不揚的年輕男人，開著一輛老舊麵包車，見元麻子帶著時進上車，眉頭一皺，不滿說道：「劉哥，你這是做什麼？現在可不是胡來的時候。」

「吼什麼呢，別嚇到小遠，他膽子小。」元麻子給年輕人使了個眼色，然後取出一瓶水遞給時進，說道：「給，喝吧，工廠很快就到了。」

年輕人翻白眼，嘟囔了一句「死基佬」，黑著臉發動汽車。

時進做出一副沒聽懂的樣子，有些怕地看年輕人一眼，邊接水邊在腦內問小死：「這水裡加料了吧？」

小死給了肯定答案。

「那給我來套buff。」時進十分淡定。

小死默默運作。

一人一系統溝通完畢，時進擰開水，直接喝了半瓶。元麻子露出滿意的神色，看時進的眼神像在看一塊老實又聽話的五花肉。

時進朝他靦腆一笑，在心裡默默數秒，然後在恰當的時機，乾脆俐落地「暈」了過去。

時進剛倒下去，就聽到開車年輕人的問話：「睡了？」

年輕人怕時進還沒暈徹底，說話很注意。

元麻子伸手扒拉了一下時進的身體，用力掐了一下屁股上的肉，見他沒有動靜，滿意說道：「睡了，一次喝了半瓶，這小子起碼得睡上一天。」

時進在心裡對元麻子素質十八連——該死的人販子，下手真狠，要不是有小死幫忙，剛剛掐的那一下他就算不疼得蹦起來，也會嚇得抖一下。而且為什麼是屁股！他的屁股又做錯了什麼！

年輕人也從後視鏡裡看到元麻子私心滿滿的動作，不屑地扯了扯嘴角，問道：「你準備怎麼處理他？這次狼哥冒險回國可是花了不少工夫走關係，你最好別節外生枝，把這次的生意搞砸了。」

「我心裡有數。」元麻子語氣很無所謂，似乎對那個狼哥並不大重視，又開始伸手在時進身上上上下下地摸，說道：「這不是還沒和客戶接上頭麼，我先爽幾天，等要辦正事了，就找個地方把

這小子處理了。」

年輕人冷哼一聲，不說話了。

時進繼續在心裡對元麻子素質十八連，面上卻不露痕跡，像塊死肉般癱著，由著他摸。

很快，時進藏在身上的東西全被元麻子搜出來，裡面包括一張用過的火車票、一張用過的汽車票、一個裝零錢的舊口袋、幾顆糖果、一個幼稚的小雞腿掛件和棉衣內口袋裡小心裝著的身分證。

元麻子把前面幾樣東西隨手丟到一邊，重點看了看時進的身分證，為了保險，還扯掉時進的帽子好好對比了一下他的長相，確定沒問題後，把時進的身分證揣進自己兜裡。

之後他又搜了一下時進的行李包，發現裡面居然還裝著一罐鹹菜，撇了撇嘴，也放到一邊沒管，猥瑣地取出行李包最底層單獨包著的內衣褲，抽出一條舊內褲看了看，又搓了搓，然後塞進自己棉服的內口袋裡。

正在給時進實況播報元麻子動作的小死說到這裡卡住了，想起時進「不放過任何細節」的囑咐，還是一板一眼地把這些細節全部說了一遍。

時進：「……」

回頭一定要好好問問向傲庭，搞清楚那個行李包裡的舊內褲到底是從哪裡弄來的。

不過通過這些資訊，時進已經完整勾勒出元麻子的變態人設——這傢伙雖然不能人道，但應該愛好性虐之類的玩意，並且多半有收集內褲的癖好，真的是變態！

汽車一路前行，這期間元麻子和年輕人又進行幾次簡短的交談，還往外打了幾通電話。時進從這些零碎的對話裡收集到一些有用資訊——元麻子應該是最後一批到達的狼人成員，其他人已經到距離B市很近的T市，現在他們開車也是要往T市趕，狼人這次接的客戶有好幾個，元麻子主要負責其中一個客戶的生意。

最後，元麻子的一句抱怨引起時進的注意。

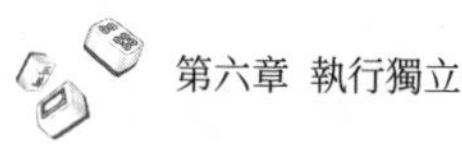

「媽的！要不是幾個月前國外那個綁架的單子黃了，咱們也不用為了這麼點錢冒險回國。『滅』的手段越來越狠了，那些掛上號的組織還好，咱們這種非法的，怕是都要完蛋。」

年輕人聞言表情也凝重起來，難得沒有懟元麻子，說道：「希望這幾單生意做完，咱們真能像衙門裡那些人許諾的一樣，成功掛上號，爭取到一點喘息時間。」

「世道不同了。」元麻子點了根菸，也不知道想到什麼，眼神慢慢發狠，居然又伸手掐了時進屁股一把，沉沉說道：「如果真掛不上號，那我不能活了，衙門裡那些偽君子也別想好過，大不了魚死網破！」

時進在心裡艸上了元麻子的大爺——為什麼一直是屁股！就不能換個地方掐嗎？被掐得很疼的好不好！

天擦黑的時候，終於結束趕路，元麻子開始用力晃時進。

時進裝作悠悠轉醒的樣子，一睜眼就唰一下坐起身，還一副身體綿軟不受控制的樣子撞了元麻子一下，之後癱倒在車廂地上，壓住一地零碎，抬手傻乎乎按額頭，茫然道：「奇怪咧，怎麼東西都在轉……」

「嘶——真是晦氣，起來！」元麻子被撞得倒了一下，腦袋磕到車門，起身沒好氣地打了時進一下，不再裝好人了，凶巴巴說道：「老實點，敢反抗我殺了你！」

時進還是一副藥勁沒過爬不起來的樣子，伸手做出撐地想要爬起身的樣子，另一手還去拉自己的行李包，傻乎乎說道：「怎麼咧，這裡是哪裡？老王叔怎麼還沒來……」

開車的年輕人見狀皺眉，「劉哥，你不會把人給藥傻了吧。」

「都是老藥了，怎麼可能把人吃傻，這傢伙估計耐藥性差，還暈乎著呢。」元麻子見時進傻乎乎的，又有了點逗弄的心思，伸手幫忙把他拉起來，哄騙道：「你在車上睡著了，老王叔來的時候你還沒醒，他說廠裡已經不要人了，我這邊剛好有個工作，就直接把你拉這來，放心，你跟著我，保證能賺大錢。」

吃了藥的時進似乎更好哄了，聞言居然直接信了，激動問道：「真的能賺大錢？那、那跟著你，一個月能領到三千，不不，兩千的工資嗎？」

元麻子心裡嗤笑他土包子，面上卻笑得和善，打包票道：「只要你勤快，別說三千，一個月三萬也可以！」

「真、真的嗎？」時進激動不已，伸手抓住劉麻子的手，開心說道：「劉哥是吧，你真是個好人！我要給你立長生牌位！」

元麻子嘴角抽了抽，反握住他的手摸了摸，笑著說道：「小遠真貼心……走，先跟我下車吧，記得一會保持安靜，我那些老闆朋友們可不喜歡吵鬧的孩子。」

時進連忙點頭表示明白，轉身去拿自己的行李包，然後疑惑道：「怎麼包是打開的？啊，我的鹹菜掉出來了！」

「不小心在車上顛開了吧。」元麻子不走心地解釋，見哄住他了，側頭朝年輕人使個眼色，這才打開車門。

時進趁人不注意的時候把鹹菜和各種零碎物品麻溜收好，捏了一下某個撿起來的糖果，然後抱著行李包，怯怯地跟著元麻子下車。

車停在一處水泥村道上，附近都是已經廢棄的老舊農舍，目之所及，只有側前方的一棟三層老舊民房裡亮著燈。時進不著痕跡地打量一下周圍的環境，裝作疑惑惶恐的樣子，小聲問元麻子：「劉哥，這裡真的能賺錢嗎？怎麼看起來和我老家差不多……」

「當然能。」元麻子答得肯定，還故意嚇唬他，「你不信那你就直接走吧，我不攔著你，不過好心提醒你一句，這村周圍有人販子出沒，小心落單被人抓了！」

說著加快了速度，似乎想甩下時進。

時進嚇得一抖，看一眼黑漆漆的周圍，連忙加快腳步追上元麻子，緊張解釋道：「劉哥我沒有不信你，你別生氣，我、我就是問問，問問……」

元麻子冷哼一聲沒說話。

走在他身邊的年輕人看傻子似地看了時進一眼，意味不明地笑了一聲。

兩人徑直朝著民房走去，時進緊跟在後。

元麻子和年輕人靠近民房後卻沒直接進門，而是先學了三聲鳥叫，等民房那邊三樓的燈關了，才結伴進去。

時進記下這些細節，隨著兩人跨入民房。

民房裡面裝修很簡陋，一進門的堂屋裡空蕩蕩，就一個八仙桌和幾把椅子。堂屋裡此時坐著兩個人，一個肥頭大耳面相凶惡，一個中等個子身體結實，兩人都穿著一身普普通通的棉服，腳邊放著個取暖器，正湊在一起聊著什麼。

「胖哥、陳哥。」年輕人率先打了個招呼，之後問道：「有吃的嗎？開了一天車，餓死了。」

胖哥指了指廚房，之後把視線落在元麻子和跟在元麻子身後的時進身上，表情不豫，問道：「老劉，你這是做什麼？」

「帶個小傢伙一起賺錢而已，小遠很聽話的，你們別嚇到他。」元麻子面對這個胖哥依然語氣無所謂，似乎一點不怕他生氣，說著還拍了時進肩膀一下，故意說道：「去，給你胖哥和陳哥打個招呼。」

時進裝出一副嚇得靈魂要出竅的模樣，戰戰兢兢上前，聲如蚊蚋地喚了兩人一聲，然後火速躲到元麻子身後，緊緊黏著他。

元麻子十分享受美人的依靠，笑得很是滿意。

胖哥和陳哥則面露不屑和不耐，明明對元麻子氣得不行，卻居然硬生生忍著沒發火，只擺了擺

手說道：「你帶來的人你自己管好，狼哥已經睡了，明天再說這個。你的房間在二樓，你們上去休息吧。」

於是元麻子帶著時進越過他們上去二樓，找到自己的房間，先把時進推進去，然後說道：「我去拿點吃的，你先自個待會。」說完直接關上門，還從外反鎖了。

時進終於能獨處，先打量一下這個簡陋的房間，見沒什麼特別的，於是找出之前按了一下的糖果，確定上面的定位器沒問題後，扒拉出鹹菜罐，打開盒蓋上的夾層，從裡面掏出一個偽裝成木片的超薄款迷你手機，啟動後撥了通電話出去。

向傲庭那邊正焦心著，見有電話進來，連忙接通。

「是我。」時進壓低聲音，讓小死注意著門外的動靜，快速說道：「我在T市一個村子角落的民房裡，民房貼著白色瓷磚，三層，進門要學三聲鳥叫，目前見到了兩個人，『胖哥』和『陳哥』，『狼哥』也在，不知道住哪間房，我和元麻子一個房間，在二層左數第三間屋子，元麻子和他們關係似乎不大好，各自為政勉強合作的樣子，他們這次的客戶不止一個。」

向傲庭記下這些資訊，問道：「你怎麼樣？」

「還行，吃了點未知藥物，被掐了兩下屁股，摸了下全身，現在被元麻子關在屋子裡，他去拿吃的了，我琢磨著他還要給我下藥，今晚要對我圖謀不軌。」

向傲庭抬手按了按額頭，說道：「那你……你……」一時間居然不知道該說什麼。

「四哥你放心，我會保護我的清白的。」時進反過來安撫他，小小聲道：「大不了我也給元麻子下點藥，掐掐他的屁股。」

向傲庭緩過勁來了，皺眉說道：「你不要亂來，我正帶著人往你那裡去，有問題按警報，然後儘量拖延時間自保，明白，明白嗎？」

「明白，今晚我會試著搜集一下有用的資訊。」

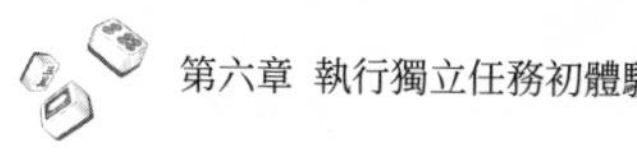

時進聽腦內小死提醒有人上樓了，連忙掛斷電話把手機藏好，坐到床邊做擔憂驚惶狀，抱著行李包，在腦內問小死：「好吃buff可以疊加嗎？」

小死：「可以是可以，進進你要做什麼？」

「撐死那個死變態！」時進磨牙，心裡小算盤撥得嘩嘩響，「你給我把buff加到最大，我趁機給他下點藥，好方便行動。」

小死應了一聲，開始用力運作。

元麻子提著一個竹籃子回來，籃子裡有三道菜，兩大碗飯，還有兩瓶水。他進屋後先觀察了一下屋內的情況，見沒有翻動的痕跡，對時進的老實乖巧十分滿意，笑著把籃子放到床邊的桌上，說道：「吃點飯吧，餓了一天了。」

時進滿臉感動，肉麻兮兮：「劉哥你真好，其實我吃點餅子就好了……」

「吃什麼餅子，以後跟著我混，保準你每天都能吃上肉。」元麻子把飯菜都拿出來，還不忘再給時進洗洗腦。

兩人相對而坐，開始吃飯，小死在腦中貼心提醒——兩瓶水，一瓶下了藥、一瓶沒有，飯菜都是安全的。

時進放了心，順著元麻子的招呼吃起飯，開吃前還不忘感嘆一下晚餐真豐盛，劉哥真是個好人，然後故意放慢吃飯的動作，默默等待。

第一分鐘，元麻子還在正常進食，並且不著痕跡地忽悠時進喝水。

第二分鐘，他開始埋頭扒飯，沒空說話。

第五分鐘，他邊吃邊喝，很快就把自己的飯吃了乾乾淨淨，三盤菜各自下了一大半。

第十分鐘，他放下筷子，去廚房盛飯。

時進趁機把自己的水倒了一半，和元麻子的水進行調換，並摸出一顆糖果，摳了一點裡面藏著

的藥物，倒了點到其中一盤剩菜裡。

五分鐘後，元麻子回來繼續吃，吃啊吃、吃啊吃……時進掐著時機再次裝暈，元麻子看他一眼，不管他，繼續吃啊吃、吃啊吃……掃乾淨盤子後才摸著快撐破的肚子走到時進身邊，踢了踢他，獰笑一聲，彎腰伸出了魔爪，然後撲通一聲，倒在時進身上。

時進被壓得翻白眼，沒好氣地掀開他，反踢了他一腳，也不管他大冬天的睡在地上涼不涼，坐到床邊讓小死加強自己的聽力，開始邊等待夜深邊偷聽民房裡的動靜。

buff的力量是強大的，沒一會時進就聽到一點自己想要的東西。

此時三樓的某個房間裡，兩道正在交談的聲音，從一堆亂七八糟的雜音裡脫穎而出，吸引了時進的注意。

「元麻子已經到了，路上還順帶拐了個人回來，真是精蟲上腦，沒個輕重！」一道有些粗的男聲不滿抱怨著。

「他也就能囂張這幾天了。」另一道男聲響起，安撫之前說話的人，「老大已經把他的靠山撬過來，等咱們幫那人解決了元麻子，以後那人就是咱們的靠山了，到時候狼人轉成合法組織，好日子就來了。」

「也是，那元麻子現在還有心思吃吃喝喝玩男人呢，繼續快活吧，他也快活不了多久了。」粗一點的男聲回話。

之後兩人又說了一些廢話，漸漸安靜下來。

時進大感意外，看一眼地上睡得像頭死豬的元麻子，嘖嘖搖頭。

想不到啊，狼人內部居然已經分裂成這個樣子了，看來狼人這次的國內之行，是狼人老大和元麻子的靠山合夥給元麻子設計的一個局，想摁死元麻子。

也不知道這元麻子是做了什麼，居然遭到靠山和老大的一致仇恨。

這個資訊很有用，時進想了想，決定稍微改變一下計劃，給自己加加戲。他讓小死注意著民房內的動靜，然後往床上一倒，直接補眠去了。

凌晨時分，時進精神抖擻醒來，找小死確定了一下民房裡的情況，伸手把倒在地上的元麻子搬到床上，脫掉他的外衣外褲鞋襪，給他裹上被子，然後瘋狂搖晃。

元麻子被搖醒，頭暈肚子脹，只感覺擠在喉嚨口的食物都要被晃出來，沒好氣地拍開時進的手，結果還是沒忍住，哇一聲搆到床邊吐了出來。

時進連忙躲遠，捏緊了鼻子。

「媽的，死小子你幹什麼，小心我捅死你！」元麻子吐完舒服了一點，滿臉戾氣地喝罵。

時進做出被嚇了一跳的樣子，面上滿是惶恐和害怕，抖著聲音說道：「劉哥，我、我不是故意吵你的，就剛剛我尿急，想去外面上廁所，但我找不到地方，就亂轉，然後聽、聽到有兩個人說話，他們說的東西很奇怪，什麼撬了靠山、挖坑、炮灰之類的，還提到你的名字，我、我還看到他們手裡有槍……這裡到底是哪裡？劉哥我怕……」

元麻子本來還滿臉不耐煩，心裡偷偷懷疑自己是不是看走眼了，這土包子其實沒表面那麼傻，但等聽到時進後面說的那些話，表情一下子就變了，從床上爬起身拽住時進的衣領，惡狠狠說道：「你還聽到了什麼？說清楚！」

「沒、沒了，就這些，我好害怕，就回來了。」時進裝出瑟縮的樣子，故意說道：「劉哥，你別嚇我，我會尿出來的……」

元麻子嫌惡地丟開他，表情陰暗不定地變了一會，突然又緩了神色，坐到床邊招手讓時進過來，溫聲說道：「剛剛劉哥太激動了，你別在意，小遠，你給劉哥仔細說說你聽到的話，如果可以的話，最好能一字不漏地複述出來。」

時進又演了一會被嚇壞的少年，哼哼唧唧的半天說不出句完整的話，等元麻子快不耐煩了才做

出漸漸冷靜的樣子，活靈活現地把聽到的對話複述一遍，還形容了一下那兩個人的聲音，說得特別真、特別詳細。

聽完他的複述，元麻子臉徹底黑了，臉上神經質地抖了抖，咬牙拍了一下床，罵道：「過河拆橋的王八蛋！想弄死我，你們還嫩了點！」

時進忙切換回「被嚇壞的少年」模式，瑟縮看著他不說話。

就這麼沉默了一會，元麻子突然又冷靜下來，表情奇怪地看了時進一會，突然朝他露出個笑來，「小遠你可真是我的福星……你別怕，劉哥肯定會帶著你賺大錢的，只要你聽劉哥的話。」

時進連忙點頭，說道：「劉哥對我這麼好，我、我肯定會聽劉哥話的。」

「很好。」元麻子點頭，扭頭不知道從哪裡翻出三萬塊放到時進手裡，臉上在笑，眼裡卻一片寒氣，「這個給你，劉哥說了，帶著你，肯定是要讓你賺大錢的，以後你就跟著我了。」

時進一臉收受賄賂的激動——所以自己這是從被拐少年變成人販子同夥了嗎？身分變化太快就像龍捲風，做任務真好玩。

更好玩的事情還在後面。

塞完錢，元麻子居然又掏出一把槍塞到時進手裡，用一種誘哄中帶著滄桑的語氣說道：「這個給你防身，實不相瞞，小遠，我那幾個朋友做的生意有些不乾淨，他們非拉我入夥，我不同意，結果他們卑鄙地用我的家人威脅我……」

說著說著，還抬手擦了擦眼角不存在的眼淚。

時進滿心臥槽，萬萬沒想到元麻子也是個演技派，面上卻露出不敢置信和義憤填膺的模樣，順著他的話說道：「用家人威脅？那你的朋友真是太過分了！」

「誰說不是呢，我也是沒辦法，我本來以為這次幫了他們，他們就會放過我的家人，結果沒想到他們不僅拿家人威脅我，還準備要我的命！是我不好，如果我不主動在車站幫你，想帶著你賺錢，你也不用跟我來這，進了這個狼窩……不過我也要謝謝你，多虧你今晚聽到他們的對話，不然我們今晚怕是就要不明不白地交代在這裡了，小遠吶，是劉哥對不起你。」

元麻子一語三嘆，滿臉痛苦唏噓，兩隻手抓著時進的手，搓一搓又揉一揉，一時間居然分不清是在占便宜，還是在配合情緒增加動作戲。

時進繃著臉忍耐，感覺身上的雞皮疙瘩都要被搓起來了，最後忍無可忍，實在忍不住，反手就抓住元麻子的手，用力收緊，表情害怕中帶著堅強，堅強中透露著慫，睜著天真無邪的大眼睛，認真說道：「劉哥不怕！有困難找員警，我們報警吧！報警抓你的壞蛋朋友！」

「呃咳咳咳！」元麻子被口水嗆到，低頭就是一通驚天動地的咳嗽，手被捏得有些疼，想往回抽，抽不動，於是瘋狂搖頭，連唬帶騙，「不能報警！你不知道，我、我那些朋友背景很強大，你也看到了，他們各個都有槍，不能報警，報了警我們死得更快！」

「這、這樣嗎？」時進面上的堅強立刻煙消雲散，恢復了慫的本質，手也鬆開了，怕怕問道：「那劉哥我們該怎麼辦，跑嗎？我們跑吧！」

此時元麻子的手上已經留下幾道清晰的指印，他疼得眉毛直抽，臉上擠出一個難看的笑容，回道：「跑當然是要跑的，但為了我的家人，我得先從朋友那裡偷出一份資料才能跑，只要有了那份資料，我就可以反過來威脅他們，讓他們放過我的家人了。」

——資料？

時進眼睛一亮，然後立刻做出害怕的樣子掩住眼裡興奮的賊光，弱弱說道：「可是偷東西是不是不好啊……要不咱們還是報警吧，我比較相信員警叔叔……」

「那你就不信我嗎？」元麻子擺出受傷難過的樣子，轉身不知道又從哪裡翻出幾疊錢，用力塞到時進懷裡，說道：「小遠，現在只有你能幫我了，報警會害死我的家人的，你忍心看我的家人沒了性命，我孫子他才一歲啊！才一歲！」

時進被他浮誇的演技和動不動砸錢的舉動震住了——所以元麻子到底是從哪裡翻出錢來的？明明之前給他脫外衣的時候一毛錢都沒看見！

元麻子卻以為時進是被這麼多錢給震住了，表情越發悲苦，拉著他的手，緩聲訴說：「小遠，我們不是要偷東西，是自保！只要你幫了劉哥這一次，這樣數額的錢，我再給你兩倍！你不是說你哥腿斷了，還急著娶媳婦嗎？只要有了這個錢，你家裡就再也不用為錢發愁了。」

時進露出動搖的樣子，最後一咬牙一跺腳，終於狠下心，用力點點頭，說道：「好！劉哥你說，我要怎麼幫你？我們一起逃出去！」

元麻子欣慰一笑，伸手摸他腦袋，「乖孩子，小遠你可真是我的福星啊……」

——是啊是啊，我可是你的「福星」啊。

時進任由他摸頭，朝他露出一個依賴信任的笑容，一口白牙在夜裡彷彿閃起了冷光。

時間太晚，兩人計劃一番後各占半邊床睡去。大概是心裡有了事，再加上要利用時進，所以元麻子這一晚很老實，沒再對著時進的屁股伸出魔爪。

晚飯的藥效還沒散，元麻子很快就睡著了，時進睜開眼，摸出迷你手機躲在被子裡給向傲庭發簡訊。

OOJ：報告，狼人內訌，元麻子靠山移情別戀愛上狼人老大，渣男與小三合夥設套，妄圖害死原配元麻子。

第一時間點開簡訊的向傲庭：「……」

「向隊長？」坐在他旁邊的臨時隊員見他盯著手機不動，疑惑出聲。

向傲庭回神，默默發簡訊：你有沒有遇到危險？

OOJ：沒有，已和原配達成合作，準備明日伺機竊取渣男和小三出軌的證據，原配已付我賄賂金八萬整，並贈槍一把。

向傲庭再次：「……」

「隊長？」臨時隊員越發疑惑了，不明白隊長怎麼會突然對著手機眼露滄桑。

向傲庭收斂情緒，示意自己沒事，繼續發簡訊：注意安全，小心元麻子套路你。

OOJ：請組織放心，糖衣炮彈無法腐蝕我的靈魂！

向傲庭抬手捂住額頭，用力回想，居然已經想不起曾經的時進是什麼樣子，一閉上眼，眼神閃過的全是一顆顆笑出一口白牙的獼猴桃，十分魔性。

一覺睡到大天亮，元麻子表情陰鬱，時進依然慫如鵪鶉，兩人湊到一起確認一下昨晚制定的計劃，最後一人揣著一把槍走出房門。

計劃是這樣的，兩人先照常活動，和房子裡的其他人做做表面工夫，然後由元麻子摸清楚壞蛋老大的房間，引走他們，再由時進潛入老大房間，偷取不知道被老大藏在哪裡的資料。

當然，這裡面還有一個可能，那就是老大把資料隨身攜帶，如果是這樣，那麼還是由元麻子引走眾人，時進則去給大家喝的水裡下藥，先藥倒大家，再搜尋資料。

但下藥有個很不穩定的地方，那就是絕對無法一次性藥倒所有人，一旦被狼人成員們發現不對，元麻子和時進可能要面臨一番死鬥。

計劃很簡單，就是執行起來隨機性太大，而且危險基本都扛在時進身上——如果他偷資料成功，那麼元麻子計劃通；如果他偷資料失敗，那麼元麻子大可以撇清自己，指責時進是敵方派來故意接近自己的臥底，把鍋全推在時進身上。

當然，這一點元麻子是不會告訴時進的，這些是時進自己分析出來的。

時進在腦內感嘆：「元麻子可真壞啊。」

小死義憤填膺：「就是就是，活該他當太監！」

一人一系統在腦內一起對元麻子素質十八連，話語糟汙無法入耳，但時進面上卻還是慫且蠢的模樣，完全讓人看不出破綻。

他保持著這副縮頭縮腦的模樣，隨著元麻子去了一樓堂屋。

與昨晚的冷清不同，此時堂屋裡坐滿了人，粗略一數大概有十幾個，其中坐在八仙桌邊的人有三個——一個長著絡腮鬍看不出具體長相的壯漢、一個臉上有疤的瘦子、一個剃著光頭的富態矮胖子，其他人都坐在周圍散落著的塑膠凳子上，地位高下一眼就明。

見到元麻子下來，坐在主位的絡腮鬍先開了口，語氣不大友好：「老劉，我們這次是來辦正事的，你別太過分。」

「哪裡過分了，不就是帶個人玩玩麼，你們這麼謹小慎微的，難怪總是幹不成大事。」元麻子保持著平時的囂張態度，不軟不硬地刺了絡腮鬍一句，上前拉過一把椅子坐在他對面，並示意時進坐在自己身邊。

這舉動可謂挑釁意味十足，讓一個「玩物」和狼人老大平起平坐，說侮辱都算是輕的了，堂內氣氛瞬間凝滯。

時進沒動，事實上他整個人都僵住了，腦內瘋狂戳小死：「小死你快看看！那個刀疤臉和那個光頭胖子是不是原劇情裡綁架了原主的那兩個人？快看看！」

小死被他的語氣催得緊張起來，聞言一通瘋狂搜索，然後給了肯定答案：「是他們沒錯！一個外號刀哥、一個外號富老闆，就是綁架你的那兩個人！你的臉和手指就是被他們毀的！」

時進被小死這個「你」字代稱說得也有些臉疼、手疼起來，看著坐在絡腮鬍旁邊，明顯在狼人內部頗有地位的刀疤臉和富老闆，電光石火間，突然想起昨天過來的車上，元麻子說過一句話——

「要不是幾個月前國外那個綁架的單子黃了，咱們也不用為了這麼點錢冒險回國」。國外的綁架案！這案件說的應該就是原主！也就是現在的他！

時進額頭微微出汗，低頭逼自己收回視線，心裡又激動又緊張，在腦內說道：「小死，咱們必須偷到狼人的客戶名單，殺原主的兇手就在裡面！」

小死也是激動不已的模樣，強迫自己冷靜下來，應道：「嗯！進進我幫你！」

時進一直不說話，後來還低下頭，額頭甚至出了汗，在不知情的人看來，就像是被堂屋內的氣氛給嚇到了。

元麻子心裡不滿，覺得他給自己丟人。絡腮鬍則露出一副看笑話的模樣，故意說道：「老劉你這次挑的人膽子似乎不大，還是別難為他了，我怕你硬要他坐，他會憋不住尿褲子，玩物最該去的地方還是床上。」

堂內眾人聞言哄笑起來。

元麻子面沉如鐵，冷笑一聲說道：「你們這麼瞧不起我帶的人，估計心裡也很瞧不起我，那算了，這次賺大錢的機會你們自己把握吧，我劉某人消受不起，這就帶著我的『玩物』走了。」說著就要起身離開。

這話一出，堂內眾人都不笑了，全都皺眉看著元麻子，表情氣憤中帶著不甘，一副要生撕他的樣子。

「狼哥你看你，明知道老劉最是體貼人，卻偏要拿他開玩笑，這下你看，把人逗生氣了吧。」外號富老闆的光頭胖子站出來做和事佬，起身拉住假意想走的元麻子，笑著和稀泥，「老劉你快別氣了，你也知道狼哥的脾氣，這次的生意還得靠你照拂，大家都是兄弟，算了算了。」

元麻子沒走，卻也沒接他的話，陰著臉不說話。

富老闆朝刀哥使了個眼色，於是刀哥站起身，居然繞過去主動把時進按坐在椅子上，朝元麻子

說道：「正事要緊，老劉，不要讓兄弟寒心。」

元麻子心中輕嗤，面上卻露出稍微軟化的樣子，皺眉坐回去，然後回了點面子給刀哥，推了一把時進示意他起來，說道：「這次我可以不計較，只希望沒有下一次。」

沒有人說話，大家再次忍下他的囂張和任性。

此次交鋒結束後，堂內眾人不歡而散，元麻子帶時進去廚房吃早餐，之後趕他回房，自己獨自出門。

時進再次讓小死幫自己加強聽力，試圖偷聽，卻發現白天活動的人太多，聲音太雜，反而分辨不出多少有用的資訊，於是無奈作罷，乖乖等元麻子回來。

一個多小時後，元麻子回來了，告訴時進民房內大概的人員分布和狼哥的房間方位，仔細教了他如何用槍，然後定下晚飯時間行動。

時進點了點頭，沒有說話，依然裝著他的膽小少年。

午飯眾人是在各自房間吃的，元麻子對著時進，再次差點噎死自己，時進假裝沒看到。

時間晃晃悠悠到了晚飯時間，期間向傲庭發簡訊過來，表示他已經帶人藏到民房附近，隨時可以提供幫助。

時進回了一句明白，讓他暫時按兵不動。

晚飯時分，元麻子獨自離開房間，也不知道他使了什麼法子，居然很快就把民房內的所有人聚集到堂屋裡，一副要密謀什麼的樣子。

時進趁機溜出門，讓小死給自己加了一套buff，直奔三樓而去。

三樓和二樓的構造一樣，時進很快通過元麻子告知的房間號摸到狼哥的房間，然而計劃趕不上變化，狼哥的房間門上居然掛著一把大鎖。

時進在冒險開鎖和改變計劃下樓下藥之間猶豫了一下，很快選擇冒險開鎖，從腰帶上抽出一根藏著的小鐵絲，小心插入鎖孔。

有小死的buff加持，大約兩分鐘後，隨著咔噠一聲輕響，門上的鎖打開了。

時進緊張得手心直冒汗，讓小死確認了一下房內情況，迅速取下鎖扣，閃身進了房間。

狼哥的房間同樣裝修得很簡陋，傢俱不多，床上亂扔著一些衣服，床腳的凳子上放著幾個行李包和一個行李箱，行李包都開著，行李箱是關著的。

樓下的元麻子不知道能堅持多久，時進不敢耽誤，直奔行李箱而去——這是房間裡唯一像是藏著什麼東西的地方。

「等等！」小死突然出聲，阻止時進摸行李箱的動作。

時進連忙收回手，皺眉問道：「怎麼了？有人來了？」

「不是。」小死語氣有些嚴肅，提醒道：「這個行李箱的鎖上帶著報警器，一旦輸入密碼錯誤，警報立刻就會響，還會發信號到相對應的連接器上。」

時進連忙收回手，又喜又憂，喜的是這行李箱弄得這麼嚴密，裡面肯定裝著很重要的東西，憂的是這行李箱是密碼鎖開啟的，而他沒有密碼，還只有一次開鎖機會。

時間一分一秒過去，時進不想白白浪費時間，便邊想辦法邊把其他幾個開著的行李包搜了一遍，毫無意外只看到一堆髒衣服，什麼有用的都沒搜到。

「已經過去十分鐘了，進進，咱們得趕快。」小死語氣著急，比起資料，他更擔心時進被人發現，從而危及性命。

時進緊張得出了一手的汗，安撫了兩句別急，腦筋拚命轉動，突然想到什麼，激動問道：「小死，你能隔絕聲音和信號嗎？就是暫時把所有聲音和信號困在某個空間裡，不讓它傳出去。」

小死語氣遲疑：「可以試試，但這樣的話，我就沒法幫你關注外面的動靜了。」

「沒關係，只需要幾分鐘就好。」時進眼睛一亮，讓小死隔了聲音和信號，蹲到行李箱邊，從

棉服口袋裡掏出一顆糖果，弄出一點裡面的白色藥粉，用柔軟的紙巾小心蹭到密碼鎖上面。

幾個帶著油脂的模糊指印出現在密碼盤上，時進鬆了口氣，迅速記下指印顯示的幾個數字，問小死：「狼人老大的生日是什麼時候？還有狼人組織成立的時間，狼人賺到第一桶金的時間，狼人老大親人的生日等等比較重要日子的具體時間，你全都給我報一遍。」

這些都是向傲庭提供過的資訊，小死很快就回憶起來，迅速報了一遍。

時進邊聽邊篩選，把指印顯示的幾個數字在腦內一通排列組合，最後和狼人組織賺取第一桶金的日期對上，伸手，小心按照自己分析出的數字把密碼按了一遍。

滴，密碼正確，行李箱打開了。

小死忙解開聲音遮罩buff，關注了一下樓下的情況，發現堂屋裡好像發生了爭吵，立刻緊張起來，把情況告知時進。

時進連忙加快速度，掃了一遍行李箱內放得密密麻麻的各類違禁物品，一通翻找後找到兩個晶片、一個隨身碟和一個巴掌大的小盒子，往懷裡一揣，關上行李箱，匆忙把所有東西回歸原位，放輕腳步走出房間。

元麻子回來時，時進已經回到房間，並抱好自己的鹹菜罐。

「找到資料了嗎？」元麻子緊張追問。

時進點頭，把小盒子掏出來給元麻子看，回道：「只找到這個，裡面好像放著隨身碟，但盒子有鎖，我打不開。」這當然是瞎話，事實上小死已經掃描出來，這盒子裡裝的是幾塊寶石。

元麻子立刻接過盒子搖了搖，聽裡面傳來輕微的撞擊聲，盒子上面還帶著狼哥找人訂製的密碼鎖，又驚又喜，用力拍時進肩膀，誇道：「小遠幹得好，劉哥果然沒看錯你。」

時進靦腆一笑，然後潑冷水：「但是我們可能得快點跑，為了找這個我把狼哥的行李箱撬了，雖然儘量還原了，但他隨時可能會發現。」

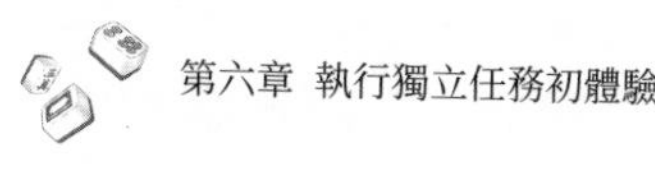

元麻子聞言表情一變，把盒子揣兜裡，走到門邊開門聽了一下外面的動靜，猶豫一下，歪頭示意時進跟著自己走，時進連忙跟上。

兩人一路假裝無事，實則速度飛快地離開民房，路過堂屋時還被今晚守夜的人喊住問了一句，元麻子用一副不耐煩的表情打發對方，帶著時進直奔民房外的麵包車，掏出不知道什麼時候弄來的車鑰匙，趁著民房內的人沒反應過來，開鎖上車發動汽車一氣呵成，直接順著鄉村水泥路衝了出去，壓根沒管時進有沒有上車，有意留下他做炮灰。

民房裡的人大驚，之後三樓突然傳來一聲狼哥的怒喝，然後三樓的窗戶從內推開，狼哥端著一枝槍對準麵包車就是一通掃射。

時進嚇得趴下去，仍堅持膽小少年人設不動搖，問道：「有、有槍，他們發現了，劉哥我們怎麼辦？」

元麻子嚇得用力踩了一腳油門，車子猛地前衝差點栽溝裡，他勉強穩住後從後視鏡裡看一眼趴在後座上的時進，一臉不敢置信：「你什麼時候上車的？」

「不是劉哥讓我上車走的嗎？」時進弱弱反問，然後委屈說道：「難道劉哥根本沒打算帶我一起走，想把我留下任人宰割？」

「當、當然不是。」元麻子笑得僵硬，皺眉使勁想了想，還是想不起來時進是怎麼在自己那麼快和出其不意的動作下上的車，總覺得有哪裡不對，勉強回道：「小遠你動作很快嘛，我、我就是有些驚訝。」

時進一副「原來是這樣啊」的表情，靦腆回道：「一般般、一般般，我經常幫媽媽做農活，所以做什麼速度都很快。」

元麻子：「……」所以上車快和做農活到底有什麼關係？

砰！一顆子彈突然穿過麵包車的後車玻璃，擦過時進頭髮，直直射進方向盤上。

時進嚇得嗖一下縮回腦袋，元麻子則從後視鏡裡看了一眼後面追上來的兩輛黑色轎車，表情扭曲，氣道：「媽的！這群人果然沒安好心，派去接我的車裝的居然不是防彈玻璃！」

時進把自己縮得更緊，在槍林彈雨中擰開鹹菜罐子，摸出手機，盲打簡訊：救命！有子彈在頭上飛！

守在附近廢棄農房裡的向傲庭已經注意到陸續衝出民房的三輛車，還隱約聽到幾聲模糊槍響，心裡覺得不對，正準備靠近一點去弄清楚情況，就收到時進的簡訊。

他表情大變，取出定位器確認一下時進的位置，發現他正在高速移動，連忙招呼隊員們分頭行動起來，自己則一馬當先朝著不遠處藏在柴垛後的車輛跑去。

此時天已經徹底黑了，村子裡沒有安裝路燈，路也窄，行車十分不方便。

元麻子選擇的麵包車體積較大，開起來完全就是個活靶子，情況對他十分不利。他又氣又急，見四周都是農田荒地，完全沒有躲避的地方，急得朝著時進吼道：「快，冒頭打他們幾槍，攔一下他們！」

時進在心裡大罵元麻子這時候還不忘坑他，面上卻裝作嚇得不行的樣子，回道：「劉哥我不敢！剛剛有顆子彈直接擦著我的腦袋飛過去，我怕，劉哥，我後悔了，我要回家，我要找媽媽。」

「……媽的！你這個廢物！」元麻子差點被時進這反應氣出血來，用力拍一下方向盤，沒有辦法，只能硬著頭皮再次加快車速，想要衝入村子另一邊人比較多的地方，用人群作掩護。

時進又往座位下縮了縮，見元麻子沒空管自己，摸出手機，一通電話就撥到向傲庭那裡。

向傲庭立刻接通，快速問道：「你那邊怎麼樣？我正帶著人抄小路去包你們，你注意安全。」

「姆媽，我要回家嗚嗚嗚……」時進假哭，瞄一眼開車的元麻子，用鹹菜罐作遮掩，對著手機嗚嗚咽咽，「哥哥的彩禮錢我賺到了，姆媽我想回家，同車的好心人和我在一起，妳快來接我，這裡好可怕。」

向傲庭詭異地沉默了兩秒，再次踩動油門加速，回道：「別怕，我馬上來，你暫時不要和元麻子起衝突，保護好自己。」

時進繼續嚶嚶嚶。

稍微和追兵拉開一點距離後，元麻子終於注意到時進這邊的動靜，往後瞟了一眼，見時進似乎在對著什麼說話，又驚又怒，問道：「你在跟誰說話？你偷偷藏了手機？」

時進也不掛電話，伸手就把鹹菜罐舉起來，一副被冤枉的樣子，帶著哭腔高聲回道：「我和鹹菜罐說話不行嗎！這是姆媽最喜歡的鹹菜罐！我都要死了嗚嗚嗚，你還不許我和姆媽道別嗎！」

砰！一顆子彈剛好刺破車玻璃，打中鹹菜罐中心，鹹菜和玻璃碎片炸了一車。

時進嚇得差點假哭變真哭，連忙把手收回來，不敢再瞎演戲了，老老實實裝鵪鶉等救援。

元麻子被碎片和鹹菜糊了一頭一臉，再次差點把車開溝裡去，心態徹底崩了，不再管時進，雙眼發狠地看了後車一眼，突然從懷裡掏了什麼出來，用嘴咬開，打開車窗揚手就朝後丟出去。

臥槽！時進驚呆了，完全沒想到元麻子懷裡居然還藏了手榴彈，視線偷偷在元麻子身上上上下下地掃，想看看他是不是在身上藏了個萬能口袋，裡面藏了一堆代表著暴力和錢權的東西。

轟！爆炸聲從身後傳來，子彈雨終於減弱，元麻子趁機再次加快速度，衝入村子另一頭的一處空地，正準備一鼓作氣出村上大路，前方突然兩道強光照來，一輛黑色越野車從斜刺裡衝出來，正正堵住了他的去路。

「艸！哪裡來的龜孫，會不會開車！」元麻子差點被強光閃瞎眼，連忙踩剎車免得撞上，把頭伸出車窗高聲罵道：「遠光狗死全家！給我讓開，不然要你好看！」

向傲庭開門下車，沉著臉大步靠近。

元麻子看著向傲庭逆光的背影，看著看著，臉上的不耐凶狠漸漸變了，很快意識到了來人身分不對，正準備縮回腦袋開車跑路，後腦杓突然挨了一下，然後一隻手從後面伸出來，快準狠地把車

鑰匙給拔了。

元麻子不敢置信扭頭，看向手的主人，「你……」

「你什麼你，等著吃牢飯吧死變態！」時進的臉上再沒有之前的膽怯懦弱，一臉凶巴巴地伸手按住元麻子的肩膀，把他困在駕駛座上，彎腰想去捆他的手。

元麻子驚得連掙扎都忘了，語無倫次：「你、你為什麼，你是臥底？土包子你居然騙我！你等著，我一定要把你先姦後殺，碎屍……」

向傲庭一來就聽到了元麻子這句威脅，臉直接黑了，伸手用力拉開車門，對準元麻子的胸口就是一個肘擊，之後像拖死狗一樣把元麻子從車上拖下來，冷聲說道：「閉嘴！再亂說話，我讓你永遠不能再開口說話。」

元麻子又疼又氣，拚命掙扎，猶自不甘，嘴裡罵罵咧咧的十分不乾淨。

時進忍不住也下車踢了他一腳，見向傲庭身後一個人都沒跟著，疑惑問道：「其他人呢？」

「在收拾後面那兩輛車上的追兵，還有一隊人在民房那邊。」向傲庭解釋，銬住元麻子後，隨手從車上取出一塊抹布堵住他的嘴，側頭打量一下時進，問道：「受傷了嗎？我剛剛在電話裡聽到槍聲和爆炸聲。」

「我沒事。」時進搖頭，見向傲庭準備把元麻子揪起來送去車裡關著，忙伸手阻止，埋頭在元麻子身上摸了起來。

向傲庭看得眉心直跳，問道：「怎麼了？」

「他摸了我，我也要摸回來。」時進嘴裡口花花，手上動作卻很快，十分有目的性地按了按元麻子有些小肚腩的肚子，臉上露出個果然如此的表情，跟向傲庭要了把匕首，一層層割破元麻子的衣服，從元麻子腰上拆了一個貼身綁著的小包出來。

元麻子目眥欲裂，仰著脖子「唔唔唔」個不停。

向傲庭皺眉，詢問道：「這是什麼？」

「他的萬能口袋。」時進解釋，麻溜地把包拆開，把裡面的東西展示給向傲庭看。藥、雷、子彈、槍、稀奇古怪的小瓶子、錢、隨身碟……一堆雜七雜八的東西擠在裡面，時進給元麻子的那個盒子居然也在，也不知道元麻子是什麼時候把盒子放進去的。

元麻子見時進揭了他的老底，瘋了似地掙扎起來，看著時進的眼神無比仇恨，幾乎能放出毒來。向傲庭看得扎眼，給了他幾下後翻出個袋子把他的頭給罩住，眼不見心不煩。

時進把小包重新拉上，反過來囑咐向傲庭：「這種人小動作多著呢，即使抓住了也要小心提防，誰知道他還有什麼陰招藏著沒使出來。」

向傲庭看著時進一臉認真教導人的樣子，到底沒忍住，伸手摸摸他的腦袋，誇道：「這次辛苦了，你很棒。」

小死開心提醒：「800啦，進進你的進度條降到800啦！」

時進一愣，繼而大喜，朝著向傲庭燦爛一笑，回道：「不辛苦、不辛苦，為人民服務。」

向傲庭：「……」

【第七章】誰的鴻門宴？

到此算是基本完成任務了，剩下的掃尾工作將由向傲庭帶隊完成，時進獲得可以提前休息的待遇。他找個藉口單獨留在車上，從懷裡摸出從狼哥那偷來的晶片和隨身碟，戳小死：「這些最後肯定是要交給官方的，趁著這玩意現在還在我們手裡，你能提前把裡面的內容複製下來嗎？」

小死知道這些資料很重要，慎重回道：「可以是可以，不過需要一點時間，畢竟我們手裡沒有讀取轉換這些資料的工具。」

時進詢問：「大概需要多久？」

「兩個小時？」小死保守估計。

時進想了想，「向傲庭他們收尾應該還需要一會，時間肯定是夠的，我一會再去把元麻子小包裡的隨身碟也偷過來，你一起複製了吧。」

小死應了一聲好，默默發力。

時進只覺得握著晶片和隨身碟的手一熱，然後一種奇怪的電流感從晶片上傳過來，沿著胳膊緩緩朝腦部流去，不難受，但很詭異。這感覺太新奇，他反射性地緊繃身體，好一會才慢慢適應，把身體放鬆下來。

元麻子的小包就在向傲庭的車上，時進仗著是向傲庭的弟弟，十分光明正大地溜過去，以一個「待在哥哥的車裡我才覺得安全」的肉麻理由，順利混上車，找到元麻子的小包，摸到了隨身碟。

怕引人懷疑，他沒有把隨身碟偷出來，而是將整個小包抱在懷裡，小心地在包上劃了一個口子，通過這個小口捏住隨身碟，之後倒在車椅上，閉上眼裝作睡著的樣子。

……然後他就真的睡著了，小死資料複製時釋放出的電流酥酥麻麻的太過舒服，他神經緊繃太多天，一下子就被「按摩」睏了。

小死見狀也不忍心叫醒他，稍微接管了一點他的身體控制權，讓他牢牢抓住小包，小心加快了資料複製速度。

向傲庭處理完所有事情回來時，看到的就是時進縮在自己車上睡得香甜的樣子。

大概是這幾天沒休息好的緣故，時進眼下還掛著黑眼圈，身體隱在夜晚朦朧的光線裡，居然顯得有些單薄。他身上髒兮兮的，陳舊的棉服上滿是逃跑時蹭到的灰和後來黏上去的鹹菜印子，露出來的手指上有幾道很深的紅痕，那是鹹菜罐炸開時的碎玻璃劃傷的。

向傲庭開門的動作一頓，愣愣看了時進一會，直到一陣夜風吹來，車裡的時進被凍得縮了縮才猛地回神，連忙放輕動作迅速上車，關好車門後脫下自己的外套蓋在時進身上。

向傲庭比時進要壯很多，衣服蓋在時進身上，越發襯得時進臉小。

大約是深夜容易使人多愁善感，向傲庭看著時進現在的模樣，情緒忍不住有些起伏，掏出手機，給時緯崇發了條微信：大哥，我們過去或許都做錯了。

時緯崇沒有回他的資訊，應該是已經睡了。

多年以來的自律讓向傲庭迅速從這種莫名的情緒波動中抽離出來，他看著發出去的資訊，猶豫了一會，還是沒有撤回，而是加拍了一張時進現在的樣子發了過去，之後收起手機，傾身幫時進繫上安全帶，聯繫一下隊員後，正式宣布此次任務圓滿結束，準備回程。

時進是被小死的尖叫嚇醒的，他迷迷糊糊睜開眼，發現居然已經天亮了，而他此時正躺在一個陌生酒店的房間裡，身上穿著一身明顯不合身的寬大睡衣，身邊一個人都沒有。

「怎麼了？」他打了個哈欠，只覺得這一覺睡得很飽，美得想再讓小死電一電自己。

小死語氣驚慌：「進進，寶貝的進度條突然開始漲了，已經600了。」

時進「喔」了一聲，蹭了蹭被子，閉上了眼睛，兩秒後唰一下坐起身，震驚地吼出聲：「什

麼？你說誰進度條漲了？誰？」

小死要哭了，回道：「寶貝啊，是寶貝，剛剛又漲了，到610了！」

時進傻了兩秒，然後崩潰地從床上爬起來，滿房間地找手機、找行李，什麼都沒找到，最後還是在小死的提醒下才知道他是被向傲庭安排住進了酒店，行李都在向傲庭那裡，也就是隔壁房。

他連忙跑去拍隔壁的房門，向傲庭很快就來開門，手裡拿著一條毛巾，頭髮還在滴水，身上就穿著一件浴袍，露出來的皮膚上還帶著水珠，似乎剛洗完澡。他見時進表情慌張，皺眉問道：「怎麼了？」

時進隨口敷衍了一句「做了噩夢」，越過他擠進屋子，一眼看到自己的行李，從裡面翻出手機，開機後給廉君撥了通電話過去。

電話很快就接聽了，傳出廉君的聲音，問道：「時進？」

時進聽他聲音沒什麼問題，鬆了口氣，一屁股坐到地上，「是我，君少你那邊怎麼樣？」

廉君不答反問：「時進，你是不是不準備回來了？」

時進莫名其妙：「什麼？」

廉君停了兩秒，解釋道：「官方那邊傳來消息，說你們的任務在今天凌晨就已經正式交接完畢，大部隊連夜開車回了B市。時進，你為什麼沒回會所？還是說……你不準備再回來了？」

「怎麼可能！」時進拉高聲音反駁，意識到自己似乎太激動了一點，忙緩下聲音解釋道：「我昨天完成任務後睡著了，剛剛才睡醒，現在在酒店，一會就回去了。對了，君少你現在還在會所吧？」可千萬是要在會所裡啊！

廉君的語氣恢復平常，回道：「不在。」

「喔，不在啊……等等，不在？你在哪裡？你要去幹什麼？你想去幹什麼？你、你……」你知不知道你的進度條在瘋漲！

時進剛剛放回肚子的心又提了起來，神經高度緊繃，看一眼腦內廉君那十點、十點緩慢增加的進度條，不等廉君回答，又問道：「你是不是在車上？你要去哪裡？」

廉君確實剛剛上車，他有些意外時進的敏銳，語氣不自覺緩了一點，坐好後回道：「準備去和老朋友吃個飯，你一會打電話給卦一，讓他去酒店接你。還有……你這次表現不錯，掛了，晚飯見。」說完直接掛斷電話。

時進一口涼氣噎進心裡，聽著手機裡傳來的忙音，看著腦內廉君那已經漲到750的進度條，毫不猶豫地再次給廉君撥了通電話過去。

廉君依然接得很快，問道：「怎麼了？」

「你能不能不去和老朋友一起吃飯？」時進開門見山。

廉君過了一會才回話，語氣居然越發緩和，回道：「你放心，我不會亂吃東西，你先回會所，我晚飯前肯定回來。」

就現在進度條這漲速，別說晚飯前了，能撐到午飯結束都是奇跡！

時進著急，又不能直接挑明說前方有危險，越急越不知道該怎麼說服廉君不去吃這頓飯，抓耳撓腮半天，聽廉君又有掛電話的意思，腦子一熱，吼道：「我不許你跟其他人吃飯，你只能跟我一起吃飯！」

空氣瞬間凝固，電話那邊一片靜默。

時進背後，向傲庭握著毛巾的手已經用力得鼓起青筋，臉板得像石塊，腦內各種風暴。

「時進。」廉君先開口打破沉默，居然還是沒有生氣，雖然語氣聽起來似乎變得嚴厲了點，但話卻說得安撫，還解釋了一下：「你不要任性，我吃完飯立刻就回去了，這個老朋友曾經救過我，我不能不給他面子。」

居然還是救過命的交情，以廉君的性子，這頓飯看來是阻止不了了。

時進手按額頭強迫自己冷靜，控制著不去看還在增漲的進度條，不停告訴自己進度條不漲到死緩其實不算真的有危險，心跳慢慢緩了下來，說道：「那我去找你吧，我想和你一起吃飯，你一個人我不放心。」

廉君喚道：「時進。」

「我要和你一起吃飯。」時進十分堅持，在外人看來甚至堅持得有些任性了，為自己找理由，「是你說讓我以後貼身跟著你，和你一起吃飯的，我現在都回B市了，你沒道理拋下我。」

廉君沉默，終是妥協，報了個地址給他，說道：「你過來吧，我讓卦二在外面接你。」

「不用！讓卦二守在你身邊就好，我自己找過去。」時進連忙阻止，徹底鬆了口氣。

掛斷電話後爬起身，時進彎腰從自己的行李箱裡隨便抽出一件羽絨服裹上，睡衣都懶得換了，轉身就準備去找廉君。

向傲庭伸手按住他的肩膀，表情很緊繃，似乎憋著什麼，板著臉也不說話。

時進疑惑，心裡有點急，抬手去掰他的手，說道：「四哥，你一會幫我把行李帶到會所去吧，我先走了，君少那裡有個飯局，我得趕過去。」

「我知道，我都聽到電話內容了。」向傲庭語氣硬邦邦，堅持按著他的肩膀不讓他走，想問點什麼，但見時進的表情明顯變得急躁，掰手的力氣也越來越大，終是把話又嚥了回去，鬆開他，彎腰取出一雙鞋擺到他面前，說道：「急什麼，先去洗漱一下把衣服換好，我去把房間退了，然後開車送你，肯定比你自己搭車快。」

時進聞言掙扎的動作一下子停了，迅速權衡一下利弊，聽話地翻出一套衣服抱著，邊往洗手間跑邊說道：「那四哥你等等我，我換衣服很快的，五分鐘，不，兩分鐘就夠了！君少一會等我該急了。」

向傲庭看著他跑入洗手間，中間還急得差點磕到門，差點沒忍住去把他揪回來好好教育一下，忍了忍，轉身拿出手機給時緯崇撥了通電話。

一刻鐘後，兄弟倆上車離開酒店，時進上車後立刻給廉君打電話，邊看著腦內進度條的漲幅，邊東拉西扯地向廉君打聽那個老朋友的情況。

廉君也不知道是怎麼想的，居然也陪著他閒扯，態度隨和得幾乎算是寵溺了。

向傲庭在駕駛位上聽著，握著方向盤的手越來越緊，最後沒忍住又撥了電話給容洲中，等接通後直接問道：「你在不在B市？」

「在啊，我休了個小假，怎麼了？」容洲中的聲音懶洋洋，有點含糊，像是在吃東西。

向傲庭看一眼副駕駛座上煲電話粥煲得完全無視周遭環境的時進，幾乎是咬著牙把廉君和老朋友吃飯的地址報了一遍，說道：「來這裡，立刻馬上，大哥也會來。」

容洲中疑惑：「這是幹麼，聚餐啊？」

「不是。」向傲庭薄唇緊抿，聲硬如鐵：「去和小六的老闆談點事情。」

時進住的酒店距離廉君報的吃飯地址有點遠，等廉君那邊準備掛斷電話，表示已經到達吃飯地點時，時進這邊還有大概二十分鐘的車程才能到。

時進很著急，坐得很不安穩。

向傲庭餘光見他一直看著窗外，一副很焦躁的樣子，到底沒忍住，問道：「和廉君一起吃飯這件事，很重要？」

時進回神，側頭看他一眼，認真點頭，「對，很重要。」這可是要命的大事。

說完繼續看著窗外的路況，邊祈禱剩下的路程不要堵車、不要一直紅燈，邊緊密注意著腦內進

度條的狀況。

隨著廉君逐漸靠近吃飯地點，屬於他的進度條數值一路攀升，到廉君掛電話時，進度條已經突破900大關，卡在910這個說危險不算很危險，說安全又絕對不夠安全的數值上。

小死緊張得要當機，時進心裡也很慌，想打電話囑咐卦二多注意一點廉君的安全，又怕自己的電話會讓卦二分心，於是只能咬牙忍耐。

「怎麼會突然冒出來一個老朋友請廉君吃飯，廉君在B市這件事知道的人多嗎？」時進忍不住在腦內問小死。

小死回道：「應該是沒多少人知道的，這次寶貝來B市本來就是臨時改變主意，留到年後更是在官方放出還需要任務援助後才決定的，知道的人不多。」

「那就奇怪了，聽廉君剛才說，這個飯局並不是提前很久定下的，而是臨時邀約。怎麼就這麼巧，老朋友剛好在廉君恰巧就在B市時發來邀約。」時進皺眉，拼湊著剛剛從廉君那裡打聽到的消息，想用這個轉移一下注意力，平緩過於焦躁的情緒。

小死只能安慰道：「進進你別慌，你能想到的東西，寶貝肯定也能想到，他心裡有數的。」

「他如果有數就不會只帶著卦二去赴約了，怎麼也得把卦一、二、三、五、九全帶上！」

時進說到這個就氣，越想越覺得廉君這次外出實在馬虎，忍不住抬手摳起車玻璃，恨不得飛到廉君身邊去。

向傲庭把時進回答完問題後的一系列表現看在眼裡，越發肯定了心裡的猜測，沉著臉再次加快車速。

兩分鐘後，廉君的進度條又漲了一次，來到940，時進猜測應該是廉君已經和那位老朋友碰了面。好在至此之後廉君的進度條沒再往上漲，讓時進稍微鬆一口氣。

汽車一路疾馳，十多分鐘後，向傲庭在一個百年老字號的飯莊門口停了車，時進不等他停穩就解開安全帶衝下車，拔腿就往飯莊內跑，完全無視向傲庭在身後的呼喚。

飯莊不大，時進衝進門後拽住一個路過的服務員，問清廉君所在的包廂位於三樓之後，立刻拐到樓梯處，兩階一步快速往上衝。

小死還在不斷安慰他：「進進別急，寶貝的進度條還是停在940，再沒漲過，你跑慢點，別摔倒了。」

「摔不了。」時進回答一句，用最快的速度來到三樓，扭頭認了認樓梯口幾間包廂上的號碼，果斷朝著左邊走廊走去。

一路邊走邊認，時進最後停在左邊走廊倒數第二間，號碼為三〇八的包廂門外，沒直接進去，而是先隱晦地打量一下隔壁兩間疑似沒人的包廂，回憶一下飯莊一樓大堂的熱鬧情況，微微皺眉，這才抬手敲了敲門。

來開門的是卦二，他見到時進並不意外，就是表情有些奇怪，一副欲言又止的樣子。

「你怎麼這副表情，君少呢？」時進邊問邊往房裡擠，進去見圓桌邊沒有人，心裡咯噔一聲，然後就聽到卦二解釋道：「君少在套間裡面，君少的朋友陳先生也在，你……」

時進在他第一句話出口時就已經直奔裡間而去，也不管是否禮貌，直接伸手推開裡間的門，然後在看到靠內座位上抬眼看來的時緯崇時僵住了動作。

卦二走到他身後，小聲把話說完：「……你大哥時緯崇也在。」

時進：「……」

所以這是個什麼情況，時緯崇為什麼會在這裡？

「小六。」身後傳來向傲庭的聲音——被時進甩在飯莊門口的向傲庭也趕過來了。

廉君聽到開門聲扭頭看過去，視線先在時進身上掃了一遍，確定他一切都好後，看向出現在時進身後的向傲庭，朝他點了點頭算是招呼。

包廂內唯一面貌陌生的清瘦男子也朝著門口看了過來，視線在時進和向傲庭身上來回挪了挪，最後定在氣質明顯不同的向傲庭身上，細瘦的手指緊握著茶杯，皺了皺眉，眼神隱隱帶著不安，沒有說話。

氣氛莫名其妙地有些凝固，時進、向傲庭和卦二堵在門口，時緯崇、廉君和清瘦男子坐在裡間，六個人大眼瞪小眼，一時間誰都沒有先開口說話。

小死驚喜提醒：「寶貝進度條降了！降回了900，就在向傲庭過來之後。」

時進一愣，唰一下扭頭看向向傲庭，視線掃過他身上款式大方普通，卻在袖子上方和胸口處印著軍隊印記的部隊訂製款黑色羽絨服，福至心靈，突然轉身按住向傲庭的肩膀，手一動拉下他的羽絨服拉鍊，邊脫他外套邊故意高聲說道：「四哥，你這專門用來穿著開戰鬥機的訂製羽絨服是不是特別暖和，借我穿穿。」

「你在說什麼，這只是普通的羽絨服。」向傲庭皺眉，卻也沒有阻止他的動作，配合地脫下羽絨外套遞給他，還不忘數落一番：「出門前讓你好好換身衣服你不願意，現在知道冷了，以後別這麼毛躁。」

小死再次開心提醒：「又降了，寶貝的進度條降到890了，進進你真厲害！」

——果然有用！

時進心裡一喜，提著的心終於鬆了一半。

就他的觀察，這飯莊裡肯定有壞人埋伏，之前廉君的進度條一直卡在940沒漲，現在想來，應該是埋伏的人沒有料到時緯崇也會在這裡，還和廉君認識，並坐到同一間包廂裡，一時間不敢動作了。現在又來了位有官方身分的向傲庭，埋伏的人估計更虛了！

時進第一次覺得時家這幾位兄長真是可愛，也不嫌熱，把向傲庭的羽絨外套扒下來裹在自己身上，像個球一樣跑到廉君身邊，一屁股坐到他邊上，還把椅子往廉君那邊挪了挪，朝著對面的清瘦男人笑出一口白牙，親切招呼：「你好，我是時進，君少的……呃，現在靠君少養活的人。聽說你是君少的朋友？你好，初次見面，很高興認識你。」

這個自我介紹一出，時緯崇直接黑著臉把水杯頓在了桌上，向傲庭也板了臉，明顯十分不滿意這個說法，只有廉君表情不動，側頭朝著旁邊湊得很近的時進看去。

清瘦男子也被時進的這段自我介紹弄愣住了，敏銳察覺到房內氣氛有些不對，看向廉君，見他沒有反駁時進的說法，不自在地動了動，朝時進擠出一個僵硬的笑，回道：「你好，我是陳清，廉君的……舊識。」

舊識？廉君說這個陳清是老朋友，陳清卻選了「舊識」這麼個有些疏遠的詞彙……時進心裡撥起了小算盤，面上卻保持著親切的樣子，又向陳清介紹道：「你身邊這位是我大哥，瑞行的新總裁時緯崇，瑞行你知道吧？國外那個超級厲害的瑞行，我大哥可厲害了，超級會賺錢。」

這話一出，時緯崇滿身的風雨欲來停了，看向時進，眼裡露出些似感動，又似動容的神色。陳清則有些招架不住時進的「熱情」，含糊應了一聲，表情更加不安。

「還有這位，這位是我四哥，向傲庭，嘿嘿，也超級厲害，部隊的人，會開戰鬥機呢，嘿嘿嘿。」時進又伸手拽住向傲庭，把他往身邊扯了扯，一臉驕傲地介紹。

向傲庭表情好看了點，順著時進的力道在他身邊坐下，主動朝陳清點點頭。

氣氛又莫名其妙地緩和下來。

一桌人算是認識了，卦二識趣地準備關門退出去——他可不像時進，有兄長撐腰，可以什麼都不管地坐到廉君身邊去。

「等一下，先別關門。」向傲庭見狀阻止他的動作，說道：「我三哥馬上過來，一會就到。」

時進愣住，然後人都快笑傻了——容洲中也要來？這真是、真是來得太好了！就容洲中的知名度，不管今天飯莊裡埋伏的人是誰，在行動前怕是都得好好掂量掂量了。

「很開心？」廉君突然開口，說了自時進進來後的第一句話。

「開心啊。」時進耿直點頭，又樂呵呵地看向陳清，故意特別大聲地說道：「陳先生，我三哥馬上就要來了，你知道我三哥是誰嗎？容洲中你認識吧？就是那個影視歌全棲，拿獎拿到手軟，長得超敵無極帥、粉絲超級無敵多的容洲中！他的電影超級好看，你看過嗎？你肯定看過的對吧？」

「看、看過，你哥哥們……很厲害。」陳清額頭微微出汗，僵笑兩聲後突然站起身，朝著廉君歉意笑笑，說道：「廉君，失陪一下，我去下洗手間。」

廉君像是完全沒看出他的不對勁一樣，點點頭，放他出去了。

時進盯著他離開，視線警惕，一刻不鬆，直等到看不到他身影了才收回視線。

「時進。」廉君喚了時進一聲。

時進回過神，扭頭看向廉君，一臉「你喊我幹什麼，我很正常，我心裡沒有裝著小九九，我就是為人比較熱情，比較喜歡顯擺哥哥」的表情。

廉君直直看他幾秒，沒再多說，收回視線給他倒杯茶，問道：「任務進行得怎麼樣，有沒有遇到危險？」

「有！」時進回答得字正腔圓，立刻吸引房內所有人的視線。

時緯崇皺眉詢問：「什麼任務？小進你又出了次任務？」問著問著還把視線挪到向傲庭身上，眼帶詢問。

向傲庭點了點頭，解釋道：「小進這幾天和我一起出了一趟任務，官方的，是機密任務，所以沒有告訴你。」

時緯崇的表情立刻沉下去，冷冷掃一眼廉君，問道：「小進，你遇到什麼危險了？」

「碰到一個變態！」時進的心思全不在談話上，端起茶杯一口把茶喝乾，突然站起身說道：「你們聊，我去接一下三哥，他那張臉太惹人犯罪，B市遍地是狗仔，我去掩護一下他。」說完拔腿就走，根本不給所有人反應的機會。

正靜待下文的時緯崇：「……」

廉君示意卦二跟上時進，等確定時進離開後放下茶杯，才向時緯崇問道：「你們今天特地趕來，是想說什麼？」

他可不傻，出門吃頓飯偶遇熟人這種巧合，並不存在於他的字典裡。

時緯崇收回視線看向他，細細打量一下他的長相，想起向傲庭在電話裡說的內容和剛剛時進明顯十分防備陳清，黏著廉君給陳清下馬威的行為，壓下情緒，斟酌了一下語言，儘量溫和地說道：「我希望你主動放小進離開，他才十八歲，不能荒廢學業。」

「不可能。」廉君拒絕得乾脆，完全沒得商量，「除非時進主動要求離開，否則我不會逼迫他去做任何他不想做的事。」

「你這是在誤人子弟。」時緯崇譴責。

廉君分毫不讓：「我倒覺得，時進自留在我身邊之後，變得越來越優秀了。」

這話還真是事實，時緯崇沒法反駁，表情變得難看。

「那你知不知道，小進對你存著不一樣的心思？」向傲庭突然開口質問，看向廉君的眼神帶著審視。

時緯崇沒想到向傲庭直接把他們的懷疑挑到當事人面前，皺了皺眉，猶豫了一下，還是沒有阻止向傲庭，閉嘴把話語權交到他手上。

廉君十分明顯地愣了一下，卻又很快把情緒壓下去，反問道：「知道又如何，不知道又如何？且不談這個所謂的『不一樣的心思』是不是你的誤會，只說客觀的情況，時進已經成年，他是個獨立的個體，你們要求我放他走，可我從來沒有強制他留在我身邊。」

「他才十八歲，思想還不成熟，很容易被旁人和表象影響。」向傲庭強調。

廉君不贊同他的說法：「時進已經成年了，我覺得他明白自己在做什麼。」

「那你又明不明白你在做什麼？你現在是在利用一個少年人朦朧的感情，妄圖把他捆在你的身邊嗎？」時緯崇忍不住質問，話說得十分不留情，全沒了在商場上的冷靜果決，有些關心則亂了。

廉君聞言態度變冷，說道：「時先生，我還是那句話，只要時進不想走，那麼誰也沒法讓他從我身邊離開。」

兩方都不退讓，氣氛凝固，沒有人說話，房內落針可聞。

良久，向傲庭再次開口，語氣認真：「廉君，時進有機會回去過正常人的生活，他可以在陽光下學習、成長、戀愛、成家，而不是在槍林彈雨裡摸爬滾打。我知道你想帶著『滅』走向光明，你想帶著你手下的人過正常人的生活，可你又為什麼要在『滅』迎來光明前最黑暗的時刻，把一個本該可以在陽光下生活的人，拖入你的世界？」

向傲庭頓了頓繼續說道：「時進才十八歲，這次任務他只是被個變態占了點便宜，被玻璃劃傷了手。可下一次呢？我不希望我的弟弟在某個我不知道的時刻，死在我不知道的某個地方。廉君，時進很在意你，你能不能也在意他一點？」

廉君放在輪椅扶手上的手指顫了顫，之後慢慢收緊，面上卻沒有反應，眼簾微垂，擋住眼中的情緒，也擋住外界所有撲湧而來的壓力和情緒。

「『滅』是我的世界。」他開口，聲音徹底冷了下去，「時進既然跨進來了，那麼除他之外，誰也別想拉他出去，在光明到來之前，他會活著，一定。」

時進盯著陳清進入洗手間，然後故意在走廊到樓梯這一段路走來走去，邊假裝等人，邊讓小死

掃描四周包廂的情況。

小死默默幹活，最後給出結論——三〇八包廂四周所有看似空著的包廂裡，全都藏著人，人數還不少。

時進皺眉，心裡迅速有了計較。周圍埋伏的人太多，他們硬碰硬肯定是打不過的，現在從會所往這裡喊人肯定也來不及了，只能想點辦法把這些人嚇住，讓他們不敢隨意動手。

正埋頭琢磨著，一道人影突然出現在樓梯拐角處，見時進堵在樓梯口，停步望了過來，聲音被口罩弄得有些悶：「你傻站在這裡幹什麼呢？穿得像頭熊，蠢不蠢？」

時進腳步一停，扭頭看向來人，餘光注意到陳清回了包廂，心裡一定，朝著來人露出一個燦爛得有些恐怖的笑容，三兩步撲到樓梯上，扯著嗓子嚎道：「三哥你來啦！聽說你剛剛上映的電影破了票房紀錄，恭喜你！我在來的路上還聽到有人誇你呢，說容洲中的演技這次有了一個大的突破，把炎帝這個角色演得——唔唔唔！」

容洲中表情大變，一個箭步上前用力捂住時進的嘴，看一眼樓下似乎聽到動靜騷動起來的大堂，連忙拖著時進三兩步上了樓，扯掉口罩沒好氣說道：「小兔崽子你是不是故意的！嚷嚷什麼呢，一會把人給引來了，今天大家就別想好好吃飯！」

時進用力掙扎，扒拉下他的手繼續嚎：「怕什麼，這百年飯莊今天生意不好，二三樓的包廂都空蕩蕩的，我嚎一嚎又怎麼了，你電影演得好我還不能誇了？你就是演得好、演得好，容洲中是最棒的演員，我愛唔唔唔！」

「你這混小子……你給我閉嘴！」容洲中警惕地看一眼四周包廂，見沒有人聽到動靜跑出來，稍微鬆了口氣，被他誇得心情有些複雜，有些輕飄飄的，又有些手癢想打人，乾脆伸臂勒住他的肩膀，就這麼一手勒人、一手捂嘴地拖著他走，惡狠狠罵道：「你給我少說兩句！大哥他們在哪間包廂？指給我看！」

時進指了指廉君所在的包廂，沒被鉗制的手突然一扭，以一個刁鑽的角度摘了容洲中的帽子和圍巾，把他的臉徹底露出來，趁容洲中愣住時掙開他的鉗制，把圍巾和帽子往衣服裡塞，煞有介事地說道：「三哥，你知不知道你的貼身物品特別值錢？這兩件就給我吧，我答應了要給你的兩個私生飯弄點『紀念物』，他們給我出了好幾萬的高價呢。」

容洲中聽得怒火狂飆，伸手就去捉他，威脅說道：「你敢賣了試試，我打斷你的腿！」

「我就不！」時進拔腿就往包廂跑，邊跑邊刺激他，「我就要賣，反正你也打不過我。」

「你這個找死的小兔崽子！別跑，把東西還給我！」容洲中氣急敗壞地追，表情都扭曲了，完全沒了對外營造的完美高冷形象。

時進才不管他，扭頭撞入包廂，問小死：「進度條降了嗎？」

「降了降了，容洲中露臉之後直接降到600了，寶貝應該已經安全了！」小死興奮回答。

容洲中的殺傷力果然夠大！

時進握拳喊了一聲「YES」，一陣風似地捲過守在外間的卦二，推開裡間的門，直接衝到廉君身邊坐下，然後扭頭把圍巾和帽子懟到追過來的容洲中胸口，嘀咕一句「小氣」後拉住容洲中的胳膊，看向對面已經回來的陳清，一臉驕傲地介紹道：「陳先生，這位就是我的三哥容洲中，你看他是不是本人比電視上更帥？我跟你說，他演技超厲害的，絕對不像那些黑粉說的是個花瓶，你要他的簽名嗎？這可是未來享譽國際的大滿貫影帝的簽名，以後保準升值，我讓我哥給你簽一個吧！」

剛準備釋放罵弟十八式技能的容洲中：「……」

陳清顯然是認得容洲中的，想起他的影響力，簡直是如坐針氈，勉強笑了笑，朝著容洲中點了點頭算是招呼，說道：「你、你好，久仰大名，我很喜歡你演的《圍困》。」

「咳，是嗎？」容洲中一秒收回手調整好表情，轉手就把懷裡的圍巾和帽子丟到旁邊向傲庭的懷裡，理了理被時進蹭亂的衣服，一臉人模狗樣地朝著陳清伸出手，矜持說道：「謝謝喜愛，如果你真的想要簽名的話，看在我弟的份上，我可以破例多給你簽幾個。」

陳清：「……」不是，我只是客套一下來著。

小死驚呼低呼：「進進，你的進度條也降到790了！」

時進愣了愣，心情變得十分複雜，看向旁邊正經起來後帥得要發光的容洲中，想了想，試探著又誇了一句：「三哥，你也給我簽個名吧，我覺得你寫的字特別好看。」

容洲中收回和陳清握了一下的手，扭頭陰森森看著他，皮笑肉不笑：「簽了給你拿去賣錢嗎？別想了，我這輩子都不會給你簽名的。」

時進：「……」

容洲中最後坐到向傲庭身邊，和時緯崇一起把陳清夾在中間，到此，廉君這頓老友聚餐算是徹底被攪黃了。

確定廉君基本安全了之後，時進見好就收，十分識趣地安靜下來，還把向傲庭的羽絨外套還給他，然後藉口給哥哥們加餐具，獨自摸出包廂，找上卦二。

卦二靠在圓桌邊上，見他一臉嚴肅地靠過來，挑眉問道：「怎麼了，被你哥欺負了？」

「不是。」時進湊近他，壓低聲音說道：「剛剛我去接人的時候發現四周包廂裡好像有人，但服務員卻說今天二樓及三樓都是空的，我覺得有點奇怪，咱們最好多注意一下。」

卦二眼神一閃，說道：「今天這裡二樓及三樓確實沒人，陳先生說考慮到君少身分特殊，所以提前把二樓及三樓包場了。你看到哪間包廂有人？怎麼發現的？」

時進覺得他反應有些不對，太淡定了，狐疑地看著他，「隔壁兩間好像都有人，剛剛我鬧著玩把我三哥的帽子和圍巾在走廊上摘下來，然後我聽到本來是空的包廂裡傳來了一些模糊人聲……」

他說著說著，見卦二表情越來越奇怪，漸漸回過味來了，伸手揪住卦二的衣服，壓低聲音咬牙說道：「你知道隔壁兩間包廂有人？」

「知道啊。」卦二摸了摸鼻子，想笑又憋住的樣子，伸手指了一下地面，「一樓大堂裡坐著的還全是官方的人呢，不然君少怎麼可能答應讓你過來，所以放寬心，該吃吃、該喝喝，天塌下來了有高個的頂著呢。對了，你哥怎麼一個個全來了，你喊來的？還有，你剛剛那麼誇你那幾個哥哥，是看出陳先生不對，故意的？你這也太敏銳了吧，腦子怎麼長的。」

「……不是，我就是誇著玩玩。」時進從牙縫裡擠出一句，鬆開他，突然覺得心好累，在心裡喊小死：「我覺得自己就是個傻子。」

小死短暫沉默，蒼白安慰：「沒關係，我比你更傻。」

時進生無可戀地帶著餐具回到裡間，癱在廉君身邊不說話，徹底蔫了。

「怎麼了？」廉君詢問。

時進瞄他一眼，又瞄一眼陳清，搖搖頭，默默把椅子往向傲庭那邊挪了挪，決定暫時和廉君單方面絕交幾分鐘，緩解一下今天過於波動的情緒。

廉君看一眼兩人之間拉大的距離，斂目沒再多問，按鈴把卦二喊進來，又要來菜單，添了幾道菜，其中有一道是時進曾經說過想吃的烤全羊——的幼年版，烤羊羔。

時進已經深陷自我厭棄的深淵不可自拔，並沒有注意到廉君點的菜。

向傲庭同樣注意到時進情緒的變化，心裡十分滿意他和廉君的「保持距離」，伸手幫他把餐具也往這邊挪了點，問道：「餓了？」

時進搖頭，抬眼看著他，幽幽問道：「四哥，我剛剛介紹你們的時候，是不是顯得特別傻？」

早知道廉君對這次出行是有準備的，他又何必鬧這一齣，老老實實坐著蹭飯就行了。

千言萬語一句話，他果然還是太年輕。

向傲庭見他蔫蔫的，眉眼軟化，剛準備開口安慰，坐他旁邊的容洲中就開了口，語氣古怪：「你什麼時候不傻了？有些人雖然身體長到十八歲，但智商卻還停留在十年前，不傻是不可能的，這輩子都不可能。多大人了還顯擺哥哥，羞不羞。」最後一句話聲音比較小，幾乎只是在唇邊嘀咕了一下。

時進惱羞成怒，怒目而視，朝他揚起了拳頭。

容洲中瞪他一眼，不理他了。

向傲庭夾在中間，有些無奈，還有些想笑——太久了，這種兄弟之間打打鬧鬧溫情相處的畫面，已經太久沒有出現過了。

今天這頓飯畢竟是廉君的主場，時家幾位兄長算是不請自來，所以在等菜上齊的工夫，時緯崇識趣地以有事想和幾個弟弟單獨說的藉口，喊來服務員在外間另開了一桌，帶著幾個弟弟去了外面吃飯。

時進也跟著去了，廉君沒有阻止，只囑咐卦二，一會把後面加的幾道菜都送到時緯崇那桌。

本來熱鬧的包廂迅速冷清下來，廉君親自給陳清倒了杯茶，放到桌盤上轉到他面前，沒頭沒尾地說道：「時進對危險的感知特別敏銳。」

陳清被「危險」這兩個字刺得心臟一跳，伸手接下廉君轉過來的熱茶，乾巴巴應道：「是、是嗎，他看起來年齡不大，是你收的新人嗎？」

「是的，他成長得很快。」廉君靠在輪椅上，又給自己舀了一碗湯，邊慢慢地攪，邊狀似閒談般地說道：「時進很懂分寸，也很貼心，從不會對第一次見面的人過於無禮。」

陳清聽著聽著，額頭慢慢出了汗。

兩人相識多年，陳清自詡對廉君沒有七分瞭解，五分也總該是有的。廉君從不會在不恰當的場合說些沒意義的廢話，但現在廉君卻突然沒頭沒尾地誇起一個新收的屬下，並表明這個剛才處處顯得高調咋呼的屬下平日裡是很懂分寸的，再結合之前那句「時進對危險的感知特別敏銳」，陳清幾乎是立刻就明白廉君的意思——我知道你的不對勁，不僅是我，甚至連我新收的屬下都看出你的問題，所以趁我還沒撕破最後一絲溫情的面具，你最好抓緊機會主動坦白。

「廉君……」陳清開口，想說什麼，嘴張了張又閉上，像是被人抽去了精氣神一般，癱軟在椅子上，苦笑一聲，「廉君，你還是這麼……我記得你以前是不喝湯的。」

「人都是會變的。」廉君終於抬眼看他，問道：「當年我送你的那盆富貴竹，長得還好嗎？」

陳清一愣，咀嚼著這個太久沒聽到的暗號，眼神恍惚一瞬，眼眶突然就紅了，抬手抹了把臉，像是下定什麼決心一樣，坐正身子，緊緊看著廉君的眼睛，回道：「挺好的，發了三根新芽，可惜被貓抓爛了一根，另外兩根被我太太挪到新盆了，也不知道能不能救活。」

這話的意思翻譯過來就是：自我們分開，我有了三個新的家人，其中一個被傷，另兩個被抓，被傷的是我太太，被抓的是我孩子，請救救他們。

廉君攏眉，見陳清滿眼期盼緊張地看著自己，朝他點點頭，溫聲回道：「會救活的，喝點湯吧，今天這湯不錯。」

得了許諾的陳清身體陡然放鬆，臉上露出一個想哭又想笑的表情，像是長久以來壓在心裡的石頭終於鬆動一點，無聲對廉君說了聲謝謝，主動扯起其他話題。

外間，時家幾兄弟的飯桌氣氛也不大平靜。

時進獨坐一邊，三位兄長坐他對面，中間是陸續上齊的各色美食，菜香瀰漫，卻沒人動筷，陣勢如同三堂會審。

時緯崇開門見山，說道：「小進，這次我們過來，是想和你也和廉君談點事情。」

時進已經猜到時緯崇和容洲中多半是向傲庭喊來的，只是不知道他們是為什麼過來，見時緯崇表情這麼認真，不由得有些頭皮發緊，問道：「你們想談什麼？」

「談你的去留問題。」時緯崇回答，眉頭微皺，語重心長：「廉君說你的去留全由你自己決定，小進，我希望你跟我回家。」

原來是要談這個，時進稍微放鬆，依然狠心拒絕：「大哥，對不起，我不想回去。」

「小進。」時緯崇面露不贊同，說道：「我以為我們已經解開了誤會。」

時進早就想和這幾位已經排除殺人兇手嫌疑的哥哥們好好談談了，見此時時機正好，於是整理一下語言，認真說道：「大哥、三哥、四哥，我以前確實對你們有些誤會，這段時間也太過任性，害你們為我擔心了，對不起。我不想騙你們，以前我不想回家，確實有一部分是你們的原因，但現在我不想回家，卻只是因為我想留在夜色，我喜歡這裡。」

時緯崇三人齊齊皺眉。

「咱們家的情況畢竟和普通的家庭不一樣。」時進繼續解釋，語帶嘆息：「你們有各自的生活和事業，有各自需要照顧的親人，我身分尷尬，跟你們回去，也不過就是重新住回那棟空蕩蕩的大房子，一個人上學放學，等你們偶爾有空和我聯繫一下……我這麼說不是在指責你們什麼，只是想讓你們明白，比起以前那種生活模式，我更喜歡現在的生活。待在廉君身邊，我一樣可以學很多東西，不比在學校差，卦一他們都很用心教我，我很喜歡他們。你們就當我是在廉君這裡上大學，只不過學的東西比較另類……我已經成年了，你們就信任我一次，好不好？」

時緯崇眉頭緊鎖，向傲庭表情緊繃，就連容洲中都擺著一臉「你在說什麼傻話」的表情，無聲告訴著時進他們的答案——不好，怎麼可能好，哪有哥哥會同意弟弟去黑社會上什麼狗屁「大學」，嫌日子過得太痛快了嗎。

向傲庭搖頭說道：「小進，這不是信任不信任的問題，而是你待在廉君身邊，隨時可能會遇到危險的問題。」

時緯崇補充問道：「小進，你有沒有想過你的未來？你這是在斷自己的後路。」

「我知道，我都想過。」時進看向他們，堅定回道：「可即使危險，我也想留下。四哥，如果我現在跟你說，開戰鬥機很危險，想讓你退下來選一個更安全溫和的部門，你會願意嗎？」

向傲庭皺眉，不說話了。

時進又看向容洲中，問道：「三哥，如果我說當明星很危險，時不時要被私生飯騷擾，還得面對無處不在的狗仔，想讓你過回普通人的生活，或者退居幕後，你願意嗎？」

容洲中冷笑：「你愛作死就作死，拿我類比什麼，再把『明星』這種花瓶頭銜安在我頭上，我把你頭擰下來。」

時進選擇無視他，又看向時緯崇。

時緯崇抬手打斷他準備問出口的話，眼神有些複雜，像是又重新認識了他一次，說道：「我明白你的意思了，雖然我有一萬種方法告訴你待在廉君身邊的危險，和其他職業可能遇到的危險有著本質的區別，但你估計也聽不進去。我現在只問你一句，你真的非待在廉君身邊不可？」

「對。」時進毫不猶豫回答，還不忘對幾位哥哥拍馬屁：「我相信我不會沒有後路，你們就是我的後路。」

這馬屁拍得那是相當到位了，時緯崇和向傲庭表情幾乎是立刻就緩和下來，就連容洲中都稍微舒展了眉眼，輕嗤一聲，沒有反駁他這句話。

「為什麼一定非廉君不可？」時緯崇問。

——當然是因為進度條這個磨人的小妖精啊。

時進心裡回答，面上卻說得真情實感，情深意切：「因為他很好，我想跟著他。哥，你們就依我一次吧，我就想做點自己想做的事情。」

時緯崇沉默，過了好一會才問道：「你就這麼喜歡廉君？為了他連命都可以不要？」

時進：「……啊？」

容洲中唰一下坐起身，表情變得超級難看，問道：「老大你說什麼？誰？誰喜歡誰？這小兔崽子毛都沒長齊，你說他喜歡誰？」

時進也是一臉懵逼，看著時緯崇一臉看著失足少年的沉痛表情，心中陡然反應過來他說的是什麼，一口氣沒上來差點噎死自己，先扭頭看了下裡間的門，確認門好好關著之後鬆了口氣，壓低聲音解釋道：「大哥，你亂說什麼呢，什麼喜歡不喜歡的，我就是、就是崇拜君少，崇拜你知道嗎？我也想變成他那麼厲害的人，你、你……你思想太狹隘了！」

時緯崇愣了一下，皺眉看向傲庭一眼，定定看向時進，確認問道：「你不喜歡廉君？」

時進崩潰反問：「你怎麼不說我喜歡你呢。」

雖然廉君確實長得好，性格也好，對人也好，哪裡都好，但、但是……命還懸在鋼絲上，談什麼喜歡不喜歡的！

「胡鬧！」時緯崇皺眉呵斥，也終於反應過來大家似乎鬧了個烏龍，再次確認問道：「你真的只是崇拜廉君？」

時進用力點頭，點得像是要把脖子擰下來。

向傲庭憋不住了，忍不住問道：「那你幹什麼那麼在意他？」

「他是我老闆，他死了我就沒地方吃飯了，我當然要在意他。」時進回答得理所當然，答完用一種「你居然是這種人，我看錯你了」的眼神看著向傲庭，一臉的痛心疾首——不用想了，今天時緯崇這齣誤會絕對是向傲庭弄出來的！

向傲庭尷尬地避開他的視線，表情略顯狼狽。

容洲中則慢慢靠回椅背，視線在眾人臉上滑過，表情恢復正常，扯起嘴角發出一聲意味不明的笑聲，說道：「你們這一天天的可真會折騰，這麼會玩，乾脆都跟著我來混娛樂圈吧，保證天天上頭條。」

時緯崇沉默，還是沉默，最後憋出一句：「所以你說的想做的事，就是想成為像廉君那樣的黑社會老大？」

「什麼黑社會不黑社會的，大哥，我們這可是合法組織，做正經生意的。」時進認真反駁，板著臉反問：「就許你們又當老闆又當明星又開飛機的，就不許我心懷天下，以說明合法暴力組織老大洗白，做一個背後的救國英雄為人生目標？你們怎麼能這樣扼殺一個年輕人的夢想。」

時緯崇與向傲庭：「……」

容洲中一臉看智障的眼神看他，嗤笑出聲：「不，你那不叫夢想，叫妄想。」

時進再次怒目而視，朝他舉起拳頭。容洲中臉一黑，在桌下伸腿踢他。

等廉君吃完飯和陳清一起出來時，外間已經只剩時進一個人了，時緯崇等人都不見蹤影，而且時進的表情還有些奇怪，眼神閃閃爍爍的，一看就不對勁。

廉君攏眉，問道：「你哥哥們呢？」

「有事走了。」時進回答，想起時緯崇走前和廉君的談話內容，只覺得沒法直視廉君的臉，心裡尬得要升天，想解釋一下，又覺得不知道該怎麼開口。

廉君見他不看自己，眉頭皺得更緊，卻暫時沒說什麼，只示意他跟上自己，滑動輪椅把陳清送出飯莊。

飯局有驚無險地結束，等眾人坐上回程的汽車，徹底離開飯莊範圍時，廉君的進度條迅速降回500，徹底安全了。

時進鬆了口氣，側頭看一眼坐在身邊的廉君，猶豫又猶豫，糾結又糾結，還是覺得早點解釋一下比較好，於是主動起了話題，說道：「那個，君少，聽說我大哥今天和你談了點事？」

廉君放在膝蓋上的手指一動，收回看著窗外的視線，側頭看他，示意開車的卦二把擋板升起來，確定環境絕對封閉之後，才接話說道：「確實談了點事，你想說什麼？」

時進覺得自己要窒息了——居然升了擋板，廉君肯定已經猜到他要說什麼了！

真是再沒有比現在更尷尬的時刻，他的哥哥跑去跟他的老闆，說他對老闆有企圖，甚至拿來談判，而他現在還得硬著頭皮和老闆解釋自己並沒有對老闆起歹心，真是豬一樣的哥哥！

「……對不起！」時進低頭道歉，雖然尬，但還是要解釋：「我大哥他是亂說的，君少我保證，我對你忠心耿耿，絕對沒有起什麼不敬的心思，你信我！」

廉君放在膝蓋上的手一頓，慢慢收攏，交疊放在腹部，又側頭看向窗外，低低應了一聲。

時進等了等，又等了等，沒等來下文，抬眼看廉君，試探問道：「君少你不說點什麼嗎？」

「說什麼？」廉君依然不看他，露出來的側臉上一片淡漠之色，冷聲反問道：「說你的不敢不敬就是吃飯時逼我喝湯，醉酒時喊我寶貝，出任務前占我便宜？時進，對我不敬的事情，你做的還少嗎？」

「……」時進無言以對，這些他還真的都做過。

這次換時進不說話了，廉君側頭看他，問道：「還想再說點什麼嗎？」

時進張了張嘴，含淚辯解：「君少，我那是關心你。」

「嗯。」廉君點頭，扭回頭再次看窗外，「那我也會關心你的。」

時進：「……」

小死弱弱出聲：「寶貝是生氣了嗎？」

時進默默靠回椅背，看著廉君完美的側臉，滿心滄桑，反問道：「你覺得這個問題的答案可能是否定的嗎？」

小死沉默，在心裡回答：不可能。

回到會所後，廉君立刻把卦一等人全部召集過來，吩咐一件事——全力追查陳清家人的下落，

查清今晚埋伏在飯莊裡的人是哪路人馬，儘快把陳清的家人給救出來。

時進這才知道陳清這次約廉君出來其實是身不由己，在見到廉君之前，陳清一直處於被控制的狀態，這次和廉君見面，也全程戴著竊聽器，根本不敢亂說話。

如果不是廉君和陳清之間有一套他們才懂的暗語，陳清可能還沒法告訴廉君真相。

時進聽得皺眉，終於明白陳清全程不安的狀態是所為何來，心裡有些發沉——居然能夠挖出廉君的朋友，通過朋友來給廉君下套，這次躲在背後想傷害廉君的人，能量似乎不小。

「……卦九負責資訊搜集，都散了吧，抓緊時間。」廉君吩咐完畢，示意眾人儘快行動。

卦一等人一一應是，領著各自的任務散了。

時進回神，見書房裡轉瞬間就只剩下自己和廉君兩個人，疑惑問道：「君少，那我呢，我要做什麼？」

「你跟著我。」廉君回答，滑動輪椅準備離開，路過他身邊時停了停，又補充道：「好好休息，手上的傷記得去醫務室看看。」說完直接走了。

時進目送他離開，看一眼自己手上已經從紅腫變得發紫的傷痕，有點糾結——怎麼現在看，廉君又像是沒有生氣。

為了安心，時進計劃暗中觀察一下，通過各種細節判斷一下廉君到底有沒有在生氣。然而廉君根本不給他這個機會，在發現他包紮完傷口卻沒老老實實去休息之後，直接揪住他的一截衣服，拉著他滑動輪椅，親自把他趕出自己的房間，並關上了門。

「我又不會打擾他休息，他為什麼要趕我出來？」時進心有不甘，還有些酸酸地對小死抱怨：「明明之前卦九就可以在他午睡的時候直接守在他房間外間的沙發上。」

小死殘忍提醒：「我覺得是因為你現在太髒了吧……」

時進低頭看自己身上的衣服，義正嚴辭反駁：「哪裡髒了，我身上這身可是今天才換上的乾淨衣服！」

「可你已經好多天沒洗澡了……也沒洗頭……」小死繼續殘忍提醒。

時進臉一僵，仔細回想一下，發現自己居然真的已經好幾天沒洗澡了，這期間還因為任務在地上滾了不知道多少圈，立刻覺得身上發癢起來，忍不住問道：「向傲庭帶我去酒店那天，沒給我擦擦嗎？」

小死憐憫回道：「別想了，他能幫你換身睡衣，讓你睡得舒服點，都算是他體貼你了。」

時進：「……」

時進火速衝回房間，扒光自己好好洗了個澡，直把身上的皮膚全都搓紅了才只穿著一套薄睡衣出來，看一眼時間，發現居然已經差不多到了晚飯時間，連忙隨便換身衣服朝著餐廳走去。到的時候，廉君已經坐在餐廳裡，見時進起來，他如往常一樣沒說什麼，只示意時進坐下，開始吃飯。

時進還是摸不準他到底有沒有生氣，見桌上大部分是自己愛吃的菜，心裡十分感動，忍不住再次解釋道：「君少，我真的只是關心你，你如果不喜歡，我可以改。」

廉君拿筷子的動作一頓，抬眼看向他，問道：「怎麼改？」

「……改得矜持一點？」時進試探回答。

廉君放下筷子端起湯碗，說道：「吃飯，吃完和我去書房。」

時進：「……」怎麼感覺氣壓更低了？

【第八章】廉君生氣了

吃完飯，時進老老實實跟著廉君去書房，兩人隔著茶几相對而坐，廉君取出茶具泡茶，問道：「傷口處理好了？」

時進的視線不自覺落到廉君扶在深色茶壺上的白皙手指上，點頭回道：「處理好了，只是一點紅痕瘀青，沒什麼要緊。」

廉君把第一道茶潑了，開始沖第二道，又起了話題：「說說這次的任務。」

時進小心觀察一下他的表情，還是看不出什麼端倪，於是老老實實順著他的話題回答，把這次任務的過程大概說了一遍。

廉君仔細聽著，手上泡茶的動作一直沒停，等時進說完時，茶也已經泡好了。

他倒了一杯推到時進面前，說道：「嘗嘗。」

時進端起來就是一口牛飲，誇道：「好喝！」

廉君：「……」

完全不懂品茶的時進得到了小死遲來的提醒：「進進，品茶不是這麼品的，得一點點喝，細品裡面的味道。」

時進：「……」

廉君慢慢坐直身，看著時進不說話。

時進後背冒汗，深切體會到馬屁拍到馬腿上是怎樣一種感覺，不自在地挪開視線，在廉君的死亡視線下如坐針氈。

「今天為什麼要堅持過來吃飯？」廉君突然詢問。

時進張嘴就準備繼續拍馬屁，被廉君提前堵了回去，「我要聽實話。」

時進聽他語氣不對，忙把湧到嘴邊的馬屁嚥下來，斟酌了一下，回道：「我怕你有危險……你依然停留在B市這件事知道的人不多，突然有老朋友來約，我總覺得不對勁。」

「……你倒是敏銳。」廉君點了點輪椅扶手，傾身撤掉泡好的茶，按鈴讓人給時進換了杯熱奶茶，語氣緩了一點，說道：「以後別再這麼毛躁，心裡有什麼疑慮或者懷疑可以直接向我求證，不要一個人悶頭使勁，孤軍奮戰不是什麼好習慣。」

這是在安撫？順便教他如何正確處理危機？時進一愣，看著廉君無論怎麼養都始終帶著蒼白的臉，腦子一熱，一句話脫口而出：「廉君，你一定要活下去，活很久。」

廉君頓住，抬眼看時進。

時進說完自己也傻了一下，然後認命地嘆了口氣。

以前他想救廉君，一大部分原因是因為進度條和小死，還有一小部分原因是出於人性的一點善意，但在和廉君相處了這麼久，他不得不承認，他現在想救廉君，就只是因為他想廉君活著。人是感情動物，廉君這麼好，他不想他死，一點也不。

「活下去才有未來，廉君，你努力一點好不好？外面想你死的人那麼多，你自己不小心一點，我真怕你哪天突然就沒了。計劃永遠趕不上變化，危險並不是因為準備周全，就真的不會來了。」時進苦口婆心，說著說著忍不住挪到廉君身邊，抓住廉君放在輪椅扶手上的手，身體也往他那邊斜了斜，滿身操心老媽子的憂愁氣息。

他是真的怕，廉君的進度條每次都漲得跟雲霄飛車一樣，理智告訴他可以不要那麼急，進度條在走滿前還有一個死緩，一切都是有機會的。但隨著相處漸深，感情對情緒的影響逐漸加大，他真的沒法保證自己時時冷靜。

廉君垂眼，看著自己被抓住的手。

時進還在碎碎念：「比如說這次，大堂裡有人又怎麼樣，他們隔那麼遠，萬一隔壁包廂裡的人突然發難，或者陳清來個玉石俱焚，他們根本就來不及反應。」

廉君沒有接話，又側頭掃了掃兩人之間越來越近的距離。

「還有，你明知道飯局不對勁，那出門的時候怎麼不多帶幾個人？不說把卦一他們全帶上，帶上卦三、卦五總可以吧，只帶卦二一個人實在是太冒險了。」時進毫無所覺，繼續苦口婆心，大概是覺得廉君的手溫度太低，還不自覺搓了幾下。

廉君眼神變深，終於開口：「時進。」

「嗯？」時進側頭看他，兩人一個坐正、一個傾身，距離近得幾乎可以數清對方的睫毛。

廉君看著時進閃爍著真誠「單蠢」光芒的眼睛，清冽的聲線不知為何有些低，語速也較平時有些慢，問道：「我的手好摸嗎？」

時進一愣，搓著廉君手的動作一頓，低頭看向兩人交握的手……幾秒後嗖一下放開手，彈到沙發另一邊，表情僵硬了，邊尷尬解釋自己不是故意的，邊在心裡戳小死，崩潰問道：「我怎麼會握著廉君的手！我什麼時候握上去的？」

小死語氣怪異，隱隱帶著點興奮：「進進，不要怕！窩支持膩！膩可以的！」

——不是，你在支持些什麼！

時進覺得自己腦子大概是壞了，或者剛剛被什麼奇怪的東西上身了，看著廉君表情莫測看過來的模樣，艱難地嚥了口口水，試圖自救：「君少，你的手太冷了，會所裡雖然有暖氣，但你還是應該多穿點。」

廉君不理他，轉身滑動輪椅到書桌後，拿起一份文件看了起來，身影十分冷漠。

時進偷偷觀察他，欲言又止。

十分鐘後，廉君突然抬頭，朝時進示意書房門，「出去，你太吵了。」

時進十分委屈：「我明明沒有說話。」

「你的呼吸聲吵到我了。」廉君不為所動，十分絕情。

時進反射性屏住呼吸，堅持一會，終是扛不住廉君的死亡視線，喪氣地低下頭，拖著沉重的步子，一步三回頭地離開書房。

砰，書房門關上了。

「小死，得罪了老闆，我是不是要開始倒楣了？」時進站在走廊上幽幽詢問。

小死十分樂天，語氣依然詭異地興奮：「不會哇，寶貝會很疼你噠。」

時進內傷，覺得自己這個金手指大概是廢了。

時間還早，時進回房洗漱完後躺在床上，翻了半天睡不著，漫無邊際地糾結一會廉君是不是真的生氣了這個問題，思維發散著，突然想起這次出任務獲得的那些重要戰利品，思緒瞬間從天邊拉回現實，唰一下坐起身，說道：「小死，我讓你複製的資料呢，快放出來給我看看！」

小死也一下子被從某種幻夢中拖出來，激動地卡了一下，然後一股腦地把一大堆資料塞到時進腦子裡。

時進腦子一炸，倒回床上。大堆資料如同幻燈片一般在腦內嘩啦啦刷過，時進忍不住按住額頭，覺得腦花快要被過多的資訊漲開了。

小死見狀慌了，連忙調整他的身體狀況，給他加上一堆buff，抱歉說道：「對不起，我忘了這些資料不屬於原身，和原主的記憶不一樣，你接受起來會不適應。」

「沒關係。」有了buff安撫，不適感消除許多，時進慢慢緩過來，顧不得和小死多說，專心尋找起自己想要的資料。

小死複製的資料總共有四份，三份來自於狼人老大狼哥，一份來自於元麻子，每一份內容都很多，如果只靠人工翻閱，沒個三五天絕對翻不完。好在時進有小死幫忙，大約一個小時後，就篩出一份最像是客戶名單的東西。

那是一份全部由字母和數字組成的名單，字母在前，數字在後，密密麻麻，乍一看就像是一堆亂碼，根本看不出是什麼東西。

小死說道：「剛剛我用大數據分析了一下，基本確定這份資料就是狼人的客戶名單，名單前面的字母代表的是人名，後面的數字則是用一種特定方法打亂的聯繫方式，最後面的幾個數字應該是交易成立的日期。」

時進詢問：「能分析出聯繫方式打亂的規律，把它們還原嗎？」

「可以，但需要一點時間。」小死回答。

時進放了心，說道：「不急，你慢慢來。」說完自己也琢磨起這份名單，試圖通過交易成立的日期找出一些有用的線索。

不過他到底是不大擅長這些，沒分析一會，就被這些密密麻麻的數字催眠，歪頭睡了過去。一夢到天亮，早晨醒來的時候，時進發現自己腦袋有些重，還有些刺刺地疼，抬手一摸，無語地發現自己居然在發燒，溫度還不低。

小死十分心虛：「好像是一次性接受的資訊過多，影響了你的身體情況……」

時進掙扎著想要起身，卻越掙扎越頭暈，無奈放棄，摸出手機一邊給廉君發請假簡訊，一邊問道：「昨天的分析有結果了嗎？」

「有。」小死回答，語氣有些凝重：「名單上所有的聯繫方式都被我還原了，但裡面沒有一個聯絡號碼能和已知劇情人物的聯繫方式對上，並且因為這單交易最後作廢，所以後續的金錢交易記錄也是空白的，缺少最重要的資訊對比條件。」

時進只覺得頭更疼了，問道：「所以現在的情況是咱們分析了一通，線索卻斷了？」

「也不算吧……我根據名單上客戶姓名的首字母，通過排除篩選法，核對所有劇情相關人員的姓名，最後得到一個最可能的名字。」

時進聽它語氣不對，連忙問道：「是誰？」

「徐川，時行瑞的心腹律師，當初過來給你宣布遺囑的人。」小死回答，然後補充道：「在原劇情裡，徐川最後被時緯崇收服，成為時緯崇的專屬律師，給時緯崇提供不少重要資料，幫時緯崇鞏固在瑞行的地位。」

時進啞然，安靜了一會才確認問道：「你確定？」

「確定。」小死回答得十分肯定，見他表情不好看，安撫道：「當然，也有可能是我分析錯了，畢竟沒有確切的證據證明客戶名單上的字母就是徐川。」

「不用證明了。」時進倒回床上，長嘆口氣，「和狼人交易的人多半就是他了。還記得我拒絕簽署遺囑後那反常增漲的進度條嗎？當時我死活想不通為什麼拒絕遺產之後進度條會不降反增，現在我想通了，問題不在我拒絕遺產，而在我拒絕簽署『那份』遺囑。」

小死立刻反應過來了他的意思，問道：「進進，你是說徐川拿來的那份遺囑文件有問題？」

「多半是，不過這一切也只是我的猜測而已。」時進回答，腦子裡各種想法亂衝，亂糟糟地理不清楚，「原劇情裡原主在簽署遺囑後沒多久就被綁架，被關起來折磨了很久，等原主被解救時，瑞行已經被時緯崇接管。從原主被綁到原主被救這段時間裡，瑞行到底發生什麼事？時緯崇和徐川又在裡面各自扮演什麼角色？這些已經無從考究，我們現在只能保守猜測。」

小死小心翼翼詢問：「進進，你覺得那個徐川，有沒有可能是和時緯崇勾結的？」

時進想了想，搖頭，「我覺得不是，時緯崇確實對我沒有殺意，而且當初我和時緯崇在醫院見面後，進度條立刻降了一些，我現在更偏向是時緯崇的及時出現，讓徐川和幕後黑手有所忌憚，沒有再試圖讓我簽署或者對我直接動手。」

小死有些不放心，「如果萬一是他呢……」

時進分析道：「如果是，那就當是我腦殘眼瞎，看錯人。但我還是覺得不是，時緯崇應該沒有和徐川勾結，起碼他肯定沒有提前得知遺囑的內容，這點原劇情有寫，時家五兄弟是在遺囑宣布之後才知道時行瑞把財產全留給原主。原劇情雖然有很多漏洞，但這種明確點出的事實，總不該也是錯的吧。」

時進扯起被子蓋住自己的臉，「還有，你仔細想想我在進入醫院後進度條的那幾波漲落，最開始我和時緯崇見面時，進度條降到997，但在我用言語試探他之後，進度條又回升了，這裡面的邏輯現在也是一清二楚——時緯崇被我的試探弄生氣了，如果我當時繼續說下去，時緯崇大概會被我氣走，徐川這時候就可以趁虛而入騙我簽名……幸虧我當時及時閉嘴，拖著時緯崇留在醫院，還經由他的手，逼徐川把遺產一分為五，全部分出去，不然我估計早就涼了。如果他們是有勾結的，那進度條根本就不會出現這樣的波動，時緯崇也根本不必在醫院陪我，直接讓我簽名就行了。」

小死若有所思。

時進說完思緒稍微理順了一點，想起這段時間和時緯崇的相處，自顧自出了會神，突然揭開蓋在臉上的被子，「現在想再多都沒有用，要確定時緯崇和徐川有沒有勾結，有個最簡單的辦法。」

小死回神，期待問道：「什麼辦法？」

「直接問他。」

小死大驚：「直接問？」

「對，直接問。時緯崇現在可是個實實在在的好哥哥，當面問問應該沒什麼的，而且就算他的好哥哥模樣是裝出來的，那不是還有大腿在麼，怕什麼，反正死不了人。」時進倒是樂天起來了，振作起精神一個鯉魚打挺從床上坐起來，然後眼前一花，又一下倒了回去，虛弱道：「不行了，小死我頭好暈，幫我發條簡訊給卦二，讓他帶醫生過來。」

小死：「……」

幾分鐘後，卦二和廉君一起帶著醫生過來。

卦二見到燒傻了的時進，十分沒人性地開始幸災樂禍，笑話他是皮過頭遭報應了。

時進沒什麼力氣地朝他翻個白眼，挪動視線朝著廉君看去。

廉君和他對視一眼，示意醫生上前。

醫生大爺給時進測了測體溫，挑眉，伸手拍拍時進的額頭，說道：「這腦瓜差不多快熟了吧，不愧是年輕人，燒成這樣還有精力發簡訊求救，而且一個字都沒打錯，身體素質不錯啊。」

時進被拍得生無可戀，難受說道：「龍叔，別拍了，腦花在蕩，快給我打兩針吧，我難受。」

龍叔大發慈悲鬆手，熟練地兌藥水拿針，說道：「我就喜歡你這麼聽話的病人，打兩針是吧，放心，叔這就給你打。」說著還意有所指地看了旁邊的廉君一眼。

廉君理都不理他，滑動輪椅來到時進另一邊床邊，伸手碰了碰時進燒得通紅的腦袋。

時進被他手上的溫度冷得一個哆嗦，哆嗦之後就覺得舒服，歪頭挪了挪腦袋，把過熱的腦門貼在他的掌心。

廉君收手的動作停住，猶豫一下，又把手貼回去，輕輕按一下他的腦門，問道：「很難受？」

「還行，就是暈。」時進回答，又把腦門往他掌心拱了拱。

卦二在旁邊不敢置信，一副看到神跡的模樣。

廉君指尖微動，摸了下他鬢邊的頭髮，突然說道：「頭髮長長了。」

「是嗎，我都沒注意……」時進閉上眼，意識慢慢有些昏沉，知道自己這是扛不住要迷糊睡去了，連忙強撐著精神睜開眼，看向廉君認真說道：「君少，你別一直在我這裡待著，小心我過了病氣給你。」

廉君聽著他含含糊糊沒了精氣神的聲音，又摸摸他的頭髮，應道：「睡吧。」

時進撐不住睡了過去。

龍叔視線在廉君依然放在時進額頭上的手上停了幾秒，拆開一個退燒貼，擠開廉君的手，啪一下把退燒貼貼上時進額頭，說道：「時進說得對，君少你快出去，發燒雖然不傳染，但萬一感染點別的什麼毛病就不好了，你身體弱，可受不住。」

廉君攏眉看他一眼，又看了眼貼了退燒貼後表情舒緩一些的時進，終是沒說什麼，收回手，滑動輪椅來到卦二身邊，吩咐道：「你在這守著，有事給我打電話。」

卦二點頭，送他離開後走到床邊，看著時進睡著後越發顯得傻氣的模樣，忍不住伸手彈了一下他的額頭，小聲嘀咕：「你這傢伙……不會真的讓你癡心妄想成功了吧。」

正在給時進綁壓脈帶的龍叔聞言看他一眼，低哼一聲，給時進擦了擦藥，穩準狠地把針扎入時進的血管。

病來如山倒，病去如抽絲。

時進這次的高燒來勢凶猛，久治不退，每次龍叔用藥把他身上的高熱降下去，沒過幾個小時熱度就又會升回來，反反覆覆，總不見好。

廉君不放心，讓龍叔給時進做了個詳細的全身檢查，結果自然是什麼都沒檢查出來，時進的身體很健康，沒什麼大的毛病，真的就只是高熱而已。

最後無法，龍叔只能給時進採取保守治療，怕再扎針下去會把人給扎傻了。

打了好幾天點滴，吃了好幾天藥，時進面色憔悴了一大截，吃什麼都沒胃口，走兩步就覺得頭暈，說話也有氣無力，比廉君都更像是一個身體很差的重病患者。

小死看得簡直要內疚心疼死了，越發自責自己考慮不周，後悔當初應該先把名單篩出來，再單獨把名單傳給時進，而不是一股腦地把全部資料塞過去。

時進倒是想得很開，還反過來安撫它，說自己這算是因禍得福，白賺了一個假期。

就這麼在床上躺了好幾天，這天上午時進睡醒後終於覺得頭不那麼疼，看東西也不再那麼暈了，估摸著接收資料的後遺症應該快要消除，立刻一個鯉魚打挺從床上爬起來，洗漱之後裹上幾層厚衣服，摸去廉君的書房。

他病的這幾天廉君每天都會過來看他，但因為他總是時睡時醒的，所以見到廉君的機會不多，每次都是迷迷糊糊一覺醒來，小死告訴他廉君有過來看過他，他才知道廉君來過。

如今他的病眼看著就要好了，就忍不住想去拍拍廉君的馬屁，看看他還有沒有在生氣，順便想找廉君要個假，去找時緯崇談談徐川的事，當面探探時緯崇的口風。

到書房的時候，廉君正在和卦一等人說話，房內氣氛有些沉，似乎是聊的話題不大愉快。時進見狀識趣地沒有上前打擾，和開門的卦二打了個招呼後就準備原路返回，過會再來。那邊廉君卻已經注意到他，擺手示意卦一談話暫停，在門內喚道：「時進？」

時進停步，見已經被發現了，就又轉回去，站在門口朝廉君笑了笑，說道：「我就是過來看看，你們忙，我一會再來。」

「不用，進來吧。」廉君讓卦二放他進來，示意了一下沙發，「坐，先在一邊聽著。」

時進於是老老實實坐過去，乖乖做旁聽狀。

廉君讓卦二給時進上了杯喝的，還把自己的毯子讓給時進，這才繼續和卦一談事情。

房內其他人把這一切都看在眼裡，心照不宣地互相對視一眼，默契裝瞎。

他們談的是陳清的事情，通過這幾天的調查，卦一已經基本確定陳清家人的下落，隨時可以去救人，但新的問題出現了——救孩子很簡單，救被控制的陳清卻有點困難。

目前的情況是，陳清的孩子們是被單獨關押在外，守著的人不多，救起來比較簡單，但陳清卻是被控制在敵人的老窩裡，要救的話，必須深入敵營，比較危險。

這次想通過陳清算計廉君的幕後黑手也已經確定，是已經沒落的合法暴力組織黑玫瑰。這個黑玫瑰以前很強勢，屬於可以和滅平起平坐的大組織，背後還有官方人員做靠山，但幾年前黑玫瑰的

靠山倒了，自身又因為掛牌之後還一直做一些灰色生意，被官方收拾了幾次，限制發展，漸漸也就沒落了。

這黑玫瑰也是奇葩得很，沒落之後不想著收拾好爛攤子休養生息，卻把沒落的原因一股腦地怪罪到廉君身上，覺得是廉君勾結官方，搞倒他們的靠山，破壞他們的生意，總想著要找廉君報仇。

廉君這些年沒少被黑玫瑰針對，但每次黑玫瑰都沒得逞，還總被廉君找機會針對回去。這次陳清的事，算是這些年黑玫瑰針對廉君最成功的一次。

「先安排好人手，做好救小的準備，陳清那邊再從長計議。」廉君用一句話快速結束談話，示意卦一等人散了，然後滑動輪椅來到時進身邊，伸手摸了時進的額頭。

時進正在思索怎麼救陳清的事情，身體不知不覺歪在沙發上，完全沒注意到大家都已經散了，此時被摸了額頭才從自己的思緒中回過神，側頭朝沙發邊看去。

廉君順勢收回手，掃一眼他蒼白的臉色，問道：「今天怎麼樣？」

「還行，沒再燒起來，頭也不那麼暈了。」時進回答，坐起身後先拿起毯子蓋回廉君腿上，然後問道：「你這幾天有沒有好好吃飯？」

廉君看一眼腿上的毯子，聲音緩了點，不答反問：「你過來就是為了問這個？」

「也不全是……這不是快到午飯的點了，我來等你一起吃飯。」

時進總覺得廉君今天的語氣格外溫和，卻也沒想太多，只以為是廉君體貼自己這個病人，轉而問道：「陳清那邊遇到麻煩了？」

「不是大麻煩。」廉君回答，又伸手摸了下他的額頭，確定真的沒有再發熱之後收回手，滑動輪椅側身，說道：「去餐廳，該吃飯了。」

時進被廉君這個「二摸」摸得有點愣，傻了會才站起身，主動扶上廉君的輪椅，在心裡美滋滋問小死：「廉君這麼關心我，是不是代表他已經不生我氣了？我大哥鬧的烏龍也已經翻篇了？」

小死沒有說話，只意味不明地「唔」了一聲。

時進卻覺得它是贊同了自己的話，越發美滋滋了，忍不住碎碎念著和廉君說起生病這幾天龍叔的種種惡行，看起來倒是精神了許多。

午餐菜色豐富，味道比平時的稍重一些，時進吃得很開心——這幾天他天天被龍叔按著吃那些味道寡淡的病號餐，簡直是生無可戀，今天終於吃了點喜歡的食物，可算是把嘴裡那點藥片苦味給沖了下去。

把最後一塊孜然羊肉片塞進嘴裡，時進滿足地摸摸肚子，感嘆說道：「還是肉好吃，唉，我都好久沒吃羊肉了，對了君少，我出任務前你不是答應我，等我回來要請我吃烤全羊的嗎？羊呢，你不會是要反悔吧？」

廉君喝水的動作一頓，抬眼看他，見他一臉的理直氣壯和隱隱控訴，慢慢把水杯放回去，回道：「我不欠你的羊肉。」

時進聽他語氣不對，被肉養飄了的膽子嗖一下落回實地，規規矩矩坐好，僵硬地轉移話題，問道：「君少，陳清那邊你準備怎麼辦？真的要去敵人老窩救人嗎？」

「……不去。」廉君垂眼不再看他，拿起紙巾擦了擦嘴，回道：「黑玫瑰的新任領頭人性情狠厲，最是不喜歡被人壓制，直接攻他大本營，他很可能會魚死網破。想安全救陳清，現在有兩個辦法，一個是讓黑玫瑰再放陳清出來一次，一個是直接談判。你覺得哪種方法比較合適？」

時進聽得皺眉，毫不猶豫回道：「再引黑玫瑰把陳清放出來一次這法子比較好，以黑玫瑰現在的情況，去談判他們很可能會獅子大開口，提些根本不可能達成的要求，最後還很可能會擺我們一道，拿了好處卻不放人。」

廉君點了點頭認同了他的話，滑動輪椅說道：「去休息吧，陳清的事有卦一他們處理，你好好養病。」

見他要走，時進忙狗腿地上前幫他扶住輪椅，討好說道：「君少，我現在病差不多好了，能不能稍微出去一下？」

廉君皺眉：「你想去哪裡？」

「去找我大哥。」時進回答，又補充道：「我有點事要和他說……家事，比較重要的那種。」

廉君停了輪椅，側身看時進。

時進忙蹲下身把廉君的手拉起來，碰了碰自己的額頭，保證道：「我真的已經不燒了，也不覺得頭疼了，你就讓我去吧，我儘量早去早回，可以嗎？」

廉君手臂一僵，沒有抽回手，反而順著他的動作細細摸了一下他的額頭，本想拒絕，見他眼巴巴望著自己，最後還是妥協了，說道：「讓卦二送你去，晚飯前必須回來。」

「君少你太好了！」時進連忙拍馬屁，還傾身抱了廉君一下，抱完才反應過來自己幹了什麼，察覺到廉君僵了身體，嚥了嚥口水，尬笑兩聲退開身，不敢看廉君，對著地面說了聲「我去找卦二」，轉身頭也不回地跑了。

卦二被迫放下手頭的事，出門給時進當司機。

「你這傢伙真是……」卦二發動汽車，側頭看了時進好幾眼，小聲嘀咕：「你到底給君少灌了什麼迷魂湯……」

時進正在繫安全帶，沒聽清他說什麼，側頭問道：「你說什麼？」

「沒什麼。」卦二看著他因為生病而顯得蠢兮兮的臉，嘆了口氣，搖頭，「也許這就是傻人有傻福吧。」

時進怒目而視，「你才傻，你莫名其妙罵我做什麼！」

卦二：「……」突然覺得心好累。

平日的下午，時緯崇肯定是不在家的，時進先打電話確定他正在公司辦公後，讓卦二直接送他到時緯崇的公司樓下，然後在公司樓下又打電話通知時緯崇。

幾分鐘後，時緯崇匆匆從公司裡走出來，一眼看到等在大門外的時進和卦二，三兩步靠過去把時進拉進公司大堂，打量一下他的臉色，皺眉問道：「你怎麼突然過來了？等著外面做什麼，也不知道進來，還有你這臉色，生病了？」

「前兩天有些發熱，已經好了。」時進笑著回答，仔細打量著時緯崇的表情，見他並沒有因為自己的不請自來生氣，反而滿臉擔憂關心，心裡踏實一點——從時緯崇現在的表現來看，他是真的在關心自己這個弟弟，不像是裝的。

「傻笑什麼，臉都凍紅了。」時緯崇被他笑得沒脾氣，朝卦二點了點頭算是招呼，帶著兩人朝電梯走去，問道：「午飯吃了嗎？病了多久了？」

「沒多久，我吃了過來的，你呢，午飯吃了沒？」時進邊走邊問。

時緯崇沒說話，帶他進了電梯後突然抬手摸上他的額頭。

時進已經被廉君摸習慣了，愣了一下就回了神，見時緯崇眉頭幾乎擰成疙瘩，心裡有些暖，還忍不住想笑，問道：「我額頭好摸嗎？」

「不好摸，生了病還亂跑，一點都不知道照顧自己。」時緯崇收回手，不贊同地訓他一句，說道：「你想見我，直接給我打電話就行，我可以過去找你，你何必跑這一趟。」

時進笑咪咪，「我閒著嘛。」

時緯崇還是不大贊同的樣子，電梯開啟後帶著時進跨步出去，一路穿過辦公區把時進和卦二帶進自己的辦公室，讓助理送兩杯熱飲進來。

卦二知道時進這次過來是有「家事」要和時緯崇說，坐了一會就識趣地提出想去外面轉轉，把空間留給兩人。

等他離開後，時緯崇坐回時進對面，問道：「小進，你這次過來是有什麼事？」

時進也不囉嗦，直接回道：「大哥，還記得我前一陣和四哥去做的任務嗎？回來後仔細看了一下任務資料，發現了一件事。」

「什麼事？」時緯崇詢問，還不忘給時進拆點心。

時進觀察著他的動作表情，組織一下語言，先簡單說了一下任務的大概內容和狼人的背景，然後才說道：「任務目標元麻子曾提過一件事，他說在幾個月前，狼人曾在國外接過一個綁架的單子，但單子後來黃了。我回來翻資料的時候偶然發現，他們說的單子好像就是我。」

時緯崇拆點心的動作頓停，表情一下子就難看起來，問道：「你確定？」

「這只是猜測，不過我翻了翻狼人的客戶名單，發現上面有一個很熟悉的名字，徐川。」時進回答，仔細觀察時緯崇的表情。

聽到徐川的名字，時緯崇明顯愣了一下，然後像是想到什麼，臉唰一下黑透，拿出手機翻出一個電話就準備撥出去，撥到一半又按掉，轉而撥了向傲庭的電話。

向傲庭很快接通電話，疑惑問道：「大哥，有什麼事嗎？」

時緯崇把時進告訴他的事情說了一遍，然後讓向傲庭想辦法去確定一下元麻子口中的單子是不是時進。

向傲庭聽完語氣裡的放鬆不見了，嚴肅回道：「我這就去辦。」說完直接掛斷電話。

時進把他們的對話聽在耳裡，終於徹徹底底地放了心——時緯崇果然對綁架案毫不知情，幕後黑手另有他人，哥哥是個好哥哥，他沒有看錯人。

掛掉電話之後時緯崇看向時進，說的第一句話就是安撫：「小進你別怕，這件事大哥肯定幫你查個清清楚楚、明明白白，不會讓人動你的。」

時進點頭，朝他露出一個笑容，說道：「我不怕，反正有事大哥會幫我扛著。」

時緯崇被他笑得表情緩和了一些，忍不住起身摸摸他的頭。

過了兩天，時進的病終於徹底康復，時緯崇和向傲庭那邊也傳來消息——徐川曾找狼人下單綁架時進的事情確定了，元麻子親口交代的，現在官方正派人去抓徐川過來問話。

時進沒想到事情會這麼順利，甚至沒想到向傲庭和時緯崇的動作能如此效率，居然直接找上元麻子確認此事，然後讓官方出面抓徐川去了。

「這就是被哥哥護著的感覺嗎……」時進喃喃自語，還掐了自己兩下，想看看是不是在做夢。

小死也如在夢中，回道：「時緯崇居然真的是好哥哥……」

一人一系統齊齊出神，都有種飄飄然的不真實感，全都忘了一件事——元麻子的任務是官方和滅一起合作完成的，官方那邊的消息，是會全部回饋到滅這邊的。

廉君掛掉官方打來的電話，沉著臉喊來卦二，讓卦二去把時進帶來。

卦二好久沒見過廉君這麼難看的臉色了，心裡有些嘀咕，應聲後去時進房間找到他，邊帶著他往書房走，邊壓低聲音問道：「你惹君少生氣了？他臉色有些不對。」

時進聞言一驚，想起兩天前自己去找時緯崇前對廉君那堪稱非禮的一抱，心虛回道：「沒有吧，這兩天吃飯的時候君少看起來還好啊，不像是生氣的樣子。」不僅不像是生氣了，態度反而還比以前更溫和一些，都會和他扯些亂七八糟沒營養的家常。

卦二一眼看穿他的心虛，抬手勾住他的肩膀，威脅說道：「趕快說實話，否則哥也幫不了你，

我真的是好久沒見過君少這麼難看的表情了，上次君少露出這個表情，還是卦一查出卦四是叛徒的時候。」

時進聞言有些慌了，猶豫一下，還是說了實話，「也沒什麼，就是我前兩天出門前，一時衝動，抱了君少一下……我發誓，真的就只有一下下，抱完我立刻就鬆開了！」

卦二不敢置信地看著他，慢慢收回勾著他脖子的胳膊，往旁邊挪了兩步，和他保持距離。

「小老二，你一定要幫我！」時進撲過去黏著他。

卦二殘忍地把他撕開，一臉不忍直視，「你自求多福吧……時小進，我算是看清你了，你就是屬癩蛤蟆的，膽大又皮厚。」

時進的心涼了半截，痛苦問道：「真的沒救了嗎？」

「沒了。」卦二搖頭，見時進面露苦相，想起廉君最近面對他時都會特別縱容的態度，又補充道：「當然，你也知道，君少比較容易心軟，你道個歉、認個錯，說點好聽話，說不定可以爭取從輕發落。」

時進的心徹底涼了。

到書房的時候，廉君居然沒有坐在書桌後看文件，而是坐在正對著書房門的沙發邊，手裡什麼都沒有，膝蓋上放著一份文件，一副專門等著時進過來的樣子。

時進幾乎想掉頭跑掉，因為廉君的表情果然如卦二形容的那樣，十分沉，面無表情的，眼中一點溫度都沒有，彷彿又變回了第一次見面時那死氣沉沉的樣子。

「時進留下，卦二你去外面守著。」廉君吩咐，就連語氣都冷冷的。

卦二遞給時進一個自求多福的眼神，轉身退出書房。

時進硬著頭皮邁著沉重的腳步走到廉君身前，扯起嘴角朝他笑了笑，問道：「君少，你找我有什麼事？」

「坐下。」廉君吩咐。

時進乖乖在廉君對面坐下，想了想，還是老老實實先道了歉，「君少我錯了，對不起。」

廉君的表情還是很難看，問道：「錯在哪裡了？」

「我不該非禮你……」時進低頭。

廉君表情變得更加難看，甚至氣得坐直身體，把膝蓋上的文件拿起來丟到他面前，硬生生壓下脾氣，說道：「這是官方剛剛傳過來的東西，你自己看看，看完再說說你錯在哪裡了。」

官方的文件？時進這才明白廉君不是在氣兩天前的那個擁抱，一頭霧水地把文件拿起來翻開看了看，眼睛唰一下瞪大——這居然是元麻子供出徐川的口供和已經完整破譯的狼人客戶名單！

「解釋。」廉君見他表情變了，知道他是認出文件裡的東西，努力壓下不被信任的失望感，說道：「我記得你任務完成回來的當天，我就找你問過任務完成的具體情況，你當時為什麼對自己是狼人客戶單子的事情提都不提？反而不等病好，就偷偷去找時緯崇和向傲庭幫你調查？如果不是官方發這個資訊過來，你準備把這件事瞞我多久？」

時進被問得一愣一愣的，看一眼文件，又看一眼廉君難看的臉色，回想了一下自己這些天的心路歷程，最後只能乾巴巴回道：「我忘記說了……不是故意瞞著你……」

他是真的忘了，剛回來那天他滿腦子都是陳清的事，後來又因為時緯崇他們鬧出的烏龍，一直在擔心廉君有沒有生氣，彙報任務的時候別說什麼單子不單子了，他連自己從狼人那弄到客戶名單這件事都給忘了，直到晚上躺在床上胡思亂想的時候才記起來。

後來單子結果分析出來，他又連續高燒了幾天，腦子一直糊裡糊塗的，等病好了，就直接把元麻子這事給翻篇了，光想著要去打探一下時緯崇是不是和徐川有勾結，沒想起來要告訴廉君客戶單子這件事。

總而言之，言而總之，他就是……忘了，或者說是壓根沒想到這事應該知會廉君一聲。

廉君看著他蠢得十分真誠的臉，硬是忍了一會沒說話，等確定他的解釋就這麼一句話之後，越發氣了，反問道：「忘了？這就是你的解釋？」

時進頂著他的怒氣僵硬點頭。

廉君滑動輪椅就想走，滑了一步又硬生生停下，看向時進，聲音都強迫著緩和下來，「你去找時緯崇那天，跟我說找他是有家事要說，這個家事指的就是你懷疑自己是狼人客戶單子的事？」

時進見他氣得臉都白了，有些心驚膽戰，怕怕地扶住他的輪椅扶手，點了點頭，「是這個。」

「好一個家事！時進你再回去好好想想，想明白了再來找我。」廉君拍掉他的手，滑動輪椅走了，頭都沒回。

砰的一聲，書房門被從外甩上。時進被廉君這罕見的怒氣嚇到，瞪大眼看著門。

幾秒後卦二推開門探頭進來，壓低聲音問道：「你剛剛對君少怎麼了？他竟然氣得直接去地下二樓了。」

時進其實還有些懵來著，不明白廉君怎麼會這麼生氣，對於卦二的疑問只能苦惱搖頭，回道：「我不知道……君少去地下二樓幹什麼？」

「練槍啊，二少每次氣得狠了，或者心情不好了，就去槍館練槍，這是老習慣了。」卦二回答，見時進一副又懵又傻的樣子，無奈了，問道：「你剛剛和君少聊了什麼？」

時進像是抓住救命稻草，拿起文件就走過來，逮住他嘰嘰咕咕一頓說，最後說道：「我是真的忘了，可君少聽了解釋反而更生氣了，說讓我再想想，想明白了再去找他。」

聽完他的解釋，卦二皺了眉，說道：「時進，大概是你來得晚，又不是從『滅』裡面一層一層選拔上來的，所以有些常識太過欠缺。你這次的做法，在我們這行，算是犯了個原則性的大錯誤。組織裡面最忌諱的就是資訊隱瞞，你這個事說大不大，說小不小，單子的事是你的私事，你想自己琢磨完全可以，但你不該不告訴君少，不然萬一你哪天冷不丁因為這個單子出了事，我們甚至都沒有頭緒去救你幫你，這都是無數前人用血換回來的經驗——在發現涉及人身危險的資訊時，無論確定不確定，都要向上報告。這是為了你好，也是為了大家好，明白？」

時進還真沒想到這方面，聞言恍然大悟，點頭說道：「我……大概明白了。」

卦二見他聽進去了，十分欣慰，又繼續說道：「除了資訊隱瞞，你還做錯了一件事——瞞著君少去找外援。」

時進辯解：「我沒想去找外援，我當時就是想去刺探刺探我大哥的態度。」

「我相信你不是故意去找的外援，君少應該也看出來了，不然現在就不是君少自個氣得跑去槍館，而是你被丟去領罰了。你可能確實沒有找外援的想法，但你做的這事在旁人看來就是找外援的操作。進了咱們這一行，在遇到危險或者可能遇到危險的時候，最好的處理方法是向上報，而不是自己想辦法，亂找外援，擴大事情影響。不過你這次找外援找得也不算太犯忌諱，那畢竟是你哥，你最主要的錯處還是沒提前告知君少這件事……反正你再好好想想吧，想明白了就去找君少，他留下這句話就是給你留了餘地，你可得抓緊了。」卦二說完看著時進若有所思的樣子，忍不住嘆了口氣，轉身走了。

時進坐回沙發上，低頭翻了翻文件，說道：「小死，我是不是真的做錯了？」

小死安慰：「也沒有，你就是沒有經驗。」

「這跟有沒有經驗沒關係。」時進倒是自我反省得很快，回想了一下自己這幾天的心路歷程和卦二的話，低低嘆了口氣，「我就是……沒上心而已。」

但凡他多記掛著廉君一點、多信任他一點，就不可能會忘了把客戶單子這事告訴廉君，其實說到底，他就是沒上心，雖然關心著廉君的安危，並且把廉君當救命的大腿，卻從沒想過把自己的安危真正託付到對方手上。

廉君一直把他當成必須照顧保護的屬下，而他卻從來沒把廉君當成可以依靠的老大，這種感情

上的差別，才是他會「忘記」告訴廉君客戶名單的真正原因。

小死哼哼唧唧，不知道該怎麼安慰。

「走吧。」時進突然收起文件站起身。

小死停下哼唧問道：「走去哪裡？」

「去道歉。」時進回答，一語三嘆，「你也知道你家寶貝那身體情況，槍的後座力那麼大，練起來也是很耗體力的，而且生氣傷身，他走的時候臉都氣白了，我就怕他這麼一折騰，會把這段時間好不容易養回來的一點精氣神又給氣沒了。」

小死聞言心裡一凜，連忙催促時進走快點。

槍館被廉君清空封場了，時進被堵在招待室進不去，只能在外面等。

足足幾個小時過後，廉君終於滑著輪椅出來，身上看著沒什麼變化，甚至表情都恢復平靜，一點不見之前的怒氣。

時進一個箭步衝上前，堵在廉君身前，說道：「君少，我想明白了。」

廉君停下輪椅看他一眼，話語簡短：「說。」

時進見他沒有拒絕溝通，大大鬆了口氣，忙把自己不該隱瞞客戶名單資訊和尋找外援的事情說了一遍，然後誠誠懇懇認錯，主動要求領罰。

廉君好一會沒說話，手指慢慢點著輪椅扶手，問道：「卦二幫你分析的？」

時進表情一僵，小心瞄他一眼，誠實地點點頭，然後補充說道：「我真的知道錯了，以後肯定注意，絕對沒有下一次。」

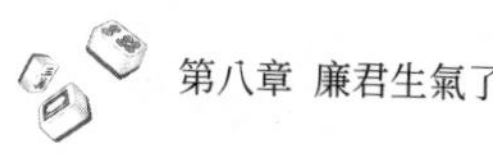

廉君還是看著他，問道：「你還有沒有其他想說的？」

時進抱著僥倖心理，輕輕搖了搖頭。

廉君臉一沉，扶著輪椅轉身就要回槍館裡去。

「別！我還有想說的，你別再去槍館了，你看你臉都白了！」時進忙伸手拉住廉君的輪椅，甚至膽大包天地拿起廉君的右手看了看，見掌心虎口果然已經紅了，忍不住碎碎念：「你氣歸氣，這麼折騰自己幹什麼，你不知道你身體不好嗎？槍後座力那麼大，你還練這麼久……」

「夠了！」廉君抽回手，沉著臉說道：「下去，繼續去反省。」

「該吃飯了，我吃完飯再去反省。」時進扶住他的輪椅，不顧他的反對把他推回電梯裡，按了六層的按鈕，說道：「先吃飯，你今天可以不喝湯。」

廉君薄唇緊抿，沉聲說道：「時進你不要得寸進尺。」

「我沒有得寸進尺，我只是還沒解釋完，咱們邊吃邊說。」時進說著，怕他真的把自己氣壞，又緩了聲音，安撫道：「你有氣撒我身上就行了，幹麼跟自己過不去，我皮糙肉厚，抗打抗罵，你氣我什麼直說就是，我自己想不一定能想得明白，你說了我肯定好好反省。」

廉君側頭不說話，連電梯上時進的倒影都不想看見。

時進也不一直念叨，彎腰幫他拉了拉毯子，等電梯門開啟後推他出去，一路朝著餐廳走去，路上還不忘給廚房打電話，讓他們今天別上湯了。

到了餐廳，時進把廉君推到他往常習慣坐的位置上安置好，自己卻沒有回平時常坐的位置，而是坐到廉君身邊，趁著菜還沒有上齊，誠懇說道：「我真的知道錯了，你別生氣。」

廉君側頭不看他，卻也沒阻止他說話。

時進嘆氣，拖著凳子往他身邊挪了挪，又幫他拉毯子，緩聲說道：「我真的不是故意瞞你，任務做完回來那天，我被陳清的事情和我大哥在你那鬧的烏龍弄得心慌意亂的，彙報任務的時候壓根

沒想起來狼人的客戶單子，等想起來的時候，我又開始高燒，整天迷迷糊糊的，真的是忘了。」

廉君還是不說話，但頭卻往這邊偏了點，顯然在仔細聽。

時進見有戲，忙繼續說道：「還有去找我大哥那件事，我根本就不是要去找外援，而是想去刺探一下我大哥的態度。」說著就把自己如何推測出想陷害自己的人是徐川，徐川在時家又是怎樣一個地位，以及時緯崇和徐川互相勾結的可能給詳細說了一遍，只不過說的時候有意模糊了小死複製資料這一截，只說是自己從各種蛛絲馬跡裡分析出徐川的名字。

「你也知道，我以前對我大哥他們是十分不信任的，雖然這段時間好了點，解開一些誤會，但我也怕是我的一廂情願，所以就想去試一試我大哥的態度。本意是想排除我大哥和徐川勾結的嫌疑，不是想去請他幫忙，背著你找外援。」

廉君終於肯正眼看時進了，雖然眉頭還皺著，但語氣總算緩和一點，問道：「那你為什麼不跟我說？從你病好去找時緯崇到官方送消息過來，這中間幾天的時間，你有無數次機會跟我說這件事，為什麼不說？」

「我……」時進對上他的視線，各種托詞在心裡滾了一遭，面對廉君的視線，終是無法說些糊弄人的話，低頭嘆道：「因為我覺得這是我的私事，沒什麼說出來的必要……我壓根就沒意識到，這事該跟你知會一聲。」

這話實在不好聽，幾乎是赤裸裸地撕開時進內心並沒有想去依靠廉君的事實，他太獨立了，從內到外的，潛意識裡就沒有「遇事可以去找別人尋求幫助」這種想法，他總是處於幫人的位置，從來不習慣去主動開口尋求幫助。

或許他自己都沒意識到——他關心著廉君，卻也不需要廉君。

廉君不傻，甚至是過於聰明敏感，他看著時進低垂著的腦袋，在胸腔裡悶了一下午的情緒慢慢就涼了下來，抓緊輪椅的雙手鬆開了，良久，滑動輪椅靠近餐桌，也離時進遠了點，「吃飯吧。」

時進抬頭看他，遲疑喚道：「君少……」

「吃飯。」廉君打斷他的話，拿起筷子，「徐川的事情我會幫你盯著，你這段時間好好找卦二補補常識，類似的事情，我不希望發生第二次。」

時進看著他平靜的側臉，想說點什麼，張了張嘴又閉上了。

他不知道該說什麼，該解釋的都解釋了，廉君也明顯已經打算翻過這一頁，而且好像……廉君也不想再聽他說什麼了。

一頓飯氣氛沉悶地吃完，廉君好像是不生氣了，該囑咐時進的話都會囑咐，甚至還仔細詢問徐川的事，似乎是準備幫時進好好查查這事，但時進就是覺得氣氛怪怪的，心裡比之前廉君明顯生氣的時候更沒底。

之後幾天，有了廉君的插手，徐川的審訊進程開始迅速推進。

也不知道廉君是怎麼做到的，居然撬開狼人老大和兩個副手的嘴，從他們那挖出和徐川確定交易的過程和徐川對綁架的具體要求。

毀容、弄斷手指，想弄死可以，但必須先折磨到足夠的時間，這就是徐川對綁架的要求，歹毒至極，也殘忍至極。

向傲庭拿到口供的時候氣得差點衝進看押徐川的房間揍他一頓，被周圍人攔下來的時候表情沉得可怕。

憑著狼人老大和兩個副手的詳細口供，審徐川的人終於撬開徐川的嘴，逼出他從被抓之後的第一句話：「我要見時緯崇和時進。」

時緯崇得到消息後毫不猶豫地拒絕徐川見時進的要求，不願意時進去直面徐川的惡意。時進卻堅持要去，表示想當面和徐川談談。

兄弟倆僵持不下，最後還是廉君拍板：去，既然時進想去，那就去。

時緯崇氣得不行，卻也只能妥協。廉君手裡有的是路子讓時進去見徐川，他反對也沒用，與其讓時進在自己不知道的時候見徐川，還不如帶著時進一起，盯著見面的過程。

定了個大家都有空的時間，時緯崇開車來了會所，接時進去見徐川。

時進出門前特地去找了一下廉君，告訴他自己晚飯前肯定回來，不會在外面耽擱太久。

廉君應了一聲，視線都沒從文件上挪開一下，頭也不抬地說道：「有事給卦一打電話。」

時進欲言又止，最後還是閉了嘴，轉身離開書房，心裡有些喪氣。

好幾天了，他能明顯感覺出來廉君的冷淡和疏離，兩人雖然還是一起吃飯，白天貼身待在一起，但卻少了許多交流，廉君的神態也始終淡淡的，沒以前那麼鮮活。

更糟糕的是，廉君又開始挑食了，氣色也糟糕了一些，這段時間好不容易養回來的肉，眼看著就要瘦沒了。

「唉……」他嘆氣，心裡十分發愁。

這已經是他上車後第三次嘆氣，時緯崇終於沒忍住，問道：「你怎麼了？十七、八歲的年紀，嘆的氣卻比老人家還多，是在煩惱徐川的事？」

時進回神，側頭看他一眼，搖頭回道：「不是……我是在擔心廉君，他最近都瘦了。」

時緯崇聞言臉一黑，不說話了。雖然上次時進解釋過，說他對廉君只有崇拜，並沒有什麼其他的想法，但就時進這時時記掛著廉君的表現，實在是讓人不得不多想。

時進卻是打開話匣子，自顧自說道：「我總覺得廉君心裡還憋著氣，但他偏偏不說，我都不知道該怎麼辦了。他吃飯也不好好吃，以前我賴幾句，他還能對付幾口，現在我賴幾句，他就能直接滑著輪椅走人，寧願餓著都不繼續吃飯，一點都不在意自己的身體。」

時緯崇聽得胸悶氣短，忍不住說道：「他一個成年人，吃不吃飯都是他自己的事，你瞎操心什麼，你只是在他那『上大學』，又不是給他當保姆，想這些做什麼。」

「怎麼能不想啊，他身上那點肉可全是我一口飯、一口飯盯出來的，我容易嗎我。」時進心裡難受得很，癱在椅背上深深嘆出了上車後的第四口氣，幽幽道：「如果可以把我身上的肉勻點給他就好了……」

時緯崇額頭青筋暴起，一腳剎車就把車停到路邊，側頭瞪眼看時進。

時進唬了一跳，更難受了：「哥你幹麼呢，你可別也跟我鬧脾氣，我受不住。」

「……你真是活該！」時緯崇重新發動汽車，為了避免自己被氣死，轉移話題說道：「馬上就要過年了，你有什麼安排？準備去哪裡過？」

過年？時進一愣，視線瞟向車外，見沿路的部分建築已經早早貼上福字，掛上紅燈籠，這才反應過來新年居然不知不覺就要到了，忍不住又嘆口氣——居然已經過年了，可惜今年過年他是吃不上家人包的餃子，也收不到同事的祝福簡訊了。

時緯崇聽他嘆氣就頭疼，忍不住伸手拍了他腦袋瓜一下。

「啊。」時進被拍得撞了下車窗，扭頭看時緯崇，皺眉說道：「哥，你幹什麼打我？」

「看能不能把你給拍清醒了。」時緯崇沒好氣說著，見他一臉委屈，又不忍心真的罵，索性不再跟他聊天，免得真的被活活氣死。

【第九章】

不平静的除夕夜

關押徐川的地方比較隱蔽，在一個不對外公開的看守所裡，他畢竟是知名的律師，又和狼人這種灰色組織沾上關係，必須小心對待。

時緯崇和時進抵達的時候，向傲庭已經到了，正在和負責審訊徐川的員警說話。

「四哥。」時進進屋後開口喚了一聲。

向傲庭聞聲抬頭，暫停對話，主動迎過去，問道：「你真的要進去見徐川？」

時進點點頭，「嗯，我想知道他為什麼想害我。」

「這事大哥可以幫你問。」向傲庭不贊同他的想法，又問了一次，見勸不住他，側頭看向站在時進身邊的時緯崇。

「放心，有我看著。」時緯崇安撫。

向傲庭無奈了，轉身和審訊人員打個招呼，放兩人進了審訊室。

聽到開門的動靜，徐川並沒有動，直到時緯崇和時進一起坐到他對面，他才像是感覺到了什麼，抬頭看過來。時緯崇就坐在他對面，所以他先看到的是時緯崇，但明顯對時緯崇不是很感興趣，很快就把視線挪開，看向旁邊的時進，然後，他愣住了。

時進與他對視，仔細觀察著他的表情，先開口問道：「你為什麼要害我？」

徐川表情有些奇異，細細打量著時進的模樣，靠在椅背上的身子慢慢坐直，傾身朝著時進湊近，甚至想伸手摸時進的臉。

「你幹什麼！」時緯崇打下了他的手。

徐川像是被人從迷夢裡拍醒，看一眼時緯崇，又看一眼時進，突然笑了起來，說道：「你們居然會和和氣氣地坐在一起，真是太可笑了。我沒什麼好說的，勝者為王，敗者為寇，我身後站的是前瑞行副董徐天華，他早就看時行瑞不順眼了，在得知時行瑞要把公司股份全部留給時進後，想出這麼一齣弄死或弄殘時進的計劃，想趁機掌控瑞行的大權。只是可惜，計劃還沒來得及實施，就冒出時緯崇你這個程咬金來。」

說完這段話徐川就閉了嘴，一副不想再交談的樣子，甚至重新低下頭，不再看時緯崇和時進。

時緯崇激了徐川幾句，毫無效果。

徐川給時行瑞當了多年律師，太瞭解時家的情況，本身又是很有實力的律師，還身無牽掛，他不想開口，還真就誰也拿他沒辦法。

談話毫無進展，時進看著徐川，開口說出進來後的第二句話：「你在透過我看誰？」

時緯崇聞言皺眉。

徐川動了動，又抬起頭，看著時進不說話。

「以前我胖的時候，你從來沒有這麼看過我。」時進直視徐川的眼睛，讓小死給自己加了點buff，聲音故意放輕，放慢語速問道：「三哥說我長得很像我的母親，你認識她？」

徐川眼神一動，視線一寸寸挪動，從時進的眉眼看到鼻梁，最後落在他的嘴唇上，喉結動了動，說道：「最像的地方，是嘴唇……你為什麼要瘦下來！你不配擁有這張臉！你去死！去死！」

他突然暴起，伸手想去抓時進的臉，時緯崇表情一變，起身擋在時進身前，伸手把徐川用力推回去，喝道：「你給我冷靜點！」

門外的向傲庭也推門衝進來，沉著臉上前把倒在地上的徐川揪起來，銬在椅子上。

「嘁。」徐川突然又冷靜下來，歪倒在椅子上，回頭看一眼向傲庭，又看一眼時緯崇，卻沒再看時進，惡意滿滿地說道：「時緯崇，我承認，你很有手段，幾個兄弟說拉攏就拉攏了，明明是平分的股份，瑞行最後卻還是到你手上。不過你可真可笑啊，慫恿其他人玩抱團排擠么弟遊戲的是你，現在又裝什麼兄弟情深？」

時緯崇面沉如水，沒有反駁他的話，只說道：「我虧欠小進的，我自然會還，你又算什麼東西，害人不成還想挑撥離間？」

「挑撥？不，我只是覺得太可笑了。」徐川低下頭，聲音也低了下去，帶著一種人生已經沒所求的索然感，「時緯崇，你好自為之吧，時進這種垃圾，不配做你的弟弟。還有時進，你可真是被人賣了還幫人數錢的典型，活該當廢物。」

「夠了！」時緯崇起身，繞過去給了徐川一拳，然後走回來拉起仍坐著的時進，帶著他朝外走去，不想再聽徐川的瘋話。

徐川被打得偏了頭，伸舌頂了頂臉頰，看向邊走邊回頭看過來的時進，突然露出一個笑容，無聲說道：他們要害你，跑。

時進狠狠皺眉。

「該死的，你說了什麼！」向傲庭把徐川揪過來，不讓他再看時進。

徐川低頭笑了起來，聲音越笑越大，神情瘋狂得像個瘋子。

時進慢慢收回視線，隨著時緯崇走出審訊室，把徐川的笑聲關在門後。

就在剛剛，徐川說出那句無聲的提醒後，他的進度條降到700，這是自他進入B市後，進度條一次性降得最多的一次——毫無疑問，這次進度條的下降和致死因素減少有關，和生存因素沒關係。徐川肯定是想害他的兇手之一，但徐川的態度又實在太矛盾了，明明討厭他，最後那句提示卻又像是在幫他。

那句提示是什麼意思，是在暗示時緯崇他們是壞人嗎？

他看向走在身前的時緯崇，又搖了搖頭——不是的，時緯崇他們不會是兇手。或許徐川口中的「他們」指的不是時緯崇他們，而是其他什麼人，比如……徐天華？

還有徐川在看到自己的臉之後那奇奇怪怪的態度，裡面又有什麼隱情？

「小進。」時緯崇突然停步，鬆開時進的胳膊轉過身。

時進正在思考徐川的話，一時間沒有反應過來，直接撞到時緯崇懷裡。

時緯崇一愣，然後抬手按住他的肩膀，輕輕抱了他一下，「小進，過去的事情……對不起。」

時進回神，抬手安撫地拍了拍時緯崇的肩膀，說道：「不用說抱歉，我能理解，徐川就是想挑撥我們的關係，我不會上當的。」

時緯崇緊了緊抱他的手，然後鬆開他，抬手摸摸他的頭，說道：「謝謝你，小進。」

時進搖頭，朝他笑了笑。

他既然選擇相信時緯崇，那麼在有確鑿的證據表明時緯崇確實另有他心前，他絕不會因為旁人說的瘋話而去推翻這好不容易建立起來的信任。

回去的時候，向傲庭也上了車，和時緯崇一起送時進回去。

時進見兩人情緒差不多平靜下來了，才問道：「大哥、四哥，徐川似乎認識我的母親，還因為我長得像她而十分討厭我，關於我母親，你們知道些什麼嗎？」

向傲庭直接搖頭，回道：「我只知道你母親是父親從某個偏僻小城帶回來的，跟了爸兩年，生下你之後沒多久就去世了，好像是生產的時候傷了身體。」

他給出的資訊很模糊，都是原劇情裡一筆帶過的東西，沒什麼有價值的資訊。

時進看向了時緯崇——時緯崇身為長子，和時行瑞相處的機會要比其他兄弟多一些，知道的資訊應該也會詳細一些。

果然，時緯崇回想了一下，說了些不一樣的東西：「你母親年齡不大，生你的時候還不到二十歲，我見她的機會也不多，自她出現後，爸便很少找我們了，特別是在你出生後，爸幾乎是徹底對我們幾個兄弟不聞不問，直到你母親去世，才重新和我們見面。而且在你母親出現之前，爸其實已經很久沒有找過女人，我記得爸當初還有和你母親舉辦婚禮、領證結婚的想法。」

時進聽得心情複雜，低聲說道：「對不起。」

父親因為一個突然出現的年輕女人，冷落甚至幾乎拋棄了其他孩子，當年的時緯崇等人心裡肯

定很難受吧，當年五位哥哥也不過是一群十歲左右的小孩子而已。

「沒什麼，我們都習慣了。」向傲庭安撫，提起時行瑞，語氣淡了下來：「無論你母親有沒有出現，時行瑞都沒有把我和大哥他們當過兒子。」

時緯崇表情也淡了下來，安靜開車，過了好一會才繼續說道：「其實當年我一直認為爸說要和你母親結婚的話，只是又一種哄女人的手段，直到你母親去世，爸把你仔細養在身邊，我才改變想法。你對爸的意義是不一樣的，這一點從來沒變過。」

時進沉默，不知道該怎麼接話。同樣是兒子，原主卻從來都是特殊的那一個，這是原主和五個兄長矛盾的最根本所在，他現在無論說什麼，都有種站著說話不腰疼的感覺。

「徐川認識你母親，應該就是在你母親跟著爸的那兩年。」時緯崇突然轉了話題，語氣恢復正常，「要想查清楚他詭異態度的由來，就必須從那兩年入手。」

時進回神，順著他的話點頭應了一聲，沒再繼續這個讓人心情很難愉快起來的話題。

回到會所後時進去找廉君報告一下情況，把徐川詭異的態度和自己的推測說了一遍，儘量做到知無不言，言無不盡。

他說到最後嘆口氣，語氣低了下來：「我本來想問問大哥他們，在我母親出現之前，父親對他們母親的態度，但當時大哥和四哥的模樣，讓我實在問不出口。」

廉君還是低頭看著文件，不回話也不打斷他的話，也不知道有沒有在聽。

時進乾脆趴到桌子上，喃喃自語：「其實我有聽到一點傳聞，說我爸找大哥他們的母親，並不是因為喜歡她們，只是想多生幾個兒子而已。從我記事起，我就沒見過大哥他們的母親，爸有意避開了我和她們的見面，模糊她們的存在。大哥他們沒成年前，每次過來玩，都是爸派人去接，等大哥他們成年了，就是他們自己過來，家裡從來沒出現過女人的身影，爸也很少提她們，好像已經跟她們沒有任何聯繫了，一副已經撇乾淨關係的樣子。偏心的父親，被父親冷落拋棄的母親，獨得寵愛卻還毫不自知地想從他們那裡獲得關心的幼弟……難怪大哥他們以前討厭我，甚至恨我，換做是我，估計也會想打死不負責任的父親，再按死不懂事的弟弟。」

廉君終於從文件裡抬頭，說道：「你不會。」

「什麼？」時進沒聽清，抬頭看他。

「以你的性格，就算你站在時緯崇他們的立場，你也只會離那堆爛攤子遠遠的，而不是湊上去配合演戲。」廉君闔上文件，拿起一枝筆戳了時進額頭一下，滑動輪椅說道：「吃飯的時間到了，去餐廳。」

時進摸了摸被戳了一下的腦門，眼睛亮了，殷勤地湊過去扶住廉君的輪椅，開心問道：「君少你不生我氣了？」

廉君沒有拒絕他的殷勤，雙手交疊放在腹部，表情不動：「我沒有生氣。」

「你明明就在生氣。」時進快活地推著他往前走，自顧自美滋滋說道：「那你現在不生氣了，是不是就可以多吃一點飯了？你明明想吃的對不對，幹麼忍著不吃？」

廉君板著臉，冷冷說道：「我沒有忍，你吃相太蠢，影響食欲。」

時進咬咬牙認下吃相太蠢這個評價，委曲求全說道：「那好吧，以後我儘量吃得斯文點。」

廉君頭微微側了一下，沒再理他，但這天卻多吃了半碗飯，還喝了幾口湯。

時進重新變得美滋滋，看著廉君的眼神彷彿一個欣慰的老父親，看著終於肯聽話的孩子。

又過了幾天，前瑞行副董徐天華被警方想辦法騙回國，在機場祕密逮捕，關到徐川的隔壁。

面對徐川的買兇綁架的指控，徐天華咬死了不認，但徐川卻像是破罐子破摔了一般，一反之前

的沉默態度，抖起黑料來一點不嘴軟，劈里啪啦就把徐天華的老底全給揭了，從他在瑞行做的小動作，到在外面做的造孽事，知道的全都說了，還供出徐天華為綁架案支付訂金的帳號。

徐天華簡直要氣瘋了，被咬之後，一不做二不休，乾脆也把徐川給撕下場，把他背著時行瑞賣機密給自己的事情抖了個一清二楚。

兩人狗咬狗，雙雙被定罪，獲贈「銀鐲子」一對，未來將面臨一大堆指控，下半輩子估計要在牢裡過了。

時進拿到徐天華和徐川的口供時，心情別提多複雜了，他當時本以為徐川是在說謊騙人，猜他背後站著的人應該不是徐天華，結果沒想到這兩人居然真的狼狽為奸，早幾百年就勾結在一起。

他看著自己在徐天華被逮捕後直接降到600的進度條，簡直不知道該說什麼才好。

從進度條的這兩波下降來看，徐川和徐天華肯定是對原主有殺意的，也確實想對原主動手，但他們好像並不是原主最致命的致死因素，因為進度條雖然降到安全線，但剩下卻還有一大截動都沒動一下。

「難道綁架案和車禍不是同一批兇手幹的？」時進癱在沙發上，在腦中過了一遍自己進度條的漲落情況，抬手揉額頭，「好像把進度條的大部分漲落原因硬往徐川和徐天華身上扯，也是說得通的。比如咱們初到B市時進度條的瘋漲和遇見時緯崇三人前的一波瘋漲，口供裡徐川交代，徐天華是有派人盯著時緯崇等人的動向，徐天華對於被時緯崇排擠出瑞行這件事十分不甘，試圖找到我的下落，利用我和時緯崇打擂臺，我靠近時緯崇，也算是進入徐天華的視野，而且徐天華在B市也是有勢力的……」

小死也在賣力分析，說道：「劇情裡，車禍那件事是在你聯繫時行瑞舊部，想對時緯崇使壞後發生的，徐天華可是巴不得你和時緯崇作對，車禍應該不是他弄的吧。」

「所以車禍基本可以確定不是徐天華幹的了，他沒有動機。」時進認同了小死的推測，又翻了翻徐天華和徐川的口供，越翻越頭疼，只覺得毫無頭緒，「不是時緯崇，也不是徐天華，那車禍會是誰做的？誰在趁機攪混水？」

小死艱難思索，然後遺憾卡機。

時進長吁口氣，放空大腦，思緒漫無邊際地飄了一會，最後果斷選擇放棄，起身把口供一收，走出房間，決定先去陪廉君吃飯。

年關越來越近，會所裡也終於有了點年味，各種年貨開始置辦，福字也掛了一些，餐桌上開始頻頻出現煎餃、蒸餃、湯餃，各種口味的餃子吃得時進十分滿足。

他把今天最後一個三鮮餃子用公筷挾到廉君的碟子裡，主動找話題說：「陳清那邊怎麼樣了？有動靜了嗎？」

在決定採取保守救人的方法後，廉君一直按兵不動，賭黑玫瑰的首領在一次挖坑害人不成之後，絕對會再來第二次。

如今不知不覺大半個月時間過去，陳清那邊卻再沒有後續動靜，好在陳清的兩個孩子仍被好好關著，讓他們知道陳清應該還沒被黑玫瑰視為廢棋處理掉。

廉君看一眼碟子裡白白胖胖的餃子，終究還是重新拿起筷子，把這個三鮮餃子吃了，然後再次擦了嘴，回道：「黑玫瑰的首領不是魯莽的人，肯定會在確定上次的失敗攻擊沒引起我的懷疑之後，再計劃下一次行動，所以等吧，他遲早會行動的。」

時進點頭表示明白，然後小心提議：「那如果陳清再來約你出去，你能不能把我也帶上？」

廉君側頭看他，毫不猶豫搖頭，「不能，下次和陳清見面不是單純的吃飯，還涉及營救陳清，很可能會和黑玫瑰產生火力衝突，你欠缺實戰經驗，不能帶你去。」

時進不死心：「我可以躲在周邊，不干擾你們的行動。」

「那就更沒必要帶你了，你留在會所。」廉君的語氣不容拒絕。

時進還想再磨兩句，廉君直接伸手從果盤裡拿起一塊蜜瓜塞到他嘴裡，之後滑動輪椅，頭也不回地走了。

時進閉嘴啃瓜，眉頭皺著，抬手把咬剩下的瓜拿下來，含糊說道：「唔，這瓜還挺甜……」

小死：「……」

◆◆◆◆

之後兩天，時緯崇開始天天給時進打電話，問他過年的安排。時進考慮再三，還是婉拒時緯崇接他回家的邀請，表示想留在會所和廉君一起過年。

時緯崇氣得直接殺了過來。

面對時緯崇的當面詢問，時進仍然不為所動，拒絕得有理有據：「我這身分怎麼去你家過年？過去這些年，每年過年你都被爸硬逼著去國外和我們過，從來沒有陪過你媽媽和你媽媽那邊的家人，今年你好不容易可以陪陪你媽媽，我再去，你讓你媽怎麼想？反正我不會去的，除非你把我腿打斷，拖我過去。」

時緯崇無言以對，今年他確實想好好陪陪母親，但他也放不下時進，在這世上，他還有母親那邊的親人陪著，時進這邊卻父母雙亡，只剩下他孤苦伶仃一個人。

見他還不鬆口，時進語氣軟下來，苦口婆心說道：「大哥，我知道你是擔心我，但沒事的，我這邊還有一大堆人陪著呢，不是一個人，你好好陪家人吧，我會給你發祝福簡訊的，你記得回紅包給我。」說完還朝他笑了笑，做出輕鬆的樣子。

他越笑，時緯崇眉頭皺得越緊，最後忍不住伸手掐住他的臉扯了扯，說道：「別笑了……紅包肯定少不了你，那你好好的，我會來看你的。」

「我肯定好好的，過年不胖幾斤都不算過年。」時進含糊說著，把他的手拉下來，上前抱了一下，說道：「大哥，新年快樂，歲歲平安。」

時緯崇拍了拍他的背，在心裡嘆了口氣。

後面幾天時進又陸續收到向傲庭和容洲中的手機簡訊，向傲庭和時緯崇一樣，想邀請時進一起過年，時進照樣拒絕了。容洲中只發了條簡訊過來，內容是一個電視臺的名字和時間，表示當晚他會上這個臺的直播春晚，時進可以守在電視機前看看。

時進美滋滋回覆：我會準時鎖定頻道看猴的。

容洲中的回覆依然簡短：滾。

時進抱著手機倒在沙發上，樂得不行，樂完翻出另兩個還沒碰過面的哥哥的電話，想了想，還是挨個發了條新年簡訊過去。

原劇情裡，二哥費御景和五哥黎九崢，對原主的態度一直很謎。

二哥費御景是個大忙人，在時行瑞死前，他雖然也是滿世界地飛，但會儘量抽時間去見一見原主，平時也會拍一些世界各地有趣的景色給原主看，還時不時給原主寄一些各地特產，大大滿足了原主心裡藏著的環遊世界的冒險願望，算是個「雖然忙，但依然關心弟弟」的好哥哥。

而在時行瑞死後，費御景便迅速從原主的生活裡消失了，不接原主電話、不回原主簡訊、不見原主，哪怕後來因為原主出事抽空回來幾次，也總是離原主遠遠的，就算原主主動找他講話，他也總是態度冷淡，看原主的眼神像在看一個陌生人，還是比較不喜歡的那種陌生人。

他從來沒對原主表現出比較濃烈的愛或恨，關心的時候很矜持，遠離的時候抽身得飛快，他像是不在意原主如何，卻又偶爾會表現出一種「如果這個人沒出現在這個世界上該多好」的態度。

原主在他眼中，大概就像是檔案上的一個錯誤墨點，不算特別討厭，但又特別想抹掉它的存在，可惜這個墨點抹不掉，所以就儘量無視了。

與二哥費御景的情況相反，五哥黎九崢反而是在時行瑞死後，和原主接觸得更多。

黎九崢少年天才，早早學醫，雖然不像費御景那樣總是滿世界飛，但忙碌程度卻和費御景不相上下。一年裡他基本上有大半年的時間是聯繫不上的，不是在趕課業，就是在做研究，打他的電話十次有九次是關機。到了後期他開了自己的私人醫院，電話雖然能打通了，但卻很難約他出來見面，他手裡總是有救不完的重症病人，問他什麼時候有空，答案從來都是否定的。

五個兄弟裡，就屬他的存在感最弱，對原主的關心也表現得最奇怪——每次見面，他都會送原主一些自己研究出來的稀奇小玩意，還會主動幫原主輔導功課，看上去十分貼心細緻，但在輔導功課以外的時間裡，他卻從來不會主動和原主說一句話，空餘時間都是自己拿著一本書在一邊看，無形之中把其他人隔絕在自己的世界之外。

他話少，喜靜，不主動參與任何事，沉默地游離於團體之外，像一抹時隱時現的幽靈。

原主對這個五哥的感情很複雜，他很喜歡對方贈送的各種或奇怪或神祕或精巧的小玩意，私心裡覺得對方很厲害，並隱隱崇拜。

但他又很怕對方，無數次輔導功課的空餘時間裡，當他艱難地解開一道題，想向對方尋求肯定時，都會發現對方正靜靜坐在角落，用一種十分奇怪的眼神看著自己。

當時的原主並不明白那些眼神的含義，還以為黎九崢只是在慣例出神，直到他毀了容、出了車禍，兩次被送進黎九崢的私人醫院，和黎九崢長久地相處，他才懂了那些眼神代表著什麼——那裡面藏著一抹殺意，不濃烈，但一直存在。

在原主車禍後痛苦等死的那段時間裡，黎九崢總是會在一些很奇妙的時間點出現在原主床邊，什麼都不做，就靜靜看著原主，手偶爾會放在那些維持原主生命的儀器上，想關掉它們的欲望是那麼毫不掩飾。

這是原主最深沉的噩夢，也是他把所有一切都怪罪五個兄長的理由——親眼看到的殺意，總是比未知的兇手更讓人覺得恐懼。

嗡嗡嗡。手機突然震動起來，有簡訊進來了。

時進從對劇情的回憶中回過神，拿起手機一看，驚訝地發現剛剛發出去的兩條新年簡訊居然都有了回應，一前一後，像是回信的兩人約好的一樣。

費御景：哪位？

黎九崢：謝謝。

時進愣了一下，這才想起來，費御景和黎九崢並不知道自己現在的手機號碼，他剛剛發簡訊的時候忘了署名，於是連忙又發了一條自報身分的簡訊回去。

然後費御景那邊的消息石沉大海，再沒有新的簡訊回過來，時進對此早有準備，甚至懷疑費御景現在已經把他的號碼拉黑了。

黎九崢那邊倒是很快回了新簡訊，內容簡短，只有一個字：喔。

時進盯著這個字，腦中不自覺浮現出黎九崢如同幽靈般站在原主病床邊的畫面，他激靈靈打了個寒顫，退出簡訊頁面滾到被子裡，開了盤麻將壓壓驚。

他現在十分肯定，自己那還剩600的進度條裡，絕對有一部分致死因素是來自於黎九崢的。對於這位五哥，他得好好計劃一下該如何相處。

◆◆◆◆

年三十這一天，時進早早跑進廉君書房，穿得厚厚地坐在廉君對面，也不說話，就一直盯著他看。廉君文件看不下去了，抬眼看他，說道：「如果你想去你哥那裡過年，現在就可以出發了，讓卦二送你去，記得保持電話暢通，每晚報一次平安，初七前必須回來，處理完陳清的事我們就要準

備離開B市，必須早點準備。」

時進聽得莫名，搖頭說道：「不是啊，我不去我哥那裡過年，我就在這和你們一起過年，都跟我哥說好了。」

廉君眼神一動，問道：「已經說好了？」

「對啊，我大哥上次來找我的時候就已經說好了，我那天晚飯的時候不是告訴過你這事嗎？」時進回答，然後趴在書桌上，繼續用那種明顯別有企圖的眼神看著廉君。

廉君緊繃的聲線慢慢放鬆，放下文件說道：「我忘了……你穿成這副模樣，是想做什麼？」

「外面雪停了。」時進指指窗外。

廉君突然就跟上他的腦回路，看一眼窗外，問道：「所以？」

「所以今天大年三十，你能不能不工作了？我們去堆個雪人玩吧，我已經準備好給雪人穿的圍巾帽子，看，還有胡蘿蔔，可以用來作鼻子！」

時進掏出早早準備好的東西，滿眼希冀地看著廉君。

廉君掃一眼他手裡那根洗得乾乾淨淨、長得特別標誌的胡蘿蔔，嘴角淺淺勾起，又很快壓下，重新拿起文件，冷淡道：「你自己去吧，我很忙。」

時進把胡蘿蔔放在桌上，繼續直勾勾看著廉君——不怪他這麼幼稚和厚臉皮，實在是前一天晚上小死把廉君說得太慘了，說廉君從小身體差，冬天都是特地趕去暖和的地方過的，從來沒有見過雪，也沒有堆過雪人，人生缺少了很多樂趣，留下很多遺憾。說如果廉君能多見一點美好的東西，或許精神狀態會好一些，能更積極地面對生活，調整自己的身體狀況。

面對一語三嘆彷彿在念詩朗誦的小死，時進還能說什麼呢，當然是立刻跑去廚房洗了根胡蘿蔔，承諾明天就去找廉君彌補童年，還貢獻出自己的圍巾和帽子——感謝那段光頭的歲月，他帽子還真不少。

廉君看著文件，時進看著廉君，書房裡很安靜。

十分鐘後，時進幽幽開口：「你根本就沒有看文件，平時你五分鐘翻一次頁，現在都十分鐘過去了，你還留在這一頁沒有動。」

廉君拿文件的手一僵，抬眼看他。

時進唰一下變出一件厚外套加一床厚毯子，示意了一下窗外白雪覆蓋的世界，眼裡滿是慫恿。

廉君垂眼，放下文件滑了出去，側對著時進沒有動，也沒有說話。

時進眼睛一亮，美滋滋上前幫廉君把厚外套披上，又蓋上厚毯子，開心說道：「放心，不會凍到你的，你在屋子裡看，我去堆雪人，哪裡堆得不好你說，我來改。」

「不要玩太久。」廉君囑咐，由著他用毯子把自己圍起來，說道：「今天外面風大。」

「沒事，我不怕冷。」時進樂呵呵，裹好他後推著他就往外走，速度有些快。

於是整個六樓的人，就見時進如同綁架般，速度飛快地推著廉君穿過走廊，進入電梯，下到一樓，樂得像個偷到大米的老鼠。

「這是幹麼去了？」卦二一臉的如夢似幻。

卦一沉默，放下手裡正在包的小紅包，起身說道：「去看看。」

卦三、卦五立刻響應，紛紛丟下手上的活站起身。

三人很快消失了蹤影，卦二沒動，轉頭看向癱在沙發上的卦九，伸手戳他，問道：「你怎麼不一起去？」

「我不餓。」卦九半睜著眼說話，聲音含糊，一副正在說夢話的睏頓模樣。

卦二默默看著他，覺得自己居然懂了他這句話的意思，起身說道：「我餓。」說完轉身就往電梯口跑，生怕錯過什麼重要鏡頭。

外面果然風很大，院子裡的樹被吹得歪啊歪，樹枝上的雪全被吹散了。

時進到達一樓後，選個正對院子的休息室，把廉君安頓在休息室裡的活動落地窗後，往他面前擺上一堆零食，泡好一杯熱奶茶，然後氣勢高昂地走出屋子……又迅速被凍了回來。

廉君看著他，像在看一個明知道外面的世界很危險，卻為了面子，硬要出去玩的傻孩子。

「要不算了吧。」他放下奶茶，給時進遞梯子。

「一、一年就一次，怎麼可以算了，我就是沒習慣這麼大的風……」時進擰著脖子狡辯，怕臉被凍僵，又往臉上戴了個口罩，這才深吸口氣，一臉壯士斷腕地再次跨出屋子，然後迅速關窗，跑到被白雪覆蓋的院子裡。

會所的院子很大，中間有很大一片平整的空地，此時地面被一層厚厚的白雪覆蓋，鬆鬆軟軟的像是一塊奶油蛋糕。

「原來這就是北方的冬天……」時進站在雪地裡淚流滿面。

他老家在比較偏南的位置，冬天雖然也有雪，但從來沒下過這麼大的雪，溫度也沒這麼低，這段時間他一直被屋裡的暖氣籠罩，潛意識裡對B市的冬天產生了一點小小的誤解，現在一出來，只感覺屎都要被凍出來了。

小死沒想到他居然這麼不抗凍，有點後悔慫恿他來堆雪人，說道：「要不還是回去吧，這幾天氣溫反常地低，你別凍病了。」

「沒事，你給我加點buff就行了，而且我也好多年沒堆雪人了，看到這麼厚的雪有點手癢。」

時進安撫一句，往側邊走了幾步，隔著落地窗擠出一個笑容朝廉君揮揮手，然後轉身奔到院子中間。

小死的buff起效很快，時進稍微活動一會就覺得身體不再那麼冷了，摘掉口罩，開始真正享受堆雪人的樂趣。

他也沒準備堆個多花裡胡哨的雪人，就想弄個最普通的那種應應景就行，所以先滾雪球弄個又圓又大的雪人身體，放到院子中間，然後又滾個稍小一點的雪球，抱著朝著屋內跑去。

廉君滑動輪椅把他放進來，也不管吹進來的風冷不冷，先去摸時進的臉，皺眉說道：「太冷了，算了吧。」

「不冷，我還有點熱。」時進回身把窗門縫隙拉小一點，摘掉手套取出胡蘿蔔和兩顆鈕釦，遞給廉君說道：「給，雪人的鼻子眼睛就歸你了，這樣這個雪人就算是我們一起堆的了。」

廉君愣住，看著鈕釦和胡蘿蔔沒有動。

「快快，屋裡暖氣太足，多拖一會這雪人腦袋就融化了。」時進催促，還小心摸了摸懷裡的雪人腦袋，像是怕它真的化掉了。

廉君抬眼看向他，視線掃過他凍得通紅的臉頰和鼻頭，抿唇，接過鈕釦和胡蘿蔔，稍顯笨拙地把它們按到雪人的臉上，做的時候因為不習慣白雪被凍在一起後硬邦邦的手感，還把鈕釦弄掉了一次，不小心在雪人腦袋戳了個窩。

「沒事，一會弄點雪補補就行。」時進抹一抹那個窩，把鈕釦撿起來重新塞回廉君手裡。

兩人指尖接觸，一個很涼，一個很冰，廉君反射性握了一下時進的手，發現自己無法幫他暖起來之後慢慢鬆開，抬手把鈕釦放好，說道：「弄好了。」

「技術不錯嘛，這五官弄得多標誌，你等著啊，我這就去把它拼起來。」時進美滋滋，小心抱起雪球跑出去，把雪球放到堆好的雪人身體上，然後撿了一些散的雪花補了補雪人凹凸不平的地方，直把整個雪人修得圓溜溜之後，才心滿意足地給雪人戴上帽子和圍巾。

弄好之後他後退欣賞了一下，覺得雪人身子光禿禿的不好看，還去撿了兩根帶岔的樹枝插到雪人身體上，給雪人添了兩個手。

圓溜溜的身子，光禿禿的胳膊，大腦袋上面頂個小帽子，小眼睛下面是個大鼻子，時進自己先被這個醜萌醜萌的雪人逗樂了，轉身朝著屋內看去，見廉君正直直看著這邊，時進笑著朝他揮揮

手，指了指雪人的圓肚子，委婉告訴他要像這個雪人一樣，把自己吃得胖胖的。

廉君直接拉開落地窗滑了出來。

時進嚇了一跳，連忙迎上前去，站到風口幫他擋住風，著急說道：「你怎麼出來了？」

「玻璃上有霧氣，看得不清楚。」廉君回答，仔細看了那個雪人幾眼，然後抬手拉住時進的一隻手，另一手滑動輪椅，邊往屋裡走邊說道：「進屋吧，風更大了。」

時進應了一聲，繞到他身後幫他推著輪椅，被他握著的手不知不覺抽了出來。

廉君手上一空，透過落地窗看著時進的倒影，慢慢收回手，任由時進把自己推進屋裡。

躲在門口偷看的卦二表情十分複雜，「難怪時進能妄想成真，他這一天天的，歪點子怎麼這麼多……剛剛君少看雪人的表情……唉，我覺得我都快哭了，說起來君少還比我們小呢。」

卦三和卦五聞言都沒說話，表情有些暗淡——這麼多年，君少過的是什麼樣的日子，他們比誰都清楚。

「走吧。」卦一開口，率先轉身，「起碼今年能過個好年了，晚上的團圓飯，讓廚房那邊弄得豐盛點。」

堆好雪人後，廉君和時進乾脆留在這間對著院子的休息室裡，擺了一桌零食，弄了一壺熱飲，邊欣賞雪人，邊打麻將玩。

時進對廉君主動要求玩遊戲放鬆心情的舉動十分欣慰，讓人送了兩臺平板過來，下好麻將軟體，把自己遊戲幣多的帳號給廉君，自己新申請一個，手把手地教廉君玩麻將。

廉君上手很快，只輸了幾把就開始帶領時進大殺四方，時進開心得拍大腿、揉抱枕，麻將人格冒頭，興奮得彷彿年輕了十歲。

這本該是個難得溫馨的團圓夜，但天不遂人願，下午四點多的時候，陳清打電話過來——他再次以老朋友的身分，邀請廉君外出吃飯。

這個邀約放在別人身上可能很奇怪，畢竟哪有人大過年的不去和家人團聚，反而邀請老朋友一起吃飯。

但廉君自己孤家寡人一個，此時陳清以老朋友的身分約他吃飯，倒是顯得十分溫情體貼了。

廉君假意推辭，表示如果陳清也是一個人的話，可以來會所和他一起過年。

陳清推辭不去，只說自己借了好朋友的房子，親手做了一桌大餐，想讓廉君嘗嘗手藝，並隱晦表示關於當年兩人一起做的某個任務，他還有點隱祕的東西沒跟廉君說。

話說到這份上，廉君自然是順勢應下這個邀約，要了陳清所在的地址，表示自己會準時赴約。

電話掛斷，時進手裡的牌局已經因為太久沒出牌，自動被麻將系統接管，肯定是要輸了。

他眉頭緊鎖，說道：「吃飯地點是個居民區，無關人員多，地形複雜，進去容易出來難，我不建議你赴約。而且六點的飯，那邊快五點了才約，我們根本來不及準備太多。」

廉君放下手機，發簡訊讓卦一下來，安撫道：「一個小時的時間足夠埋伏人手了，別擔心。」

「那萬一這只是個陷阱呢？陳清說不定壓根就不在那個居民樓裡，你去了可能不僅救不回人，還會把自己搭進去。」時進還是不放心。

「我會讓陳清下樓來接我，不會自己貿然上去。黑玫瑰的老窩那邊我也做了安排，如果真的情況不對，硬攻我們也不會輸，你放心。」廉君繼續安撫，準備滑動輪椅離開。

時進按住他的輪椅扶手，繃著臉說道：「我和你一起去。」

廉君側頭看他，眉眼緩和，突然伸手摸了下他的頭，說道：「你留在會所，我會早點回來陪你跨年。」

時進總覺得心裡不踏實，還是搖頭，堅持說道：「我和你一起去，你一個人去我不放心。」

「不是一個人，卦一他們都會陪著我。」廉君仍是拒絕，看著時進滿臉擔心的樣子，居然主動傾身，給了時進一個淺淺的擁抱，輕拍一下他的背，說道：「你留在會所，聽話。」

說完退開身，見卦一出現在門口，輕輕拉開時進按著輪椅的手，迎著卦一去了。

卦一上前扶住廉君的輪椅，和看過來的時進對視一眼，朝他點點頭，推著廉君走了。

原本還算溫馨熱鬧的休息室迅速冷清下來，時進不死心，還想去找廉君，卻被不知道從哪裡冒出來的卦九攔住，表示如果他執意不聽命令，那他只能把他關起來。

時進知道卦九是來真的，心情沉重地回到六樓，看著大家來來去去地準備各種東西，完全插不上手，最後眼睜睜看著換了身衣服的廉君被卦二推著進入電梯，去地下一樓的停車場。

「記得好好吃飯。」廉君走前居然還囑咐了一句。

時進哪裡吃得下飯，目送眾人離開後一個人坐到為了團圓飯準備的大餐桌邊，看著廉君自離開會所後就開始緩慢增漲進度條，心裡抓心撓肝地不清淨。

「寶貝肯定是有準備的，進進你別擔心。」小死出言安撫。

「我知道。」時進嘆氣，盯著廉君的進度條，終於在進度條數值漲到800時忍不住坐直身，咬牙說道：「不行，我沒法做到冷靜旁觀，廉君進度條的死亡判定方式和我的不一樣，我得保證廉君的進度條在漲到死緩時，我就在他附近。」

小死問道：「進進你想做什麼？」

「廉君不讓我跟著他，那我就不跟，他們已經走了一會，我現在貿然跟過去，反而可能會打亂廉君的計劃，但保護廉君又不一定非要待在他身邊。」時進大步回房，帶好自己的武器，想了想，又把廉君送的小雞腿掛件塞進口袋裡，最後翻出自己為過年特地準備的玩偶服，往大背包裡塞——這玩意也是小死慫恿買的，本來是準備跨年的時候換上給廉君一個驚喜的。

現在想想，他為了給廉君彌補童年也算是很拚了。

小死見他拿這個，直接傻了，問道：「進、進進你拿這個幹什麼？」

「我不去干擾他們的營救計劃，我去他們吃飯的社區附近發愛心糖果總可以了吧，這大過年的，誰還不能有點小愛好了。」時進為自己不聽命令的行為找了個冠冕堂皇的藉口，把大背包背好，提前給所有兄長發了拜年簡訊，邊往會所外走邊憤憤說道：「反正一個人的團圓飯我是吃不下的，我要去蹭百家飯！」

小死：「……」

熱鬧的新年夜，距離某個居民區不遠的小廣場上，一個脖子上紮著蝴蝶結的棕色玩偶熊從角落的公共廁所裡走出來，手裡拎著一個背包，扭頭四顧的樣子看起來十分可愛。

來廣場上結伴跨年的人很快注意到他的存在，紛紛扭頭看了過來，有好動的小朋友甚至忍不住尖叫出聲，高喊著「熊熊、熊熊」，拉著家長往這邊走，想過來和玩偶熊來個親密接觸。

然而還不等他們走到近處，那個看起來傻乎乎的玩偶熊就突然停下扭頭四顧的動作，拔腿朝著廣場周圍的活動攤販跑去，然後目的性極強地停在一個老人擺著的氣球攤前，一頓比劃訴說，最後從背包裡掏出一把數量不少的大鈔，豪爽地塞到老人手裡。

老人一臉感動，朝玩偶熊彎腰道謝，然後拎起自己的塑膠凳子和裝錢的箱子，丟下繫著大堆氣球的小三輪車，走了。

下一秒，玩偶熊把背包往繫滿氣球的小三輪車上一放，跨步上車，熟練地把小三輪車騎出攤販群，沿著路邊的店鋪小攤……開始邊騎邊買東西。

圍觀群眾：「……」喂，你畫風是不是有點不對？

「糖果、惡作劇煙花、彩燈、新年橫幅……花樣真多，原來在外面跨年這麼熱鬧的嗎？」時進躲在玩偶服裡碎碎念，外表看起來十分悠閒輕鬆，其實心裡已經快被仍在緩慢增漲的進度

條逼瘋了。

自進入廣場後就一直沉默著的小死終於有了動靜，興奮說道：「找到定位了！寶貝還沒進居民區，在社區門口停著！」

時進眼睛一亮，忙甩出幾張鈔票買空了某個攤位上的惡作劇煙花，把東西往車上一堆，騎上車，帶著滿車氣球、糖果、玩具，一陣風似地捲過小廣場，朝著居民區駛去。

圍觀群眾：「……」

準備過來的小朋友：「……哇啊啊啊！熊熊跑啦，我要熊熊！」

陳清邀請廉君吃飯的社區名叫團結，是個比較老的社區，面積小，綠化亂，路窄，車位少，大門正對著一個熱鬧的老街，最多只能容納兩輛車並排行駛。

卦一把車停到距離社區有一段距離的街邊拐角處，觀察一下四周情況，說道：「這邊建築太雜了，哪裡都可能藏人，一旦被伏擊，很難脫身。」

坐在副駕的卦二補充：「社區太老，內部格局小，好像還沒有電梯，黑玫瑰的首領是瘋了嗎？讓陳清把吃飯的地方定在這裡，不怕我們起疑嗎？」

廉君聽著他們的討論，掃一眼街上熱鬧來去的人群，問道：「人手都布置好了嗎？」

坐在他左手邊的卦三按掉平板，回道：「陳清家人那邊的救援人員已經準備好了，隨時可以行動。官方和我們的人也已經順利埋伏到社區周圍，現在正在摸排四周的可疑人員和車輛，社區內部情況不明，還在等前期探查人員的回饋消息。」

廉君點頭表示明白，看一眼時間，給陳清撥了通電話過去，坐在廉君另一邊的卦九立刻開始定位陳清的具體位置。

電話很快接通，陳清的聲音一如往常，問道：「廉君你到了嗎？我最後一道湯已經快出鍋了，這次你可得好好嘗嘗我的手藝，我這湯可是有說法的，料足，光選料都選了大半個月。」

大半個月。廉君提煉出重要資訊，看向街邊店鋪玻璃上貼著的新年福字，腦中浮現出時進興致高昂堆雪人的模樣，稍微晃神後又迅速回神，順著他的話說道：「那我一定要好好嘗嘗。我還沒到，這邊路況不好，路窄，路邊積雪也沒徹底清掃，我的車不好進去，估計要遲到一會。」

「沒事，是我不好，光想著和你聚聚，忘了考慮這邊的路況。」陳清安撫，背景音裡還有鍋鏟撈鍋和電視機的聲音傳來，十分家居真實，「那你慢點開車，快到了再給我打電話，我告訴你是哪一棟樓。」

廉君趁機說道：「到了你直接出來接我吧，我在社區門口等你。」

陳清那邊安靜了幾秒，之後才如常說道：「反正你先過來，到了再打電話給我，湯要起鍋了，我先掛了啊，你快點過來。」說完直接掛斷電話。

卦九在電腦鍵盤上飛快舞動的雙手停下，皺眉說道：「可以大概確定電話信號確實是從社區這一圈範圍裡傳出來的，但沒法精準到哪一棟，通話時間太短了。」

「確認人在社區裡就行。」廉君放下手機，看向左手邊的卦三，「黑玫瑰為這頓飯準備了大半個月的時間，很可能已經把社區裡的居民進行大換血，讓進社區調查情況的人小心應對。」

卦三點頭，埋頭給手下發消息。

又等了大概十分鐘，進社區探查的人傳回消息——一切正常，換句話說，就是進入社區的人什麼都沒查出來。更準確點說，就是廉君的猜測多半是對的，黑玫瑰很可能把社區的居民大換血了，現在在社區裡活動的居民，估計都是黑玫瑰的人假扮的。

眾人皺眉，廉君手指點了點膝蓋，吩咐卦一開車靠近社區，同時給陳清撥了電話。

電話很快接通，陳清應聲後，廉君表示自己已經到社區門口，讓陳清出來接人。陳清十分不好意思地拒絕，說他突然肚子疼，正在解決生理問題，然後報了自己所在屋子的具體地址，說他已經提前開門，讓廉君直接找過去。

車內所有人：「……」

「現在怎麼辦，等還是進？」卦二詢問。

卦三接話：「如果等的話，那估計過會陳先生就要打電話過來說自己便祕了吧。」

卦九也跟著接話：「可進去的話，我們就直接羊入虎口了。」

大家齊齊把視線挪到廉君身上，等他拿主意。

「等。」廉君回答，語氣肯定，態度冷靜到冷漠，吩咐眾人：「黑玫瑰想引我們進入陷阱，如果我們一直不動，他們絕對會有所妥協，所以等，陳清會出來的，社區不能進，裡面情況不明，進去就是送菜。」

眾人聞言心裡一定，安靜等了起來。

三分鐘、五分鐘、十分鐘……陳清遲遲沒有來電話，廉君也很穩，也沒有撥電話給陳清。局面無形中僵持住，車外是年味濃重卻行人稀少的老街，車內是一片靜默，一扇車窗，彷彿隔開了兩個世界。

「媽的！」社區對面店鋪二樓的某個房間裡，黑玫瑰的首領王玫忍不住摘掉耳機，狠狠砸了一下桌子，憤怒罵道：「這廉君太滑溜了，見個老朋友還這麼謹慎！」

坐在他旁邊的副手也沒想到廉君會這麼小心，沒見到陳清，居然連社區大門都不願意進，皺眉說道：「王哥，咱們現在該怎麼辦，跟他耗著嗎？」

「耗個屁！廉君這人最惜命，見過的陷阱比咱們這輩子賺的錢都多，再耗下去，你信不信他能直接爽約，掉頭回他的老窩裡去躲著？」王玫沒好氣地嗆了一句，沉著臉走到窗邊往對面社區門口

廉君坐的車那看了看，咬牙說道：「去！讓陳清再給廉君打電話，儘量哄廉君進社區，如果實在忽悠不了，就讓陳清出來接人！」

副手聞言有些擔憂，說道：「可萬一陳清出來了，廉君卻還是不肯進社區，甚至反過來要求帶陳清去別的地方吃飯怎麼辦？」

這個擔心不無道理，以廉君的謹慎程度，他還真的有可能做出哄著老友放棄親手做的大餐，轉而去他的地盤吃飯的事來，到時候陳清到了廉君手裡，他們還唱什麼戲？

王玫聽得表情更難看了，眼神陰鬱地看著廉君所坐的車，隨手拿起放在櫃子上的槍，用力擦了起來，說道：「不能讓陳清跟著廉君走，派人好好警告一下他，讓他記住自己的孩子現在是在誰手裡。如果一會廉君執意不進社區，那咱們就在這裡幹掉他！去囑咐陳清，讓他就算不能騙廉君進社區，也要騙他下車或者開車窗，給狙擊手爭取攻擊角度，告訴他如果今天廉君不死，那他的孩子就別想活著見明天的太陽！」

副手還是有些擔心，說道：「可是……」

「沒什麼可是！」王玫扭回頭打斷他的話，把槍口對準他，「還是說你窩囊地打算就這麼放廉君走？你知道的，我手下不留膽小鬼。」

副手連忙閉嘴，不敢多說什麼，順著他哄了兩句之後拿起手機，聯繫社區內的屬下去了。

另一頭，車內的卦一收回打量四周的視線，說道：「這附近有五個適合狙擊的位置，最近的一個在對面商鋪二樓和車輛後方商鋪的二樓，這兩個地方一個關燈看不清室內情況，一個開燈拉著窗簾，都很可疑。」

「找人滲透進去。」廉君吩咐，手指摩挲著手機，突然問道：「幾點了？」

眾人一愣，正巧在看平板電腦的卦三掃一眼時間，回道：「六點半了。」

他們五點左右出發，花了半個小時到這附近，然後想辦法拖延差不多一個小時，現在天已經黑

透，路上的行人也漸漸變少，正是適合做點什麼的好時間。

廉君點了點頭表示明白，吩咐道：「派人慢慢往這邊靠近，準備好在社區門外交火。讓官方想辦法清一下街道，免得一會誤傷無辜。」

卦三點頭表示明白。

手機鈴聲突然響起，吸引車內所有人的注意。廉君看一眼手機，說道：「是陳清的電話。」然後按了接通鍵。

陳清打電話來是問廉君怎麼還沒到，廉君表示自己正在社區外面買水果，理由是覺得過年不好空手上門，然後問陳清有空了沒有，表示團結社區樓棟排列太沒規律，自己有些不認識路，需要人來接。

陳清笑著調侃了他幾句，然後又找幾句托詞，詳細指了路，言語間仍希望廉君能自己進來。

廉君繼續感嘆自己的路癡，就是找不到路。

兩人心照不宣地互相演戲，語氣一副好朋友即將相聚的和樂融融，偷聽的王玫卻越聽越想吐血，嘴裡瘋狂罵廉君裝模作樣謊話連篇。

身為滅的老大，廉君什麼時候學會這種普通人之間的人情世故了？還買水果，他廉君長這麼大，知道水果店的大門往哪裡開嗎？謊話說起來跟真的一樣，有本事買水果，怎麼沒本事下車！

「不等了！讓陳清出來接人，所有人準備，找機會埋伏廉君，順便把車開幾輛過來，一旦得手，大家立刻撤退！」王玫終於聽不下去，吩咐一通後摔了電話，親自架槍瞄準廉君坐的車。

【第十章】出乎意料的綁架事件

陳清最後還是出來接人了，一個人，穿得很單薄，身上還戴著一條滑稽的圍裙，十分欲蓋彌彰。他走到廉君的車邊，趁著躲在暗處的人看不到自己的臉時，朝著車內的廉君做了個口型，無聲說道：社區門內有人埋伏，各個手裡都有槍，附近還有狙擊手，別下車。

廉君點頭表示明白，嘴裡卻說道：「抱歉，非讓你出來接我。」

「這有什麼好道歉的，是我馬虎了，忘了這社區不好找。」陳清語氣照舊，面上帶著笑，心裡卻有些急。

他很怕廉君真的為了自己冒險。其實他已經有些認命了，只求廉君能救出他的孩子，然後把他的妻子和孩子送去安全的地方，對自己的安危倒是不怎麼在意。

死就死了吧，在道上混過的人，哪怕半路退出，心裡也早已做好重新被拉入黑暗世界的準備，能有這些年的普通人生活，他已經很知足了。

而且當年若不是廉君護著他，也不可能有這麼一段平靜的日子，他不希望廉君因為他受傷。

這麼想著，他慢慢直起身，沒有按照王玫的吩咐去主動拉廉君的車門，反而後退一步，用眼神示意廉君快走，不用管他。

廉君皺眉，朝他搖搖頭，然後示意卦二準備開車門拉陳清進車，其他人做好掩護準備，嘴裡還不忘說些言不由衷的話，安撫可能正在偷聽的王玫：「你等會，我這就下車，這社區大門太窄，車好像開不進去。」

陳清卻以為他真的要下車，急得上前按住車門，動作十分明顯。

「該死的，陳清在幹什麼！他為什麼不去拉廉君的車門，反而把車門給堵上了，他不要他孩子的命了嗎！」

王玫氣到爆炸，恨不得拉著陳清的手去把廉君的車門拉開，把廉君拽到自己的槍口下。

站在他旁邊的副手突然驚慌地放下手機，著急說道：「王哥，不好了，周邊有人圍過來了，咱們守在外圈的兄弟有好幾隊都失去了聯繫！」

王玫表情驟變，立刻明白自己這是被廉君反將一軍，計劃早已敗露，表情一狠，換了把狙擊槍，瞄準車邊的陳清，準備先收拾了這個沒用的廢物。

咔擦，他把子彈上了膛。

咔，卦二輕輕推開車門，準備把陳清拽入車內。

所有隱在暗處的狙擊手也全部把槍對準了廉君的車。

時間彷彿靜止了，社區內埋伏的黑玫瑰人員，和街頭假裝行人逐漸靠近的廉君手下，全都小心注視著車子那邊的情況，氣氛緊繃，所有人都在等一個開戰的信號。

——啊啊啊啊啊！

時進瘋狂蹬著三輪車，看著廉君那突然飆升到999.5的進度條，嚇得差點窒息，見前方終於出現熟悉的車輛身影，想也不想就是一個急剎車，回頭從車上扒拉出一個惡作劇煙花，讓小死給自己加了個大力buff，點燃煙花後朝那邊用力一拋。

砰！煙花呈拋物線飛出，哐一聲砸在老街中間，落地後砰一聲炸開一圈彩帶，然後七彩的煙霧升起，迅速擴散，籠罩了一部分街道。

啪！時進拋完煙花之後伸出熊掌，用力按響了三輪車上的擴音喇叭，把聲音開到最大。

「恭喜你發財，恭喜你精彩……賣氣球嘍，可愛好看的氣球……最好的請過來，不好的請走開……」電流到失真的歌聲和叫賣聲交替傳來，劃破城市夜空，也炸懵了所有人的耳朵。

這些……是什麼？所有人都傻了，然後不等他們反應過來，又是幾聲砰砰砰，一大堆點燃的惡作劇煙花一起砸了過來，有的落到社區門口，有的砸到街對面商鋪的招牌上，還有的居然直接丟進社區門內，到處都是彩帶炸開的聲響和飄飛的七彩煙霧，街道瞬間朦朧夢幻了起來。

準備扣扳機的王玫傻了，視野裡一片「仙氣縹緲」，別說狙擊人，他看東西都快帶重影了。

拉車門的卦二也愣住了，不過他只愣了一秒就回神，趁著現在情況混亂，果斷推門、半跨步下車、拉陳清進車、滑動座椅往後挪、伸手把陳清放倒、幫他把腿收到車裡，然後用力甩上門，動作一氣呵成，前後用時不過五秒鐘。

「開車，撤！」他開口說著，忍不住扭頭朝著歌聲傳來的方向看去。

不用開車的其他人也和他做了一樣的動作。

就見一片隨風舞動的七彩煙霧中，一頭玩偶熊正踩著三輪車風風火火靠近，邊走邊丟糖果煙花，偶爾還拆兩個氣球放到空中，簡直是個活生生的「熊孩子」。

「臥槽！這誰家孩子，大過年的跑這裡搞惡作劇，真是……真是太狠了！直接幫我們省了一場火拚。」卦二忍不住誇讚。

卦三卻皺眉，說道：「他亂了黑玫瑰的計劃，很可能會遭到報復，必須派人去保護他。」

「那就派人去！」卦一開口，迅速撥動方向盤，趁著黑玫瑰的人還沒反應過來，倒車，掉頭，尾氣一噴，頭也不回地離開這個是非之地。

廉君卻微微攏眉，視線仍鎖定在那一片七彩煙霧裡——不知道是不是錯覺，他總覺得那個玩偶熊丟東西的動作有些眼熟，好像在哪裡見過。

「廉君。」縮在副駕駛上的陳清突然開口喚他。

廉君回神，收回視線，甩掉腦中莫名泛起的思緒，看向滿臉劫後餘生的陳清，安撫說道：「放心，已經有人去救你的孩子，看守他們的人不多，會安全救出來的。」

陳清點了點頭，順著卦二的力道爬起身，擠在副駕上坐著，朝廉君感激說道：「謝謝，我還以為這次我回不來了。」

廉君安撫了他幾句，想起仍獨自留在會所的時進，突然有些心慌。

此時的社區門口，後知後覺的黑玫瑰成員和假裝路人的廉君手下，在廉君離開後立刻混戰成一團。官方的人馬正大批往這邊湧來，王玫埋伏不成，氣得差點砸了屋子，最後還是副手好言勸下他，拉著他準備撤離。

直到安全坐上撤離的車，王玫仍覺得不甘心，狠聲吩咐道：「讓狙擊手先別撤了！找到那個亂放煙花的狗熊，殺了他！」

副手聽得一驚，擔憂說道：「現在社區門口那一帶到處都是官方和滅的人，我們把人留下實在太危險了。」

「到底你是老大還是我是老大？照我說的去做！」王玫氣得掏槍指著他，惡狠狠道：「我說過，今天必須要有人死，你不會希望死的人是你自己吧。」

副手艱難地嚥了口口水，搖搖頭，掏出手機，當著他的面給狙擊手撥電話過去。

時進正在老街上騎著三輪車飛奔，想儘快離開這條街道。

他算是看出來了，這街上壓根就沒什麼普通的行人，全是黑社會和白社會，再不撤，他怕是會被捲到戰火裡去。

「進進，進度條開始漲了！」小死突然尖叫出聲。

時進大驚，差點踩空三輪車的踏板，說道：「怎麼回事，廉君的進度條不是開始降了麼！」

「不是寶貝的，是你的！你的進度條在漲！速度很快！」小死破音呼喚，嚇得快要當機。

時進忙看向自己的進度條，見它居然正在以每秒十點的速度往上狂飆，現在已經漲到900以上了，心裡一沉，想到什麼，連忙扭頭在四周看了看，迅速鎖定幾個可能的狙擊地點，在進度條走到980時脫手鬆開三輪車，跳車後就地一滾，朝著街邊滾去。

子彈破空飛來，射入不遠處的地面。

果然有人狙擊，估計是黑玫瑰的人。時進滿頭冷汗，穩住身體後剛鬆了口氣，就發現自己的進度條居然直接漲到了死緩，瞳孔一縮，想也不想就再次就地一滾，藏到街邊的垃圾桶後。

下一秒，子彈擦過垃圾桶飛了過來，時進悶哼一聲，捂住肩膀。

糟糕，垃圾桶太窄，而自己目標太大，成了活靶子。

肩膀處火辣辣地疼，時進嘶嘶抽氣，儘量縮緊身體藏在垃圾桶後，見自己的進度條還停在死緩沒有動，扭頭打量一下四周的情況，發現身後不遠處有一條小巷，巷子裡還靠牆放著一個很大的垃圾箱，咬了咬牙，探手摘掉頭上體積太大的玩偶熊頭套，讓小死給自己加了一個加速和聽力增強buff，把頭套遙遙往外一丟，然後掀飛一堆垃圾，再次就地一滾，在垃圾和頭套的掩護下，弓著腰飛快朝著小巷跑去。

噗噗噗。又是幾聲子彈射空的聲音，時進彷彿能感受到子彈擦著身體飛過時，四周氣流被攪亂的動靜，神經緊繃到極致，只見巷口已經近在眼前，連忙又是一個倒地側滾，終是有驚無險地躲入小巷，藏到鐵製垃圾箱的後面。

噗，噗噗。子彈打到牆壁和鐵皮上，之後漸漸沒了動靜，增強的聽力再也捕捉不到什麼奇怪的聲響。

時進靠坐在牆上，一邊是不知道連通著哪裡的小巷，一邊是垃圾箱生銹的鐵皮，只覺得肩膀處的傷口越來越疼，血液流失的感覺也越來越明顯，確定自己暫時安全下來後，深吸口氣捂了捂傷口，稍微坐起身脫掉身上的玩偶服，邊盯著小巷入口邊撕下玩偶服的裡襯，扯開外套裹了裹肩膀處的傷口，稍微止了下血，然後整理好衣服，把玩偶服藏到角落，摸著牆朝著小巷另一邊跑去。

「進進，你還好嗎？」小死還是第一次見時進受傷，慌得聲音都不穩了。

「我沒事。」時進安撫，儘量調整呼吸，邊觀察小巷的情況邊說道：「黑玫瑰的狙擊手全埋伏在老街那邊，我之前又穿著玩偶服，現在我把玩偶服脫了，只要我不再以玩偶的形象出現在老街，那些狙擊手就沒法再鎖定我。」

「我不是說那些狙擊手，我是說你的傷口。」小死慌得都快哭了，邊一股腦地給他加buff，邊說道，「你在流血，好多……」

時進立刻感覺傷口處的痛感減輕了許多，因為失血而稍微變低的體溫也有所回升，明白過來是小死在幫忙，還有空笑了笑，說道：「暫時死不了，這不是還有你嗎，我可是有金手……」

砰！小巷裡堆滿雜物，又沒燈，時進本就走得磕磕絆絆，說話間沒注意到前方雜物堆裡居然橫了根細細的魚線，避開了雜物卻沒避開這根線，一不小心中招，直接被絆得摔了下去，還好巧不巧的是受傷的那半邊身體先落地，疼得悶哼一聲，只覺得身體裡僅剩的力氣也被這一摔給摔沒了。

「進進！」小死急得破音。

「我沒……」時進翻身仰躺在地上，眼前開始一陣一陣發黑，知道這一摔估計摔出問題來了，認命地改了話頭，說道：「我有事……小死，你幫我注意點巷口。」

說完從上衣內口袋裡掏出妥善保管的手機，邊在心裡念叨著這次估計要被廉君狠狠收拾一頓了，邊撥了通電話出去，等了好一會才等到電話接通，撐著最後一點意識喊了聲「君少救命」，然後盡可能詳細地報出自己的方位，便歪頭暈了過去。

十分鐘後，一輛黑色汽車停在巷口。

後車門開啟，一個身形修長，穿著一身黑色長大衣的人邁步下車，手裡拿著一個顯示正在通話的手機，輕輕踩過巷口髒汙的融化雪水，停在歪躺在地上的時進身前。

咔。他一腳踩上時進手邊已經滑落在地的手機，彎腰，伸手碰了碰時進蒼白沒有血色的臉，修長的手指點了一下時進鼻頭的小黑痣，良久，傾身把他從地上搬起來。

小死嚇得快要當機，不敢置信地看一眼來人的長相，又不敢置信地看一眼時進那本來已經降到

700，現在又突然漲到800的進度條，最後瞄一眼時進那已經報廢的手機，欲哭無淚，難過得想把自己回檔重啟，憋著哭呼喚道：「進進，進進你快醒醒……你電話好像打錯人了……你快醒醒啊，你好不容易降下去的進度條又漲回來了……進進，嗚嗚嗚……」

另一邊，始終定不下心的廉君忍不住給時進撥了電話，卻發現對方一直顯示正在通話，眉心微攏，心裡的不安擴大，又轉而給會所打電話，讓人去看看時進在幹什麼。

幾分鐘後，會所那邊回電，表示他們翻遍整個六樓，都沒看到時進的身影——時進不見了。

廉君臉唰一下黑了，腦中浮現出那個玩偶熊扔東西的動作，越想越覺得眼熟，掛掉電話命令道：「卦一，轉回團結社區。時進不在會所，那個突然闖過來的玩偶熊很可能就是他裝扮的。」

眾人聞言一驚，卦二脫口問道：「什麼？那是時進？」

卦一皺眉，立刻調轉方向，開車朝著團結社區回返。

他們趕回社區門口時，官方已經徹底控制住局面，黑玫瑰的成員已大半落網，街面上散落著被踩得亂七八糟的煙花、糖果和氣球碎片，有種狂歡過後的寂寞味道。

官方負責人發現廉君的車開回來，連忙迎上前，疑惑問道：「廉先生您怎麼又回來了？您放心，黑玫瑰的人已經全部抓住了，您派出去的人也沒有人員傷亡。」

廉君直接問道：「那個幫忙的玩偶熊呢？」

「玩偶熊？他走了啊，那不是您這邊派來干擾敵人視線的人嗎？我在混戰剛開始的時候就按照您之前的吩咐，讓人放水送他離開了。」官方負責人回答，有些不明白廉君臉色怎麼這麼難看。

卦三表情凝重，說道：「我們派來干擾敵人視線的有三波人，一波是當時正順著街邊建築往社區大門靠近的『清潔工』，一波是之前深入社區內部調查、當時正準備摸回社區大門，給門內埋伏的黑玫瑰成員來個螳螂捕蟬的『外賣小哥』和『水管修理工』，最後一波是正往各可能狙擊地點滲透的人，沒有那個玩偶熊。」

官方負責人聞言懵了，說道：「可您後來不是吩咐說要派人保護他嗎，我還以為他是你們那邊的人，就派人掩護他撤退了，畢竟黑玫瑰的人全在這裡，他遠離戰場應該就安全了。」

卦一聽得臉都黑了——保護和掩護撤退這能是一個意思嗎？還遠離戰場就安全了，狙擊手的攻擊範圍可大可小，隨便亂界定戰場範圍簡直是愚蠢！

「開車，沿著這條街找。」廉君不想再和官方負責人浪費時間，沉聲吩咐。

卦一立刻發動汽車開始沿街尋找痕跡，卦三也開始調人找熊。

五分鐘後，汽車停在歪倒在老街盡頭的三輪車邊，卦二打開車門下車，在三輪車邊翻了翻，翻出一個裝著零碎物品的背包，轉身面對車內眾人，表情難看地說道：「這是時進的包，我陪他一起買的。」

所以那頭熊居然真的是時進。

「黑玫瑰布置的狙擊手已經全部抓到了，有一個狙擊手的攻擊範圍剛好包括這裡。」卦三掛掉屬下打來的電話，告訴廉君自己剛剛得知的消息。

廉君表情緊繃，說道：「全部下車，找人。」

彈痕、飄了滿地的垃圾、滾到街邊角落的玩偶熊頭套……找到的東西越多，眾人的心越沉，直到卦九在小巷的垃圾箱邊發現帶血的玩偶服，眾人的表情才徹底變了。

「衣服上有血，時進受傷了，看位置，應該是肩膀中彈。」卦一把衣服遞給廉君。

廉君接過，也不知是不是被外面的氣溫凍到了，臉色蒼白得可怕，摸了摸玩偶服上的血跡，自己滑動輪椅順著小巷往前走了一段，停在先一步進小巷尋找線索的卦二身邊。

卦二一腳踩斷橫在路中間的魚線，往前走了幾步，撿起地上一個螢幕碎裂的手機，回頭看向廉君，「是時進的手機。從那邊巷口到這裡有一道男人來回走動的足跡，時進應該是被人帶走了。」

廉君死死盯著不遠處地面上一灘幾乎和髒汙地面混為一團的血跡，聲音緊得像是從牙縫裡擠出來，眼裡黑沉一片，說道：「找，複製時進的通話記錄，看看他最後一個電話是打給了誰！」

時進在滿室消毒水的味道中醒來，意識昏昏沉沉的，感受不到身體的存在，眼皮掙扎著撐開一條縫，隱約看到床邊坐著一個男人，又痛苦地閉上眼睛——不，同樣的畫面他不想再看到第三次，總覺得這種場景後面沒跟著好事。

事實證明，他的直覺超級無敵準。

小死發現他醒了，連忙開口說道：「進進，你身邊坐著的是時家老五黎九崢，他救了你，但他好像也很想殺了你，你的進度條本來降到700，被他帶走後又漲到800。你現在位於B市大學城附近的某家私人診所裡，診所老闆是黎九崢的師兄，他和黎九崢一起幫你取出子彈，處理好傷口。現在診所裡只有你和黎九崢兩個人，黎九崢還搜走你身上所有的私人物品，不知道丟去哪裡了。」

黎九崢？怎麼是黎九崢，他不是給廉君打的求救電話嗎？

時進一懵，眼睛唰一下睜開，然後正正對上黎九崢懸在他眼前的手術刀，刀尖直指他的眼球。他倒抽一口涼氣，嚇得差點暈過去，本能地想要往後仰，但身後就是床板，他又能仰到哪裡去，根本無法拉開距離。

「果然醒了。」一道低柔好聽，卻不含什麼情緒的聲音從床邊傳來，之後懸在時進眼前的手術刀被挪開了。

時進頓時鬆了口氣，心臟怦怦怦跳得飛快，僵硬側頭，朝著床邊的人看去。

身為時行瑞的兒子，黎九崢的長相自然也十分不俗。與大哥的端正、三哥的惑人、四哥的銳利不同，五哥黎九崢的長相偏清冷，臉頰輪廓柔和，長眉舒緩，眼尾稍微下垂，鼻梁挺直，嘴唇顏色淺淡，垂眼不看人不說話的時候，會讓人產生一種這人是個憂鬱美人的錯覺。但錯覺只是錯覺，一旦黎九崢抬眼看人，被看的人就會迅速意識到，這個人不好惹，他眼裡長年不散的疏離冷漠感，絕不是脆弱憂鬱的人會擁有的。

黎九崢一點都不憂鬱，正相反，他只會把別人弄憂鬱，比如現在的時進。

這是一個用簾子隔出來的小病房，時進躺在床上，黎九崢穿著一身白大褂坐在床邊，室內只開了一盞燈，燈光慘白黯淡，拉長了黎九崢的影子，也模糊了黎九崢的表情。

時進艱難地吞了口口水，壓下心慌感對上黎九崢似乎什麼情緒都沒有的眼神，小心瞟一眼他手裡握著的手術刀，僵硬地擠出一個笑容，說道：「五、五哥，是你救了我嗎？謝謝。」

「聲音倒是沒變。」黎九崢開口，聲音在空氣裡飄散，帶著一絲涼意，眼神變深，又冒出那曾讓原主誤會過無數次的奇怪眼神，語氣幽幽：「時進，你為什麼要瘦下來……」

時進沉默──這話怎麼聽著這麼耳熟。

小死嚇得要當機：「又漲了，進度條漲到850了，進進！」

──臥槽！這黎九崢果然想殺原主！殺意還挺濃！

時進的心立刻提了起來，餘光掃到房間窗戶上貼著的福字，靈光一閃，忙開口說道：「我、我就是水土不服！回國後水土不服才瘦的，現在不是過年嗎？我多吃點就會胖回來的，還有還有，五哥，這大過年的，你怎麼一個人在B市，你什麼時候過來的？沒有去陪家人嗎？你一個人在這，家裡人會擔心的吧？」

「漲到900了，進進！他身上的氣息好像更可怕了。」小死瑟瑟發抖。

時進噎住，不明白自己又是哪句話戳中黎九崢的殺心，不敢再亂說，正琢磨著該怎麼挽回一下局面時，黎九崢突然站起身，走到床頭櫃邊放下手術刀，拿起一根針管，往裡調了一點藥水後轉回身，握住時進沒什麼知覺的胳膊，把藥水注射進去。

時進雙眼瞪得眼球都快要凸出來了，想掙扎，身體卻動不了。

「我、我不會要死了吧……」時進在心裡顫抖猜測。

小死也要哭了，說道：「我只能儘量幫你壓制一下藥性，進進你撐住，進度條停在900沒有動，這個藥水應該沒有危險。」

「但黎九崢很危險啊。」時進十分難受。

藥水入體有些涼，時進驚悚地發現隨著藥水的注入，自己居然慢慢開始發睏，眼睛控制不住地想要閉上。

「你太吵了。」朦朧的視線裡，是黎九崢慢慢湊近的臉，緊接著自己的臉頰似乎被摸了摸，然後是脆弱的脖頸，「我本來想躲開你的，你為什麼要主動靠過來……」

時進其實已經什麼都看不清了，卻還是勉強睜著眼睛看黎九崢，嘴唇開合，聲音小得幾乎聽不見：「哥……我做錯了什麼……」

摸在脖頸上的手掌頓了頓，然後慢慢收回，改為遮住他的眼睛。

「別看我。」黎九崢聲音稍微變低，脊背微彎，像是被什麼無形的東西壓得不堪重負，「你沒錯……你只是不該出生。」

夜色會所裡，廉君拿到時進手機的通話記錄，在看到最後一條記錄時狠狠皺眉，立刻打電話給時緯崇。

時緯崇用最快的速度趕過來，一進門就著急說道：「你說小進失蹤了是什麼意思？他之前還給我發了拜年簡訊，怎麼突然就失蹤了？」

「是我疏忽。」廉君面無表情開口，把通話記錄單遞過去，「這個我之後會給你一個交代，現在，我需要你打通電話。」

再次醒來時，時進發現自己在車上，黎九崢坐在身邊，他的聲音正斷斷續續傳來。

「抱歉，昨晚睡前把手機關機了……嗯？喔，他確實給我打了電話，但電話接通之後他一直沒說話，我就把手機放到一邊繼續忙別的事，不知道他什麼時候掛的電話……對，我還在蓉城……他也給我發過拜年簡訊，估計是撥錯號碼了吧……嗯，有空再聚……他出事了？」

「一點小麻煩，你別擔心。」

——是時緯崇的聲音！

時進立刻清醒，本能地想要呼喊求救，結果嘴巴剛張開，就被黎九崢眼疾手快地捂住嘴。

「這樣啊……有消息了告訴我一聲，爸去世後我還沒見過他，那就這樣，掛了。」黎九崢掛掉電話，拿開捂著時進嘴巴的手。

時進開口問道：「五哥，你想做什麼？為什麼不告訴大哥我和你在一起？」

「先帶你去個地方。」黎九崢靠到椅背上，面上帶著一絲疲憊，說了句莫名其妙的話：「也許這就是天意。」

時進繼續問道：「什麼天意？」

「別說話。」黎九崢不看他，閉上眼睛，「很吵，我不想再給你打一針。」

時進可不想再稀裡糊塗地失去意識，聞言果斷閉嘴，扭頭打量一下四周的情況，發現居然已經天亮了，而他乘坐的車正在某個不知路段的公路上疾馳。

「這裡是哪裡？」他在心裡問小死。

小死連忙回答：「我們已經出了B市，現在正往L市去，黎九崢好像準備帶你回蓉城。」

回蓉城？時進皺眉，收回看著窗外的視線，朝著駕駛座的司機挪去。

司機是個中等身材長相和善的中年人，此時剛好也正透過後視鏡在觀察時進，對上他的視線後先是愣了一下，然後立刻收回視線，專心開車。

「那個，你是……」時進嘗試搭話。

司機直接升起座椅之間的擋板，拒絕交談的意味十分明顯。

時進：「……」

這司機看著挺面善，怎麼性格這麼硬？他悻悻閉嘴，側頭朝著身邊的黎九崢看去。

黎九崢靠在椅背上沒有動，像是睡著了，側臉被窗外灑進來的光線暈染，又營造出那種脆弱憂鬱的幻象。很明顯，這位也是不想交談的。

時進收回視線，試著動了動腿，有知覺，又動了動身體，一陣痛意傳來，肩膀上的傷口強勢刷起存在感——能感覺到疼，證明他已經恢復對自己身體的掌控權。

情況總算不算太糟，他鬆了口氣，靠到椅背上，有些發愁——雖然身體恢復掌控權，但就他現在這受傷半殘的狀態，估計也幹不過黎九崢加一個司機，若想找到機會逃跑，看來得智取。

從剛剛黎九崢接的那通電話來看，時緯崇肯定已經知道他失蹤的事了，多半還是廉君告知的。

「玩脫了……」他在心裡長嘆，生無可戀地靠在椅背上，「廉君現在肯定氣得想殺了我，我不僅沒聽他的命令留在會所，還打錯求救電話……」

小死又急又憂，說道：「進進，黎九崢對你的殺意是確實存在的，蓉城是他的大本營，他的私人醫院就在那裡，你一旦進去，就很難出來了。」

「我知道。」時進嘆氣，又轉頭看向黎九崢，心中和小死說道：「我會找機會往外遞消息……

見招拆招吧，原劇情裡黎九崢盯著原主那麼久都沒真正動手，咱們現在也不是沒有機會。而且黎九崢畢竟不是專業綁架犯，他帶著我離開的時候肯定留下一大堆線索，廉君這會多半已經摸到他身上了。儘量爭取時間，只要撐到廉君趕到，咱們就安全了。」

小死低應一聲，看著他卡死在900的進度條，心裡默默期盼著廉君能早點懷疑到黎九崢頭上，從而儘快摸過來。

B市，廉君確實已經順藤摸瓜查到黎九崢身上，並且通過時緯崇那通電話，定位到黎九崢的位置。卦九停下敲打鍵盤的手，說道：「目標手機顯示的位置在靠近L市邊界的一條公路上，正在飛速移動，目標打完電話就關機了，無法持續追蹤。」

時緯崇聞言抬手抹了把臉，心裡最後一點僥倖也消失了，略顯頹喪地靠在沙發上。

黎九崢在電話裡說他這段時間一直待在蓉城，沒有離開過，並說他昨晚雖然接到時進的電話，但卻沒有和時進產生交流，時進全程是沉默的狀態。現在廉君的屬下卻定位出黎九崢就在距離B市不遠的L市，看行動方向好像還是剛從B市離開，正朝著L市前進的樣子，和黎九崢在電話裡說的情況完全不同。

而且廉君在昨晚調出時進的通話記錄後沒多久，就拿到從時進手機裡還原出的最後一通電話的通話錄音，錄音顯示，時進在電話接通後是有說話的，不僅求救，還詳細報出自己的方位。

後續調出的大堆監控錄影也顯示，昨晚曾有一輛黑色轎車在那條街上有過短暫停留，停留時間和時進電話掛斷的時間重疊。

最重要的是，廉君的屬下在某處垃圾桶裡找到時進的所有貼身物品，之後通過調取附近的監控

錄影，確定丟東西的人和被監控拍到的黑色轎車司機是同一人。

所有的線索都指向黎九崢，之前時緯崇還能用「沒有確切拍到黎九崢和黑色車輛有關的證據，所以不能直接懷疑就是黎九崢帶走的時進」這種話來自我安慰，如今黎九崢把自己給錘死了，他再也沒法欺騙自己——他最小的弟弟，居然被他以為最老實的五弟給趁亂帶走，還故意隱瞞了行蹤。

他想不通黎九崢為什麼會這麼做，畢竟一直以來，黎九崢從來沒有對時進表現出明顯的惡意。

「或許九崢只是想幫小進治傷……」時緯崇為黎九崢的騙人行為，找了個自己都不大相信的勉強理由。

廉君滑動輪椅出來，說道：「治傷不需要把人藏起來。卦一，定去蓉城的機票，順便派人去各高速路口追蹤黎九崢的方位。」

「是。」卦一點頭應是，轉身離開。

時緯崇皺眉說道：「就算真的是九崢帶走的小進，他也肯定不會真的傷害……」

「你能確定黎九崢對時進是完全沒有惡意的嗎？」廉君打斷他的話，直戳重點。

時緯崇啞然——不能，他不能確定，時家所有人，包括他自己，在看到改變後的時進前，對時進都絕對沒有什麼善意。

以前的時進真的是太礙眼了，那漫長的十幾年時光積累出的負面情緒，不是一句「或許」就可以隨便遮掩掉的。大家以前為什麼沒有對時進表現出惡意，他心裡一清二楚。黎九崢面上雖然從來沒有表現出什麼，但他心裡到底是如何想的，還真沒人能說出個一二來。

廉君見他無法回答，嘴角淺淺一勾露出一個冷笑，說道：「你們這些做兄長的，還真是一個比一個可笑，時進到底有哪裡對不起你們。」說完滑動輪椅走了，頭都沒回。

卦二等人連忙跟上。

轉眼間書房裡就只剩下時緯崇一個人，他捏著手機，想著廉君留下的話，翻出時進昨晚發過來的拜年簡訊，手指越收越緊，最後起身，也大步離開這間書房。

此時另一頭的時進，由於身上有傷，又一直在車上顛簸，沒能好好休息，意識強撐著清醒了一會就忍不住又迷糊過去，迷糊了沒一會身上還發起高熱，別說找機會逃跑和往外報信了，連維持清醒都變得十分困難。

黎九崢很快發現他的不對勁，側頭看著他，手指動了動，還是選擇不管他。

不知不覺幾個小時過去，下午陽光最稀薄的時候，汽車終於停下來——黎九崢的目的地到了。

時進被強制喚醒，手軟腳軟地下車，在小死的提醒下撐著脹痛昏沉的大腦往前方一看，嚇得差點心臟直接停跳——黎九崢居然帶他來了墓園，這是要幹麼？殺人滅口？毀屍滅跡？

「大年初一，倒是個祭拜的好日子。」黎九崢語氣沒什麼起伏地說著，擺手示意司機等在墓園外，扯著時進朝著墓園內走去。

「五哥，你帶我來這幹什麼……」時進被拉著往前走，喉嚨痛眼睛花，走得十分磕絆，如果不是有黎九崢拽著，這會估計已經滑到地上去。

黎九崢聽到他啞得幾乎聽不清的聲音，側頭看他，突然停步拿了幾顆藥，餵到他嘴邊，說道：「吃下去，你現在不能暈過去。」

時進乖乖張嘴把藥乾嚥了，深吸口氣勉強打起精神，再次問道：「五哥，這裡是哪裡？」

黎九崢繼續拽著他往前走，回道：「埋葬我母親的地方。」

「什麼？埋葬你母……咳咳咳。」時進話說得太急，不小心被卡在喉嚨口的藥片嗆了一下，立刻彎腰不停咳嗽起來。

黎九崢被迫停步，回頭垂眼看著他，拽著他胳膊的手慢慢收緊，表情也變得有些可怕。

「進進，進度條又漲到910了。」小死慌得不行，總覺得黎九崢的狀態有點不對。

時進聞言忙憋氣壓下咳嗽，喉嚨口難受地卡了好幾下，抬眼看黎九崢，示意他可以繼續往前

走，不用在意自己。

不得不說，時進現在的模樣是真的很可憐，氣色糟糕，嘴唇沒有血色，臉頰因為高熱帶著一抹病態的嫣紅，頭髮軟趴趴塌著，昨晚隨便換上的病號服十分不合身，鬆鬆掛在身上，外套穿得亂七八糟，上面還帶著血，露在衣服外面的手腕上全是被凍出的血管痕跡，只看著就知道很冷。

黎九崢看著他現在的模樣，眼神有片刻的恍惚，回神後表情突然沉下來，不再說話，拽緊他大步朝著墓園的某個角落走去。

時進跟得踉踉蹌蹌，卻不敢再開口和黎九崢攀談，只在心裡和小死交流：「黎九崢的母親死了？原劇情裡怎麼沒提這個！」

小死也很驚訝這件事，遲疑回道：「大概是因為原劇情是以原主的視角寫的，原主不知道這件事，所以劇情裡也沒有提。」

時進聽得嘴裡發苦，痛苦說道：「這麼重要的資訊都不提，劇情也太坑了吧，難怪我昨晚只是問了一句黎九崢大過年的怎麼不在家陪家人，進度條就猛漲了一波，原來他最重要的家人已經去世了，我那話問得簡直戳心。」

小死很著急，比起劇情，更加擔心他的身體狀況，說道：「進進，你需要接受後續治療和好好休息，不能再這麼拖下去了。」

「我當然知道，可現在咱們不是根本沒治療和休息的條件……」時進看一眼大步拽著自己往前走的黎九崢，勉強聚攏思緒，「而且黎九崢的態度實在太奇怪了，我總覺得能從他這裡知道些什麼……先看看情況吧，我還能撐住。」

小死也沒什麼辦法，只得一股腦地給他加了一堆buff，希望他能好受一點，多堅持一會，心裡暗暗祈盼著廉君能快點來。

兩人一個拽、一個跟，又走了好一會才到達黎九崢母親的墓地，之後黎九崢把時進往還很新的墓碑前一按，伸手摸了摸墓碑上的照片，說道：「你看看她，好好看看。」

時進被他按得差點撞到墓碑上，手撐了一下地才勉強穩住身體，膝蓋在地上蹭了一下，火辣辣地疼，應該已經破皮了。

他皺眉忍住疼，硬是換了個姿勢坐在墓碑前，而不是跪著，抬眼看向黎九崢指著的照片，然後愣住了——黎九崢的母親居然和黎九崢一點都不像，反而和他的眉眼有幾分相似。

不，也不是一點都不像，仔細看的話，黎九崢的母親和黎九崢還是有相像的地方，比如臉部輪廓，還有嘴唇的形狀，但就是這眉眼……

「不像對不對？」黎九崢彎腰，一手按著時進的肩膀，一手摸著墓碑上的照片，和時進一起看著照片裡溫柔漂亮的女子，低聲說道：「明明我才是她的孩子，但我卻和她長得一點都不像，反而是你……她做夢都想要一個和她相像的孩子，你說我把你送給她，好不好？」

——好個屁！

時進被這句話驚回神，滿心亂碼狂刷——原來黎九崢對原主深沉的殺意，居然全部來自於這麼一個見鬼的理由，誰又能想到黎九崢的母親居然會和原主長得像！

可原主這張臉不是和原主的媽媽長得很像嗎？怎麼又和黎九崢的母親相似了？明明徐川和容洲中都說過原主長得像母親……等等！原主和原主的媽長得像，原主現在又和黎九崢的媽眉眼有幾分相似，那麼這是不是側面說明了，原主的媽和黎九崢的媽的眉眼也長得很像……

隱隱有什麼很重要的資訊就要從腦中跳出來，時進正待細想，脖子上卻突然一疼，垂眼一看，發現黎九崢居然掏出一把手術刀架上他的脖子，鋒利的刀鋒還輕輕蹭開一條小口子，腦子裡立刻什麼想法都沒了。

——這次是真的要死了啊！

小死崩潰尖叫：「進進！進度條漲到990了！你快做點什麼！」

時進也快要崩潰，做點什麼，現在這種鬼都扯不清的情況，他能做什麼！還不如就這麼撞刀自殺一了百了算了！黎九崢簡直是個瘋子，這種危險人物為什麼能做治病救人的醫生！

等等，醫生？時進靈光一閃，福至心靈，抱著孤注一擲的想法抬手握住黎九崢握著手術刀的手，認真說道：「哥，別用這個，也別在這裡，手術刀是用來救人的，別因為我髒了你的手。」

黎九崢手一僵，語氣突然越發沉了，冷冷道：「你以為這樣說，我就會放過你？」

「我只是希望你能放過你自己！」時進連忙回答，嘗試著放鬆身體靠到他身上，掃一眼墓碑上黎九崢母親的死亡時間，心裡有了主意，輕聲說道：「哥，這麼多年了，你本來有無數次機會殺了我，但你一直沒動手，你不想殺我的，對不對？」

黎九崢沒有說話，也沒有推開他，雙眼看著墓碑，眼中情緒深沉，讓人分辨不清。

傷口被壓得有些難受，時進皺了皺眉，卻仍儘量穩住語氣，慢慢側身，試探著伸手抱住黎九崢的腰，讓小死給自己加了一堆buff，聲音越發低了：「哥，我知道你只是因為剛剛失去母親，心裡很難受，所以一時衝動……今年你明明可以和她一起過年的，卻突然在年前失去她，永遠失去了和她一起過年的機會。」

黎九崢按著他肩膀的手猛然收緊，身體也陡然緊繃。

時進忙把自己往他懷裡撞了撞，用力抱緊他，安撫地順著他的脊背，繼續說道：「哥，我和你是一樣的，今年我也是一個人，而且這麼多年了，我甚至不知道我媽長什麼模樣、埋在了哪裡，腦子裡連一丁點屬於她的記憶都沒有，哥，我只剩你們了……」

黎九崢沒有說話，握著手術刀的手用力收緊，又慢慢放鬆，嘴唇緊抿。

「哥，讓我陪著你吧，我們還像以前那樣一起過年，都會過去的，沒事了，已經沒事了。」時進繼續安撫，讓小死把各種buff效果加到了極致。

「……你又算什麼。」良久，黎九崢終於說話，聲音很低，帶著嘲諷，握著手術刀的手卻慢慢垂了下去，身體放鬆，脫力般直接坐到地上。

小死驚喜提醒：「降了降了，進度條降到950了！」

時進鬆了口氣，見賣慘尋求認同感的計劃奏效，順勢趴到黎九崢懷裡，側頭安撫地蹭了蹭他的肩膀，繼續說道：「哥，你如果實在難受的話，就哭一場吧，我陪你。」

科學研究表明，擁抱和情感發洩能迅速撫慰感情受創人士的情緒，時進只希望黎九崢這麼發洩一通後，能消減一點對自己的殺意。

然而黎九崢並不配合他，雖然沒有推開他的擁抱，眼神卻慢慢冷靜下來，又帶上那種最初時的疏離淡漠，說道：「廢物才會哭，我不是廢物。」

「……」時進突然後悔以前沒多看點感情類的訪談節目，學學人家主持人的催淚技巧。

進度條還是很危險，黎九崢的殺心明顯還沒徹底散去，時進權衡了一下現在的情況，堪稱貼心乖巧地說道：「那我替你哭吧，反正我一點都不厲害。我媽媽去世的時候我還太小，也不知道有沒有哭過，現在咱們難兄難弟，你哭不出來，那我來，沒事的，弟弟永遠是哥哥的貼心小棉襖。」說完讓小死給自己加了點buff，鼻子一抽就嘩啦啦哭了起來，眼淚流起來彷彿不要錢，沒一會就把黎九崢的肩膀打濕了。

黎九崢：「……」

「嗚嗚嗚，沒媽的孩子像根草，我們都是草……」時進哭著哭著，還忍不住唱了起來，順便把鼻涕全蹭到黎九崢衣服上。

有點潔癖的黎九崢僵了一下，抬手嫌棄地把他往外推了推。

時進哭得正傷心，怎麼可能任由他把自己推開，手一伸直接勒住他的脖子更加緊緊抱著他，邊嚎邊在心裡狂戳小死：「你這加的什麼鬼buff，我怎麼覺得心裡超級難受，恨不得哭倒長城。」

小死弱弱開口：「我、我給你加的就是孟姜女哭倒長城的那個buff……」

時進：「……噫嗚嗚噫。」

北風呼呼地吹，太陽漸漸落了山。

兄弟倆坐在墓碑前，一個雙手垂著，面無表情地望著墓碑，眉毛微皺，眼神壓抑中帶著隱忍；一個抱著另一個哭得天崩地裂，彷彿要把天哭塌了才甘休。

有零星過來掃墓的人看到這個畫面，忍不住腦補出一部生死離別的狗血戲碼，唏噓地嘆了幾口氣，搖著頭走了。

足足一個多小時後，時進的哭聲終於弱了下去，脫水加高熱加饑餓，各種負面狀況纏了一身，意識漸漸有些模糊，因為寒冷，還忍不住縮起四肢，儘量蜷在黎九崢懷裡。

「她認識時行瑞的時候，也只是個不到二十歲的天真女孩子。」黎九崢突然開口，聲音低柔，卻不帶感情。

時進昏沉的意識被拉回來了一點，歪頭在他胸口蹭了蹭，表示自己在聽。

「她是時行瑞招惹的最後一個女人……在你母親出現之前是這樣的。雖然時行瑞在我出生後就立刻拋棄了她，但她心裡仍存著幻想——你看，你爸爸還惦記著你呢，他也沒有再找其他女人，說不定他什麼時候就會回頭……就是這些可笑的想法，讓她把那些虛擬的幻想修補得越來越完美，然後漸漸沉溺其中。」

時進睜開眼，有些發愣。

黎九崢喃喃自語道：「但幻想終究只是幻想，你母親出現了，她的幻想碎掉了……然後她又醞釀出另一個夢——你看，那個女人和我長得很像呢，你爸爸只是貪念年輕的肉體罷了，沒關係，等她也跟我一樣生了孩子，身材變形，你爸爸就會醒悟誰才是最好的那一個……但你母親偏偏是特殊的，你也是特殊的。」

時進強撐著支撐起身體，仰頭看黎九崢的表情。

黎九崢垂眼看他，面無表情，抬手摸上他的臉，「然後她瘋了，真正意義上的。她開始時夢時醒，不相信自己已經被拋棄，忽視了你母親的存在，一廂情願地認為你也是他的孩子，把時行瑞不來見她的理由，全部歸咎到我頭上——因為我長得不像她，也不像時行瑞，所以時行瑞討厭我，連帶著也拋棄了她。她到後來，甚至懷疑我是被抱錯了。你說可笑嗎，我就在她眼前，她卻覺得從沒見過的你才是她的孩子。」

「哥……」時進聽得心裡難受，想安慰，卻不知道該說些什麼。

「基因真是個奇怪的東西，當年的我有許多東西想不明白，所以我學了醫。」黎九崢擋住時進的下半張臉，只看著他的眉眼，眼神漸漸恍惚，「後來我懂了很多很多，知道我為什麼不像父母，知道她那樣做夢其實是身體出了問題。我費盡心思給她治療，小心翼翼維護她的精神狀況……然後時行瑞死了，他終於死了，我以為她的夢終於可以醒了……」

「哥，你別說了。」時進抬手去拉他的手，想阻止他說下去。

黎九崢順勢放下手，徹底沒了表情，冷冷道：「但她死了，夢醒了，她連最後一點活下去的意願都沒了，無論我怎麼挽留，她還是死了，就死在我面前，她甚至到死前都在怨我，說我為什麼長得不像她。」

時進連忙又去抓他的手，說道：「不怪你，她只是病了，哥，都是時行瑞的錯，你媽媽她只是病了，不怪你。」

「我差點犯了和她一樣的錯，做了和她一樣的夢——如果你沒有出生就好了，如果你真的是她的孩子就好了……可這和你又有什麼關係呢，你也只是一個失去了母親的孩子而已……」黎九崢慢慢抽出手，眼裡建起厚厚的牆，把所有情緒都藏在裡面，也阻止旁人進入，「時進，你走吧。」

小死驚呼出聲：「降了！進進，你的進度條直接降到500！太不可思議了！」

時進一愣，之後狠狠皺眉，看著黎九崢說道：「五哥，我不走，你別胡思亂想，生活會慢慢好

起來的。」

「你走吧。」黎九崢不再看他，撿起地上的手術刀，突然看向不遠處的小路，說道：「那個人是來接你的吧，他看到你後就徑直朝這邊來了……走吧，我不想再看見你。」

時進一愣，順著他看的方向看過去，就見一道坐在輪椅上的熟悉身影正從小路盡頭往這邊來，眼睛一亮，本能地爬起身想迎過去，腳剛跨出一步，又連忙收回來，彎腰搶走黎九崢手裡的手術刀，把他從地上拉起來，說道：「大年初一拜祖先，現在咱們拜完了，該回去繼續過年了。」

黎九崢皺眉，起身後伸手去搶他手裡的手術刀，說道：「把刀還給我。」

「不還，這是我的了。」時進乾脆把手術刀塞進口袋裡，抓住黎九崢的手，邊把他往廉君的方向拽邊說道：「我都說了要陪著你了，咱們兩兄弟都沒了爹媽，湊一起過年挺好的，走，回家，我給你包餃子吃。」

黎九崢站在原地不動，「蓉城過年不吃餃子。」

「那吃什麼，春捲嗎？還是湯圓？哎呀沒事，我都會做。」

時進用力拉，幾乎把吃奶的勁都使出來了，無奈身體狀況不好，四肢無力，死活拉不動，最後乾脆不拉了，拽著黎九崢的胳膊扭頭朝著已經靠近的廉君喊道：「君少，我想帶我五哥回去一起過年，我拉不動他，你幫我把他綁回去吧。」

黎九崢聞言眉頭皺得更緊，往外抽手。

靠近的廉君聽到時進的話卻是臉一黑，看都沒看黎九崢，上下掃一眼時進現在頗為狼狽的樣子，擺手示意身後推輪椅的卦一停下，取下膝蓋上的毯子，長腿一跨，居然下地站了起來，拿著毯子略顯緩慢地走了兩步，在能碰到時進時停下，伸手拽住時進的胳膊，把人用力拉過來抱在懷裡。

「回去再收拾你。」廉君面沉如水，把時進的腦袋按在自己的肩膀上，另一手用毯子圍好他，牢牢圈著他的身體，冷冷看一眼黎九崢，轉身帶著時進朝輪椅走去。

不知何時埋伏到周圍的卦二等人齊齊衝出，上前把站在原地的黎九峥控制住了。

時進被動隨著廉君的動作往前走，聞著他身上傳來的清淡味道，整個人都傻了。

「廉君在走！他在走啊！」他在心裡狂喊。

小死也快要瘋魔：「寶貝比你高！居然比你高！真是太好啦！」

時進：「……」他拽緊廉君的衣服，磨牙：「小死你剛剛說什麼？」

小死卡住，哼唧裝死，見時進已經確定安全了，乾脆一股腦收回放到時進身上的各種遮罩痛覺和調動身體機能的buff，讓他的身體休息。

於是下一秒，本來還在生龍活虎質問小死的時進，突然身體一軟，一句話都沒來得及說，直接閉眼倒在廉君懷裡。

廉君被他突然壓過來的身體重量帶得踉蹌了一下，連忙停步穩住身體，低頭發現時進居然暈了過去，薄唇緊抿，抱著他的手收緊，上前小心把他安置在輪椅上。

卦一立即伸手幫忙，安頓好時進後見廉君面色蒼白，額頭因為疼痛而滲出細汗，擔憂喚道：「君少，你……」

「沒事，再去推一把輪椅過來。」廉君打斷他的話，語氣還是如常，只是身體稍微彎著，手撐在輪椅扶手上勉強站穩，伸手碰了一下時進的臉，回頭看向被卦二等人控制的黎九峥，吩咐道：「把他帶回去，通知時緯崇他的兩個弟弟全都找到了，讓他去蓉城的軍區醫院找我。」

卦二應了一聲，直接掏出一把槍對準黎九峥的後腰，說道：「走吧，黎先生。」

黎九峥微微側頭看他一眼，視線掃過輪椅上昏迷過去的時進，和明顯身體狀況很不對勁的廉君，斂了情緒，堪稱順從地隨著卦二指示的方向走了。

時進又再次在消毒水的味道中醒來，撐開眼皮往床邊一看，很好，這次直接有四個人待在他的床邊，立刻生無可戀地側過頭，想再暈過去。

「醒了？」廉君的聲音傳來，幽幽的、冷冷的。

——來了來了，果然來了。

時進低嘆口氣，認命地扭回頭看向距離自己最近的廉君，朝他擠出一個笑容，拍馬屁道：「君少，你走路的樣子真帥，寬肩窄腰大長腿，身材比例倍兒棒，就是太瘦了，抱起來咯得慌，你要多吃點飯……」

廉君面無表情，伸手捏住他說個不停的嘴，冷笑：「話這麼多，看來是已經好了。」

時進被笑得後背一涼，眼睛一閉就悶聲咳嗽起來，用行動表示自己現在很不好，演技十分浮誇。守在一邊的龍叔看不下去了，上前把廉君的手擠開，檢查一下時進的情況，給他餵了點水，說道：「你可別再折騰了，小心傷口繃開。」

時進立刻老實下來，乖乖喝口水，立刻覺得乾澀癢痛的喉嚨好受許多，看向房間裡站得較遠的另外兩個人，喚道：「大哥、五哥……」

「你好好休息，先別說話。」時緯崇安撫，然後拍了一下身邊沉默不語的黎九崢。

黎九崢看向時進，硬邦邦說道：「抱歉。」

時緯崇不大滿意地看向他，黎九崢側頭避開他的視線，一副不想再說話的模樣。

時緯崇皺眉，想說什麼又忍住，側頭遞給時進一個「我會給你個交代」的眼神，拽著黎九崢走出病房。

時進瞪大眼看熱鬧，廉君忍無可忍地伸手捏住時進的臉頰，把他往自己這邊扯了扯。

時進被迫把視線轉回廉君身上，見他表情不善，立刻把看熱鬧什麼的給忘了，心虛解釋道：「我不是不聽命令，就是擔心你，那天我本來只準備去團結社區附近看看情況的，沒想摻和你們的行動，結果我一到那裡就看到你有危險，腦子一熱，就直接出手了，我沒想到狙擊手會瞄準我。受傷後也立刻給你打求救電話了，可惜我當時疼糊塗了，撥錯了號碼……」

廉君收回手，黑著臉不說話。

「對不起，我會自己去領罰的。」時進低著頭垂著眼乖乖認錯，一臉的蒼白虛弱，看上去別提多可憐了。

廉君想訓斥又不忍心，皺眉看著他良久，最後只憋出一句：「你每次認錯都認得飛快，但下次犯錯的時候照樣有你，時進你是不是想讓我把你關起來？」

時進尷尬反駁：「也沒有每次……」

「你還想有每次？」廉君反問。

大腿很生氣，並且疑似失去了理智。時進識趣閉嘴，把手伸出被子去搆廉君，準備迂迴一下拍點別的馬屁。

廉君的手就搭在輪椅扶手上，離床沿也沒多遠，時進卻搆得很是艱難——太餓了，沒有力氣。

廉君坐著不動，就看著他，最後見他手要脫力了，才終於伸手握住他，十分用力，說道：「沒有下一次。」

時進連忙點頭，面上很聽話，被握住的手卻不安分，繼續搆啊搆，最後硬是蹭得挪了下身體，胳膊一伸，帶著廉君的手放到他的腿上，輕輕捏了捏，關心問道：「腿疼不疼？」

廉君被捏得一僵，剛剛緩和的表情又黑了，拿起他的手塞回被子裡，說道：「繼續休息吧，你得先觀察一下情況才能吃東西，先忍一忍。」

怎麼突然又多雲轉陰了？時進心裡打鼓，喚道：「君少，我……」

廉君再次伸手捏住他的嘴，面無表情地看著他，「時進，給不了回應就別亂釋放關心，這不公平。」說完收回手，示意龍叔上前守著時進，然後轉身滑動輪椅離開了。

時進聽不明白他這句話，抬眼看龍叔，滿眼求解。

龍叔伸手拍他腦門一下，說道：「別問，閉嘴，睡你的覺。」

「可是……」

龍叔取出一副耳機戴好，拿出手機開始聽歌。

「小死，我覺得龍叔和君少有祕密，但他們不準備告訴我。」時進退而求其次找小死嘮嗑。

小死在腦內給他放起安眠曲。

時進噎住，氣得真的睡了過去。

【第十一章】原來混黑社會還要看學歷

一覺睡醒，時進發現床邊坐著的人換了一個，從龍叔變成時緯崇。

見他醒了，時緯崇上前幫他把床搖起來一點，然後倒了杯水，插上吸管遞到他嘴邊，溫聲說道：「先喝點水。」

時進歪頭喝了口水，環顧一下房間，問道：「其他人呢？」

「去忙別的事了。」時緯崇回答，又幫他架起床桌，然後拎起床頭櫃上的保溫桶，從裡面取出一碗青菜粥和幾份小菜，邊給他擺餐具邊說道：「先吃點東西墊墊胃，想上廁所了跟我說，我扶你去洗手間。」

時進只是肩膀受傷，之前沒力氣是因為發熱，現在高熱退下去了，又飽飽睡了一覺，精神已經好多了，聞言笑著說道：「哪裡需要你扶，我又不是受什麼要命的重傷。」

時緯崇繃著臉沒說話，幫他擺好所有東西後坐到床邊，說道：「先吃飯，吃完了我們談談。」

時進見他這副表情，在心裡嘆口氣，知道這遭肯定是躲不過的，認命地拿起勺子。

吃飽喝足，時進氣色稍微好了一些，時緯崇見狀，表情也跟著轉好，他起身幫時進收拾桌子，重新安頓好他之後才坐回去，醞釀了一下，開口說道：「小進，你這次受傷的經過，廉君已經全部跟我說了，你太魯莽了。」

時進乖乖認錯：「對不起哥，害你擔心了。」

「不，你沒有對不起我的地方。」時緯崇幫他掖了掖被子，沉默了好一會才繼續說道：「九崢那邊我已經和他聊過了，他保證以後不再對你亂來。是我疏忽，這段時間一直沒怎麼關心他，連他母親去世了都不知道，任由他鑽了牛角尖。還有你……我不是個好哥哥，小進，是我該向你道歉才對，對不起。」

時進皺眉，喚道：「大哥。」

「我不配做你的大哥。」時緯崇垂著眼，臉上帶著疲憊，「有些事你大概不知道……時行瑞雖然拋棄了我和老二他們的母親，但卻給了她們大筆的錢，用作撫養我們的資金和對她們的補償。」

時進一愣，不自覺坐直身體。

「不止是金錢，我們所有人的母家，也全都或多或少地獲得時行瑞的資源幫助，他像是投資生意一樣投資我們，完全不吝嗇金錢……不過這一點在你出生後發生了改變。在發現時行瑞有收手把所有資源傾斜到你身上的傾向時，我們幾個兄弟的母親曾祕密聚會一次，自那之後，我們在各自母親的授意下，學會了『疼愛』你這個弟弟，時行瑞也是從那時候起，開始依據你對我們的親近程度，給我們各自的母家分配資源……這是一個交易，一個所有人心照不宣的交易，一個我和老二知道，老三、老四和老五不知道的交易。」

時進目瞪口呆，完全沒想到這裡面居然還有這種隱情。

時緯崇看著他的眼睛，彷彿從他眼裡看到一個卑鄙又虛偽的自己，語氣有些艱澀：「頭幾年，大家都還小，母親要我們做什麼，也就照著做了，後來大家慢慢長大，各自有了各自的想法和追求，便想著改變這種情況。但我阻止了他們。」

時進問道：「為什麼？」

「因為我需要時行瑞的親近，我想報復他……這裡面有太多我的私心和利益糾葛，大家被我捆在報復時行瑞的這條船上，把你當作接近時行瑞的工具，繼續了這場兄友弟恭的戲。」

時緯崇說著，表情漸漸沉鬱，還帶著一些自嘲，說道：「大家本來早就可以解脫了，時行瑞年紀越大越沒野心，除了你，連生意都不大在意。大家也都已經各自成長，能夠獨當一面，不需要再畏懼或者依賴時行瑞的力量，但我逼他們繼續困在這場戲裡，讓他們慢慢走進死胡同，九崢這次的行為失控，我要負一大半責任。現在我無比慶幸，時行瑞在我親自動手之前就去世了，否則大家可能會被我拖入更深的噩夢裡。」

時進聽得心裡一跳，問道：「如果時行瑞沒死，你準備做什麼？」

時緯崇抬眼看向他，一字一句回道：「搶走他擁有的一切，把他踩落塵埃，然後毀掉他最珍視的東西，讓他餘生都活在痛苦裡。」

最珍視的東西……那不就是原主嗎？時進怔怔靠回床上，看著時緯崇，從來沒有哪一刻如現在這般清晰地意識到——自己面前坐著的是個殺人兇手，哪怕只是可能的、潛在的。

這個被原主當做大哥依賴的人，心裡其實從來沒有把原主當作弟弟看待。他之前以為時緯崇過去或許只是單純不喜歡原主這個弟弟的猜測，現在看來完全就是一廂情願。

「時行瑞確實對你不好，還拋棄了你的母親，你想報復他我能理解，但是原……但是我又做錯了什麼？」他開口詢問，不再是演戲，而是真的替原主覺得委屈和不公。

原主只是出生了，被動地出現在這個世界上，在他短暫的一輩子裡，他做得最出格的壞事就是聯繫父親的舊部，想要給時緯崇使絆子。

他死的時候甚至還不滿二十歲。前十七年他在父親的嚴密保護下生活著，什麼壞事都沒做過；成年那年，他失去了父親、容貌和自由，殘忍地發現之前的生活只是一場人為編織的假象；成年之後，他連生命都失去了。

就算他曾經有過什麼恃寵而驕，或者不太體貼兄長之類的壞毛病，但這些錯處，真的需要他為此付出生命的代價嗎？他雖然不大優秀，但真的不算是個壞弟弟。

面對他的詢問，時緯崇再次沉默，然後伸手摸摸他的臉，回道：「你沒做錯，是我的錯，我不配做你的大哥。」

時進偏頭躲開了他的手——時緯崇說的那些東西太功利、太顛覆他的認知，他頂著原主的身分，實在無法接受時緯崇此時的關心。

時緯崇眼神一暗，手慢慢握拳收了回來，起身說道：「你休息吧……我會和老五他們好好談談，不會再讓他們來打擾你。如果你不想再認我這個哥哥，我也尊重你的想法……小進，對不起。」說完在原地停了兩秒，見時進沒有回應，彎腰拿起椅子上搭著的外套，轉身離開了。

時進等他離開後才抬眼看向病房門，心情複雜地發了會呆，良久後回神，長吁口氣癱在床上，扯起被子蓋住自己的臉。

小死有些擔憂，喚道：「進進……」

「我沒事。」時進開口，聲音悶悶的：「其實說到底，我也只是個稀裡糊塗闖入的外人而已，時家這些糾葛我根本沒有立場去評價些什麼……小死，我覺得我想岔了很多東西，我是不是太過在意進度條了？」

「沒有。」小死回答，見他這樣低落，忍不住也自責起來，說道：「對不起進進，是我把你拉入了這個世界。」

時進搖了搖頭沒說話，閉上眼睛回想著重生以來經歷的所有事情，沉沉嘆了口氣。

沒過多久卦二推門走進來，代替時緯崇守著時進。

時進和他聊了幾句，才知道自己正住在蓉城的某個軍區醫院裡，而廉君和其他人之所以到現在都沒來看他，是因為廉君也病倒了，其他人正在廉君那邊幫忙。

時進聽得皺眉，就想起身下床，著急問道：「他怎麼樣了？我去看看他。」

「看什麼，君少已經睡了，他只是有點著涼和休息不足而已，打點滴，好好睡一覺就好了。」卦二把他按回去，拍了他腦門一下，嘆道：「你說你，受傷了就老實一點，還嫌這個年不夠折騰呢，快點好起來吧，不然君少還不知道要怎麼擔心。」

時進擰著眉躺回去，心裡深刻認識到自己的錯誤，眉眼全垮了下來，說道：「我以後再也不這麼衝動了，對不起。」

卦二見他這樣，又不忍心再說他了，安慰道：「行了，別亂想了，其實那天也多虧了你，不然咱們這邊肯定是要出現人員損傷的，當時卦一雖然有意把車停得避開大部分狙擊手的攻擊角度，但街上還有其他人，只要對方開火，誤傷絕對沒法避免。」

「你不用安慰我。」時進嘆口氣，睜大眼看了會慘白的天花板，突然問道：「卦二，我是不是太感情用事了？」

卦二無奈，用被子捂住他的臉，說道：「都說了別亂想，你這樣挺好的……休息吧，早點養好身體，咱們去島上挖螃蟹去。」

時進被他弄得抒情不起來，隔著被子拱了他一下，閉上眼睛。

這天之後，時進再也沒有見到過時緯崇。

據卦一說時緯崇其實還在醫院，還會每天去醫生那關心他的身體狀況，甚至黎九崢也在，但兩人就是沒再來過病房。

時進想著劇情裡的那些彎彎繞繞，看一眼已經降到500的進度條，也沒有主動去找他們。

廉君在第二天身體好了一點後，又來病房陪著時進了，氣色看著還好，就是臉上這段時間養出來的一點肉已經徹底沒了蹤影，看得時進十分心碎。

怕廉君在醫院待久了被人過了病氣，時進開始積極配合治療，沒過一個星期就又活蹦亂跳，嚷嚷著要出院。

廉君硬是押著他在醫院裡住滿七天，確定沒問題後才給他辦理出院，回程時怕時進傷口受不住，還放棄方便快捷的飛機，弄了輛房車來，準備開車回B市。

出發那天上午，時進買了一堆餃子、春捲之類的東西，讓人寄去黎九崢的私人醫院，算是完成了自己之前的承諾。

下午，大家在醫院門口上了車，時進百無聊賴地看著窗外，餘光一掃卻看到時緯崇和黎九崢正並排站在街對面的水果店前，正齊齊看著這邊。

他愣了愣，猶豫了一下，還是抬手朝他們揮了揮，用口型說了聲再見，然後拉上車簾。

其實他早該想明白的，他不是原主，又何必在這些真假兄弟情裡面摻和，他在這個世界掙扎翻滾，所求的不過是好好活下去，把進度條消掉而已，既然現在已經確定時家五兄弟大概不是真正對原主有殺意的人，那他也就不用再過多在意某些感情的真假了，那些爭取來的零碎生存因素沒了就沒了吧，反正身邊還豎著一個現成的金大腿。

這樣想著，他就把視線挪到對面正在看書的廉君身上，伸手按住他的書頁，取出平板，說道：「君少，我們來搓一局吧，如果我贏了，你就幫我查點東西好不好？」

廉君看著他壓過來的手，視線掃過他手背上的針眼痕跡，放下文件抬眼看他，問道：「如果你輸了呢？」

時進笑得眉眼彎彎，隱隱帶著點猥瑣：「那我就每天幫你按摩，我告訴你，我的按摩手藝那可是大師級的，一般人享受不到！」

真正的大師小死：「哼。」

廉君看了他幾秒，居然真的放下書，說道：「可以。」

時進美滋滋，殷勤地又拿了一臺平板出來，打開麻將軟體，塞到他手裡。

時進很後悔，後悔和廉君賭那一場。

「不應該啊，怎麼就輸了呢，我明明把牌都算好了。」他扼腕嘆息，滿臉苦色。

小死安慰：「高手難免也有失手的時候，正常。」

時進頹喪嘆氣：「可是輸了，我就沒理由讓君少幫我調查時家五兄弟各自母家的情況了。」

小死天真快樂地說道：「你可以直接開口讓寶貝幫你查啊，寶貝肯定會幫你的。」

「那我不就欠他一個人情了，我以後還怎麼理直氣壯地逼他吃飯喝湯！」時進想得很遠，也想得很深。

小死沉默一會，然後小小聲反駁：「可你什麼時候不理直氣壯過，犯錯受罰都壓不下你的理直氣壯……」

「你碎碎念什麼呢！」時進語氣陰森森。

小死果斷掐住嗓子，熱情建議：「你可以再找寶貝比哇，這一次輸了，那下次肯定就贏了哇，進進加油！窩相信膩！」

時進覺得它說得很有道理，心中重新燃起希望的火光，說道：「對，憑我的技術，輸一次完全是意外，下次肯定能贏！」說完拿起平板，又興沖沖地湊到廉君身邊。

十分鐘後，他拿著平板窩回屬於自己的位置，長吁短嘆：「發牌系統肯定在針對我，憑什麼廉君摸牌一摸一個準，我摸半天都是不想要的牌。這下好了，以後我要每年親手給廉君做生日蛋糕了……對了，廉君的生日是什麼時候來著？」

小死回答得超級快：「三月下旬，寶貝是帶著春天氣息降生的寶寶。」

時進一愣，翻出手機看了看日曆，發現廉君的生日居然差不多快到了——今年的新年來得比往常晚，過完年差不多就二月末，仔細算算，現在距離廉君的生日居然不到一個月。

小死還在開心地往下說：「所以進進你現在就可以開始學著做蛋糕啦，到寶貝生日的時候，你蛋糕應該已經做得像點樣子了。」

時進越聽越覺得可疑，總覺得它的語氣有些過於興奮和篤定，好像早就知道會有這一齣一樣，皺眉琢磨了一下這兩次的牌局，又琢磨一下小死提供的賭注建議，終於回過味來，磨牙說道：「小死，是不是你搞的鬼？你是不是操控發牌系統了，專門給我發爛牌！」

小死嚇了一跳，磕巴解釋道：「我、我沒有啊。我怎麼會做這、這麼過分的事情呢，進進窩當然是向著膩的，窩辣麼愛膩，膩是窩的小寶貝啊。」

時進被它膩歪得雞皮疙瘩起了一身，越發肯定就是它搞的鬼，憤憤道：「我是你的小寶貝，但是廉君是你的大寶貝，你這個偏心鬼！」

「我沒有！」小死狡辯。

「你就有！」時進氣得就差拍桌了。

房車內的其他人就見時進在輸了牌局後，跟中了邪似地窩在角落對著平板一頓齜牙咧嘴，一副把輸牌的原因全部歸咎於平板，想把它生吃了的樣子。

卦二看不下去了，一臉的一言難盡，「他真的不是傷了腦子嗎？怎麼看上去越發蠢了。」

卦三和卦五也是一副看不下去的樣子，想說什麼又閉了嘴，偷偷用眼角餘光去瞄廉君。

那邊和卦一談完正事的廉君接收到眾人的視線，也側頭看向時進，手指點了點輪椅扶手，主動滑動輪椅去到時進身邊，伸手抽走他手裡的平板，說道：「再比一場，這次我贏了，你就去把功課撿起來，我輸了，就答應你之前想提的要求。」

時進從和小死的幼稚吵架中回過神，聞言先是眼睛一亮，然後又皺了眉，問道：「功課？什麼功課？」

廉君已經點開了麻將軟體，回道：「高中功課。」

「高中功課？」時進有些懵。

高中功課，什麼玩意兒？他都大學畢業好多年了，哪裡還記得高中學過的東西，而且要他撿這東西幹什麼？

小死貼心提醒：「原主才十八歲，你重生的時候原主還沒高中畢業，後來你翹學跑掉了，算是中途輟學，準確來說，你現在只有初中文憑。」

時進：「……」

小死繼續補刀：「寶貝手下的人，全是大學文憑以上的，學歷最高的卦九是雙學位博士。」

時進：「……」蒼天吶，為什麼當黑社會還要看學歷。

「比不比？」廉君不多廢話，把打開軟體的平板放到他面前，強調道：「機會只有一次。」

時進聞言心臟一緊，艱難抉擇了一下，還是點點頭，咬牙說道：「比！」同時在心裡嚴厲制止小死再次幫廉君作弊。他就不信了，沒了小死作祟，他還能再輸了！

事實證明，人倒楣起來，是真的會持續被系統針對的。時進生無可戀地癱在椅子上，想卸載掉麻將軟體。

看熱鬧的卦二忍不住笑出聲，真是太慘了，敢和君少玩賭博類遊戲，時進還是太天真。

「只要你把功課撿起來，我可以幫你做一件事。」廉君把平板放回桌上，問道：「你想讓我幫你查什麼？」

時進唰一下坐起身看他，一副懷疑自己聽錯了什麼的樣子。

廉君抬手撐住下巴，看著時進傻乎乎的樣子，眉眼微微舒展，語氣溫和地又問了一遍：「時進，你想讓我幫你查什麼？」

窗外照進來的陽光，陽光下坐著的美男，美男還在歪著頭笑！時進被廉君此時慵懶愜意的樣子震住了，回神後一個猛撲按住他的腿，激動說道：「幫我查我那幾個哥哥母家的情況，越具體越好！君少你真是個大好人！」

廉君被按得稍微往後滑了一下，眉尾微挑，伸手按住他的腦門，慢慢把他推回去，滑動輪椅回到卦一身邊。

時進順勢倒在椅背裡，美滋滋：「君少果然是個好人……」

小死憐愛地摸摸他沒什麼營養的大腦，自動自發地調出高中課本，貼心說道：「給，看吧。」

時進：「……」

回到B市後，廉君花兩天時間和官方一起處理了黑玫瑰留在B市的殘黨和老窩，然後花大力氣全方位壓制黑玫瑰現存的大部分生意，拉動官方發起一場針對黑玫瑰的清剿活動。

時進對此很不解，拽住卦二詢問道：「君少之前不是說現在還不是動黑玫瑰的時候嗎？還說這次只準備小小收拾他們一下，怎麼現在突然搞這麼大的動作？」

卦二眼神奇異地看他一眼，問道：「你不知道？」

時進搖頭，擰著眉：「你們都不說，我怎麼知道。」

「那你也不需要知道了。」卦二轉身就走。

時進用力把他拉回來，虎視眈眈地看著他。

卦二望天嘆氣，看向他解釋道：「動黑玫瑰，當然是因為黑玫瑰這次做得太出格，惹君少生氣了。也是他們自己蠢，把收拾他們的藉口主動遞到君少手裡。大年夜在居民區外動火，你覺得官方能給他們按個什麼罪名？」

「什麼罪名，聚眾火拚？威脅公眾安全？」時進一時間只能想出這些。

卦二一臉高深莫測地搖頭，拍了拍他的肩膀，說道：「年輕人多看看新聞吧，黑玫瑰那種規模的組織，還是合法的，要動他們，你說的那兩個理由，都不能算是理由。」說完趁著時進陷入思索，腳底抹油，溜了。

時進一頭霧水，如果這都不算理由，那什麼才算是理由？帶著這種疑問，時進連著蹲守好幾天的新聞，終於某天看到官方播報的某條新聞，知道能動黑玫瑰的理由是什麼了——官方居然把團結社區門口的衝突，定義成黑玫瑰針對團結社區居民的恐怖襲擊。

聚眾火拚和恐怖襲擊，這事件性質和危險程度簡直是一個天上、一個地下。時進沉默，在心裡給黑玫瑰點了一根蠟燭——事件性質上升到這種程度，黑玫瑰這次算是涼定了。

轉眼又是幾天過去，時進的傷口徹底癒合。他找了個時間去醫務室拉著龍叔嘰嘰咕咕好一陣，然後在當天晚飯後，帶著一堆工具去了廉君的書房。

廉君抬眼看他，問道：「這些是什麼？」

「給你按摩用的東西。」時進把東西放到書桌上，坐到書桌後面，看一眼廉君，又看一眼他手裡的文件，然後看了看牆上的掛鐘，用意十分明顯。

廉君把視線挪回文件上，問道：「傷好了？」

「龍叔說沒問題了，不用因為擔心扯到傷口而不敢隨意動胳膊了。」時進回答，還舉了舉自己的胳膊，展示自己的力量。

廉君頭也不抬，「那就回去收拾行李，準備出發去島上。冬裝就不用帶了，島上很暖和，早晚溫差大的時候只需要穿件薄外套就夠了。」

時進愣住，問道：「我們要走了嗎？這一陣不是在忙著收拾黑玫瑰，怎麼突然又要走了？」

雖然之前卦二總說年後要去海島上抓螃蟹，但因為回B市後大家就開始忙黑玫瑰的事，一點沒有要走的跡象，所以他以為大家還要在B市留很久呢。

「收拾黑玫瑰是官方的事，我們幫的已經夠多了。」廉君在文件上簽好字，掃一眼桌上的東西，說道：「按摩的事等去了島上再說。」

時進聞言面露遺憾，說實話，他私心裡是很想看看廉君雙腿的情況的，聽說長久不行走的人腿部肌肉會萎縮，他有點擔心。

也是他之前疏忽了，只顧著擔心廉君的吃飯狀況，忘了行走不便的人還需要多注意腿部的保養，如果不是那天在墓園看到廉君站起來，他估計到現在都還沒注意到廉君的腿部健康。

「去島上還要好久，要不我們先按一下試試手？你看我東西都帶來了……」時進還是不死心，摸著桌上的按摩工具提議。

廉君看文件看得很專心，無聲拒絕，時進便偷偷挪著椅子往他那邊蹭。

廉君突然放下文件抬頭，問道：「功課補得怎麼樣了？」

「呃……」時進僵住了。

「答應的事情就要做到。」廉君滑動輪椅出來，居然從書櫃下層搬出一套高中教材，「你在M國讀的高中，教學進度和國內不一樣，前期適應起來可能會比較難，過來，我給你摸摸底。」

時進瞟一眼他手裡的教材，心沉到谷底，尷尬拒絕：「這、這就不用了吧，你不是很忙嗎？你忙你忙，我就不打擾你了……」

廉君摸過書桌上的遙控器，遙控鎖上書房的門。

時進聽到鎖門聲，抬到一半的屁股頓住，看一眼廉君已經坐到茶几邊的身影，認命起身，坐到他的旁邊。

廉君給他倒了杯溫水，遞給他一套紙筆，然後翻開教材。

按摩之旅變成摸底考試，時進生不如死，全程僵硬臉，尬得想找個地洞把自己藏起來——高中畢業多年，他早已把學到的大部分知識還給老師，一問三不知就是用來形容現在的他。

漫長的兩個小時過後，廉君放下最後一本教材，看著時進不說話。

時進低著頭，握著筆在本子上無意識地畫圈圈，不敢抬頭。

「到了島上後，我會給你請幾位老師。」廉君開口，語氣居然還算溫和，甚至帶著點心軟家長

不敢太過批評差生，怕刺激到學生自尊心的小心克制，「你語言類學科都很不錯，功底很扎實，另外差一點的幾科，補補也會好起來的。」

時進並不覺得被安慰了，不大有精神地看他一眼，問道：「君少，你讓我補這些，是想送我去讀大學嗎？」

廉君沒有正面回答，而是反問道：「你不想讀大學嗎？」

「不想。」時進答得快且肯定。大學什麼的來一次就夠了，他不想再去讀第二次，而且現在保命要緊，上學讀書什麼的根本不在他的考慮範圍內。

「為什麼？」廉君詢問。

時進誠實回答：「一是因為我不喜歡讀書，二是因為現在不是適合讀書的時候，在大家都在為了一個光明的未來而一起努力的時候，我不想離隊去做自己的事。如果君少你實在嫌棄我學歷低，我可以等一切塵埃落定了，再去考個成人大學什麼的，也不急於現在。」

「我不嫌棄你學歷低。」廉君聽完他的解釋，語氣依然溫和，不疾不徐說道：「我只是怕你以後會後悔。時進，這世上有很多生存所需的知識和技巧，都是從這些基礎知識上延伸出去的。你現在可能覺得不學這些也沒什麼，但你以後可能就不這麼想了。我並不強求你按部就班地跟著普通人的成長節奏走，但你必須明白一件事——只有你自身強大了，別人才不敢隨便動你。而強大又包含很多方面，有武力的、有智力的，也有原始資本的累積，你現在最容易建立的強大，就是前兩種，而有了前兩種，特別是智力的，要達成最後一種，又會變得容易得多。」

時進沒想到廉君居然會吐出這麼一碗語重心長的雞湯出來，睜大眼傻愣愣看著他，思緒不自覺就跟著他的話走了。

對啊，廉君這話說得十分有道理。如果他自身變得像廉君這麼強大，那躲在背後的殺人兇手還會敢打他的主意嗎？恐怕得好好掂量掂量吧。就看看黑玫瑰動了廉君的下場，強大的作用還不夠明顯嗎？

想想當初他只是抱上廉君這根強大的大腿，進度條就狂降一大截，那如果是他自己強大了，強大到廉君這個地步，那誰還敢動他？到時候進度條還不得自動往後狂退？

時緯崇？黎九崢？如果他真有了廉君這樣的勢力，哪裡還需要怕他們？哪裡還可能被他們傷到？看廉君有怕過時緯崇他們嗎？從來沒有過吧。

時進越想越激動，越想胸腔裡的豪氣越膨脹，只覺得自己以前是腦子壞了，只知道跟外部因素死磕，忘了自身才是影響進度條數值的最大因素，忍不住握住廉君的手，真誠說道：「君少，我明白了，你說得對，我會好好努力，為了成為你這樣的厲害大佬而奮鬥不懈的！」

廉君：「……」

砰！時進被廉君掃地出門，臨走前甚至只得到了廉君一個冷淡而嫌棄的眼神。

「他怎麼說變臉就變臉，我不是聽他的話決定好好學習了嗎？」時進滿臉莫名。

小死滄桑嘆氣，幽幽說道：「進進，我開始懷疑我幫你重生的時候，是不是忘了帶上你的一部分智商……」和很多很多情商了。

時進先是皺眉，然後怒了：「小死，你又拐彎抹角罵我蠢，你最近是不是太過分了！」

小死閉嘴裝死，假裝自己正在關機重啟。

新年最後一天的元宵節，折騰了一整個新年的大家，終於有空停下來歇一歇，聚在一起好好吃一頓遲來的團圓飯。

時進親手包了餃子、炸了春捲、煮了元宵，甚至還烤了幾個醜不拉幾的紙杯蛋糕，和大家一起

慶祝新一年的到來。

卦二對時進糟糕的廚藝發出無情的嘲笑，時進憤怒地塞了一個炸糊的春捲到他嘴裡，然後把煮得最好的一碗元宵放到廉君面前，還偷偷塞了一包雞蛋糕過去。

「別給他們看到了，我就做成這一份，卦二就是個禽獸，明明嫌我做得難吃，卻偏偏要搶，特別不要臉，明明廚房那邊送了一堆好吃的過來。」

時進碎碎念，滿臉控訴，「下次給他飯裡下瀉藥！」

廉君捏了捏袋子裡軟軟的雞蛋糕，發現居然還是溫的，側頭看他，問道：「最近怎麼喜歡上烘焙了？」

時進含含糊糊回道：「你們平常都忙，我無聊嘛……當然！我有每天看書的，這些都是休息的時候做的！」

廉君嘴角勾了勾，低頭拆開雞蛋糕的袋子，捏出一塊放到嘴裡，仔細品嘗了一下味道，點頭說道：「還不錯。」

時進於是心滿意足地笑了，只覺得自己是這世上最好最貼心的「家長」，為了能讓挑食的「孩子」多吃幾口飯，不惜親自學廚藝，真是太偉大了。

全程圍觀了他心裡活動的小死：「……」

吃吃鬧鬧玩到九點多，這頓團圓飯終於來到尾聲，雖然時進還想再擺幾桌麻將帶著眾人怒肝通宵，但礙於明天就要上飛機離開B市，還是無奈打消了這個念頭，和大家告別後先送廉君回房，然後回自己房準備早點洗洗睡覺。

正埋頭在衣櫃裡翻睡衣，手機鈴聲突然響了，時進取出手機一看，發現居然是向傲庭打來的電話，臉上的開心稍微淡去，猶豫了一下，還是接了。

「小進。」向傲庭的聲音傳來，帶著疲憊，「我聽說你們最近就要離開B市了，我在夜色門口，你能出來見見我嗎？我有些話想跟你說。」

時進看一眼時間，回想了一下向傲庭在原劇情裡的種種表現，在心裡嘆了口氣，應下他的邀請。原劇情裡，向傲庭是唯一一個對原主的態度始終如一的哥哥。

時行瑞死前，向傲庭很忙，忙得沒多少時間和原主聯繫，也不會經常送禮物討好原主，只會定期打幾通電話，且每次電話的內容都大同小異，關心一下原主的身體狀況、關心一下原主的學習情況，然後囑咐一些沒營養的話，語氣硬邦邦的像是在應付差事。時行瑞死後，他還是忙，也還是會定期給原主打幾通電話，電話內容依然乾巴巴的沒什麼內容，那時候已經隱隱意識到什麼的原主，只覺得這些電話是對他的另一種無形諷刺。

後來綁架案發生了，原主對這個哥哥的感情變得有些複雜——當時被綁架的原主，是被向傲庭帶人救出來的，雖然向傲庭在救完人之後就走了，顯得十分絕情。

直到臨死，原主心裡對向傲庭的感情都是複雜的，和對其他幾個哥哥的怨和恨不一樣。

時進從一個旁觀者的角度去看，也不得不客觀地說一句，原主的感覺沒有錯，時家這五個兄長裡，或許只有向傲庭對他的關心是真心的，雖然這真心大概十分微薄。

向傲庭太正直了，他或許討厭原主的嬌生慣養，或許對原主釋放關心的原因不純粹，但他還是有一點點把原主當弟弟看待的，對原主的關心在某些時刻，應該也是真的。

時進放下睡衣，穿上外套，就當是看在原主對向傲庭那複雜的感情，和向傲庭把原主救出綁匪手裡的份上，見他一面吧。

和會所晚上值班的人打了聲招呼，時進提著一碗還冒著熱氣的水餃出門，朝著會所門口唯一停著的軍用吉普車走去。

看到時進出現，向傲庭推門下車，站在車邊看著他走近。

時進停在距離向傲庭兩步遠的地方，把水餃遞過去，說道：「給，吃吧，這個點正好適合吃宵

夜，餃子是我包的，因為之前煮過一次，這份是剛熱過的，所以味道可能沒有剛煮好的那麼好，你湊和吃點吧。」

向傲庭愣了一下，視線落在他手裡的紙碗上，頓了頓，伸手把東西接過來，側身放到車前蓋上，邊拆筷子邊說：「我都不知道你還會包餃子。」

「包餃子也不難，學學就會了。」時進把手插進口袋裡，看著向傲庭一點不嫌棄地挾起一個餃子塞進嘴裡，忍不住問道：「你就不怕我在餃子裡下瀉藥嗎？」

向傲庭毫無芥蒂地把餃子嚥下去，問道：「你會嗎？」

「當然會。」時進回答，說得誠懇又誠實：「我以前覺得你很凶，心裡很氣你每次回家都說我太胖了，讓我去鍛練，我想過很多惡作劇整你的法子，可是你總不來，我想的那些法子就一個都沒用過。」

這些都是原主的想法，時進說得毫無壓力。在一切還沒撕破前，原主面對這個最不親切的四哥，心裡是既渴望親近，卻又害怕親近的。原主只是個普通的男孩子，向傲庭這樣一個會開戰鬥機的哥哥，簡直滿足了原主對英雄的所有幻想。

只可惜這個英雄，在原主面前，偶爾還扮演著反派角色。

向傲庭聞言沒有接話，低頭又挾起一個餃子塞到嘴裡，看上去像是無動於衷，但略有些急的動作和不小心濺到衣服上的湯水卻顯示了他內心的不平靜。

「你知道那個交易嗎？」時進詢問。

向傲庭側頭低咳一聲，嚥下餃子後擦了擦身上的湯水，垂眼看著浸在湯汁裡白白胖胖的餃子，突然間想起了第一次見到時進這個弟弟時的情景。

那是在M國時，時行瑞居住的那棟華麗卻沒有人氣的大房子裡，那時候的時進剛剛失去母親，不到一歲，長得白白胖胖的，被時行瑞抱在懷裡，看到他進去，突然朝他露出一個傻呵呵的笑來。

孩子是無辜的，這是他在軍中學會的東西。

「不知道。」向傲庭突然覺得有些無法面對時進，只覺得剛剛吃下去的餃子哽在喉嚨口，悶悶地有些難受，「但我多少猜到了一些，我進了最好的軍隊，跟了最好的教官，拿到最好的資源，這些都是在每次我去見過你之後……我不知道時行瑞是怎麼辦到的，我只是討厭走後門的感覺，軍中是憑實力說話的地方，大部分人都瞧不起走後門的傢伙。」

時進恍然大悟：「所以你後來越來越少來見我，每次問起，你都有一堆躲不開的訓練和必須去做的任務。」

向傲庭沒說是也沒說不是，攪了攪碗裡的湯，問道：「小進，你恨我們嗎？」

「不知道真相的時候不恨，知道了之後就恨了，但你是不一樣的，我不恨你。」時進回答。

向傲庭握著筷子的手一僵，側頭看他，語氣艱澀地問道：「為什麼我不一樣？」

時進想起原主在生命最後的那些想法，在心裡低嘆口氣，回道：「因為你是英雄，英雄偶爾犯點錯也沒關係，只要心一直是正直的就行了。」

向傲庭放下筷子低下頭，手撐在車前蓋上，過了好一會才開口，聲音有些啞：「對不起，我大概讓你失望了……沒有人是正直的，從大家帶著虛假的感情重新跨入那棟房子的那刻起，就沒有人是正直的了。」

這真是場氣氛糟糕的談話，說話的兩個人都在為自己，或者為別人剖析內心，然後又一起得到了某些不大想聽到的資訊。

時進突然不想再繼續下去了，「你找我是想說什麼？我趕著回去洗澡，你有什麼快說吧。」

向傲庭聞言低頭整理了一下情緒，站起身正面對著他，細細打量了一下他的模樣，勉強擠出一個笑容，說道：「我就是聽說你受傷了，想來看看……天太晚了，外面冷，你進去吧。」

這明顯不是向傲庭本來想說的話，時進看著他努力維持平靜的樣子，也沒有再多糾纏什麼，反

正他已經把原主想說的話都說了，於是朝向傲庭點點頭，轉身就朝著會所大門走去。

走了幾步，身後突然又傳來向傲庭的呼喚，他停住，回頭看去。

「如果你願意，我永遠都是你的哥哥。」向傲庭說著，笑容裡帶著點侷促，「當然，你不想也沒什麼……小進，對不起。」

「是我該謝謝你。」哪怕只是為原劇情裡的那場營救。

時進再沒說什麼，轉身繼續朝門內走去，進入大門後透過半透明的印花玻璃門往外看了一眼，見向傲庭又轉身端起那碗餃子，垂眼斂了斂情緒，頭也不回地朝著電梯走去。

回房間洗完澡出來時，時進發現他的手機上多了一條簡訊，發信人是容洲中，內容依然簡短且不友好：小兔崽子，你是不是沒看我出演的春晚節目？

時進頂著一頭半濕的頭髮扒拉了一下簡訊頁面，想起原劇情裡容洲中除了嘴毒就是嘴毒的種種行為，動動手指回了條簡訊：是啊，不想看，大兔崽子。

回完後時進刪除所有簡訊記錄，沒再看容洲中後續發來的簡訊，趴到床上把被子一捲，沉沉睡了過去。

十幾個小時的飛行後，眾人落地M國某沿海城市，時進緊張地看著自己的進度條，在發現數值沒有增漲，反而稍微降了一點後，大大鬆了口氣。

「沒漲沒漲，看來瑞行和成長國已經不是你的致死因素了，而且離開B市還讓你的致死因素減少了一點。」小死開心歡呼。

時進也十分開心，看著自己已經降到490的進度條，愜意地長吁口氣，「真是好久沒有這麼輕

鬆和安全的感覺了，離開B市真是一件讓人開心的事。」

「對啊、對啊。」小死附和。

時進身體一歪靠到汽車抱枕上，想起和時緯崇算是撕破臉後自己那沒有變化的進度條，琢磨了一下曾從時緯崇等人那爭取到的生存因素，稍微有些出神，最後搖搖頭，把這些甩到腦後。管那麼多做什麼，現在安全了就行。這樣想著，他又從口袋裡摸出一塊奶糖，拆開後遞到坐在身旁的廉君面前，說道：「來，睡醒吃顆糖，心情美妙一整天。」

被飛機折騰得臉色有些蒼白的廉君側頭看他一眼，捉住他的手把糖吃了，靠到椅背上閉目養神。時進滿意地收回手，拿出手機搓起麻將。

前座，卦二默默收回看著後視鏡的視線，叼了根棒棒糖到嘴裡。

汽車一路前行，來到一處私人港口，時進滿眼新奇地隨著眾人上了一艘停在港口的中型遊輪，感嘆道：「我還以為咱們要坐直升機去島上，沒想到是坐船。」

「飛行線路也是有的，但再飛下去君少身體估計受不住，所以卦一決定坐船，大家可以在船上好好睡一覺。」卦二回答，瞄一眼時進看啥都稀奇的樣子，忍不住問道：「你以前也是個有錢人家的小少爺，沒見過遊輪？」

「呃……當然見過，但我沉迷學習，無法自拔，沒坐遊輪出去玩過。」時進勉強補救了一下自己的形象。

卦二一臉「我信你我就是智障」的表情，上了甲板後突然想到什麼，問道：「那你暈船嗎？從這到島上還得一會，你如果暈船，最好現在就吃點暈船藥。」

時進認真思索了一下這個問題，十分有信心地回道：「不暈吧，我平衡感挺好的，聽說平衡感不好的人才會暈船。」

卦二聞言挑了挑眉，也不再勸他，領著他往客艙裡去了。

十分鐘後，遊輪起航，時進生無可戀地癱在休息室的沙發上，只覺得整個世界都在旋轉。

「這不科學。」時進半死不活，捂著嘴想吐。

小死十分同情：「你可能是從來沒坐過船，所以暫時不習慣。我給你加點buff吧，你這樣太難受了。」

過了幾分鐘，時進漸漸緩過氣來，對小死這個金手指感激涕零，好好感謝了它一番後，摸出平板戳開麻將軟體。

於是給時進拿完暈船藥回來的卦二，就見到走前還要死不活的時進，現在正玩麻將玩得開心。

「麻將還治暈船？」他滿臉不可思議。

跟著他過來的龍叔，看一眼生龍活虎的時進，側頭丟給卦二一個白眼，把手往外衣口袋裡一插，轉身走了。

「是君少讓你來的，你翻我白眼幹什麼。」卦二莫名其妙，看一眼美滋滋的時進，又看一眼手裡的暈船藥，沒好氣地把藥往垃圾桶裡一丟，也走了。

晚飯時遊輪短暫停下休整，時進見日頭下去了，興沖沖地在甲板上擺好晚餐，然後把廉君推過來。廉君在船上睡了一覺，精神好了許多，脾氣很好地由著他折騰，上到甲板後看到正中間擺著的「燭光晚餐」，眼神微動，側頭看向身後的時進，問道：「你弄的？」

「不是，我叫人弄的，海上空氣好，下午太陽太烈了，不好出來，現在落日了，在外面吹吹風肯定很愜意。」

時進邊說邊把廉君安頓到餐桌邊，然後自己坐到他側邊的位置，把廚房擺到廉君座位對面的餐具拖過來，伸手揭食物的罩子，說道：「廚房那邊本來準備給咱們來個正統西餐，一道一道菜慢慢上，我可受不了這個，太慢了，就讓他們換了一桌新鮮的海鮮大餐上來，你放心，他們做的都是龍叔說你可以吃的食材，你放心吃沒關係。」

廉君嘴角微勾，拿起筷子，「你倒是有心，功課複習得怎麼樣了？」

時進笑臉秒垮，低頭吃東西假裝沒聽見這句問話。

廉君見他終於不笑得那麼蠢了，心裡稍微滿意，不再逗他，就著微涼的夜風吃起這頓精緻晚餐。一頓飯安安靜靜吃完，桌子撤下時天已經徹底暗了，遊輪重新起航，漫天星輝鋪灑，近得彷彿觸手可及。

「真是好久沒有見過這麼漂亮的星空了。」時進感嘆，癱在沙發椅上，海風一吹，美得簡直要醉過去。

廉君靠在輪椅裡，也仰頭看著星空，眼神沉靜，手撐著頭，姿態慵懶隨意。

整個世界彷彿都安靜下來，耳邊只有風聲和海浪聲。

時進側頭看向廉君，視線跟著夜風的節奏掃過廉君被風吹起的黑髮和袍角，慢慢下移，偷偷順著被風吹開的衣襬，朝著袍子裡面看去。

「在看什麼？」一道清冽低柔的聲音緩聲詢問。

時進像是被蠱惑了一般，誠實回道：「看你有沒有穿褲子，風這麼吹，如果沒穿褲子的話，應該能看到腿。」

廉君：「……」

後知後覺的時進：「……」

圍觀全程的小死：「……」

溫馨舒緩的氣氛瞬間破滅，殘忍的現實降臨。

時進僵硬抬眼，對上廉君的視線，乾巴巴補救：「不是……我的意思是，我很好奇，為什麼你一直只穿袍子，不穿別的衣服，是為了耍帥嗎？不過你穿這個確實很好看就是了……」說著說著還不忘拍拍馬屁。

然而廉君並不覺得這是馬屁，低頭面無表情地看著他，用薄毯蓋住腿，回道：「因為對於行走不良的人來說，這種長袍穿脫起來比較方便，沒有那麼多複雜的結扣拉鍊，可以節省很多時間。」說完滑動輪椅轉身，頭也不回地走了。

時進被這個質樸的回答噎了一臉。

小死不敢置信：「進進，你居然以為寶貝穿成這樣是為了耍帥，你太膚淺了！」

時進抱住膝蓋，低頭窩在椅子裡十分羞愧——對不起，他動漫看多了，思想稍微有些放飛。

凌晨時分，遊輪停靠海島港口，時進睡得像頭豬，卦一等人見狀乾脆沒喊他，先行下船去安排島上的事情了。

等時進睡醒走出客艙時，天已經完全亮了，船上只剩卦二還留在休息室裡，等著帶他上島。

海風溫柔地吹，時進走到甲板上，看著不遠處整體呈月牙形，被碧藍海水包圍著的漂亮海島，忍不住吹了聲口哨，感嘆道：「這裡真漂亮，海灣那裡停著的是什麼，海上摩托車嗎？」

卦二說道：「你眼睛可真尖，確實是海上摩托車，等收拾好了我帶你去玩。咱們這島上好玩的東西多著呢，好好享受吧，從現在到三月末，如果中間不出什麼突發事件，這一個月都算是咱們的假期，可以盡情地玩。」

時進聞言注意力卻拉了回來，問道：「只到三月末？四月咱們有什麼活嗎？」

「沒有活，是要去參加一個官方組織的會議。每年的四月，官方都要重新登記一下國內各大合法組織的情況，然後和各大組織領頭人商討一下清掃非合法組織的事，君少得去幫忙坐鎮，否則有些人會不聽話。」卦二邊解釋邊帶著他下船。

時進跟著他往下走，問道：「那開會的地點在哪裡，國內嗎？」

「不是，在公海上，官方有個專門用來開會的大遊輪，到時候大家都得去遊輪上。你也知道，道上的人嘛，雖然掛了名算是合法組織，但大家心裡還是擔心官方哪天會趁著開會的工夫，給大家

來個一網打盡，所以從不敢貿然在陸地上集合。」

時進點頭表示明白，看一眼腦內廉君那早在陳清被救回來時，就退回到500的進度條，在心裡給四月的會議打了一個大紅叉。

廉君的這座私人島嶼名叫月牙灣，名字取自那片由小島環抱出的小小海灣。因為是私人島嶼，四周環海，不用擔心有人偷襲，所以上島之後，大家都變得比較放鬆，不像在B市和Y省時那麼處處小心。

眾人的住所是一片建在島中心的建築群，整個建築群包括三棟超大別墅、一個觀景平臺、一大一小兩個泳池，三個風格各異的餐廳和配套的獨立廚房、一處訓練館、一處槍館、一處綜合樓、一處網球場、一處籃球場，以及一棟多媒體娛樂樓。

時進彷彿一個鄉下進城的土包子，邊聽著卦二的介紹，邊打量著四周漂亮的建築，在心中默默感嘆——有錢人的快樂果然是普通人無法想像的，這次住的地方比起花花果園和B市的會所，簡直就是天堂！

「我們住的地方就這些東西了，島上其他地方還有些別的娛樂項目，回頭你拿一份島上地圖，坐環島遊覽車自己去看吧，記得讓卦六給你辦一張通行卡。」卦二解說完畢，引著時進走進中間最大的一棟別墅。

時進回神，問道：「卦六？」

卦二這才想起來時進還沒見過卦六，於是解釋道：「卦六是這座島的管理員，每年冬天都會過來打點島上事物，陪君少過冬，不過因為今年君少在B市多待了一陣，所以他今年來得也比較晚，跟我們是前後腳到的。他性子比較溫吞，擅長後勤之類的活，一會見到了我介紹給你認識。」

時進點點頭表示明白，隨著卦二走過布置得溫馨大方的別墅大廳，順著木製樓梯朝著二樓走去。別墅二樓很大，有兩個視野超好的寬闊主臥室、一大一小兩間書房、一個小客廳，以及一個放

著躺椅鞦韆，布置舒適的露臺。

卦二帶著時進走進其中一間主臥，隨手指了一下衣櫃，說道：「給你備的新衣服在衣櫃裡，你自己在房內看看，有缺的你再給我打電話，我先去忙別的事。」說完就想離開。

時進連忙喊住他，問道：「你住在哪裡，隔壁嗎？我看這一層好像只有兩個房間，其他人都住在哪裡，還有君少呢？」

他潛意識裡已經默認了卦二是自己的鄰居，第一句話雖然像是在問，但語氣卻十分肯定。

卦二側頭看他，詭異地沉默了一會，說道：「這棟別墅的三樓和一樓都不住人，我住在你左手邊的那棟別墅，你在這邊的露臺上喊我，我在房間裡就能聽到，你這邊只有一位室友，不是我。」

時進一愣，疑惑問道：「那是誰，卦九嗎？」

卦一、卦三和卦五因為總是需要幫廉君處理事情，所以一般會住在距離廉君較近的地方，他本能地把他們剔除在外了。

卦二深深看他一眼，故意賣關子：「不是卦九，你一會見到人就知道了，先整理東西去吧，我真得走了，還有別的事。」說完再次轉身朝著房門走去。

時進目送他離開，又短暫疑惑一下鄰居的事，然後迅速把這事拋到腦後，快活地撲到蓬鬆柔軟的床上，愜意地打了個滾，側頭看窗外漂亮的海景。

「這裡果然是天堂啊。」他滿足地感嘆一句，想起自醒來後還沒見到的廉君，看一眼時間，見早餐時間早過了，連忙摸出手機給廉君打了通電話，「君少，你在哪裡，有沒有好好吃早飯？」

「你下船了？」廉君詢問，背景音裡帶著點水聲。

時進回道：「下了，剛剛卦二帶我到住的房間，讓我整理行李。君少你在哪裡？沒吃早飯的話，我現在去找你吧。」

那邊安靜了一會，然後一陣開門的動靜傳來，之後這邊的門被推開，廉君出現在門口，手裡還拿著手機，說道：「我在這，你……」

時進嚇得扭了一下，側頭瞪大眼看著門口，頓時兩人大眼瞪小眼。

廉君閉嘴，看著時進趴在床上，衣服因為打滾而全部向上捲起，露出大半截的腰，果斷垂眼，後退，重新關上門，拿起手機：「穿好衣服，去餐廳吃早餐。」

時進看看門，又看看手機，一個鯉魚打挺從床上蹦起來，三兩步跑到門邊拉開門，問道：「君少，你怎麼來這麼快，難道你……」

廉君看著他衣服歪斜的樣子，轉身，果斷回到自己房間，當著時進的面甩上門，再次拿起手機：「穿好衣服再出來，像什麼樣子。」

「……」時進看一眼面前的門，又回頭看一眼身後屬於自己的房門，默默把疑問句換成肯定句：「所以我的隔壁住的是你。」

這應該是有史以來，兩人住得最近的一次了吧。

【第十二章】月牙灣假期

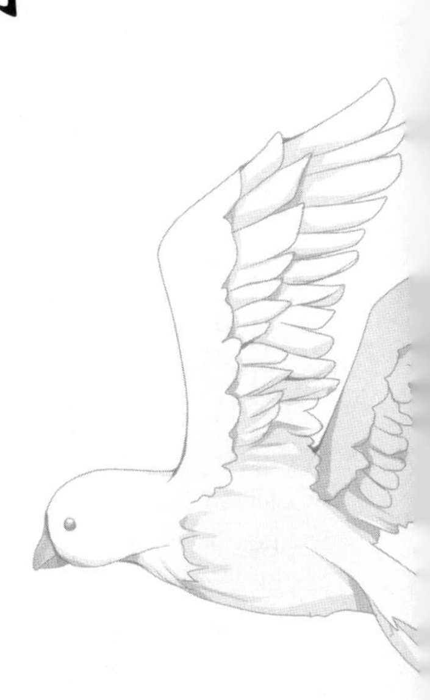

搞定好衣服之後，時進推著廉君去距離別墅最近的餐廳。

餐廳很大，包括室內室外兩部分，裝修成海島風情，室外的桌子全部放在一頂頂簡單漂亮的貝殼遮陽傘下，桌上還插著新鮮的花束，很是賞心悅目。

餐廳裡有很多穿著制服的服務生在忙碌，他們見到廉君過來，紛紛暫停手上的活，規規矩矩地向廉君打招呼。

廉君擺擺手示意他們自由行動，不用在意自己，於是大家繼續忙碌起來，邊忙還邊互相說笑，氣氛十分輕鬆自如。

時進好奇地打量著他們，心裡有些驚奇。如果不是這些人各個身材結實、行動有序，只看餐廳內的景象，他會以為這裡真的是某個度假海島上的普通餐廳，而不是什麼黑社會的專用食堂。

廉君隨手指了一張擺在室外的桌子，示意時進推自己過去，等安頓好後拿起桌上的菜單遞給時進，「島上的水果派不錯，想嘗嘗嗎？」

時進收回望著頭頂貝殼花紋陽傘的視線，掃一眼菜單上密密麻麻的菜色，咋舌，「這是請了多少廚師，這麼多菜都會做。」

「廚師是我們自己培養的，不用請。」廉君回答，讓人先送兩杯果汁上來。

時進覺得不可思議，問道：「咱們還有培養廚師的部門嗎？」

廉君喜歡他用「咱們」這個詞，放鬆地靠在輪椅裡，回道：「沒有專門的部門，只有對口的合作學校和自己開辦的各類培訓學校，大家遲早會擺脫掉現在這種刀尖舔血的生活，到那時候，我總要讓他們有一門吃飯的手藝。」

這是時進第一次聽廉君談起「滅」內部的事務，以前他只稀裡糊塗地跟著大家做任務、做訓練，讓他做什麼就做什麼，從不敢多問、多打探，擔心問太多惹人反感，現在廉君主動提起，他忍不住繼續問了起來：「所以君少你是準備帶著整個『滅』一起轉型？」

廉君點頭，推了一杯果汁到他面前，見他沒有要自己點菜的意思，便做主要了這裡的招牌水果派和一份海鮮粥，以及其他幾種適合早上吃的點心，送走服務員後才回道：「大家跟著我受苦，要轉型，自然要把大家都帶上，在這行混，沒有隨便拋棄兄弟的道理。」

這是時進有史以來，從廉君嘴裡聽到最有黑社會大佬風格的話了，一時間簡直像是重新認識了一遍廉君一樣。

「滅」作為國內最大的合法暴力組織，勢力橫跨許多國家，成員數量幾乎算是天文數字，要把這些人的未來生計全部承擔起來，那壓力光是想想就覺得可怕。

廉君雖然身體不好，人也年輕，但這擔當，真是實實在在的大佬風範。

時進喝一口果汁，用佩服的眼神刷了廉君一遍，繼續問道：「那咱們目前有多少這樣的培訓機構和對口學校？還有，要養活那麼多人，需要的工作崗位得很多很多吧？那你豈不是不止要擺脫黑社會老大的身分，還得走上人生巔峰當總裁？」

這話問得就有點打探「滅」現階段轉型進度的嫌疑了，廉君看著時進單純只是好奇的樣子，直白回道：「對口學校很多，培訓機構在持續開放中，生意網也在陸續鋪開，不過這些都不是你需要知道的東西，你待在我身邊，做的是最危險的事情，隨時有被敵方抓住的可能，為了防止內部資訊洩露，轉型的具體進程，都是你不能打聽的機密。」

時進把插在果汁杯上的水果片拿起來嚼了，想起廉君書房裡那些永遠批不完的文件，和卦一他們總是很少提及「滅」內部事務的習慣，若有所悟地點點頭，說道：「原來是這樣，資訊分離挺好的，這樣哪怕你身邊出了內鬼，『滅』內部的資訊也不會輕易被全部洩露出去。」

廉君最滿意時進的地方就在這裡，時進雖然性子跳脫，但在正事和大事上從來不糊塗，有分寸，不該問的不問，不能亂想的地方不想，能看大局，也從不過於敏感計較。

這樣的人，做屬下也好，做朋友也好，做……都會是絕佳的選擇。

「君少？君少？吃的上來了，快吃吧，一會就涼了。」

一隻手在眼前晃了晃，廉君回神，發現自己居然在時進面前放鬆得出了神，愣了一秒，之後深深看一眼時進，坐起身拿起勺子攪了攪時進推過來的海鮮粥，停了一會後突然說道：「時進，有些事我覺得你有權利知道，也有權利去選擇。『滅』的轉型包括兩部分，一部分是收益結構和生意結構上的轉型，這部分進行起來並不難，有官方的扶持和放鬆開口，再加上大量的資本堆積，完成這些只是時間問題。真正難的，是另一部分。」

時進的嘴裡含著水果派，聞言含糊問道：「另一部分是什麼？」

廉君被他邊吃東西邊露出嚴肅表情的滑稽模樣逗得眉眼舒緩，剛剛嚴肅起來的語氣又放鬆下來：「是組織定義的轉型。你還記得官方給『滅』的定位嗎？」

時進把水果派嚥下去，眉頭皺得更緊，回道：「國內最大的合法暴力組織？還和官方有合作什麼的……是這樣的嗎？」

「大體是這樣。」廉君又攪了攪海鮮粥，「可是縱觀歷史，社會想要穩定發展，被定義為合法的暴力組織都是不需要的。我們作為註定會被歷史淘汰的存在，不想最後滅亡，就得努力求生。『滅』另一部分、也就是最終的轉型，就是組織定位上的轉型，我們要的，是以後官方的本子上再不會有『滅』這個組織。到那時，我們才是真正安全，算是正式轉型成功了。」

時進瞬間明白了他的意思，脫口說道：「官方要對暴力組織下手了？」

廉君看著他瞪大眼的樣子，不知為何突然覺得這些從前覺得沉重無比的東西，現在說來卻十分輕鬆，朝他點點頭，回道：「是早就開始下手了，黑玫瑰就是官方動的第一塊蛋糕。值得慶幸的是，我們雖然和當年的黑玫瑰平起平坐，同是官方忌憚的大組織之一，但我們卻沒有什麼官方的靠山，積累的資本也夠強、夠穩，所以面對我們，官方採取的策略是『招安』，而不是『剿滅』。」

時進聞言心裡卻有些發沉。

所以現在的情況是，「滅」被招安了，成了官方動其他暴力組織的那把刀，官方為了獎勵「滅」的「識時務」，就開始大力扶持幫助「滅」的生意轉型，也就是幫「滅」洗白。

但如果是這樣的話，那「滅」就相當於成了暴力組織裡的叛徒，成為所有暴力組織針對的對象。而且這都不算是最危險的，等哪天一切真的塵埃落定，「滅」作為最能威脅官方和知道官方所作所為的最後一個合法暴力組織，真的會被輕易放過嗎？

就算「滅」的大部分成員和生意，因為已經逐漸轉型，所以被放過了，但廉君和卦一等「滅」的核心成員，真的被允許活下去嗎？歷史上鳥盡弓藏、兔死狗烹的事可從來沒斷過。「滅」現在的轉型不是普通的轉型，而是裡外不是人，完全沒有退路，前路還不一定光明的轉型。

時進只覺得水果派也不香，果汁也不甜了，就連海風都變得讓人煩躁起來，眉心擰成疙瘩，說道：「君少，你知道歷史上被朝廷招安的匪寇大多是什麼結局嗎？招安之後，就算匪寇裡的小嘍囉能回歸良民，繼續去耕田種地過日子，但匪寇的老大一般都會掉腦袋，只不過有的掉得遲，有的掉得早。你想過這個問題嗎？」

廉君有些意外時進的思考方向，見他完全不關心自身是不是上了賊船，而是第一時間擔心他這個「匪寇頭子」的安危，眼神微暖，拿起桌上的吸管戳了一下時進緊皺的眉心，回道：「想過。那你又想過沒有，招安後不止匪寇老大，老大的蔫壞軍師和狗腿親信一般也都不會有好下場。還記得我剛剛跟你說的嗎？你有權利選擇，所以現在，最後能回歸良民的小嘍囉和極大機率會被滅口的狗腿親信，你選哪一個？」

時進見他還有心情順著自己的話開玩笑，抬手抽走他戳過來的吸管，擰著眉戳入自己的果汁杯裡，吸溜溜一下子就把果汁喝了大半杯，惡狠狠說道：「你這個匪寇老大很聰明，肯定想過最後的退路，我就要當狗腿，我樂意！起碼跟著你可以吃香的喝辣的。」

廉君勾唇，靠到輪椅裡，手抬起撐著下巴，心情頗好地說道：「不行，我吃不了辣，你只能跟我吃香的。反倒是當小嘍囉，可以既吃香，又喝辣。」

時進十分膽大包天地翻他一個白眼，伸手把粥碗往他面前推了推，說道：「那你快點把身體養好，我也想吃辣的，你不能剝奪我的愛好。」

廉君忍不住輕笑出聲，之前還總有些不確定的心就這麼慢悠悠飄到實地，看一眼時進，又看一眼面前的海鮮粥，伸手推開，示意一下時進面前已經吃了一半的水果派，說道：「粥喝膩了，我要你那個。」

時進被他的笑容晃得愣了一下，回神後露出一個「真是拿你沒辦法」的表情，把自己的水果派讓了出去。

經過早餐時的一番談話，兩人之間的距離無形中拉近許多。時進在廉君面前變得更大膽和隨意了一些，廉君對此表示默許。

下午的入島休整會議上，卦一等人很快注意到這種微妙的變化，心照不宣地沒說什麼，然後在會議結束後由卦二出頭，拉住滿眼驚異的卦六，帶他到一邊嘰嘰咕咕了好久。於是等時進去找卦六辦島上的通行卡時，就發現這位新認識的同事，看自己的眼神有點點不對。

卦六性子溫吞，長相敦厚，年齡比卦一等人要長一些，幾乎算是看著廉君一點點成長，對廉君的感情十分深厚，有如長輩。如今看到自己偷偷疼愛的晚輩突然對某個人表現出特殊的樣子，心裡簡直是百感交集。

「小進是吧，你……你多大啦？」卦六試探詢問。

時進還以為卦六眼神奇怪的原因是覺得自己太年輕了，立刻大言不慚地回道：「虛歲二十。」

——二十，年齡差不算太大，還能接受。

卦六點頭，拿出一張空白的通行卡，朝時進伸手，「身分證給我一下，我登錄一下資訊。」

時進乖乖掏出身分證遞過去，遞完才想起來身分證上有自己的出生年月日，於是表情短暫僵硬了一下——糟糕，牛皮剛吹就要破了。

卦六也看到時進身分證上的出生日期，頓了一下，抬眼看時進，心裡十分震動：「你這虛歲，虛得好像有點多啊。」這不是才成年沒多久嗎？

「我心理年齡比較成熟。」時進勉強挽救。

卦六心臟有點顫抖，仔仔細細幫他登錄資訊，又問道：「那你覺得君少怎麼樣？年齡什麼的……會覺得太老了嗎？」

時進一頭霧水，「老嗎？君少這不是年齡正好嗎，這個月才滿二十六。」

君少和他上輩子算是同齡呢。

卦六聞言眼睛亮了，語速都快了一些：「你記得君少的生日？」

「記得，你怎麼這個表情，這是什麼很難記的東西嗎？」時進覺得他態度怪怪的，被看得有些發毛。

卦六連忙斂住情緒，笑著擺手，開心說道：「不難記、不難記，難的是這份心意，給給給，你的卡，我給你開了最高許可權，去玩吧，好好玩。」

時進滿頭霧水地走了。

卦六看著他的背影心滿意足，微笑感嘆：「隨口一提就是生日，看來是真的在心裡惦記著君少的，不錯、不錯。」

◆◆◆◆

晚飯時廉君不想去餐廳，時進也懶得動，於是時進乾脆打電話給餐廳，讓他們送了一桌晚餐過來，還把桌子擺去露臺。

廉君對時進挑的吃飯場地沒什麼意見，欣然落座。

兩人氣氛不錯地吃完這頓飯，吃完後時進見廉君沒有要立刻去書房裡處理公務的意思，小心思一動，趁機說道：「君少，咱們已經到島上了，那個按摩……你要不要試一下？」

廉君側頭看他，沒有說話，眉眼倒是依然很放鬆。

「就試試吧，按摩是我輸給你的，願賭服輸，你不能就這麼輕易放過我，我會得寸進尺的。」時進一臉的自我反省和自我譴責，話說得十分冠冕堂皇。

廉君挑眉，抬手撐著下巴，像是被海風吹醉了一般，聲音都懶了下來，問道：「時進，你為什麼這麼執著於按摩？」

有了早上的交流作為鋪墊，時進這次選擇誠實，老老實實回道：「我想看看你的腿，長期無法行走的人，腿部肌肉很大的機率會萎縮。我問過龍叔，龍叔說你拒絕做腿部的健康保養，我有點擔心。」

廉君表情變淡了一些，挪開視線，說道：「擔心這些做什麼，我的身體我自己心裡有數。」

「你這不叫有數，叫自暴自棄。」時進反駁，表情難得嚴肅，「你的腿又不是殘廢了，等你身體調理好了，神經方面的影響消去了，雙腿復健一下，還是可以回歸正常的，你不能提早給自己的身體下定論。」

「可是我的定論，不是從一出生起就被老天爺下了嗎？」廉君接話，彷彿已經認命。

「廉君，你不能這樣想。」時進皺眉，覺得有點頭疼。

和他預料的一樣，廉君果然不算是個配合的病人，這一點從龍叔時不時的抱怨就可以看出來。廉君從來不會好好吃飯，在他來以前，甚至會在明知道胃受不了的情況下喝酒，也很討厭吃藥，十分難搞。在經過早上那一通談話後，他大概能猜到廉君這種態度的由來。

「滅」的轉型快速而危險，一步也不能走錯，根本沒有時間給廉君在意自己的身體狀況。廉君估計也對自己現在的身體狀況存著一點自厭，很可能心裡還抱著點「等把兄弟們都送去過好日子了，自己就給官方送人頭，做個徹底了結」的自滅想法，這種已經給自己定了死路的人，怎麼可能會好好在意自己的身體。

廉君見他板著臉，一副憋著什麼卻不知道該怎麼說的樣子，突然笑了，「你倒是比我還關心我的身體，時進，能告訴我為什麼嗎？」

他笑得很好看，時進卻看得很喪氣。

「這有什麼為什麼。」時進皺著眉，瞄一眼腦內屬於廉君的進度條，又看一眼廉君似乎什麼都不在意的樣子，「以我現在的立場和身分，想要你健健康康地活著，不是很正常的一件事嗎？」

廉君看著他沒有說話，似乎在消化他的回答。

時進乾脆也沉默，苦惱著該怎麼讓廉君主動振作起來。

「走吧。」廉君突然放下撐著下巴的手，收了難得的放鬆，又恢復平時慣有的內斂模樣，轉動輪椅朝著與露臺相連的小客廳滑去，微微側頭，「不是說要按摩，你的那些工具都帶著嗎？」

時進一愣，然後眼睛一亮，忙上前扶住他的輪椅扶手，欣慰說道：「這才對嘛，生活還是很有希望的，你放心，我工具都帶著呢，保證按得你舒舒服服的。」

時進所謂的工具，總共包括三樣東西：只是用來裝樣子的各種按摩小工具、龍叔提供的醫用按摩藥油，和一個聽歌用的小音箱。

按摩地點在廉君的房間，時進先給廉君放好熱水讓他去泡澡，然後根據之前搜集到的資料，讓人送了個軟度稍低的移動按摩床過來。

把所有東西都準備好之後，時進把音箱連接到手機上，找出自己特意收集的「洗滌心靈」類舒緩純音樂，點擊播放。

下一秒，輕柔空靈的音樂在房內飄散開來，配合著遠方傳來的朦朧海浪聲，讓人不自覺情緒沉

濺。時進很滿意，在腦內和小死拉家常：「卦二幫我找來的這個小音箱音質不錯，估計很貴。」

小死沉默。

時進沒得到回應，疑惑地停下擺弄小音箱的手，問道：「你怎麼了？一會按摩還得靠你帶我進入節奏，你別這時候掉鏈子。」

小死：「啊——嗝。」

這是什麼奇怪的動靜？時進皺眉，擔憂問道：「你怎麼了？真出問題了？」

「不是。」小死的聲音突然又冷靜下來，冷靜到有些嚴肅，兩倍速說道：「進進你快轉身。」

時進條件反射轉身，然後直接撞入某個帶著水汽的胸膛裡，清淡的沐浴乳味道湧入鼻腔。

「音樂不錯。」廉君伸手抽走時進手裡的小音箱，看一眼後隨手放到旁邊的櫃子上，然後傾身撐在時進身後的按摩床上，側頭看向幾乎被他半抱在懷裡的時進，問道：「是直接躺上去嗎？」

時進屏住呼吸，視線挪動，從廉君還帶著水珠的鎖骨挪到他的喉結，又從喉結挪到被黑色絲質浴袍擋住的胸膛，之後迅速下移定在廉君站立在地毯上的雙足上，最後挪回廉君的臉，看著他頭髮散亂的模樣，倒抽了一口涼氣。

媽耶，這是廉君？只是洗了個澡，頭髮散下來而已，怎麼感覺像是變了個人？原來一個人站著和不站著，頭髮散著和不散著區別這麼大？

咚。額頭被敲了一下，時進回神，看向身邊唯一的活人。

廉君收回手後退，自覺躺到按摩床上，浴袍鬆散的下襬散開，露出一雙修長的腿，說道：「開始吧。」

他的表情語氣倒是十分自然和平靜，和剛剛突然靠近的行為截然相反。

時進的視線跟著他挪動，大概是受衝擊太大，第一時間居然沒有去看廉君的腿，而是看向廉君散開的浴袍下襬，認真問道：「你……不會是真空出來的吧？」

廉君側頭看他，語氣淡淡：「時進，你人雖然蠢，但想得倒是挺美。」

時進莫名有些羞愧。

氣氛稍微有點尷尬，時進低頭整理好亂飛的思緒，彷彿剛剛無事發生過般轉而正對著按摩床，看向廉君的腿。

廉君很瘦，這是毋庸置疑的，時進早在決定給廉君按摩前，就已經做好會看到一雙瘦成皮包骨頭，可能並不會多好看的腿的心理準備，但等真正看到廉君的腿時，他還是愣住了。

廉君的腿確實偏瘦，這樣躺下的時候，更是顯得格外修長。但他的腿卻一點都不難看，腿型很直，像小腿肚這種該有點肉的地方，也還是有肉的，腿部比例也很不錯，皮膚更是好得沒話說，大概是因為身體不好的原因，毛髮也很淡，除了有點瘦和皮膚過於蒼白，所以能看到一些皮膚下的血管外，一點預料中的毛病都沒有。

這比例、這長度，與想像中的難看相反，如果不以「男人就該肌肉結實」這種審美去要求的話，甚至會覺得廉君的腿有點過於好看了。

「很難看？」廉君緊盯著時進的表情，低聲詢問。

時進回神，搖搖頭，忍不住伸手摸了上去，還捏了捏廉君的小腿肚，想確認那上面的肉是不是真的。事實證明，是真的，廉君的腿就是好看得很真實。

廉君的腿在觸覺感知方面是很敏銳的，時進這麼沒輕沒重地捏上來，他沒有心理準備，反射性地曲了一下腿，眉毛也皺了起來。

時進火速回神，又輕輕摸了一下廉君的小腿肚，擔心問道：「捏疼你了嗎？抱歉，我剛剛力氣沒收住。」

「沒事。」廉君眉毛舒展開，稍微動了動腿，躲開他溫暖乾燥的手，有些不習慣與人直接肌膚相觸。

時進卻誤會了他的動作，以為他的腿只是碰碰都會疼，眉毛皺起，在腦內問小死：「廉君的腿比預料中的更敏感，按摩的話，他能受得住嗎？」

「受得住，力道放輕一點就行了，按摩對寶貝有好處。」小死語氣肯定，甚至帶著點躍躍欲試，「進進不怕，上！窩看好膩！去拿下寶貝！寶貝的身體屬於膩！」

時進：「……」看來這個金手指已經被美色沖昏了頭，暫時是指望不上了。

時進把視線落回廉君的腿上，猶豫了一下，還是決定先按摩一下試試，雖然廉君的腿表面看上去沒什麼不良於行的後遺症，但長久不活動，肌肉肯定已經僵死了，按摩放鬆一下也好。

這樣想著，他轉身取了一塊浴巾疊了疊，蓋在廉君腰上，擋住重點部位，然後把手放到散在按摩床上的浴袍衣襬上，看向廉君說道：「那我開始了，君少你疼的話說一聲，我放輕一點力道。」

廉君其實很不習慣這種躺著任人宰割，還把身體暴露給別人看的處境，面上卻沒顯示出來，點點頭，甚至閉上了眼，做出一副準備享受的樣子。

這樣看又挺配合的。時進越發欣慰，趕緊俐落地扒拉開廉君的浴袍下襬，把他的腿全部露出來，轉身拿起龍叔提供的藥油，倒了一點到掌心，搓熱之後，慢慢把手蓋到廉君的小腿上。

搓過的掌心比平時熱，廉君腿部感知又敏銳，在時進雙手放上來後，只覺得是有兩塊溫度發燙的柔軟毛巾蓋到皮膚上，最開始覺得有些不適應，過了兩秒就覺得妥帖舒適起來，像是毛孔都被這溫度蒸開了。

然後這溫度開始挪動，順著小腿一點點往上，肌膚摩擦過肌膚，留下一路被藥油擦過的柔滑感，又有海風擦過窗簾鑽進房間，拂過身體，降下藥油的溫度，於是又給皮膚帶上一絲清涼。

熱過之後的涼意，比直接感受到的涼意更讓人舒適。

廉君睫毛動了動，慢慢放輕呼吸，感覺到時進的手擦過小腿，揉過膝蓋，之後短暫離開，一陣藥油傾倒和手掌摩擦的聲響過後，膝蓋上再次一熱，之後這熱度慢慢朝大腿推進，揉過腿面，繞過腿側，滑向腿心……

廉君唰一下睜開眼，半撐起身曲腿擋開時進的手，喉結滾動一下，「我想喝水，要冰的。」

時進剛好把他的腿面全部擦上藥油，見他突然起身，於是順勢收回手，不贊同地看著他，「冰的不行，傷胃，我給你倒杯溫水吧。」

——溫水可起不到什麼降溫的效果。

「……那算了。」廉君不著痕跡地並了並腿，躺回按摩床上，示意旁邊的窗戶，「把窗戶開大一點，今天的海風吹得很舒服。」

時進看向半開的落地窗，感受了一下今天海風的強度，覺得確實還不錯，於是拿起一塊毛巾擦了擦手上的藥油，上前把窗戶拉開一點。

廉君趁機把蓋在腰部的浴巾往下拉了拉，多擋了一點腿部皮膚。

按摩繼續，廉君再次閉上眼，不過不再面朝上，而是把頭側向窗戶，直面感受溫柔的海風，半乾的頭髮被吹得輕柔舞動，輕輕擦過眉眼耳邊，畫面美得像是一幅畫。

時進卻看得皺眉，放下剛剛拿起的藥油，轉身取出一個吹風機繞過去，站在床頭幫廉君吹頭髮。廉君睜開眼看他，沒有說話。

「雖然島上溫度高，但洗完澡頭髮還是快點吹乾比較好。」時進說著，手指插入廉君的頭髮，邊抓順邊用吹風機吹比較濕的地方，神情專注而認真。

廉君從下看著他的下巴和開合的嘴唇，感受著手指撫過頭皮的觸感和輕柔吹過的熱風，騷動的心突然就一點一點安寧沉靜起來，忍不住探手往上鬆鬆握住吹風機垂下的電線，感受著電線被時進晃動吹風機的動作帶起的浮動，只覺得像是握住了他的手。

「時進，你頭髮長長了。」他開口，聲音不再清冽，有些低啞。

「是嗎？」時進收回抓著廉君頭髮的手，轉而抬手抓了抓自己的，說道：「好像確實有些長

了，島上有剪頭髮的地方嗎？我明天去剪剪。」

廉君看著他的手，想起這手剛才滑過自己的髮絲，嘴角微勾，低應一聲，滿足地閉上眼睛。

搞定了廉君的頭髮，時進繞回按摩床側邊，見廉君腿上的藥油有點乾了，乾脆又倒了一點重新幫廉君塗了一遍，然後讓小死部分接管自己的身體，開始幫廉君按摩。

腿部正面的按摩比背面要簡單一些，多是一些穴位揉捏，時進和小死配合著，小心控制著力道，邊按邊問廉君的感受。

等終於找到一個廉君不會覺得太難受的力度時，才放心大膽地按揉起來。

廉君的腿部肌肉確實有些僵化了，仔細摸的話，也能感到輕微的肌肉萎縮，時進皺了眉，按得越發用心，同時不忘問道：「君少，你自己是不是有保養雙腿？」

不保養的話，雙腿絕對不會是現在這種情況，廉君似乎沒他以為的那麼自暴自棄。

廉君眉毛一直皺著，明顯有些不適。時進雖然儘量放輕了力道，但腿部敏感帶來的痛感不是放輕力道就可以減輕的，好在這種痛還在能忍受的範圍之內，而且大概是時進按摩的手法確實很到位，在最初的刺痛之後，腿部血液開始循環，這痛就變得綿密遲鈍起來，微微有點熱和癢，反而有些奇怪的自虐般的舒適感。

「嗯。」廉君低應一聲，也不知是應答，還是單純因為難受而發出低哼。

他感受到時進的動作瞬間停了下來，忙鬆開眉心，睜開眼側頭看時進一眼，回道：「我的腿和普通殘疾不一樣，並不是徹底癱瘓沒了知覺，如果能保證每天的行走量的話，其實不用特別保養，龍叔是關心則亂了。」

保證行走量？時進聽得皺眉，問道：「怎麼保證行走量？君少你有偷偷自己走路嗎？」一點不做保養和準備工作，就硬扛著疼痛走路嗎？那得多疼。

廉君又閉上了眼，回道：「不是偷偷……我的行走坐臥不可能事事讓別人服侍，有時候站立和行走是必須的，偶爾洗完澡我也會自己走一會。」

時進聽得無奈了：「你想活動一下雙腿是好事，但最好還是先讓龍叔幫你舒緩一下腿部肌肉再走，也可以讓龍叔在旁邊看著，這樣你能輕鬆點。」

「可是太難看了。」廉君仍閉著眼，表情沉靜，語氣淡淡，用坦然的語氣，說著自己心裡那些從不往外言說的在意，「走兩步就必須歇一歇，滿身都是汗，有時候還會摔倒……『滅』不需要這樣沒用和狼狽的領導，我是龍叔和卦一他們的精神支柱，不能讓他們反過來擔心我。」

時進啞然，想說卦一他們肯定不在意你治病時是不是狼狽，但話到嘴邊，又嚥了下去。

暴力組織和普通的公司到底不一樣，身為「滅」的老大，廉君本身在武力上已經毫無優勢和能夠讓人信服的地方，如果再在形象上給大家看到特別狼狽無用的一面，那可能大家面上沒什麼，仍會尊敬廉君，甚至會更加關心他，但無形之中，大家心裡對廉君、對「滅」的信任感、信服感、依賴感和安全感卻多多少少會打點折扣。

這實在是件無奈的事，因為人心和潛意識並不由理智掌控。廉君盡力用精神上的強大，給大家心裡豎一根定海神針，代價是他不能表現出任何的軟弱和狼狽，身體差似乎只是他的外表標籤，並沒有影響到他的生活。

時進仔細回想了一下，發現廉君真的從來沒在眾人面前表現出過不良於行的狼狽。他的生活起居從不要人貼身服侍，每次出現在人前都是已經收拾妥帖，冷冷靜靜運籌帷幄的樣子，甚至很少主動讓人幫他推輪椅，能自己動就自己動。

他一點都不像是個病人，除了用輪椅代步，他幾乎沒給大家造成過任何其他不良於行的病人，會給旁人帶來的麻煩和不便。

「那讓我來幫你吧，你如果想鍛練了，就喊我過來，我幫你按摩放鬆一下，而且我保證不告訴別人你在自己走路的事，我嘴巴很緊的。」時進把安撫的話嚥下去，轉而自告奮勇，語氣也高昂起

來，幫廉君展望未來，「等你以後能自己走了，我們再一起去嚇卦二他們，讓他們大吃一驚！」

廉君聽著他永遠生機勃勃、充滿朝氣的聲音，睜開眼看他，嘴角微勾，應道：「好。」這個人，在某些事情上，真的從來不會讓他失望。

不會讓他失望的時進開心地拍拍手站起身，興奮說道：「好了，正面捏完了，背面才是重頭戲，君少來，翻個身。」說完伸手就揭了廉君腰部的浴巾。

浴袍是絲質的，很輕很滑；浴巾是棉絨的，摩擦力很強。時進這用力一揭，直接把底下浴袍的布料給帶歪了，於是廉君不該露的地方全露了。

「居然是黑色……」時進愣住，看著浴袍下的某塊四角小布片，視線不由自主地往某個不和諧的地方挪去。

小死詭異當機，然後興奮地操控時進的身體，手一伸，啪一下拍在廉君大腿……距離腿心很近的地方。

廉君眉心一跳，伸手扯過時進手裡的浴巾，抬手就揚到時進頭上。

時進被浴巾罩了一頭一臉，回神後嗖一下收回手，在心裡不敢置信質問道：「小死你在幹什麼？你瘋了嗎！」聲音因為激動有點點變調。

小死心滿意足，不走心地回道：「手滑、手滑……那個，進進，這塊浴巾是蓋過寶貝那裡的，你確定要一直頂在頭上嗎？」

時進被它發飄的語氣激得後背汗毛都豎起來了，忙抬手扯下浴巾，看向已經坐起身攏好衣服，面無表情看過來的廉君，尬笑一聲，乾巴巴解釋道：「我……手滑，有點手滑。」

廉君淡淡看他一眼，翻了個身，趴到按摩床上。

時進大大鬆了口氣，連忙把浴巾給他蓋回去。

之後的按摩小死再沒出什麼么蛾子，廉君也沒有再說話，十分順利地完成了。

時進洗了手，送廉君進浴室，讓他再泡了個熱水澡，然後幫他吹乾頭髮，說了聲晚安，抱起工具就溜了。

室內安靜下來，只剩廉君一人。他靠坐在床頭，動了動肌肉確實舒服許多的腿，看向窗邊的按摩床，突然低頭輕笑起來，之後看向窗外溫柔的海島夜景，眼神慢慢變深。

「是你主動靠過來的……所以，別怪我。」

度假的日子是快活的，如果不用上課就好了。

來海島的第三天，廉君給時進請的老師終於到了。

老師總共有三位，聽說全是教過廉君和卦一等人的老先生，在「滅」裡面十分有地位。

「居然讓我來教高中的課本……」領頭的老師是一個頭髮花白的小老頭，脾氣不大好，對時進糟糕的學習進度十分瞧不上，但見到時進卻詭異地沒說他什麼，只細細打量一下他，然後語重心長地勸道：「你這樣不行的，知識學了是進你的腦子裡，提升的是你的實力，你要主動多努力一些，別浪費君少的這份苦心。」

活了兩輩子的「老年」學生時進聞言連忙點頭應是。

「嗯，態度還不錯。」老師姓馮，大家都喊他馮先生，馮先生見時進聽得進勸，心裡勉強滿意，唰一下拍出一張作息表，「那我們就按照這個作息上課吧，週一到週五每天七節課，上午四節、下午三節，週末雙休，沒意見吧？既然沒意見，那就這麼定了，開始上課吧。」

時進沉默，想說老師你語速那麼快，根本就沒給他提意見和反駁的機會，但看老師這麼認真負責，還是老老實實閉了嘴，翻開課本。

時進心裡苦。

卦一他們天天滿島上地亂跑亂玩，偶爾還開船去玩海釣和潛水，就他一個人必須關在屋子裡上課，別提多慘了。

喔不對，也不是只有他一個人慘，慘的還有廉君，身為「滅」的老大，廉君每天的日常就是辦公辦公辦公，還沒有週休二日。

兩人一個在大書房辦公、一個在小書房上課，簡直是對苦命鴛鴦——小死如是說。

時進果斷無視抽風的金手指，想著廉君的工作強度，於心不忍，乾脆每次課間都摸到廉君書房去找他聊天，鬧他一會，讓他放鬆一下，等要上課了再回自己的小書房。

快樂的日子總是過得特別快，眨眼一個星期過去。

這天是週末，時進沒有課，早起後特意穿上一身適合玩耍的寬鬆背心和大褲衩，滿臉笑容地敲響廉君的房門，準備今天帶廉君去外面轉轉透透氣。

廉君很快打開門，掃一眼時進身上寬鬆得露出鎖骨和一點點胸膛的背心，沒說什麼，側身示意時進進來，說道：「你要的東西查好了，資料剛剛送來，進來吧。」

時進聞言一愣，臉上的放鬆和笑意肉眼可見地消失，點頭應了一聲，隨他進入房間。

兩人在房間大陽臺上的籐椅上坐下，廉君給時進拿瓶果汁，然後把一臺平板遞過去，說道：「都在裡面了，你自己看吧。」

「謝謝。」時進道謝，低頭按開平板，開啟了平板上的唯一一份加密資料。

資料分為六個部分，時進先點開第一部分。

資料一開始，跳出兩張照片，一張是時緯崇，另一張是一位五官美豔、表情偏嚴肅的女人，兩張照片的角落都寫著日期，應該是照片拍下的時間，從日期來看，女人的照片應該是很久以前拍的，現在女人的年齡已經不小。

時進立刻反應過來，這個女人應該就是時緯崇的母親，也就是時行瑞招惹的第一個女人。

他仔細看了看女人的長相，眉頭慢慢皺了起來。很奇怪，時緯崇的母親和黎九崢及原主的母親居然完全沒有相似之處，無論是長相還是氣質，都屬於不同的風格。時緯崇的母親五官美豔、表情嚴肅，一看就不是個好相處的人，黎九崢和原主的母親卻都是溫柔內秀掛的。

他之前隱隱有猜測過時行瑞找女人是不是全找一個風格的，結果現在看來，好像也不是。

難道是猜錯了？他搖搖頭，把資料繼續翻了下去。

時緯崇的母親名叫徐潔，出生於B市，高材生，家境優渥，父母一個是國企高層，一個是高校老師，全都端的鐵飯碗。

徐潔在國內某所一流大學畢業，後去Y國留學兩年，回國後進入瑞行，做了時行瑞的助理。

時進看到這愣了一下，反覆確認了一下這段資料，有些驚訝。

時緯崇的母親居然當過時行瑞的助理？所以時行瑞是吃了窩邊草？這、這真是……完全出乎他的預料啊。他消化了一下這個資訊，繼續把資料翻下去。

徐潔做時行瑞的助理一做就是好幾年，算是看著瑞行初步起飛的元老級人物，直到意外懷孕才退離崗位，開始和時行瑞同居，然後在生下時緯崇幾個月後，突然搬出時行瑞的住所，至此和時行瑞明面上斷了聯繫。

也就是從這時候起，徐潔的父親突然辭職，開始下海經商，成立一個家族公司，徐潔帶著時緯崇回家，成為家族公司的副總裁。

至此之後，徐潔開始專注家族事業，不再談感情之事，沒有再婚，沒有再談戀愛，成了一個實力強勁的女商人，直到時緯崇開始能獨當一面才退居幕後，開始環遊世界，享受退休生活。

時進打開一張徐潔現在的照片，看著畫面中已經褪去年輕時外在的嚴肅和不好相處，顯得親切溫和的女人，心裡有些感嘆。

如果撇開那些內裡的利益糾葛不談，只單純地從看客的角度去看時行瑞和徐潔之間的故事，那徐潔簡直就是個甩掉不負責任的渣男，瀟灑過好自己的人生，並把兒子好好培養成人的優秀女人典範。也難怪時緯崇那麼會做生意，有那樣一個爸，又有這麼一個媽，他如果是個廢物，那就太對不起父母遺傳給他的基因了。

兀自感嘆了一會，時進收攏思緒，點開第二部分資料。

同樣先跳出兩張照片，一張男人、一張女人。

男人的外貌熟悉又陌生，眉眼像時行瑞，輪廓氣質卻像另一張照片中的女人，看著冷冰冰的，一副十分不好接近的樣子。

時進愣了一下才想起來，這個男人是時家的老二，到目前為止他唯一沒有見過的原主二哥費御景，那個總是滿世界飛的大律師。

他仔細看了看照片中明明面帶微笑，卻眼神冷漠的費御景，想起原主記憶中那個顯得很親切包容的二哥，深深皺眉。

這個費御景，對人好像有兩副面孔。不對，確切來說，他是在面對原主時有著另一副面孔。那些原主以為的親切體貼，恐怕只是費御景用來遮掩內心真實情緒的客氣面具。

打量了一下這個二哥，時進又把視線挪到另一張女人的照片上。

女人應該就是費御景的母親了，時進細細看了一下她的長相，發現她居然又是另一種風格的女人——不同於時緯崇母親的美豔和黎九崢母親的溫柔，費御景的母親很「仙」，無論是長相還是氣質，都是個十足十的冰美人。

這就三種風格了，時行瑞似乎對女人並沒有什麼特定的偏好。

時進越發懷疑自己之前的猜測，擰著眉把資料繼續翻下去。

費御景的母親名叫費琳，出生於N市一個稍顯落魄的書香世家，父母一個是無名畫家、一個是書法老師，費琳自己對書畫都沒興趣，最後學了舞蹈。

她認識時行瑞是在一次公益演出上，當時她是初出茅廬卻被業內看好的新人舞者，時行瑞是風華正茂的成功企業家，兩人一見鍾情，認識一個月後同居，同居兩個月後費琳懷孕，之後時行瑞離開N市，開始長時間出差談生意，擴張公司，費琳則中斷舞蹈事業，回家養胎，兩人就此分開。

費御景出生後，時行瑞曾去N市找過費琳一次，之後兩人明面上再無聯繫。

同時，大概就在費琳懷孕的那個時間段，本來落魄的費家突然發現一份祖上傳下的珍貴書畫，售賣之後大大改善家中經濟情況。

費父利用這筆錢給自己開了一家畫廊，費母則開了一家書畫培訓班，之後費家像是拿到主角劇本一樣，費父的畫廊越開越大，如今已經是業內最頂尖的畫廊之一，自身的畫作也被炒出天價，費母的書畫培訓班也越開越多，成了書畫培訓界的金字招牌，金錢和名望賺了個十足十。

與費父、費母的風光相比，生下費御景的費琳就顯得低調黯淡許多。她不再跳舞，搬去國外，專心撫養費御景，再也沒有回國。

現在她仍住在國外某個風景秀麗的小鎮上，過著彷彿隱居般的生活。

這份資料最後沒有費琳的近照，想來她現在應該是連照片都很少照了，除了兒子費御景，她似乎對什麼都看淡了。

時進翻完這部分資料，默默在費琳和時行瑞的「一見鍾情」上打了個問號。

結合資料中費家的發跡時間來看，當年的費琳更像是和時行瑞做了一筆交易——她給時行瑞生個孩子，並撫養長大，時行瑞幫她扭轉家境，幫費父、費母獲得他們想要的成功。

當然，這只是時進自己的猜想，當年的真相到底為何，現在只有當事人自己知道了。

總結完第二部分資料，時進繼續翻開第三部分。

毫無意外地，容洲中和一個女人的照片一起出現。

時進迅速跳過容洲中帥得冒泡的照片，看向他母親的照片。

照片中的女人桃花眼、鵝蛋臉，眼帶風情，神情嬌憨中透著一點魅惑，是一種十分吸引男性的長相。容洲中毫無意外地比較像母親，只不過因為他是男性，又有意收斂，所以風情和魅惑感少了很多，只是會顯得比較吸引人。

時進現在十分確定，他之前絕對是猜錯了，時行瑞挑女人根本就沒有特別的偏好，他更像是在收集郵票，不同風格的女人一樣來一個，然後每一個都生一個孩子。

——活脫脫的種馬啊！

帶著這種感嘆，時進滑動照片，露出後面的資料。容洲中的母親名叫容夕莉，出生於某個十八線小縣城，從小就是個美人胚子，沒成年就出來闖社會，機緣巧合下成了演員，但一直不紅，戲路也很固定，十個角色裡有八個是反派女配。

在某次商業活動上，當時已經是大老闆的時行瑞不知怎麼瞧中了容夕莉，包養了她一陣，還花錢把她捧紅了一點。幾個月後，容夕莉懷孕，暫時退出娛樂圈，剛剛聚集的人氣迅速消散。

十月懷胎，容洲中出生，時行瑞火速結束和容夕莉的包養關係，拍拍屁股瀟灑走人，但他總算沒有太沒良心，走前投鉅資給容夕莉量身打造一部電影。

生產後的容夕莉憑這部戲一炮而紅，拿到影后，但她拿到獎之後卻沒有趁勢繼續奮鬥，而是急流勇退，退居幕後，自己辦了家娛樂公司，當老闆簽新人，如今幾十年過去，她的公司已經成為娛樂圈裡的巨頭公司，本人也早已瀟瀟灑灑地享受人生去了。

所以容洲中不止自己是影帝，還有一個當影后的媽，本身其實是一個後臺超硬的星二代？

時進抬手抹臉，對原劇情的信息缺漏無奈了。

娛樂圈這種資訊幾乎透明的地方，原主的記憶裡居然一點沒有關於容洲中母親的資料，這該說是時行瑞保護原主保護得太周密，還是該說原主心太大？

不過不止原主，其實他也心很大，要知道他當初可是混進過容洲中的粉絲站，和容洲中的私生飯搭上過話的人，但他居然也一點都不知道，容洲中的母親居然也是娛樂圈人士。

太馬虎了。他反省了一下自己，然後翻向下一部分資料。

向傲庭和他母親的照片跳了出來。向傲庭的母親長相端莊，氣質知性，也是個十分養眼的美人。但可惜向傲庭長得比較像時行瑞，沒有繼承到母親的這份端莊知性美。

時進這次只粗略看了一下向傲庭母親的照片，就翻到後面的資料頁。

向傲庭的母親名叫向晴，出生於G市，父母一個是員警、一個是護士，家庭職業構成十分讓人有安全感。

向晴本人是師範學院的學生，如果能順利畢業，那她不出意外應該會成為一名優秀的老師。但很可惜，她沒能完成學業。在她大三那年，她父親因公去世，母親不幸病倒，未成年的妹妹受刺激過大，精神出了問題，為了照顧親人，她毅然放棄學業。

就在她放棄學業的當年年末，她遇到時行瑞。還是老套的一見鍾情戲碼，兩人迅速同居，第二年年初向晴懷孕，但大概是照顧母親和妹妹太過勞累，這胎在懷上的第三個月不幸流產了。

之後時行瑞大手一揮，把向晴的母親和妹妹送去最好的醫院和療養院，然後把向晴幾乎算是金屋藏嬌了起來。

這一年的下半年，向晴再次懷孕，她的妹妹終於掙脫病魔，回到學校發憤讀書，母親的病情也有所好轉，家庭情況終於慢慢改善。

在向晴胎穩之後，時行瑞走了，走得乾脆俐落，直到向晴生下向傲庭才回來看了一眼，之後再次和向晴明面上斷了聯繫。

也就在向傲庭出生的同年，向晴的妹妹拿到了一個珍貴的保送名額，無痛進入國內某間一流大學，之後一路順風順水，努力深造，現在已經是官方某個大的科研專案的負責人，帶出一大批人才，在科研方面很有話語權。

同時向晴也在生下向傲庭之後繼續了自己的學業，現在是大學老師。向晴和她的妹妹都終身未婚，兩姊妹把所有的精力都放在事業上，並把所有關愛都給了向傲庭。

時進看著向傲庭母親和她妹妹的近照，眉頭始終皺著，那種交易的感覺更明顯了。

為了印證這種感覺，他連忙看向下一部分資料。

第五份資料屬於黎九崢和他母親，黎九崢的母親名叫黎悅薇，長相屬於溫柔惹人憐愛的那種，本身性格也看得出來是偏柔弱的。她是蓉城本地人，父母經營一家小旅館，家境算是小康。

黎悅薇是在某次大學聯合講座上認識時行瑞，當時時行瑞是成功人士代表，她是接待的志願者。資料顯示兩人在認識後沒多久就墜入愛河，幾個月後黎悅薇懷孕，不顧父母反對，退學把孩子留了下來。

退學後黎悅薇直接住到時行瑞給她買的房子裡，時行瑞很是寵愛了她一段時間，幾乎是要什麼給什麼，但這種寵愛在黎九崢出生後突然結束了。

黎悅薇還是要什麼就有什麼，但卻再也無法見到時行瑞一面——沒錯，時行瑞在黎九崢出生後又拍拍屁股走人了。

之後的劇情就是黎悅薇在蓉城癡癡等待時行瑞回來，但時行瑞狠心地從來沒去見過她一面。黎悅薇甚至試過主動去找時行瑞，但時行瑞從來不見她，甚至黎悅薇每找他一次，他就會冷落黎九崢這個兒子很久，黎悅薇漸漸就不再找了，專心在蓉城等時行瑞。

時進覺得很奇怪，又反覆把這部分資料看了一遍。

沒有了，那種明顯是交易的感覺沒有了。

與其他幾兄弟的母親和母家不同，黎悅薇和時行瑞在一起後，黎家沒有拿到任何時行瑞給的好處，在黎九崢出生後也沒有。甚至黎家父母連小旅館都沒經營了，早早賣了旅館，過晚年生活去了。

前面幾個女人，時行瑞都資助過她們的母家，黎家卻是個例外，為什麼？

時進皺眉，又大概翻了一下前面幾部分資料，然後發現了一個現象——前面四兄弟的母親，在時行瑞拍拍屁股走人後，全都沒有主動去找過時行瑞，態度十分俐落和決然。但黎悅薇不是，她很愛時行瑞，受不了被拋棄，想把時行瑞找回來。

所以這就是黎家沒有獲得資助的原因？因為黎悅薇太黏人了？時進表情扭曲，如同吃了屎。

結合前面幾兄弟母親的情況來看，黎悅薇不像是和時行瑞有什麼交易，她更像是被時行瑞單方面哄騙了，時行瑞這個種馬真的好渣……

一雙筷子突然伸到面前，時進愣了一下後回神，朝著遞筷子的人看去。

廉君晃了晃筷子，示意了一下藤桌上不知何時擺上的早餐，說道：「先吃點東西再看。」

「呃……謝謝。」時進把筷子接過來，掃一眼桌上熱氣騰騰的早餐，思緒這才慢慢從資料中抽出，不好意思說道：「抱歉，我看得太入神了，忘了你還沒吃早餐。」

「沒事。」廉君給他倒了杯果汁，把平板往旁邊挪了挪，「快吃吧，一會涼了再吃會傷胃。」

時進應了一聲，順手拿起手邊的果汁喝了一口，然後後知後覺地意識到——廉君這話怎麼有點耳熟，這不就是他平常勸廉君吃飯時說的話嗎？而且現在是什麼情況？廉君幫他叫了早餐？還給他拿了筷子、倒了果汁？他現在是在被廉君伺候著吃早飯嗎？他居然讓老闆伺候自己吃早飯！

「咳咳咳——」時進被自己腦補出的東西嚇到，光榮地嗆了果汁，捂著嘴咳得驚天動地。

廉君看他一眼，伸手把他的手拉下來，抽了張紙給他擦了擦嘴角和手上沾到的果汁，動作十分自然，「慢點吃，沒人催你。」說完還貼心地把幾樣點心往他面前挪了挪。

時進身體僵硬，回憶了一下剛剛被廉君擦嘴角的感覺，在心裡狂戳小死，怕怕問道：「廉君這是怎麼了？怎麼突然變得這麼和藹可親，關愛下屬了？他中邪了？」

小死開心回道：「因為寶貝疼你哇，寶貝最疼進進了，你是寶貝的小寶貝。」

時進沉默，決定把小死關一陣小黑屋讓它冷靜一下，然後瞄一眼廉君臉上和平時沒什麼兩樣的表情，又懷疑是自己太敏感了，搖了搖頭，專心吃起早餐。

吃完早餐後，時進邀請廉君去島上轉轉，廉君表示早上有件急事要處理，下午才能出去轉。

時進立刻明白廉君這是在體貼自己想把資料看完的心情，嘴上沒說什麼，心裡卻十分感動，親自把廉君送去書房安頓好，狠狠拍了幾句馬屁後才轉回自己的小書房，繼續看起資料。

時進打開平板，把資料翻了頁，然後意外地發現，第五部分資料還沒完，後面還有一點其他的內容。

他快速瀏覽了一遍剩餘內容，發現這居然是黎九崢的成長軌跡。資料裡顯示，黎九崢從出生起就享受著最好的資源，獲得最好的照顧待遇，在決定學醫後，還迅速拜了蓉城出名的老醫生孫老做師父，而這些東西都絕對不是當年的黎家和黎悅薇可以負擔和給得起的。

不僅如此，因為黎悅薇不會照顧人，且精神狀況隱隱有點問題，所以黎九崢其實是被保姆照顧大的，而這些保姆都是時行瑞請的。

並且資料裡顯示，後來收了黎九崢為徒弟的蓉城孫老，在收下黎九崢之後，自身家族這些年的發展是越來越好了，黎九崢的私人醫院能開起來，也多虧了這位師父的資源扶持。

時進大概明白了這部分資料存在的意義——這部分資料是告訴他，黎家確實沒有拿到時行瑞給的好處，但培養幫助了黎九崢，把黎九崢當親孫子看的蓉城孫老家卻拿到了。

至此，五位兄長和他們各自母家的資料已經全部翻完，時進看向最後一部分資料，大約猜到這裡面的東西是什麼，稍微猶豫了一下才點開來。同樣出現了兩張照片，一張是孩童時期的原主，一張則屬於一位眉眼溫柔氣質親切的年輕女人。

時進嘆氣——果然，這最後一部分資料是屬於原主母親的。他並沒有要求廉君幫他查這個，但廉君卻還是周到地查了。

原主的母親很漂亮，五官無論拆開單看還是組合到一起都很美，美得無可挑剔。

時進心情很複雜。他和原主長得一模一樣，但他卻不知道自己親生母親長相如何，他是被收養的孩子，養父母很疼他，但卻跟他一點相像之處都沒有，所以他從小就知道自己是被收養的。

既然他和原主長得一模一樣，那在上輩子，他的親生母親會不會也和原主的母親一模一樣……

「小死，我為什麼會和原主長得一模一樣，連鼻頭的痣都分毫不差，你知道原因嗎？」他忍不住詢問。

小死沉默，彷彿沒有聽到這個問題。

時進也沉默，就猜到它不會回答，對著照片出神一會後收攏思緒，繼續看起資料。

【第十三章】

海邊的生日晚宴

原主的母親名叫雲進，是個被人拋棄的孤兒，從小在育幼院長大，遇到時行瑞那年，她剛準備離開育幼院獨立生活。

時行瑞在遇到她之後，立刻表現出一種近乎失控的狂熱，甚至為此不惜停下所有公事在那個小城待了半年，直到追到她才心滿意足地帶人回到自己當時位於B市的家。

兩人在一起後，時行瑞簡直是容光煥發，帶她進入自己的世界，對外宣布她是他的未婚妻，甚至真的訂了婚紗和戒指，準備和她結婚，但可惜婚禮還沒來得及準備，雲進就意外懷孕了。

懷孕後的雲進安心養胎，時行瑞怕她勞累，暫停婚禮計劃，還收斂了所有渣男本質，像個二十四孝好丈夫一樣細心陪伴雲進，親自照顧她的整個孕期。

時進出生後，時行瑞也沒有像以前那樣拋妻棄子，從二十四孝好丈夫，變成二十四孝好丈夫兼好爸爸，親自照顧著雲進母子。

但是好景不長，雲進在生下時進沒多久就去世了，時行瑞消沉了很長一段時間，振作後立刻為當時還沒取名的時進取了名字，把他細心養在身邊，從此再沒招惹過別的女人。

時進默默念著「雲進」和「時進」這兩個名字，抬手用力揉了把臉。

不可否認，原主和原主的母親對於時行瑞確實是特殊的。但他有些不明白這特殊的由來，只是因為原主的母親特別好看嗎？渣男的本性哪裡那麼容易改，原主的母親雖然好看，但也沒比其他幾位兄長的母親好看多少吧？到底是為什麼？

他不自覺又翻出原主母親的照片，仔細看著照片中溫柔漂亮的女人，視線掃過她和黎九崢母親相似的眉眼，又慢慢掃過她的鼻子、嘴巴，看著看著，忍不住坐直身，眼露驚異。

等等，原主的母親似乎並不僅僅像黎九崢的母親，她的嘴唇好像也和容洲中的母親容夕莉有點相似，兩人都是很漂亮的求吻唇，只不過容夕莉的嘴唇要更飽滿一些，原主母親的嘴唇稍薄，顏色也淡一些。

有什麼線索隱隱冒了出來，時進連忙翻回去看了看其他幾位母親的照片，然後逐一和原主母親的照片進行對比，最後還忍不住搬了臺電腦過來，把這些照片全部掃圖進去，用面部識別軟體分析了一下。

一個小時後，時進看著電腦桌面上一字排開，各自打著分析標記的六張女人照片，覺得後背有些發麻——除了時緯崇的母親，其他人的母親，在外形上居然都或明顯或不明顯地和原主的母親有部分相似。

比如費御景的母親費琳，整體看起來和原主的母親一點相似的地方都沒有，但如果把兩人的臉部建模稍微側過去，就會發現兩人的側臉弧度幾乎是一樣的。

容洲中的母親就更明顯了，她的嘴唇很像原主母親的嘴唇。向傲庭的母親向晴則是鼻子形狀和臉部輪廓很像原主的母親。黎九崢的母親就不用說了，眉眼幾乎和原主的母親一樣。

「時行瑞到底在幹什麼……」時進倒在沙發裡，看著這些女人的照片，以前只是模糊意識到的東西，現在終於清晰起來，「他是在找某個人的替身嗎？然後想生下一個像替身的孩子？」不像的就全部丟給母親養育？

等等！他突然意識到一件更可怕的事——時行瑞生下的孩子，全部是兒子，一個女兒都沒有，這件事從機率上來說，幾乎是不可能的。

他突然想起向傲庭母親向晴流掉的第一個孩子，覺得有些毛骨悚然。

如果那個孩子不是自然流產，而是人為……難道時行瑞是在為一個男人找相像的女性替身？甚至想通過生孩子這種方式去複製對方？

那最受時行瑞疼愛的雲進和原主……時進心臟一抖，只覺得有個巨大的陰謀兜頭朝他罩了過來，砸得他有點頭暈想吐。

時進受不了地關掉平板，摸去廉君的書房。

廉君正在看文件，見時進一臉「我是誰、我在哪裡、我剛剛推測出了什麼」的模樣飄進來，掃一眼他的手上，見沒有平板，瞬間了然，放下文件滑出去，主動迎上前，還抓住了他的手，問道：「怎麼了？」

時進腦子裡各種想法亂衝，壓根沒注意到廉君握住的手，還不自覺反握回去，一臉遊魂的模樣，邊拉著廉君往沙發靠，邊說道：「我覺得自己腦洞太大了……那些資料你看過了對不對？我有點猜想，你幫我看看這猜想有沒有道理？」

他現在就想找個人幫忙捋捋，不然自己肯定是要憋炸的，廉君是查出那些資料的人，對他的家庭情況很瞭解，人又聰明，找他說是最好的選擇了。

廉君看一眼自己被拉住的手，順著他的力道滑動輪椅去沙發邊，輕輕應了一聲。

兩人在茶几邊落座，廉君給時進倒了杯溫水，還點燃一根味道清淡的熏香。

喝了水，聞著空氣中緩慢浮動的清淡味道，時進混亂的思緒慢慢沉澱下來，趁著腦中各種想法細節還在，順了順思路，仔細把自己的推測和理由說了一遍，然後滿眼求肯定地朝著廉君看去。

廉君聽得很認真，聽完自己思索了一下，對上他的視線，回道：「你的推測很有道理。我會派人去查向晴第一次懷孕流產的情況和時行瑞的詳細生平，看時行瑞過往的人際關係中，有沒有一個長相和你及你母親相似的……男人。」說到後面他眉頭皺了皺，似乎並不喜歡這個資訊。

「女人也查查吧，萬一我推測出錯，那時行瑞心心念念的或許是個女人也說不定。」時進趕緊補充。

廉君點頭，見他表情始終緊繃，緩聲安撫道：「查資料還需要一段時間，你不要多想，這段時間放寬心休息。上一輩的恩怨如何，並不能影響到你，無論你想做什麼，一切有我，不用怕。」

一切有我。時進被廉君這句話和他無形透露出的自信霸氣給震住了，看著廉君此時彷彿格外高大可靠的形象，在心裡戳小死：「這就是大佬的風姿嗎？一切有我……我突然就覺得踏實下來了，

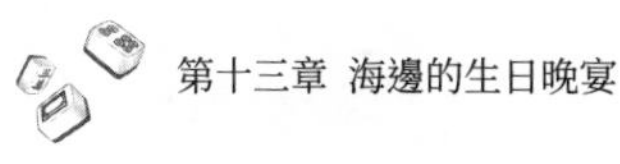

打心眼裡想認他當老大！」

「……」小死開始苦惱該怎麼找回時進那丟失的智商和情商。

廉君見時進滿眼崇拜感動地看著自己，眼神一動，稍微靠過去一點，低喚一聲：「時進？」

時進迅速從腦內活動中回神，側頭看向此時十分靠近的廉君，視線掃過他好看的臉，越看越覺得他果然是個很好很好的寶貝，鬼使神差地一側身，伸臂用力抱住他的身體，還拍了拍他的背，說道：「我知道還有你，你也要記得你還有我，廉君，你要努力活下去，活很久，我會幫你的！」

——幫你消去進度條，過不用擔心隨時可能掛掉的日子！

島上溫度高，兩人都只穿了一層衣服，時進今天更是只穿了一件寬鬆背心，這麼抱在一起，廉君幾乎立刻就感應到對方的體溫。

和前幾次隔著厚衣服並且短暫克制的擁抱不同，這次的擁抱顯得更加親密。

廉君心裡一跳，身體短暫僵硬後迅速放鬆，感受著時進身上傳來讓人妥帖的體溫，毫不猶豫地抬手回抱住他的身體，把他往自己這邊帶了帶，側頭看向他就擱在自己肩膀上的腦袋，鼻尖擦過他耳後的頭髮，眉眼慢慢緩和，低低應了一聲，說道：「我會的。」

他當然要努力活很久，懷中這個美好的人，他怎麼捨得讓他屬於別人。

時進本來是準備抱兩秒就鬆開的，甚至在回過神之後開始擔心自己這樣非禮廉君，會不會惹廉君生氣，結果沒想到廉君居然也抱住他，還抱得很緊，並且直到他想鬆開了，廉君還沒有要鬆手的意思。

他動了動擱在廉君肩膀上的腦袋，聞著廉君身上清淡的沐浴露味道，忍不住又戳了戳小死：「廉君是抱著我睡著了嗎？他怎麼不動了？」

小死語帶滄桑地回答：「沒有睡著，寶貝大概是太累了吧。寶貝從小在『滅』長大，接受的教育是必須時時警惕危險，保護自己的性命，應該從來沒有過這樣的擁抱。進進，寶貝很缺愛的，你多愛他一點吧。」

時進立刻腦補出一個在暴力組織裡摸爬滾打，艱難求生的可憐孩童形象，心瞬間軟了下來，又緊了緊抱著廉君的胳膊，滿心唏噓——那抱吧抱吧，廉君想抱多久就抱多久。廉君真是太可憐了，活這麼大還沒被人好好抱過，真的很慘。

廉君察覺到他鬆了又緊的動作，側了側頭，垂眼親吻了一下他耳後的頭髮，嘴角微勾——傻小子，不知道又腦補了什麼東西。

午飯過後，時進終於如願以償地推著廉君去島上轉了。

下午太陽大，時進怕廉君受不住熱，乾脆沿著青石鋪就的小徑，一路穿花繞樹，上了小島邊角處的一座小山包，找了個山腰處風景最好的涼亭，在樹木掩映中和廉君玩起大富翁——給廉君彌補童年這件事，他可是一直沒忘過。

涼亭是木製的，造型樸素，亭沿掛著一串貝殼風鈴，風一吹鈴鐺就嘩啦啦響，聲音清脆，十分悅耳。

兩人坐在亭內，面前是擺開的大富翁地圖和各種籌碼骰子，手邊是時進帶過來的零食飲料，邊玩邊漫無邊際地聊天，偶爾鈴聲響了就一起看一眼風鈴，之後沒什麼意義地笑鬧兩句，一下午的時間居然就這麼過去了。

天邊泛起晚霞的時候，時進伸了個懶腰，愜意地趴在滿桌的籌碼上，滿足感嘆：「度假的生活真美好啊……」

廉君伸手摸了摸他的腦袋，問道：「這麼陪我乾耗了一下午，不覺得無聊嗎？」

時進被摸得愣了一下，抬頭看他，搖頭回道：「不無聊、不無聊，大富翁挺好玩的，君少覺得沒意思嗎？」

「不會，這樣放鬆一下很好。」廉君又戳了戳他的額頭，確定他是真的不覺得無聊後，心情頗好地收回手。

時進也沒再在意他的小動作，立刻提議：「那咱們明天還出來玩吧。」

廉君抬手撐住下巴，點了點頭，「可以。」

時進眼睛一亮，見他心情好像很不錯的樣子，繼續試探著說道：「那要不咱們每個週末都出來玩吧，一直工作很累的，要注意勞逸結合。」

廉君嘴角勾了勾，依然點頭，「依你。」

時進忍不住搔了搔耳朵。這話說的，可以就可以、同意就同意，說什麼依你，怎麼感覺有點怪怪的，好像是大人寵著小孩一樣。

小死：「……」大人小孩什麼的，噫嗚嗚噫。

雖然廉君應答的話說得怪怪的，但這並不妨礙時進覺得開心，他立刻興致勃勃地計劃起以後每個週末的玩耍項目。

時間帶著風鈴的輕響輕快流過，三月下旬的某個學習日，時進和馮先生一起翹課了，瞞著廉君的那種。

「今天缺的課必須找其他時間補上，你的學習進度不能落下。」馮先生鐵面無私。

時進連忙保證：「知道了、知道了，咱們補幾節晚自習可以嗎？時間隨你安排。」

馮先生表情好看了一點，說道：「這還差不多。」

兩人一起走進距離別墅最近的餐廳，那邊卦六已經在等著了，見到時進過來，熱情招呼道：「廚房給你空出來了，材料也都準備好，你想做什麼都可以，有不會的地方就問廚房裡的其他人，他們會教你的。」

時進比了個OK的手勢，匆匆朝著廚房走去。

馮先生目送他進去，本來板著的臉慢慢緩和下來，望一眼餐廳地板上散放著的各種慶祝裝飾用品，眼中情緒有些複雜。

卦六見狀靠過去，說道：「小進是個好孩子吧，您老以後少凶他幾句。」

馮先生看他一眼，沒有回話，轉身走了。

大書房裡，廉君看一眼時間，見已經快到時進的課間休息時間，便放下文件，滑出書桌，從小冰箱裡取出一瓶冰鎮果汁，連同一個水果拼盤一起放到茶几上。

東西弄好後大概還差一分鐘才到課間休息，廉君轉回書桌後，重新拿起文件。

一分鐘很快過去，到課間休息了，但廉君卻沒有等到那道總是準時響起的輕快敲門聲，看了看門，想著時進是不是去洗手間了，又重新看向文件。

又幾分鐘過去，敲門聲還是沒有響起，廉君坐不住了，放下文件滑動輪椅出門，側頭往小書房那邊看去，結果發現本該也在休息的馮先生，居然搬了把椅子坐在小書房外，手裡還拿著一本教案在翻。

「先生？」廉君疑惑，看向他身後的書房門。

馮先生一副被他喚回神的樣子，見他看門，解釋道：「忘了跟你說了，我今天給時進安排了一下小測驗，兩堂課一張卷子，他這個課間不休息。我怕他被我看著緊張，就出來坐著了。」

原來是在考試。廉君皺眉，點了點頭表示明白，邀請道：「那先生來我書房坐會吧，一直等在門外也不合適。」

「沒事，我就坐這裡。」馮先生擺手，一臉嚴肅，「不然萬一時進偷偷跑出來，回房間翻教材作弊怎麼辦？」

廉君為時進正名：「時進不會作弊。」

「你不懂。」馮先生搖頭，一副看盡千帆的模樣，「有些差生為了考試及格，什麼事情都做得出來。」

「……」廉君實在無法違心說時進不是差生，又想起時進平時跳脫的性子，只能沉默。

課間休息就這麼糊弄過去了，等到了下一個課間，時進不得不放下手裡的活，摘掉圍裙匆匆跑回別墅，準點敲響廉君書房的門。

廉君立刻開門，先掃一眼時進的精神狀態，見還行，不像是考砸的樣子，心情稍鬆，緊接著就聞到一股甜香味，還注意到時進手上沾著一些類似糖霜的東西。

他第一個反應是：「你考試的時候偷吃東西了？」

「呃……是！」時進僵硬了一下就用力點了點頭，換上愁眉苦臉的表情，嘆道：「考久了腦子轉不動，吃點甜的可以補充能量。」

「只是小考試而已，不用太過在意。」廉君安撫，還拉過他的手，幫他擦了擦手上的糖霜，示意沙發，「去坐著歇會吧，剛剛餐廳那邊送了新做的水果拼盤過來，馮先生說你今天一天都要考試，累不累？」

時進鬆了口氣，坐過去拿起一塊冰得正好的水果塊塞嘴裡，用吃東西的動作掩飾自己的表情，回道：「不累，考試比上課輕鬆一些，起碼沒有作業。」

廉君看一眼自己空掉的手，見他吃得急，皺了皺眉，靠過去摸了一下他的頭，之後轉到他對面，又給他拆了一些別的零食出來。

時進抬手抓了抓頭髮，隱隱覺得廉君最近好像很喜歡碰自己，但想起小死關於廉君缺愛的說法，又很快把這點在意拋到腦後。

又混過一個課間，時進在廉君的視線裡走進小書房，等廉君回了大書房後才又偷偷摸出來，和

馮先生打了個招呼，直奔餐廳而去。

午飯時，時進怕廉君發現餐廳那邊的端倪，便用考試太累不想動的理由，說服廉君把午餐擺在別墅。

就這麼又騙又兩邊跑的，到了下午的下課時分，時進親手製作的蛋糕終於做好了，餐廳也在卦一等人的幫助下裝飾妥當。

「那我這就去推君少過來，其他的菜你們幫著盯一下。」時進摘掉圍裙，擦了擦手上沾到的奶油，邊往別墅走邊囑咐卦二。

卦二應了一聲，目送他離開，掃一眼被集合到餐廳裡的其他人，長嘆一聲：「就時進這上心勁，君少就算是個石頭人，也得被捂化了吧。」

卦一等人看他一眼，沒有接這句廢話，默契地散開按照時進的吩咐去盯著菜了。

怕身上的奶油味太濃被廉君聞出來，時進回別墅後忙做出提前完成考試的樣子，推開廉君的書房快速說道：「君少，我把墨水弄身上了，先去洗洗。」說完迅速關門，火速跑回自己房間，留下馮先生善後。

廉君聞言果然很快出了書房，見走廊上已經沒了時進的蹤影，看向馮先生。

馮先生不動如山，語氣嫌棄：「我就說了，差生在考試的時候，真的是什麼錯都能犯，那墨水是我給他壓卷子用的，但他就是能把它們灑出來，還全餵了自己的衣服。」

廉君沉默，說道：「是什麼牌子的墨水，我讓後勤給您送一套新的過去。」

這意思是時進可以隨便潑墨水，反正有人幫他賠嗎？馮先生噎住，沒好氣地瞪他一眼，氣得丟下一句：「你就慣著他吧！」轉身踩著重重的步子走了。

廉君像個聽不進忠言的昏君，見馮先生走了，還要一臉平靜地在背後說一句：「我的人，我當然得慣著。」

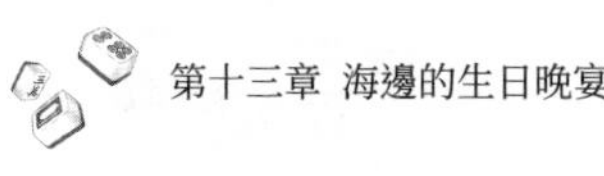

洗了澡，時進按照原計劃，假裝若無其事地推著廉君去餐廳吃晚飯。

廉君怕他因為考試心情不好，還體貼說道：「其實可以不去餐廳的，在露臺吃飯就挺好。」

「不用，咱們午飯就是在別墅吃的，現在一天的活忙完了，晚上出來吹吹海風也不錯。」時進接話，見餐廳就在眼前了，連忙問道：「君少，今天我想坐室外平臺最邊沿的位置，那裡更靠近海，可以嗎？」

廉君自然是依他的，點頭應道：「可以。」

於是時進順勢轉了下輪椅，讓廉君視線正對著海，「那咱們就坐那裡吧，那裡正對著海。」

此時天還是亮的，太陽還沒降下海平線，餐廳自然也沒開燈，廉君不疑有他，順從地讓時進推著自己去了餐廳室外平臺最邊沿的位置，落座後還不忘誇時進位置選得好，這裡風景確實不錯。

時進美滋滋，坐到他對邊，像往常一樣和他一起點菜。

邊吃邊閒扯一些沒營養的話題，直到太陽下山，天慢慢暗下，時進才做出一副疑惑的樣子，說道：「怎麼這個時間餐廳還沒開燈，線路故障了？」

廉君也有些疑惑，抬手就準備喊人過來問問。

時進忙攔住他，主動起身說道：「別喊人了，我去看看吧，我正好想上廁所。」

廉君於是順勢收回手，點點頭，目送他進了餐廳。

海風溫柔地吹，夜色慢慢鋪開，廉君等了好一會不見時進回來，剛準備去問問，就見餐廳室內的燈突然一齊打開，之後燈光一路蔓延，順著纏繞在平臺四周的細線和小型彩燈，勻速把光明鋪來，之後彙聚在廉君所坐位置的陽傘之上，啪一聲，一大團朦朧的燈光鋪灑開來，把廉君頭頂的陽傘照成一方小小的絢麗世界。

廉君停下轉動輪椅的手，望一眼被彩燈包圍的平臺和頭頂陽傘，隱隱意識到了什麼，側頭朝著餐廳的大門看去。

如星河灑落的燈光中，一個穿著廚師服的玩偶熊推著一個三層小蛋糕從餐廳裡走出來，蛋糕邊放著大大小小好多個禮盒，禮盒中間還架著一個唱著生日快樂歌的小喇叭，看起來又可愛又搞笑。

廉君眼裡彷彿也鋪上了星光，轉動輪椅正對著玩偶熊，表情慢慢溫柔。

推車在他面前停下，玩偶熊也不說話，轉身伸出熊掌開始給蛋糕插生日蠟燭，邊插邊抓起蛋糕邊的小禮盒往廉君懷裡塞，動作十分搞怪。

廉君微笑，發現每個禮盒上都標著數字，問道：「大家準備的？」

玩偶熊點了點頭，插好蠟燭後蹲下身，開始調推車的腿，一點一點把推車降下來，調到一個方便廉君吹蠟燭的高度。

廉君才發現面前這個遠看很漂亮的蛋糕，近看其實有點粗糙，最上面「生日快樂」那幾個字明顯不是專業蛋糕師的手筆，而是時進的字跡。

廉君心裡一動，想起時進今天帶著甜香味的「考試」，看向已經又站起了身的玩偶熊，伸手抓住了他的手，問道：「你做的？」

「該許願吹蠟燭了。」一道故意機械化的聲音從頭套裡傳出，明顯是時進的聲線。

於是廉君的眉眼迅速化開，並沒有許願，而是直接伸頭吹滅了蠟燭，然後突然從輪椅上站起身，伸臂抱住沒反應過來的玩偶熊，閉上眼睛，在玩偶熊軟軟的熊鼻子上落下一個輕柔的吻。

時進傻住，眼睛瞪得差點凸出來，透過頭套的氣孔，看著廉君近在咫尺閉目溫柔親吻自己的臉，心臟不爭氣地開始狂跳，撲通撲通地超級大聲。

拿著小煙花的卦二見狀迅速縮回準備跨出門的腳，然後把身後一眾兄弟全部堵了回去。

最後面的卦九不明所以，疑惑問道：「怎麼不走了，不是說好君少一吹蠟燭，我們就出去調動氣氛的嗎？」

同樣看到了外面情況的卦一也收回往外邁的腳步，回道：「現在出去不是調動氣氛，而是大煞

風景，卦三。」

卦三不用他吩咐就明白了他的意思，拿出對講機說道：「開始放煙花。」

於是咻一聲，海邊有煙花升空，砰一聲炸響，絢爛的光芒鋪滿天空，照亮整個海灘。

廉君聽到聲音直起身，望了望海邊不斷升空的煙花，臉上笑容越發明顯，摸了摸面前似乎已經僵住的玩偶熊，傾身抱住他，蹭了蹭他的熊腦袋，低聲說道：「謝謝你，我很喜歡。」

待在玩偶服裡面的時進滿額頭都是汗，也不知道是熱的，還是被心臟狂跳的動靜逼出來的，僵了好一會才回抱住廉君的背，輕輕拍了拍他，在心裡戳小死，語氣如夢似幻：「廉君好像很喜歡玩偶熊，但是他為什麼沒有許願？是嫌我做的蛋糕太醜了嗎，還是我做的蛋糕不值得他許願？」

剛準備抒情一番的小死被這句話噎住，突然就哭了：「進進我對不起你，我會努力把你的智商找回來的，嗚嗚嗚……」

時進：「……」

擁抱結束後，廉君勸時進去把玩偶服脫下來，怕把他熱壞了。

時進卻堅持穿著玩偶服和廉君照了好多張照片，估摸著應該彌補夠了廉君的童年，才跑去餐廳後廚把玩偶服脫下來，順便洗了把臉。

這個天氣穿玩偶服確實很熱，時進只穿了這麼一會，頭髮和衣服都汗濕了，不過他雖然熱得難受，但想起廉君開心的樣子，又覺得什麼都是值得的。

「養孩子也不過如此吧。」時進滿足感嘆，覺得自己真是個偉大的「父親」。

小死：「嗚嘰。」

時進無奈了，哄道：「別哭了，我知道你家寶貝過生日你比較激動，但你哭這麼久，小心把自己哭廢了。」

小死開始打嗝，邊打嗝邊哭。

時進仰頭望天，長嘆口氣，決定隨它去，樂滋滋地回到餐廳外面。

大家已經聚在一起玩起來了，廉君坐在蛋糕前，正在拆禮物。

「怎麼還沒切蛋糕？」時進邊走近邊疑惑詢問，手上還拿著一條毛巾在擦汗濕的頭髮。

卦二擠眉弄眼，「當然是在等你啊，蛋糕師大人。」

時進笑著翻他一個白眼，視線投向坐在蛋糕前的廉君，對上廉君剛好望過來的視線，腦中猛然閃過對方閉目親吻過來的樣子，往前走的腳步不自覺停了停。

不行，之前那畫面太有衝擊性，他到現在都還有點回不過神。

「時進，過來。」廉君適時出聲，喚他過去。

也不知道是不是錯覺，廉君今天的聲音聽起來好像格外黏稠動聽一些。

時進用毛巾使勁擦了擦耳朵，重新邁步靠過去，問道：「怎麼還沒切蛋糕，真的在等我嗎？」

廉君在他靠近後拉住他的手，說道：「自然是要等你的。」說完另一手拿起刀，就這麼一手牽著時進，一手握著刀，抬手把蛋糕最上面的一層切開來。

卦六十分激動，拿著相機狂拍，還把擋住鏡頭的卦二往外扒拉了一下。

卦二：「……」

「居然是夾心的，這個蛋糕你做了多久？」廉君側頭看向時進，捏了捏他的手。

廉君的手很涼，在熱天握著應該是很舒服的，時進卻覺得手心有點冒汗。

他自以為不著痕跡地掙脫開廉君的手，藉著擦脖子的動作把手上的汗蹭在毛巾上，回道：「沒做多久，大家幫了我好多忙。」

廉君看一眼他背後全部汗濕的衣服，皺了皺眉，也不嫌棄地伸手摸了一把，順手幫他把衣服往外拉了拉，免得一直貼在皮膚上，然後朝站在一邊的卦六看了一眼。

卦六秒懂了廉君的意思，朝他點點頭，走到角落拿起手機往外撥了通電話。

時進沒注意到兩人的眼神交流，注意力全在身後被拉開的衣服上，扭過頭看了一眼，感覺到海風順著衣服拉開的衣襬灌進來，舒服地瞇起眼，朝廉君說了聲謝謝。

切蛋糕、吃蛋糕，大家迅速鬧成了一團，氣氛十分熱烈。

大概五分鐘後，卦六拿著一套乾淨衣服湊到時進身邊，說道：「換上吧，舒服一些。」

時進很意外，十分感動，誇道：「六哥你真貼心。」

「是君少貼心，衣服是君少讓我拿的，快去換上吧，你這衣服上的汗雖然快乾了，但肯定黏糊糊的不舒服，後廚有個小浴室，你可以去沖一下再把衣服換上。」卦六解釋，不著痕跡地給廉君拉印象分。

時進愣住，側頭看向被卦一等人圍在中間，膝蓋上還放著蛋糕碟子的廉君，捏了捏手裡的衣服，又朝卦六道了謝，轉身往後廚去了。

「你家寶貝真是個好寶貝。」時進在洗澡的時候忍不住感嘆。

小死又開始打嗝，一副哭得不能自已的模樣。

時進：「……」

一向不怎麼吃甜食的廉君，在生日這天吃蛋糕吃了個飽。

很久沒有摸到真麻將的時進，也終於在廉君生日這天，打麻將打了個滿足。

大家都很快樂，只可惜某些人的快樂是要付出代價的——為了補上這一天的快樂，時進接下來不得不開始痛苦的晚自習補課之旅。

補課是從晚飯後七點補到九點半，時間有些晚，廉君心疼時進補課辛苦，想免了他這幾天的按摩。時進卻強烈反對，覺得腿部的保養一天都不能落下，拉著廉君一番據理力爭，最後成功爭取回了按摩這項工作，只不過考慮到時間太晚，所以不再按全套，只在每天睡前幫廉君捏捏腿就行。

實際吃了虧但自覺占了便宜的時進心滿意足，美滋滋說道：「這才對嘛，君少你要積極一點，

生活還是很美好的。」

實際占了便宜但面上卻像是無奈妥協的廉君：「嗯。」

小死：「……」感覺進進有時候沒智商，好像也挺好的。

當天晚上，結束補課的時進，按時敲響了廉君的房門。

因為不用再按全套，又因為時間已經太晚，按完就到休息的時間，所以廉君直接把按摩的地點定在床上。

時進對此沒有異議，等廉君在床上躺好後，直接伸手撩起廉君的睡袍下襬，開始捏腿。

捏啊捏、捏啊捏，捏完靠床沿這邊的腿後，時進看一眼寬大的睡床，又看一眼廉君靠裡的那條腿，有些苦手——睡床太寬了，沒法像按摩床那樣直接換邊，如果他繼續站在這邊去按廉君另一條腿的話，會有些不好使力。

廉君很快看懂了他的困境，體貼建議：「到床上來吧，時間太晚，你早點按完，也能早點回去休息。」

時進遲疑：「可我還沒洗澡，到床上不好吧。」

「沒關係，我不在意。」廉君特別好說話，還主動伸手拉了他一把。

時進十分感動，覺得廉君果然是個好人，順從地依著廉君手上的力道上床，爬到廉君另一邊，坐在之前被撩開的被子上，捏廉君另一邊的腿。

從頭到尾，他都完全沒意識到，他剛剛遇到的那個問題，其實只需要讓廉君翻個身，或者挪個位置就能解決，根本不需要上床。

但床已經上了，是不可能再下了。

廉君看著時進坐在自己床上，專心對著自己捏來捏去的樣子，嘴角微勾。

按摩結束時廉君似乎已經睡著了，時進小心跨下床，剛準備放輕手腳離開，垂在身側的手就被一隻微涼的手拉住。

他停步，回頭看去。本以為已經睡著的廉君此時居然睜開眼，身體微微側著，對上他回頭望過來的視線，還回了他一個不大明顯的笑容，說道：「辛苦了，謝謝你。」

時進被笑得瞬間心軟，有種付出之後突然收穫了美好回報的感動和驚喜，轉身回握廉君的手，彎腰輕輕抱了他一下，然後蹲下身看著他的臉，開心說道：「你看你笑起來多好看，以後要多笑……睡吧，晚安君少。」

廉君細細記住他此時的表情，在他的視線裡閉上眼睛，低聲回應：「晚安，時進。」

時進忍不住微笑，又在床邊呆呆看了廉君的睡顏好一會，直到腿有些發麻才猛然回過神，有些奇怪自己怎麼看廉君睡覺看呆了，但心情仍奇怪地溫柔且高昂，又伸手幫廉君掖了掖被子，然後小心起身，放輕動作走出廉君房間，還順手幫廉君關了燈。

咔噠。房門關閉，廉君在一室朦朧夜色裡睜開眼，抽出被時進握過的手放到眼前看了看，輕輕嘆氣——傻小子，到底要什麼時候才懂？是年紀太小了嗎？

他這樣想著，放下手，終於真正睡了過去。

時間繼續悠悠地過，就在時進晚自習補課結束的當天，官方發了會議通知過來——會議日期和地點定下了，根據官方發來的座標推算，如果他們要在會議前準時到達目標海域的話，起碼要提前三天離島出航。

現在已經是三月末，會議時間定的是四月中旬，廉君是要去給官方鎮場子的，所以離島的時間還得再往前拉兩天，爭取比其他組織的首領更早到達會議地點。

這樣一扣的話，他們滿打滿算也只有不到十天的出航準備時間。

愜意的假期毫無預兆地結束了，所有人都迅速收拾好狀態，開始忙碌準備出航的各項事宜。

時進作為「學生」，只能眼巴巴旁觀。

島上的小機場開始每天都有飛機降落起飛，港口的中型遊輪不見了，換上一個大的遊輪，大批物資從機場的飛機上卸貨，運到大遊輪上。

又一個課間休息，時進趴在大書房的窗臺上，看著遠處港口上熱火朝天的忙碌場景，想起廉君目前還毫無動靜的進度條，忍不住嘆了口氣，只希望等到出發那天，這進度條還能穩住不動。

「嘆什麼氣？」廉君不知何時滑到他身邊，和他一起看向忙碌的港口，「想下去看看嗎？」

時進回神，搖搖頭，「不去了，我什麼都不懂，去了就是搗亂。」

廉君也沒再勸他，只和他一起看著港口，轉移話題說道：「時行瑞的生平已經快查完了，過幾天就能匯總傳過來，向晴的流產資訊太過久遠和模糊，調查沒什麼進展，可能會多費些時間。」

時進過了幾秒才反應過來他說的是什麼，點點頭表示知道了，然後後知後覺地發現，自廉君生日過後到現在，他居然完全沒想起過有關於時家和時行瑞的任何事，每天腦子裡不是學習就是週末該帶廉君去哪裡玩，一點正事沒裝。

果然度假使人墮落。他深刻反省，又看了一眼腦內那兩根一個穩在490、一個穩在500的進度條，琢磨了一下目前已知的劇情，重新趴回窗臺，看著港口的輪船出神——兩根進度條剩下的數值，似乎都很麻煩。

廉君安靜陪著他，也看著港口的輪船，眼神幽遠，不知道在想些什麼。

補課結束之後，按摩自然也恢復了以前的節奏。

結束今天的按摩，時進送廉君進入浴室，互道晚安之後站在關閉的浴室門前，看一眼時間，又看一眼廉君整整齊齊的床，心裡突然有些空落落，在腦內嘆道：「今天沒法盯著廉君睡覺了，也不知道他又會偷偷在房間裡工作到幾點。」

已經重新振作的小死立刻貼心提議道：「你可以到點去督促寶貝睡覺啊，你們房間離這麼近，很方便的。」

時進聞言心裡瞬間不覺得空了，恍然大悟的樣子，說道：「對啊，我可以去督促他睡覺啊，早睡早起身體好，可以可以，那我到時候去找他。」

小死立刻對他的決定表達熱情的支持。

晚上十點半，穿著一身背心褲衩睡衣的時進站在廉君房間門口，又猶豫起來，在心裡問小死：「你說萬一廉君已經睡了，那我現在敲門不是吵醒他了嗎？」

小死打包票：「我掃描了，寶貝沒睡，在看文件！」

——什麼，這個點還在看文件？

時進眉頭一皺，毫不猶豫地敲了門。

門很快就開了，廉君身上穿著睡袍，看起來像是準備睡覺的樣子，但時進往窗邊桌子那一望，果然在上面看到幾份文件和一臺打開的電腦。

他用控訴的眼神看向開門的廉君。

廉君居然秒懂了他的意思，解釋道：「這就準備睡了，你怎麼還沒休息？」

「我也快睡了，就是睡前過來看看。」時進解釋，邁步繞到他輪椅後，二話不說把他推到床邊，說道：「睡覺，你每天起那麼早，必須早睡保證睡眠時間。」

廉君側頭看他，說道：「可我還有一份文件沒看完，是急件，下面在等我的批覆。」

時進盯他幾秒，確定他應該不是說謊後，轉身走到桌邊，問道：「是哪一份？你先去床上靠著，我幫你拿過去。」

廉君由著他這麼管著自己，把文件指了出來，聽話地靠到床上。

情況很快變成廉君靠在床頭看文件，時進坐在床邊無聲玩麻將，兩人互不打擾。等廉君看完，將批覆結果通知屬下，時進立刻結束牌局，幫廉君把文件收到桌上放好，盯著他躺下來。

「晚安。」時進皺著眉幫廉君掖了掖被子。

廉君拉住他的手，問道：「生氣了？」

時進被他問得愣了一下，然後搖搖頭，回道：「不生氣……不過你最好別再睡前進行高強度工作，很影響睡眠品質的。」

「今天是意外。」廉君回答，捏了捏他的手，見他已經不會再覺得不自在，已經徹底習慣這樣的肢體接觸，心裡一動，忍不住看著他的眼睛，含蓄說道：「我也想快點養好身體，換我看著你入睡……對不起，現在還沒法好好照顧你。」

時進完全沒聽懂他這話的深層含義，只被他這聲對不起說得心軟了，表情緩和下來，蹲下身與他面對面，把他的手塞進被子裡，安慰說道：「你身體肯定能養好的，你看你現在就比之前的氣色好了許多，我也不是要天天盯著你的作息，我就是擔心……會有機會的，等你身體好了，就換你來監督我睡覺，我等著你。」說完還朝廉君露出一個鼓勵的表情。

——所以就是完全沒領悟到剛剛那句話裡的其他意思嗎？

廉君看著時進認真的模樣，心裡無奈又好笑。這個人好像總有辦法把所有曖昧的氣氛、言語、行為理解成另一個意思，但又奇怪地不會讓人生氣，反而會讓人不自覺感嘆這個人是真的傻，傻得十分可愛。

「好，你等著我。」廉君點頭，撐起身體傾身抱了他一下，然後退回床上，拉好被子，主動說道：「晚安，明天見。」

時進已經習慣了他的擁抱，十分自然地跟著道了一句晚安，然後起身幫他關掉所有的大燈，放輕腳步退出房間。

轉眼又是十天過去，四月初的某天，時進推著廉君來到港口，在卦一等人的安置下上了輪船，準備離開海島。

「下次來這，應該就是年底或者明年了吧。」時進趴在輪船的欄杆上，看著逐漸遠去的月牙灣，心裡有點不捨。

廉君坐在他身邊，也望著逐漸遠去的小島，視線掃過島上每一處在時進陪伴下停留過的地方，說道：「你喜歡的話，年底我們可以早一點過來，到時候我身體應該好些了，可以陪你去海釣。」

這一整個假期時進都在學習，能好好玩耍的週末又全在陪廉君，島上比較耗時間的娛樂項目全都沒嘗試，十分可惜。

時進聞言笑了，說道：「那真是再好不過了，君少你可得努力養身體，不能說謊話騙我。」

廉君見他又笑了，心裡稍微放心，微笑應道：「肯定不會騙你。」

駕駛室外的小平臺上，卦一和卦二靠在欄杆上，看著甲板上一坐一站，微笑聊天的廉君和時進，對視一眼，沉默幾秒，最後還是卦二先開了口：「君少這是準備先把時進套牢嗎？感覺他們相處的氣氛變了好多。」

以前時進在廉君面前可不敢這麼隨意，更不敢理直氣壯地事事都管。

「時進太蠢，這個辦法目前看來是最有效的。」卦一嘴上說得一點不給時進留面子，表情卻明顯比平時要溫和，說完停了停，又補充道：「君少現在經常笑了。」

卦二也看到了廉君側頭朝著時進微笑的樣子，出神了一會，感嘆道：「氣息也溫和柔軟了許多……馬上就是會議了，也不知道這是好事還是壞事。」

卦一聞言迅速斂了表情，說道：「君少有分寸的。」

「我知道，我是怕那些人精看出些什麼來。」卦二說著，想起往年會議的情況，眼神慢慢冷下來，低聲說道：「只希望今年沒有蠢貨冒頭，不然怕是大家都得挨收拾。」

「咱們這行裡，從來不缺蠢貨。」卦一冷冷接話，表情嘲諷，心裡可不指望今年的會議能安生度過。

航行兩天後，廉君一直穩著沒動的進度條還是漲到600了，時進自己的進度條也漲到500，雖然漲不多，但到底還是漲了。

時進嘆氣：「我這是被廉君影響了吧？這種黑社會大佬聚集的會議果然很危險。」

小死安撫道：「進進別怕，寶貝會保護你的。」

時進聞言卻並不覺得被安慰，心情反而莫名地更低落了。

是啊，大家都覺得就算出了事，廉君也肯定會想辦法保護大家，可如果大家真一起遇險了，誰又能去保護廉君呢？廉君也只是個肉體凡胎的普通人而已，並沒有長著三頭六臂。

就這麼又過了一天，在第三天的晚上，前方海面上終於出現官方輪船的身影。官方的輪船很大，明顯是民用的，不是軍用的，看起來沒什麼威脅性，比時進預估的要無害很多。

卦一吩咐停船，先用雷達掃描一下附近海域，確定沒有其他隱藏的威脅後，才和官方那邊聯繫，然後讓卦二和卦五帶著一小隊人先上官方的輪船，名曰上去幫忙安排一下住宿問題，實際上是先去觀察情況。

時間已經太晚，今晚大部隊是不用上官方輪船的，時進在甲板上看了下熱鬧，發現外面的氣溫實在有些不妙，忍不住緊了緊身上的厚外套，望了眼晚上看起來黑漆漆的大海，在心裡問小死：「你說這個溫度，如果人掉到海裡，能活多久？」

小死顫抖詢問：「進進，你是在給自己立flag嗎？」

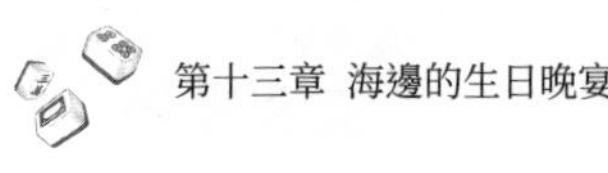

時進表情一僵，發現這話問得還真挺像flag的，忍不住就腦補了一下自己掉到海裡的情況，嚥了嚥口水問道：「那如果我真不小心掉進去了，你能給我刷什麼buff保命？」

小死很認真地想了想，回道：「美人魚buff？我可以讓你暫時變成魚。」

變成魚？時進表情扭曲，小心後退了一步，默默決定遠離海水，避開一切可能下水的情況。

第二天上午十點，卦二陪著官方的兩位負責人一起回來。

時進窩在駕駛室裡往甲板上看了一眼，見來的兩個負責人一個穿著軍裝，軍銜似乎還挺高，一個穿著西服，官威看著也有點重，心裡有些嘀咕，側頭問身邊的卦九：「這兩個人是誰？」

卦九正在電腦上敲敲打打，聞言眼都沒抬，回道：「一個是會議主導人，維穩辦的主任章卓源，長得矮矮胖胖頭髮半禿的就是他，每年都是他來，算是大家的老朋友了。一個是幫助維護秩序的副手，海軍少將之一劉振軍，這是個狠角色，可不好惹，也和君少一樣，是來鎮場子的，不過他是第一次參加這個會議，前幾年來的都是陸軍的人。」

時進聽了又望了眼廉君的進度條，見數值還是穩在600沒有動，稍微放了點心。

等了大約一個小時後，卦九和時進的手機忽然一起收到卦一發來的通知簡訊：收拾東西，準備上官方輪船。

卦九立刻蓋上電腦，朝時進說了句：「走。」

時進應了一聲，跟著他起身。

一番忙碌後，在午飯前，廉君帶著卦一、二、三、九，和時進轉移到官方輪船上，比卦二晚一步回來的卦五則留守在自家輪船上。

廉君上了官方輪船之後，直接帶著卦一跟著官方負責人走了，時進則隨著卦二去了官方安排給他們的住處。

整理行李的時候，時進從卦二那裡瞭解到，原來每年會議期間，除了廉君，其他暴力組織的首領是絕不會帶著人留在官方輪船上過夜的，他們都是開會的時候上船，開完會立刻回自己船上，等第二天開會再過來，態度十分警惕。

時進倒是能理解他們的小心，只不過心裡有些疑慮，問道：「那其他人都不在官方輪船上過夜，就君少住這裡，他們不會多想嗎？」

卦二嘲諷一笑，回道：「你以為君少不住在這裡，他們就不會多想了嗎？君少當年可是被他們推到這麼個『代表大家和官方近距離對話，表達大家訴求』的位置，就當年官方和咱們這群人的關係緊張程度，他們把君少推出來，安的能是什麼好心？如果不是君少，『滅』早就成了那些人和官方接洽試水溫的炮灰，哪還有咱們現在的舒坦日子過。也是他們活該，想欺負君少，結果反倒幫咱們和官方搭了橋，愚蠢。」

時進聽得意外，問道：「所以其他組織早就知道，咱們和官方是有合作的？」

「當然知道，那些人可都是人精。」卦二回答，臉上露出個似笑非笑的表情，嘲諷說道：「但他們不知道君少早就和官方達成協議，決定把整個畸形的黑道社會全部清掃乾淨。那群蠢蛋還在羨慕嫉妒君少從官方手裡拿了好處呢，殊不知他們都是鍋裡的老鼠，到時候一個都跑不了。」

時進恍然大悟。所以現在大家都知道「滅」在和官方合作，但卻不明白內裡關鍵，只以為「滅」是想抱官方的大腿賺取更多的好處，而不知道「滅」還想把大家全給拔了？

這樣看來，「滅」目前應該還是安全的，沒有被大家發現「背叛者」的身分。

「不過那些蠢貨雖然蠢，但總有些更蠢的人會上他們的勾。」卦二語氣突然一肅，抬手拍了一下時進的肩膀，說道：「你要小心，會議期間，你應該會收到不少橄欖枝。」

時進疑惑，問道：「什麼意思？」

卦二叼了根菸到嘴裡，邊咬著玩邊回道：「每年君少身邊的人，都會收到其他組織或明或暗的拉攏暗示，你是今年唯一的新面孔，所以肯定會成為大家盯著的目標。卦四這個人你還記得嗎？」

時進點了點頭，回道：「記得，他怎麼了？」

「他就是在去年的會議上，被一個中型組織拉攏，背叛了君少。」卦二說到這聲音低沉下來，語氣也變得淡淡的：「他野心太大了，雖然有能力，但一直不老實，君少不放心，一直對他有所保留，而他也果然沒能定下心來，一發現組織有轉型做正經生意的跡象，就立刻心思活泛了。算上他，這已經是君少第六次被身邊人背叛，一年一個，跟設定好的固定劇情一樣，真是邪門了。」

時進見他說著說著就煩躁起來，抬手抽走他嘴裡的菸，塞給他一顆糖，說道：「有些人要變你也留不住，為他們煩心做什麼。」

「不是為他們煩心。」卦二咂巴一下嘴，老老實實把糖拆開吃了，語氣慢慢恢復正常：「我就是怕，怕黑暗的日子過久了，現在還陪在身邊的夥伴哪天突然變了臉，對咱們刀刃相向。你是新進來的，可能不懂，髒錢、快錢賺多了，為所欲為隨意決定別人生死的日子過多了，有些人就再也戒不掉這些，回不到正途了。」

時進聞言沉默，確實，人心是最不可測的，他當員警時也沒少見那些明明已經被解救幫助的人，過一陣子居然主動回到賊窩或者狼窩裡，讓人又氣又無奈。

「反正你自己多注意吧，若有人接近你，最好立刻跟君少彙報一下，咱們好早做防備。」卦二又拍了拍時進的肩膀，表情和語氣都是難得地正經，「時進，君少很信任你，不要讓他失望。如果連你也心有動搖的話，我怕君少會扛不住。」說完把手裡的糖紙一揣，轉身走了。

時進目送他離開，明白他今天是特意過來跟自己說這些的，看了眼腦內屬於廉君的進度條，嘆氣——卦二真的多慮了，如果他心有動搖，先不說廉君會如何，只說他腦子裡的這個系統，恐怕第一個就不會放過他，肯定能把他腦子給哭廢了。

午飯的時候，廉君和卦一仍然沒回來，應該是和官方負責人一起去吃飯了。

時進隨著卦二等人去了輪船上的餐廳，落坐後到底有些不放心，拿出出航後重新配置的衛星電

話，給廉君發了條簡訊過去，囑咐他不要喝酒。

廉君很快回了簡訊過來，只有一個字：嗯。

時進放了心，把手機收好，這才拿起筷子開始吃飯。

同桌的人看到他的動作，互相對視一眼，默契地沒說什麼，也拿起筷子吃飯。

廉君直到下午四點多才回來，回來後立刻喊眾人開了個會，簡單說明一下會議的大概流程，然後囑咐大家在會議期間別亂跑，之後擺擺手讓大家散了。

按照廉君的說法，這次會議的流程和往年並沒有什麼不同，依然持續三天。第一天是核查所有暴力組織上一年的動向，第二天是討論分析目前國內所有非法暴力組織的情況，第三天是重頭戲，官方會重新登記所有合法暴力組織的資訊，新增一些，也剔除一些，同時會向大家徵集新一批合法暴力組織的審核備選名單，審核一年後，將在下一年的會議上宣布審核結果，然後給新誕生的合法暴力組織正式掛牌。

這個名單的徵集有太多文章可以做，那些尋常不愛在外露面的暴力組織大佬，之所以全都願意老老實實來參加官方的這個會議，大部分是衝著這個來的。這可是個給自己合法增加實力的好機會，大家都不願意錯過。

晚些時候，卦一又單獨給第一次參加會議的時進，科普了一下這個名單徵集的具體操作流程。

原來並不是所有合法暴力組織都有推薦資格的，只有成功掛牌超過五年的暴力組織才有一個單獨的推薦名額，而五年以下、三年以上的，則只有半個推薦名額，他們要想真正在會議上說得上話，就必須和同資格的另一個組織進行合作。

至於那些掛牌三年以下的，他們沒有發言權，只有聽結果熬資歷的份。

時進聽到這忍不住詢問：「那咱們已經掛牌幾年了，有獨立的推薦名額嗎？」

卦一回道：「我們掛牌的時間是最久的，名額自然有，但君少從來沒用過。其他組織爭取推薦名額，是為了增加盟友，或者推自己扶持的小組織上明面，給自己增加實力，這些東西『滅』都不需要，所以君少每年交上去的都是一張白紙。」

這回答自信又霸氣，時進聽得很舒心，點點頭表示明白，示意他可以繼續科普了。

卦一卻打住話頭，說道：「除此之外，我也沒什麼要特意交代的，剩下的你自己看資料就行。時進，不要辜負了君少的信任。」說完把資料一放，起身走了。

這是時進今天第二次聽到這種「不要辜負君少」的囑咐，他抬眼目送卦一離開，拿起面前的資料翻了翻，有些無奈。他看起來很像那種意志不堅定的人嗎？為什麼最穩重和最心細的卦一和卦二，全都特意來囑咐他這句話。

【第十四章】

詭譎的年度官方會議

此時距離會議開始只剩下一天的時間，按照往年的情況，其他組織的首領大部分會在第二天下午或者晚上到達，儘量卡著會議開始的時間靠近官方船隻。

結果讓人意外的是，在當天稍晚一些的時候，一艘通身漆黑，明顯改裝過的民用輪船，突然出現在遠處的海面上，直衝著這邊來了。

時進當時正在給廉君捏腿，在小死提醒後才注意到有新船到了，透過窗戶往外一看，卻只看到一個裹著燈光的奇怪東西正往這邊靠近，嚇得差點以為海上鬧鬼了。

廉君察覺到他的動作停頓，坐起身朝窗外看了一眼，說道：「是鬼蜮，他們喜好黑色，每年開過來的船也是黑色。」

鬼蜮，這個名字時進從卦一給的那堆資料裡看到過。

鬼蜮也是個掛牌多年的合法暴力組織，在幾年前甚至差點成為能和「滅」平起平坐的大組織，但可惜鬼蜮時運不濟，在勢頭正好的時候失去老首領，新上任的首領又經驗不足，屢次決策失誤，就漸漸沒落了。到現在為止，鬼蜮已經成了國內合法暴力組織第一梯隊的墊底存在。

「鬼蜮的新首領是個聰明人。」廉君卻突然說出和資料上完全不一樣的評價，邊說邊拉過時進的手，拿毛巾給他仔細擦沾著藥油的手，細細解釋道：「當年的鬼蜮如果繼續發展下去，很可能會成為下一個黑玫瑰，鬼蜮的新首領在當時選擇自損實力，遠退海外，其實是很有遠見的做法。」

時進收回視線看向廉君，眼神不自覺落在廉君垂著雙眼時，顯得格外濃密好看的睫毛上。

「這些年國內較大的組織沒落的沒落，消失的消失，第一梯隊的更新換代越來越快，鬼蜮明面上是混得越來越差了，但卻一直穩在第一梯隊沒有真正退下去，保持在一個不會被官方猜忌針對，但也不會在官方那裡失去威脅性和話語權的位置，很聰明也很小心。」

廉君細細把時進的手指一根一根擦乾淨，抬眼看他，說道：「這次鬼蜮提前過來，應該是又有了新的決策，你可以多觀察一下他們，猜一下他們下一步的動作，如果猜對了，我可以答應你一個要求。」

時進沒防備他會抬眼，一下子撞進他的眼神裡，愣了一下才回神，點頭說道：「那我會好好猜的……等等，你可以答應我一個要求？」

「如果你猜對的話。」廉君強調。

時進立刻來了精神，問道：「那猜測時間有限制嗎？」

廉君捏了捏他的手，回道：「第三天會議開始前，過時賭約作廢。」

「那你放心吧，我肯定準時交上答案。」

時進連忙應下這個賭約，心裡已經決定等自己這次賭贏了，就要求廉君去醫院好好做個檢查，龍叔可是說了，廉君已經有好多年沒好好去醫院檢查過身體了。

有了賭約在，時進立刻把鬼蜮納入頭號觀察目標，然而鬼蜮十分不配合他的觀察，在到達之後居然就關掉所有的燈，安安靜靜停了下來，一點沒有和官方主動聯繫的意思。

「難道是時間太晚休息了？」時進嘀咕，看時間已經不早，讓小死幫著注意一下鬼蜮的動靜後，爬上床睡了。

一覺睡到天亮，時進一醒就跑去窗邊看鬼蜮的情況，然而鬼蜮依然毫無動靜，彷彿一塊鑲嵌在大海裡的黑色背景板，毫無生氣。

「他們和官方聯繫過嗎？」時進詢問小死。

小死回道：「沒有，一晚上都沒動靜。」

時進越發搞不懂了，又往鬼蜮那看了一眼，遲疑說道：「他們不會就是單純來早了，想在那邊直接等大部隊到了，再一起和官方聯繫吧？」

彷彿是為了印證他的猜想，接下來的一整天，鬼蜮依然毫無動靜，倒是有其他暴力組織的船隻陸陸續續到達，或單獨或結伴地派人和官方人員接洽了一下。

晚飯時分，幾個和「滅」實力相當的暴力組織陸續到達，停在距離官方船隻最近的內圈，把官方船隻隱隱包圍起來。

這些大組織到達後，廉君的進度條迅速增漲到800，時進雖然早就做好廉君進度條會漲的心理準備，但還是被這漲幅刺激到了，暗暗把這些組織的大名和船隻所在方位全部記下來。

「現在應該就剩九鷹沒到了吧。」卦二數了數周圍停著的船，問身邊同樣在觀察情況的卦一。

卦一點頭，回道：「他們喜歡壓軸到場，正常。」

卦二撇撇嘴，「如果他們還像去年那樣踩著會議開始的時間到，那估計他們會吃到一個軟釘子，今年官方派來的那個劉振軍可不是什麼好說話的人。」

「跳梁小丑而已，不用太過在意。」卦一接話，神色淡淡的，一副不大看得上九鷹的樣子。

時進聽著兩人的談話，回憶了一下那個九鷹的資料，稍微意外。

卦一給的資料上顯示，這個九鷹是近幾年發展勢頭最好，最有希望把「滅」擠下去的組織之一，但大家怎麼言語上都是十分不在意這個九鷹的樣子。

卦三見他眼神迷茫，解釋道：「九鷹最近的發展是君少默許的，君少需要一個靶子轉移大家的視線。」

時進這才明白大家如此態度的由來，謹慎起見，還是在心裡把這個九鷹也給記上了。

本來安靜的海域，只一天的工夫，就密密麻麻停滿各種型號各種大小的船隻。同時這些船隻還在慢慢調整著位置，熟悉的組織靠到一起，有仇的默契散開，想和官方親近的趁機往內圈走，想躲著官方的默默後撤。唯一不怎麼變動的就是內圈的幾艘船，他們都是年年都來的大組織，可沒人敢不長眼地過來擠他們的位置。

時進重點注意了一下自家船隻和鬼蜮船隻的位置，結果意外又不意外地發現，自家的船隻雖然也在內圈，但明顯被其他內圈船隻給排斥了，孤零零一船獨占一個方位，身後甚至還很空，連外圈船隻都不敢往這邊靠，而鬼蜮作為最先到達的第一階梯組織之一，居然奇怪地漸漸退出內圈，自個一船孤零零挪去最外圈了。

「鬼蜮這到底是要做什麼？」時進滿眼迷茫，開始擔心賭約可能贏不了。

小死也分析不出個所以然來，對於他的自問，只能沉默。

這一晚就這麼詭異又平靜地過去，第二天早上，早早出艙準備看開會盛況的時進，在甲板上見識到堪稱魔幻的一幕。

只見所有圍在官方船隻周圍的船隻，到時間後突然開始自覺互相連接定點，搭建舷梯，就這麼一船連一船的，梯上架橫橋，憑空弄了個如同蜘蛛網般的船與船之間的通道來，把所有船都連在一起。而位於內圈的大組織的船，自然成了連接官方船隻最重要的一環。

更讓時進意外的是，昨晚睡前還處在最外圈的鬼蜮船隻，不知何時居然把船停在「滅」的旁邊，還主動向「滅」遞了梯子，有點示好的味道。

廉君也看到了這一幕，手指點了點輪椅扶手，給留守的卦五撥了通衛星電話，讓卦五接了鬼蜮的示好。

「君少？」時進疑惑。

「自己想。」廉君側頭看他，鐵面無私，「我不提供提示。」

時進想起兩人的賭約，默默看他一眼，乖乖地自己想這裡面的蹊蹺去了。

會議十點開始，九點過後，各大組織的負責人就開始陸續帶著人往官方船隻這邊來了，時進和卦九送廉君和官方負責人會合後，默默退到甲板比較靠後的位置，邊打量四周情況邊看熱鬧。

「九鷹到現在還沒來，怕是要涼了。」卦九抱著胸，語氣帶著嘲諷。

時進聽著他的話，注意力卻全在鬼蜮的船上，直等到九點半才看到鬼蜮船隻的甲板上有了動靜，連忙讓小死給自己加了點視力增強的buff，仔細朝那邊看過去。

只見鬼蜮本來乾乾淨淨一個人都沒有的甲板上，陸續出現六道人影，走在最前面的是一個年約三十的精瘦男人，穿著一身黑色樸素運動裝，應該就是鬼蜮的頭領。

他身邊落後半步的位置走著一個穿著西裝的男人，西裝男很高，寬肩窄腰大長腿，手裡還拎著一個公事包，因為正側著頭和首領說話，所以看不清長相。

兩人身後還跟著幾個保鏢模樣的人物，各個都是氣勢內斂、行走俐落的樣子。

時進粗略打量一下他們，視線忍不住又挪到那個西裝男身上。這次來參加會議的大佬們有不少都穿著西裝，但唯獨這一個人莫名讓他有些在意，總感覺有點眼熟。

鬼蜮的船就在內圈，走過來並不需要多久。

大概是察覺到了時進的視線，那個一直在和鬼蜮頭領說話的人，在走到橫橋中間時，突然側頭看了過來，精準對上時進望過來的視線。

小死瞬間尖叫出聲：「進進，是費御景！是時家老二費御景啊！他怎麼在這裡？不對，進進你的進度條漲了，直接漲到550了！」

時進也驚了，愣愣看著費御景終於露出來的全臉和他冷意十足的眼神，腦中突然走馬燈般閃過各種思緒，一會是增漲的進度條，一會是時緯崇說的那些話，一會是廉君查到的那些資料，看一眼腦內增漲的進度條，腦子一熱，抬手就朝著費御景比了個中指。

——原主到底有什麼對不起你的，一見面就殺意暴漲，誰還欠你的了！

費御景見到時進也明顯愣了一下，眉頭微皺，正要細細打量他的長相，就看到他豎起來的筆直中指，眼睛一眯，視線挪回時進臉上，表情莫測。

小死聲音都顫抖了：「進進，你做什麼了？你的進度條怎麼又漲了，到600了！」

時進表情一僵，一時間中指收也不是，不收也不是，尷尬地僵住了。

最後還是卦九幫時進解了圍，伸手拍了一下他，示意遠處的海面，說道：「九鷹來了。」

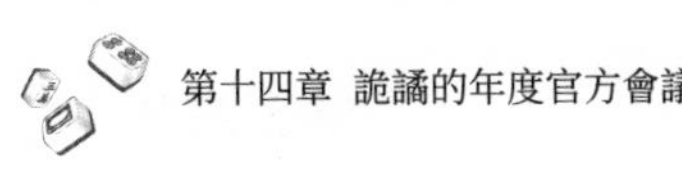

時進聞言立刻側頭看過去，順勢把豎著的中指收回來，假裝剛剛無事發生過。

遠方的海面上，果然出現九鷹的身影。

九鷹的船隻很大，船頂還十分中二地插著一面畫著老鷹的金底大旗，十分好認。其他組織的人也陸續注意到九鷹的到達，本來還算安靜的甲板立刻騷動起來。

「是九鷹。」

「九鷹來得越來越遲了。」

「聽說滅已經有些鎮不住他們了。」

各種低語和討論從不同角落傳出，時進因為有小死的聽力buff加成，所以把這些話聽了個清清楚楚。他看著九鷹的大船，眉心微攏——九鷹已經影響了滅在道上的威懾力，這不是件好事。

「裝模作樣。」一個年約四十，打扮得十分世故的短髮女人突然不屑出聲，聲音不大，卻因為特殊的沙啞聲線而被很多人注意到了，大家紛紛看過去。

那女人卻已經收回視線，不再看九鷹這場壓軸出場的大戲，和會議主持人章卓源打了個招呼後，帶著人先一步走去與甲板連通的大會議室。

「她是狼蛛的首領，名叫魯珊，做事很老辣，和君少算是舊識，但明面上和君少是交惡的狀態。」卦九在時進耳邊小聲解釋。

時進意外，看一眼魯珊，又確定了一下狼蛛船隻的位置，默默在心裡給狼蛛標了個代表友好的綠點。

兩人說話的工夫，九鷹的船已經開到近處，它在已經圍成一圈的船隻群外挪了挪，最後居然硬是擠開幾艘周邊的小船，停到滅的另一邊，和鬼蜮的船隻一起，把滅的船給夾起來了。

小死嚇得不能呼吸，說道：「進進，寶貝的進度條漲到900了，就在九鷹的船停到寶貝的船旁邊之後！」

時進狠狠皺眉，不大愉快地看著九鷹的船——進度條這樣猛漲，九鷹停船的目的明顯不純。

卦九的表情也很難看，娃娃臉板著，難得露出了一絲厭惡：「九鷹的首領怕是不想活了。」

懂點情況的都知道九鷹這看似平常的停船動作，其實是在向滅挑釁，於是紛紛朝仍坐在甲板中間，和章卓源一起盯著眾人上船情況的廉君看去，想看他會是什麼反應。

廉君也正看著九鷹船隻的方向，表情沒什麼變化，還有空拿出手機看了下時間，側頭對章卓源說道：「已經九點四十五了，準備開始會議吧。」

章卓源聞言收回看著九鷹的視線，也沒問現在還沒搭橋的九鷹該怎麼辦，要不要等他們，直接朝站在三樓駕駛艙外的劉振軍點了點頭，於是劉振軍一揮手，候在甲板各個角落的士兵一起動作，直接升起為了搭橋而放下的甲板圍欄，按固定距離分散開，把甲板圍了起來。

還在甲板上的各組織首領見狀眼神一動，聰明點的立刻猜到官方應該是對九鷹的囂張不滿了，笨一點的也能察覺到，九鷹因為遲到，多半要被官方給個閉門羹了。

大家心思浮動地朝著與甲板相連的會議室走去，等到會議室門口時，所有被首領帶來的人全部停下，只首領一人進去會議室，而之前提前跟著首領進入會議室等候會議開始的人，也自覺開始往外走。

很快，甲板上的各組織首領就全部進入會議室，只剩下他們帶的屬下留在外面。

廉君也是不能帶屬下進會議室的，到門口後擺擺手讓卦一留在外面，然後用眼角餘光看了一眼時進和卦九所在的位置，發現時進居然沒看著自己這邊，皺了皺眉，但又很快斂了神色，隨著章卓源一起進入會議室。

九點五十五，會議室的大門關閉，同一時間，擋住會議室內所有情況的落地窗簾全部升起，大片玻璃窗露出來，清晰顯示出會議室內的場景。

等候在外的屬下們則在窗簾升起後，熟門熟路地透過玻璃窗，朝著各自首領的位置看去，襯得

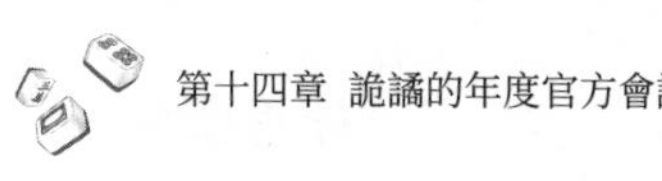

坐在會議室裡的組織首領們像是一群被人觀賞的猴。

時進：「……」這跟他以為的祕密會議好像不大一樣。

卦九解釋道：「這些玻璃都是特製的，防彈，進入會議室的首領們是不能帶武器的，但他們的屬下卻可以帶，這樣就算外面的人起衝突，也傷不到會議室裡的人，而會議室裡一旦有什麼異動，守在外面的人也可以迅速衝進去幫忙，這是官方和我們互相妥協的結果，已經保持很多年了。」

時進只能再次：「……」

會議室內的桌子是長方形的，章卓源坐在首位，身邊還留著幾位助理，應該是幫忙做文書工作的。廉君坐在章卓源右手邊第一個，下首是魯珊。他對面的位置是空的，看情況那應該是屬於遲到的九鷹首領的位置。

鬼蜮的首領沒有真名，只有一個代號——老鬼，他坐在廉君斜對面，位於左邊第四位，在第一梯隊裡，位置並不算太好。

十點整，會議準時開始，章卓源的助理開始分發資料和設備。

外面的人是聽不到裡面的聲音，時進見廉君拿著一疊資料開始看後，便收回視線，又朝著九鷹的船隻看去。

九鷹的人正在搭舷梯和橫橋，他們到得太晚，雖然停在離官方船隻比較近的地方，但因為身邊的滅並不準備幫他搭梯子，所以只能苦逼地迂迴繞路自己幹。

客觀來說，九鷹搭梯子的速度還是很快的，但他們到得實在太晚，等梯子搭完時，會議已經開始十幾分鐘了。

劉振軍下到甲板上，看著九鷹的首領順著橫橋過來，然後被甲板圍欄擋在外面，板著臉說道：「請回吧，圍欄一旦關閉，就得等到會議結束才能再開，下午會議請早。」

九鷹的首領是個和廉君差不多年紀的年輕人，長相挺不錯，人看起來痞痞的，聞言挑了挑眉，

說道：「這樣啊……那算了，反正上午的會議也就是給大家點個名，無聊得很，那您忙，我先回去了，拜拜。」說完真的帶著人大搖大擺地走了。

劉振軍冷眼看著他離開，轉身又回到駕駛室。

時進沒想到九鷹的首領是這麼個畫風，頓時有些無語，問道：「他一直都這麼囂張嗎？對官方的人也這樣？」

「他沒腦子慣了。」卦九的語氣十分嫌棄：「來不及搭梯子，不會坐小船過來嗎，那就絕對趕得上會議開始，他就是好面子又沒腦子，這麼明目張膽得罪官方，大概是嫌日子過得太順了。」

時進聽了他的話，卻覺得九鷹的首領這麼囂張不像是沒腦子，反而像是手裡握著什麼絕對不會被官方針對，或者被其他組織扳倒的把柄，所以十分有恃無恐。

「時進。」卦九突然拐了時進一下。

時進回神，疑惑看他：「怎麼了？」

卦九示意了一下甲板的某個方向，說道：「那個人一直在看你，好像認識你。」

時進扭頭看過去，毫不意外地發現正在看著自己的人，正是他有意無視加忽視的費御景，眉心一跳，果斷選擇收回視線，側身面對著海面，回道：「那是我二哥費御景，我想假裝不認識他，你配合一下。」

卦九聽得又意外又無語，配合他側身看海面，問道：「我記得你的第二個哥哥是律師，他怎麼會出現在這種場合裡？」

「我也不知道，他是跟著鬼蜮老大一起過來的。」時進回答。

卦九聞言點點頭表示明白，掏出手機跟卦一報告一下這個情況。

於是等廉君在會議間隙，假裝無意地往時進所在的角落看去時，就發現時進居然十分心大地看起風景，一點不關心自己這個身處「狼窩」的雇主。

「那是你新收的小屬下？」坐在他旁邊的魯珊藉著翻資料的動作壓低聲音開口。

廉君不著痕跡地收回視線，也做出翻資料的動作，回道：「不該妳問的事別問。」

「嘖，你真是越長大越不可愛。」魯珊不滿皺眉，十分明顯地把凳子往另一邊挪了挪，一副不想和廉君靠得太近的樣子。

其他人很快注意到了他們這裡的動靜，見是魯珊挪椅子擺出和廉君拉開距離的模樣，都見怪不怪地收回視線。

越老的組織，仇人越多。滅和狼蛛都是老牌大組織，這麼多年下來，兩者之間因為各種原因積累出的仇恨，估計比外面的海水都深，但偏偏官方每年都把這兩個組織的首領安排著坐到一起，也不知道是什麼用意。

上午的會議只是簡單地做下總結清點，開到十一點半就準時散會，下午的會議將在兩點開始，才是今天的重頭戲。

各家屬下在會議室門口接了自家首領，在劉振軍派人再次放下甲板圍欄後，各自散去。

時進看了一個多小時的海面，兼被費御景若有若無地盯了一個多小時的後背，簡直是心力交瘁，見廉君出來，連忙主動湊過去，搶了卦一推輪椅的活，問道：「君少，開會累不累？」

「沒你看風景累。」廉君回答，語氣和表情都淡淡的。

時進十分耿直地點頭，還揉了揉眼睛，「看風景是挺累的，海水的藍色看久了眼睛會發脹。」

廉君搭在輪椅上的手一緊，表情更淡了，說道：「那你下午可以看點別的。」

「我也正準備下午看點別的，海上手機雖然沒信號，但單機麻將還是可以玩的，我準備下午玩麻將。」時進十分樂意分享自己的快樂，建議道：「君少你會議間隙的時候也可以玩玩單機遊戲放鬆一下，我帶了充電寶，你要一個嗎？」

廉君決定暫時不和他說話了，怕自己氣得露出什麼破綻，被那些人精看出來。

沒得到回應，時進還想再問，卦一終於忍不住，按住他的肩膀把他往後一拉，接管推輪椅的工作，遞給卦二一個「看好他」的眼神，推著廉君先一步走了。

卦二順勢接住時進，並捂住他的嘴。時進覺得自己被針對了，反手就去插卦二的眼睛。

一行人準備往下一層餐廳去用午餐，鬼蜮的老大突然從後面追上來，喚了廉君一聲。

廉君擺手示意卦一停下，側頭看向帶著費御景快步靠近的老鬼，視線在費御景身上停了停，問道：「老鬼找我有什麼事？」

「想和你一起吃頓午飯。」老鬼簡單回答，手上卻比了下「9」這個數字。

「9」，九，九鷹。廉君看明白了他的暗示，點點頭，應道：「那一起來吧，這位是？」

「費御景，我請的律師，最近我名下有幾樁生意出了問題，好幾個副手被陷進去，他是來幫忙的。」老鬼回答，又向費御景介紹道：「這位是廉君，滅的首領。」

費御景主動朝廉君伸手，態度十分公式化和客氣，說道：「幸會。」

廉君抬手和他握了一下，卻沒應他的話，只點點頭算是回應，之後便示意卦一繼續推著他往餐廳去了。

老鬼見狀有些疑惑，廉君剛剛的表現明顯是對費御景不大喜歡的樣子，但廉君絕不是那種會對第一次見面的人這麼沒禮貌的人，皺了皺眉，壓低聲音向費御景問道：「你之前見過廉君？」

「沒有。」費御景搖頭，視線始終放在努力裝陌生人和背景板的時進身上，想了想廉君的態度，回道：「廉先生這種態度，應該是因為某些別的私人原因，放心，不會誤你的事。」

老鬼對他還是很有信心的，聞言也就放了心，沒再繼續問下去。

一行人在餐廳包廂落座。時進能感覺到費御景的視線仍時不時地落在自己身上，繼續假裝沒注意到，和卦九一起坐在飯桌靠尾的位置，默默吃飯。

有老鬼在，大家都有所收斂，餐桌上除了廉君、老鬼和費御景，就沒人說話了。

最開始的寒暄過後，老鬼終於說到正題：「我在東南地區的生意出了點問題，現在已經確定是九鷹搞的鬼，九鷹的首領左陽野心很大，他想要的不是你這個位置，而是更高的一種地位。據我所知，他已經搭上東南地區的部分當地組織，我這次會栽就是因為這個。東南地區的局勢越來越亂，九鷹這次過來攪我的局，我也並不準備和他爭，但生意我可以不要，人卻必須全部保下來，我不能拋下我的兄弟。」

廉君點了點輪椅扶手，問道：「所以？」

「所以我請了費律師過來，準備走明面，用經濟案件做幌子，讓官方出面向那邊施壓，把我的人通過正規途徑引渡回來，這是目前我能想出的最安全的救人法子了。」老鬼知無不言言無不盡，態度擺得十分誠懇。

廉君聽到這，大概明白他的來意，說道：「老鬼，你不是這麼天真的人，九鷹加當地組織一起扣人，又跨了國境，官方的手可伸不了那麼長。」

老鬼說道：「我知道官方的手伸不了那麼長，但你可以。」

這就是來求人了。卦一和卦二全都看了過去，然後又若無其事地收回視線，繼續吃飯。

廉君沒有回話，飯桌上的氣氛一時間有些沉悶，老鬼明顯有些急，但面上卻勉強穩住，並沒有催促廉君立刻給個答覆。

「冒昧插一句話，請問這位是？」一直安靜的費御景突然開口，話題直指正在埋頭啃排骨的時進。桌上人聞言頓時齊刷刷朝時進看去，動作十分整齊劃一。

時進被大家的目光鎖定，嘴裡的排骨骨頭頓時吐也不是，不吐也不是，瞄一眼費御景，又瞄一眼廉君，表情一片無辜。

「他是我新收的屬下，代號卦四。」廉君回答，看向費御景，問道：「怎麼，費律師對我的屬下有興趣？」

費御景聞言挪開了看著時進的視線，淡淡回道：「是有點興趣，畢竟我已經很久沒見過吃相這麼『特殊』的人了，有點長見識。」

這就是在拐著彎地說時進吃相難看了。

時進噗一聲把骨頭吐出來，抽一張餐巾紙擦了擦嘴，針鋒相對：「沒想到費律師見識面這麼狹窄，連我這種全身心享受美食的吃相都沒見過，想來過去幾十年日子過得肯定很苦。君少，看來是我的吃相影響費律師的進餐了，您看要不我先撤一下？」

「不用。」廉君接話，語氣淡淡：「卦三，讓人單獨再給費律師開一桌。」

卦三放下筷子起身就去了。其他人埋頭吃飯，彷彿什麼都沒聽到。

老鬼沒想到事情突然變成這樣，見廉君真要給費御景單開一桌，忙出面當和事佬，對時進安撫了幾句，還親自起身作勢要去攔卦三。

廉君可以給費御景難堪，卻不能下老鬼的面子，於是順勢讓卦三回來，態度卻更冷淡了幾分。

時進當著費御景的面又塞了一塊排骨到嘴裡，挑釁意味十足。

費御景直直看著他，臉上一點沒有被針對的難堪，反而一片若有所思地深沉。

之後的吃飯過程中，老鬼一直在想辦法重新把話題往之前談的事情上引，廉君卻不再接話，全程和他打太極。大概是真的太急了，老鬼在飯局即將結束時，突然安靜好一會，然後破釜沉舟般說道：「君少，只要你幫我這一次，我可以幫你除掉九鷹。」

這算是很大的犧牲了，鬼蜮一直作風低調，從來不主動惹事，現在開這個口，幾乎就是答應願意給廉君當槍使。

廉君卻依然無動於衷，說道：「我對九鷹並沒有什麼想法。」

老鬼有些沒辦法了，表情明顯急躁，費御景這時候卻突然又開口，仍是指向時進，「抱歉。」

時進莫名其妙，然後奇怪地發現自己的進度條居然降回550了。

廉君看一眼費御景，終於鬆了口，說道：「老鬼，我可以幫你向官方遞話，讓他們配合你的經濟案件運作，但東南那邊我卻是不會隨意插手的，你兄弟的命是命，我兄弟的命，也是命。」

老鬼聽他鬆口，表情先是一喜，等聽他說完，眉頭又皺起來，又沉默了一會，咬咬牙說道：「我被九鷹針對，其實還有一個原因。」

終於要掀老底了。桌上的氣氛莫名放鬆下來，廉君也靠到椅背裡，說道：「你說。」

老鬼見他這個態度，哪裡還不明白自己這是被廉君打了心理戰，在心裡認命地低嘆口氣，說道：「我的屬下發現九鷹在查你當年的那個醫生，並在東南區那邊發現了一點線索。」

這話一出，餐桌上的氣氛瞬間變了，卦一等人全都忍不住坐直了身子，朝著說話的老鬼看去。

「繼續吃飯。」廉君敲了下桌子。

於是眾人又紛紛斂了情緒，吃飯的吃飯，聊天的聊天，看似恢復正常，但其實注意力全在老鬼身上。

時進也看著老鬼，眉頭微皺，直覺老鬼提到的那個醫生和廉君身體變成現在這樣有關，心弦稍微緊繃。

老鬼被桌上詭異的氣氛弄得有些頭皮發麻，乾脆一次性把知道的全交代了：「在發現九鷹的動向後，我命令屬下注意了他們一段時間，追著他們的蹤跡找到一個在當地其貌不揚的小醫院。這個醫院明面上只是一個十分老舊的社區醫院，實際上卻是一個當地組織用來囤貨的地方。背叛你的那個醫生，這些年一直躲在裡面，他整了容，換了身分，如果不是九鷹的人一直盯著他，我也不會發現他的蹊蹺。」

廉君安靜聽他說完，問道：「他人呢？」

老鬼手掌握了握拳，回道：「在我的屬下嘗試接近他之後，被九鷹的人帶走了。」

桌上的氣氛再次變了，大家都不是蠢人，老鬼這話是什麼意思，他們再明白不過。老鬼口裡的

接近，絕不是單純地接近，而是想從九鷹手裡搶人。至於搶人的目的，不用說，肯定是和九鷹一樣，想利用這個人針對滅或者廉君做些什麼。

只可惜鬼蜮實力不濟，截人不成，反被九鷹咬了一口。現在鬼蜮在東南地區進退兩難，老鬼沒辦法之下，居然來找他本來準備算計的廉君求救，這做法也是十分讓人不齒。也難怪他之前一直不肯真正交底，有這麼一個前因在，廉君沒殺了他都算好的，怎麼可能還幫他救人。

飯桌上的氣氛變得沉悶，卦一等人不再掩飾自己的情緒，直勾勾看著老鬼，目光不善。

「廉君，不管你信不信，我當初想要截人，並不是想要利用他，針對你或者滅做些什麼不好的事情。」老鬼解釋，語氣誠懇。

廉君卻沒那麼好糊弄，說道：「可如果你只是想把人截回來，拿他向我示好，那麼你最合適的做法，就是在拿到關於他的資訊後立刻通知我，這樣你不僅不用直面九鷹，還能穩賺我一個人情。這麼划算的買賣你不做，偏要選擇冒險和九鷹對上，恕我直言，你的這個選擇，我看不到裡面有絲毫針對我的善意。」

老鬼被噎住，知道自己是沒法再在廉君面前隱藏什麼，想起那些仍生死未卜的兄弟，一直挺直的脊背突然彎了下來，抹把臉說道：「是，我承認，我想要截人，確實是想利用他去做點什麼，我甚至想從他那裡拿到當年你所中毒素的母本，我知道你需要這個。」

聽到「母本」這兩個字，卦一等人的情緒立刻騷動起來。

廉君擺手示意他們穩住，看向老鬼，問道：「你知道我需要這個，所以你想拿它做什麼？」

老鬼頹喪回道：「拿它換你的資源幫助，官方這些年面上不動，暗地裡卻小動作不斷，我大概能猜到他們是想做什麼，所以想讓你帶上我一起找出路。我需要的東西不是一個小小的資訊提供人情可以換來的，為了能得到一個足以讓你全力幫助我的籌碼，我不得不鋌而走險，和九鷹對上。」

廉君不得不承認，老鬼確實很聰明，居然能僅憑官方暗地裡的一些小動作，就推測出官方的意圖，並立刻把生機鎖定在自己身上，但有時候聰明人，卻總是會做些糊塗事。

談話到此已經沒有什麼繼續的必要了，廉君稍微滑動一下輪椅，正面對著老鬼，說道：「我認你今天主動提供消息的人情，你在東南地區被扣住的人，我會想辦法把他們救出來，官方那邊我也會幫你牽線，但我不會幫你說話，能不能拿到官方的幫助，就看你自己的本事了。」說完側頭看一眼卦一，卦一立刻起身，上前扶住他的輪椅。

卦二等人也全部默契起身，不再看老鬼，隨著廉君朝包廂外走去。

時進和卦九落在最後面，就在時進即將跨出包廂門時，門內傳來費御景的聲音。

「時進，你不該在這裡。」

時進腳步停了一下，頭也不回地說道：「不，是你不該在這裡。」說完直接走了。

小死有些懵，說道：「進進，你的進度條退回到500了。」

「正常。」時進回答，已經稍微摸清費御景的腦回路，「費御景本就是利益至上的人，以前他對我好，在我這演戲，是因為我能給他提供利益，後來我失去利用價值，他就十分俐落地抽身而退。早上相遇時，我頂著某暴力組織成員的身分對他露出敵意，算是一個可能威脅到他此次生意的不安定因素，所以他自然而然對我生起了防備心。現在我確定是他此次雇主想要示好的人的屬下，算是可以給他提供利益的人，你說他會怎麼對我？」

小死遲疑回道：「他會向你示好嗎？」

「他已經開始這麼做了，剛剛那句話就是他的試探。」時進說到這只覺得十分沒有意思，想起原劇情裡費御景對待原主的態度，心裡打定主意，接下來無論費御景準備做什麼，他都不會再接對方的劇本。

廉君一出包廂門就給章卓源打電話，說了下鬼蜮的事情，然後給老鬼發了條簡訊，讓他直接去找章卓源。

卦一有些不解，問道：「君少，為什麼要幫老鬼？救人我可以理解，但幫他和官方牽線……」

廉君把衛星電話收了，回道：「老鬼是個聰明人，適合做盟友，但需要一點敲打。幫他和官方牽線，是賣給他一個人情，也是和他撇清關係，不和他捆綁，官方可不會希望我突然多出一個幫手來。別忘了我們現在住在誰的船上，我們和老鬼的接觸，官方肯定會知道，為了不引起官方的猜忌，我們必須主動讓官方也參與到這場接觸，給官方想要的控制權。」

卦一聞言若有所思，大概明白廉君的意思——總而言之一句話，在官方的船上，無論做什麼，都最好過一下官方的眼和手，捧官方一把，免得生出一些不必要的麻煩來。

兩人又往前走了一段路，廉君突然側頭往後看了眼跟在最末尾的時進，吩咐卦一道：「多注意一點費御景。」

卦一也回頭看了眼走在最後的時進，點頭低應了一聲。

老鬼在飯局結束後沒多久，就被章卓源請去辦公室，直到下午的會議快開始了才出來，出來時表情嚴肅，眉心微攏，但臉上的急色卻少了許多，步伐都輕鬆不少。

廉君掛掉章卓源打來的電話，說道：「官方接了鬼蜮的投誠，表示會配合他們的經濟案件運作，幫他們撈人，但卻沒有鬆口幫鬼蜮洗白轉型，保他們全組織的安全。」

卦一等人聞言表情鬆動了一些——官方總算是不蠢，在接了他們賣的面子之後，也適當回報他們一些誠意和信任。

「看來鬼蜮想從現在這一團亂局裡脫身，必須得大出血了。」卦二開口，語氣雖然是一片說正經事的認真，眼裡卻帶著一點點幸災樂禍的笑。

他可是很記仇的，老鬼曾經想算計他們的事，在他這可還沒翻篇。

時進坐在廉君身邊，手裡拿著一個剝到一半的柳丁，聽到這見他們都沒有再繼續這個話題的意思，連忙試探著轉移話題，問道：「那個被九鷹帶走的醫生，和醫生手裡可能存有的母本……」

這話一出，室內本來還算輕鬆的氛圍立刻又緊繃起來。卦一他們其實也是很想提這個話題的，但一直顧忌著廉君，所以忍著沒有主動提，現在時進開了口，他們順勢把視線落在廉君身上。

廉君掃他們一眼，說道：「這件事等下午會議開完再說，九鷹的首領左陽下午肯定會來參會，以他的性子，如果他手裡真的握了什麼，肯定會忍不住過來試探我，先看看他的態度。」

卦一等人聞言鬆了口氣，見廉君不是忌諱提這個話題，而是心裡已經有了計較，都放下心來。只有時進一個人還是迷茫又擔心的模樣。廉君見狀便讓卦一他們先出去，單獨把時進留下來。

時進立刻狗腿地把剝好的柳丁送到廉君手裡，說道：「吃吃看，很甜的，聽說在海上待久了的人會缺少很多維生素，你要多注意。」

說實話，純手工剝出來的柳丁是很醜的，但廉君卻覺得時進剝的這個柳丁十分可愛，圓得特別正，像個球，還帶著甜香味。

「缺維生素是因為飲食不均衡，官方船隻上補給很足，不會出現這種問題。」廉君解釋，吃了一瓣柳丁，誇了句確實很甜，然後拿紙巾幫時進擦了擦手上的柳丁汁液，說道：「想問什麼就問，我都告訴你。」

時進聞言也忘了在意自己被他拉住的手，忙湊近一點，問道：「那個背叛你的醫生……是害你雙腿變成現在這樣的那個人嗎？」

廉君點頭，回道：「是，他叫龍世，是龍叔的養子，天資很不錯，只可惜生了反骨。」

居然是龍叔的養子？時進皺眉，繼續問道：「那母本……」

「龍世和龍叔一樣，主攻是營養學和身體調養，龍叔的本意是想讓他以後繼續照顧我，但龍世卻不喜歡那些溫和的學科，他喜歡見血，更喜歡研究各種毒物。我中的毒是他用多種生物的毒素提煉調製而成，目前所知的成分有蛇毒和某種劇毒海藻，全是精神類的毒藥。我身上的毒當年並沒有解徹底，想全部清除必須拿到完整的毒素母本，進行針對性研究，但龍世把母本帶走了。」

時進越聽眉頭皺得越緊，表情甚至變得有點凝重。

廉君見他這樣，心裡發軟，伸手按住他的眉心，說道：「別擔心，沒有母本也沒關係，這世上神經類的毒素就那麼多，用排列組合的笨辦法也遲早可以把我當年中的毒藥成分給拼湊出來，只不過會多花一點時間而已。」

「我又不傻。」時進把他的手拉下來，眉毛還是皺著，憂心道：「醫學上的東西我雖然不懂，但藥物之間是會互相反應並產生新元素這種事情我還是知道的，這哪裡是簡單的排列組合，這是大海撈針。」

「大海也是有範圍的，遲早能撈到針。」廉君還在試圖安撫。

時進不滿地看著他，「是，大海是有範圍，但你的壽命也是有長短的，只等待的話誰知道什麼時候能出結果，那個龍世我們必須想辦法從九鷹手裡弄回來，好好審一審。」

「人肯定是要弄回來的。」廉君繼續安撫，想了想，還是決定先給他打個預防針，「但母本你最好不要抱太大希望，龍世為人狡猾，能從他嘴裡套到或者拿到的線索，很可能會是假的，或者是用來下另一個套的陷阱，時進，不要關心則亂。」

時進沉默，在心裡暗暗反駁：不，只要弄回人，有小死在，他就有辦法從龍世那套出真的母本成分。

下午的會議準時開始，時進又和卦九站到上午待過的老位置，不過這次兩人都沒有再看海面，而是一起看向九鷹船隻的方向。

他們的舉動沒有引起太多人的注意，因為甲板上的大部分人都在盯著九鷹的船隻，想要看左陽會不會再把下午的會議也翹掉。

然而讓眾人失望的是，一點五十，左陽出現在九鷹船隻的甲板上，吊兒郎當地朝著官方船隻這邊來了。

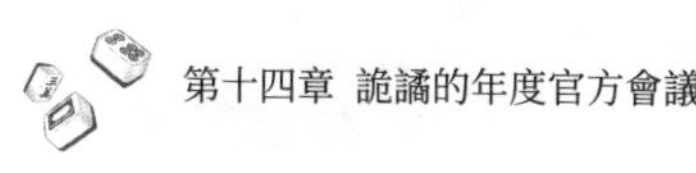

眾人覺得無趣地收回視線——看來是看不到大組織和官方對上的戲碼了，可惜。

三分鐘後，左陽跳上了官方甲板，直接對上甲板中間廉君的視線，笑著朝廉君擺擺手，招呼道：「嗨，廉君，好久不見，你好像比去年更好看了，病美人果然更惹人憐愛呢。」

時進聽得臉一黑，當場氣得想衝上去打人——拿一個組織首領的外貌和身體開玩笑，這左陽果然夠惡劣。

廉君顯然不是什麼能任人調侃還不發作的人，手往後一伸，接過卦一默契放上來的槍，子彈上膛，毫不猶豫地對準左陽，直接一槍蹦了過去。

砰！這一槍十分刁鑽，對準的是左陽的臍下三寸，躲倒是不難躲，但要躲開，動作肯定是不會很好看。

廉君的本意是想讓左陽出醜，結果左陽卻十分過分地為了面子，拉了一位屬下擋槍。

這位屬下比較高，這一槍打中了他大腿靠腿心的地方，中槍的瞬間他腿一軟差點倒下去，血液嘩嘩地流。

甲板上的人表情都變得十分難看。

起衝突動槍沒什麼，但身為一個組織的首領，明明可以自己躲開子彈，卻因為面子拉屬下去擋，這做法實在是太讓人寒心了。

「左陽，你躲子彈的姿態真好看，也十分惹人憐愛。」廉君冷冷還了一句，把槍還給卦一，看向身邊的章卓源，說道：「抱歉，手滑動了槍。」

章卓源貼心回道：「沒關係，只要沒進會議室，各組織之間的私人摩擦，我們是不會管的。」這是明擺著要給廉君撐腰了。

廉君道了謝，特別體貼地看向左陽，「我身邊跟著的醫生都是頂尖的，您這位屬下看起來情況有些不好，需要幫忙嗎？」

左陽明顯已經被激怒，臉上卻硬要維持著笑容，回道：「不用了，去，把他帶回船上。」後一句是對著身後的屬下說的。

他的屬下應了一聲，把已經臉色慘白的受傷屬下架住，幾乎是粗魯地拖走。

大家的表情頓時變得更加難看，左陽這不把屬下當人的態度，實在是太過糟糕。

廉君不再看左陽，側頭對章卓源說道：「章主任，會議要開始了。」

章卓源應了一聲，開始招呼仍留在外面的組織首領進會議室。廉君也由卦一推著，轉身朝著會議室過去。

這個插曲過後，甲板上的氣氛變得有些沉悶，大家不再互相交談，並有意無意地和九鷹的人保持距離。時進這次不敢再亂分心看風景了，視線一直鎖定在會議室裡的廉君身上，擔心他對面的左陽會又出什麼么蛾子。

下午的會議氣氛明顯沒有上午的輕鬆，章卓源一直在說著什麼，手裡拿著一份資料，似乎在點著某些組織的名，而凡是被點到名的組織都是表情難看，有些甚至會和章卓源懟幾句。

反應最激烈的是魯珊，她甚至拍桌子站起身指著章卓源罵起來。章卓源人看著其貌不揚，一副油滑好拿捏的樣子，態度卻意外很強硬，無論魯珊說什麼，都是一副不動如山表情嚴肅的樣子。最後居然是魯珊妥協，低咒一聲後坐回去，沉著臉不說話了。

隨著會議室裡氣氛的明顯緊張，甲板上眾人的情緒也越來越緊繃，時進是第一次來，稍微有些被影響，神經也始終緊繃著。

【第十五章】

當年的叛徒

會議大概進行了兩個小時後，一個高大的身影突然堵在時進身前，剛好擋住他看著會議室的視線，明顯是故意的。

時進毫不猶豫地伸手把人扒拉開，說道：「別擋視線，謝謝。」

扒拉完才後知後覺地反應過來來人是費御景，皺眉看過去，問道：「你過來幹什麼？」

「過來談談。」費御景拍了拍剛剛被時進拉過的衣袖。

時進注意到他的動作，心裡暗暗翻了個白眼，又把視線挪回會議室裡的廉君身上，直白說道：「我和你沒什麼好談的，我不會故意去慫恿君少，讓他壞你雇主的事，也不會因為你演回好兄長，就心軟去幫你做什麼。你想抽身和我當個互不打擾的陌生人，我正好也覺得這樣不錯，希望我們在這件事上能有點默契，現在我是『卦四』，你是費律師，我們沒有任何私人的關係，明白？」

費御景靠到他身邊的欄杆上，回道：「不明白。時進，你變太多了。」

時進不理他了，要說的話都已經說完了，他不想再和費御景廢話。

因為位置的關係，費御景剛好正對著時進的側臉，看著他的側臉弧度，雙眼微眯，說道：「時進，我不喜歡你現在的態度。」

時進被他這話說得有點動氣了，側頭看他，冷冷問道：「那你為了利益，在我面前扮演好哥哥的時候，又有問過我喜不喜歡你這樣利用我嗎？費御景，別這麼虛偽，我不喜歡。」

費御景與他對視，對於他的指責表現得十分坦然，「虛偽是我這種人的本性，時進，我不喜歡現在的你，變得聰明，不好騙了。」

「嘖。」時進真的很不喜歡費御景這種清醒的「壞人」，你指責他，哪怕是他理虧，他也不會惱羞成怒或者反駁，反而能毫無壓力地把所有指責照單全收，絲毫不受影響；跟他講道理沒有用，他心裡自有一套行事準則，輕易不會動搖；若打感情牌，那很抱歉，他沒有感情，也順便恭喜你，正好落入了他的陷阱。

費御景像是看不到時進臉上的嫌棄，繼續說道：「時進，你很會找靠山，以前是時行瑞，現在是廉君，我或許並沒有自己以為的那麼瞭解你。」

「不用或許了，你就是不瞭解我。」時進轉身看他，掏出隨身帶著的槍，對準他的心臟，冷冷說道：「要麼立刻離開，不要再來煩我，要麼我現在就一槍蹦了你，幫你徹底絕了想要利用我的心思。費御景，我討厭被人利用，更討厭別人戴著親情的面具來騙我，不要再來我這浪費口水，我現在耐性不好。」

費御景表情不變地說道：「你不會開槍的。」

時進也慫得很是坦然，說道：「為了不給我的老大惹麻煩，我當然會儘量選擇不開槍，但如果你繼續來煩我，我今天這槍可能開不出去，但你母親那邊就不見得沒有子彈過去了。」

費御景的表情終於變了，伸手握住時進握著槍的手，沉聲說道：「時進，你敢。」

「你儘管來試試我敢不敢，費御景，我警告你一句，只要你身上還有軟肋，就少理所當然地做些傷害別人的事，否則那些傷害，遲早會報應到你在意的人身上。」時進用槍口敲了費御景胸口一下，然後掙開他的手，冷笑一聲，側身不再看他。

一直旁觀的卦九也適時側跨一步，擋在時進和費御景中間。

費御景眼神沉沉，摸了摸被敲的胸口，看一眼被卦九半擋在身後的時進，終於轉身走了。

會議室裡，廉君收回看著外面的視線，把注意力挪回面前的資料上。

對面的左陽把他的動作看在眼裡，開口問了一句魯珊昨天也問過的問題，不過語氣卻惡劣許多：「廉君，那邊那個是你新收的屬下？」

此時會議室裡的人正在核查章卓源新發下的一份資料，全都沒有說話，他突然開口，立刻吸引了所有人的視線，引得許多人都朝著左陽示意的窗外看去。

廉君表情不動地放下資料，看向左陽，不答反問：「左陽，你讓天馬首領從我手裡撬人的帳我

還沒跟你算，你就又盯上我另一個屬下，怎麼，你九鷹是沒人可用了嗎？」

天馬這兩個字一出，會議室裡的氣氛立刻變了，所有人的視線都從窗外收回來，齊齊朝著左陽看去，眼神帶著懷疑和忌憚。

不怪他們反應這麼大，實在是天馬這幾年做的事太過招人恨了。天馬是一個中型的合法暴力組織，也算是個老組織了，一直表現中庸，在道上並不引人注意。但大約從四五年前開始，行事作風突然變了——吞併小組織、暗害同等級中型組織、瘋狂從其他組織裡挖人、給同行埋釘子……總之是怎麼噁心怎麼來，手段十分卑鄙下作。

它就像是個臭蟲，走到哪裡臭到哪裡，還試圖在你家埋點屎。而且十分狡猾，面對實力比它差的，它瘋狂踩；面對實力和它差不多的，就只騷擾你，給你找麻煩；面對實力比較強的，明面上不會做什麼，暗地裡卻會偷偷去挖人。東招惹一下，西蹦躂一會，看人下菜碟，讓人煩不勝煩。

最主要的是，收拾不掉它。各大組織或明或暗地針對它好幾次，但它就像是個打不死的蟑螂一樣，怎麼都滅不了，就活著噁心你，蹦躂得不得安生，讓你沒法安安心心發展，讓人十分牙癢。

今年天馬首領沒有來，大家還開心了一下，因為合法的暴力組織不來參加會議，只有兩種可能——完蛋了，或者被官方下牌了。而無論是哪種情況，大家都很樂意看到。

其實早從去年年中開始，大家就很少聽到天馬的消息，聰明點的都在猜天馬是不是噁心事做太多，被哪個看不過眼的大組織給暗地裡收拾了。

現在廉君突然指出九鷹和天馬有聯繫，大家的心思瞬間就活泛了。

聽廉君的話意，天馬應該是被廉君給弄掉了，還被他查出來天馬和九鷹有那麼點關係。

其實大家老早就在猜測，天馬之所以敢這麼無所顧忌地蹦躂，是不是背後有大組織在扶持。現在有了廉君提供的思路，順著這麼一想，立刻發現天馬的畫風突變，好像就是從九鷹開始迅猛發展那年開始的……

左陽頂著眾人的視線，差點沒忍住跟對面的廉君罵起來。

別人可能不知道，但他是十分清楚天馬現在是怎麼回事。這個好用的棋子早在去年就在Y省被廉君一鍋端了，之後再無消息，據說是被官方送進監獄。

他最開始還擔心過廉君會不會撬開了天馬首領的嘴，發現天馬背後站著的是自己，結果他左等右等、左試探右試探，一直沒能等到滅的後續動作，便以為天馬首領遵守約定，在被抓後沒有把他供出來，廉君也沒把卦四成為叛徒的事聯想到他身上。

結果萬萬沒想到，廉君不是不知道，而是知道得太多，而且廉君知道就算了，居然還硬是憋了快一年，在他早已經把這事拋到腦後之後，在所有人面前把這事捅了出來，給九鷹拉足仇恨！

陰險！狡詐！卑鄙！無恥！心機深沉！

左陽心裡拿到廉君短處的得意被沖淡了，面皮抖了抖，硬是擠出一個吊兒郎當的笑，看著廉君，同樣不答反問：「我只是好奇問個問題而已，你卻反應這麼大，莫名其妙往我頭上扣鍋，我是不是有理由懷疑，你新收的那個小屬下很特殊？」

「他當然特殊，我的每一位屬下都很特殊。」廉君放下手裡的資料，表情仍然不動，說道：「左陽，你言語刺探的水準在我看來還是太嫩了。天馬是被我清掉的這件事，我不相信你不知道，但你現在還敢來惹我，在我看來，你簡直是沒有腦子。不怕我把你其他『爪牙』全部公之於眾的話，你可以繼續騷擾，我不介意讓大家多知道點九鷹內部的資訊。別忘了，撬人這種事，你會做，我也會做。」

左陽的表情終於變了，卻仍硬撐著沒認天馬還有「爪牙」的事，說道：「廉君，你顛倒黑白的手法還是這麼爐火純青。」

「我是不是在顛倒黑白，大家心裡自有評判。」廉君又拿起資料，一副不願意再和他多說的樣子，「左陽，當黑道土皇帝這種夢少做，大家都不是傻子。」

黑道土皇帝？

章卓源側頭朝左陽看去，說道：「左陽，會議結束後，我們可能需要單獨談談。」

左陽臉臭得彷彿吃了屎，終於不再維持他的假笑，閉嘴不再說話。

魯珊看到左陽吃癟，直接笑了起來，手指慢悠悠轉著一枝筆，說道：「這都什麼年代了，居然還有沒斷奶的孩子做著黑道土皇帝這種不切實際的夢，廉君，我突然覺得你不是那麼討厭了。」

「如果不被妳討厭的代價是必須矮妳一頭，做妳口中的『孩子』的話，那麼不必了，請繼續討厭我。」廉君冷淡回答，堅持保持著和魯珊的交惡表象不動搖。

魯珊表情一僵，十分不滿地看他一眼，冷笑一聲丟掉筆，罵了一句：「不知好歹的兔崽子。」不再說話了。

一場第一梯隊頂尖組織首領的勾心鬥角就這麼結束了，會議室裡恢復安靜，但室內的氣氛卻與之前有了很大不同。

大家之前有意無意針對廉君的排斥，在廉君挑破九鷹和天馬的聯繫之後，陸續轉到左陽身上。廉君雖然因為和官方聯繫緊密這件事十分招人恨，但廉君卻不會培養「爪牙」去害其他組織，危險性小得多。

左陽就不同了，野心大，人也無所顧忌，現在更是爆出偷偷扶持其他組織，在道上攪混水這種事，簡直是個行走的危險源。

一邊是想做黑道土皇帝的人，一邊是從來不會無故打壓其他組織的低調強者，哪一方更值得忌憚，大家不用想就有了選擇。

一場會議開到晚飯前才散會，出來時各大組織首領的表情都不好看，其中左陽的臉色格外差，人也很倒楣，會議一結束就被章卓源和劉振軍一起「請」走了。

時進照常擠開卦一，搶了扶廉君輪椅的工作，關心問道：「我看到那個左陽找你說話了，他為

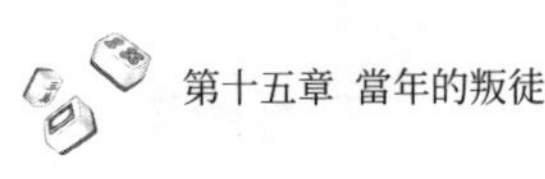

難你了？」

「不算為難，他只是一如既往地沒腦子而已。」廉君簡單回答，待時進推他進了下一層船艙，四周的人變少之後才繼續說道：「不過他手裡確實握著東西，敢這麼當面挑釁我，連自己可能有把柄握在我手裡這件事都不顧忌，他手裡不可能沒有籌碼。」

時進皺眉，「所以龍世果然在他手裡？」

「不止，人應該就在他的船上。」廉君回答，猜測道：「左陽今天被我壓了一頭，之後肯定會忍不住來找我，或早或晚，我們等他上門就是。」

時進聞言看一眼廉君依然停在900沒動的進度條，點頭應了一聲。

廉君的預料不錯，左陽在當天稍晚一點的時候，果然派人來找廉君，邀請廉君到九鷹的船上一敘，並留下一個寫著「龍」字的卡片。

廉君當著左陽屬下的面把紙條丟進垃圾桶，回道：「轉告左陽，我沒他那麼蠢。」說完就讓卦一把左陽的屬下掃地出門。

時進看一眼垃圾桶裡的卡片，有點在意。

廉君以為他是不明白自己趕人的原因，細心解釋：「我們不能按照左陽的節奏走，放心，他會再來的。」

時進卻搖搖頭，拐過去拉起廉君的手看了看，皺眉，突然繞過去扶住輪椅，推著他去洗手間，拿起香皂拚命給他洗手。

廉君何等聰明，立刻反應過來，問道：「卡片有古怪？」

「不大確定，但你以後最好別亂摸左陽送來的東西，誰知道上面有沒有沾著什麼。」時進回答，注意力卻一直在廉君那摸過卡片後突然漲了幾點的進度條上，反覆把廉君的手搓洗了好幾遍，直等看到進度條降下去了才關掉水龍頭，幫廉君擦手。

廉君由著他動作，之後喚來卦二，讓卦二把卡片密封收起來，送回船上讓龍叔看看。

卦二聽得臉一黑，罵了兩句左陽不是東西，找來密封袋和鑷子，小心把卡片收起來，順便把垃圾桶也整個帶出去毀屍滅跡了。

卦一得知這件事後也是臉一黑，十分懊惱：「是我疏忽了，看到卡片是被那個屬下赤手拿著的，就沒仔細檢查。」

「不怪你。」廉君捏了捏手指，感受一下剛剛被時進握著手搓洗的親密感，說道：「誰能想到左陽會沒腦子成這樣，在官方的船上對我下手，他也太不把官方放在眼裡了。而且卡片也不一定真的有問題，一切只是為了以防萬一。」

但話雖然是這麼說，廉君卻還是吩咐所有近距離接觸過卡片的人全去好好洗了下手臉，時進也不例外。

躲在衛生間裡洗手的時候，時進在腦內戳了戳小死，問道：「你能幫我定位一下龍世的位置嗎？最好能確認一下龍世是不是在九鷹的船上。」

小死有些為難，「定位需要有與被定位人聯繫十分緊密的物品充當媒介，不然不好操作。其他人不是你和寶貝，我沒法直接定位的。」

時進聞言皺眉，想了想之後說道：「媒介的事情我會想辦法，那你能先幫我掃描一下九鷹船隻內部的情況嗎？比如人員分布之類的。」

「這個可以。」小死語氣高昂起來，為自己能幫上忙而覺得高興，「我今晚就可以開始掃描，九鷹船隻比較大，我抓緊時間的話，你明早就能拿到詳細的結果。」

時進心裡一喜，用力誇了小死幾句，然後盤算起從別處弄來與龍世有關物件的事。一番思索之後，時進先把視線鎖定在卦二身上。

他拿著大富翁遊戲棋，裝作要和卦二消遣娛樂一下，溜去他房間，自以為不著痕跡地把話題扯

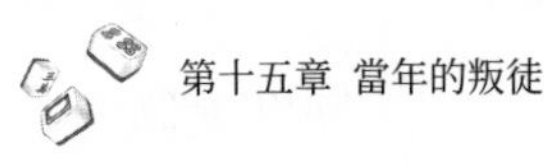

到龍世身上。

卦二正滿臉嫌棄地扒拉著大富翁的籌碼，聞言看他一眼，直接回道：「不是我們當年沒去抓龍世，而是他太狡猾，背叛君少後直接把自己留在『滅』的痕跡燒了一乾二淨，人也迅速消失了。當初大家都在忙著救君少，兵荒馬亂的，就讓他跑掉了。這些年大家其實一直沒放棄尋找龍世，但始終沒有線索，龍世太清楚『滅』的找人手法，躲我們根本駕輕就熟。」

時進不死心地問道：「就真的一點痕跡都沒留下？」

「沒有，他連龍叔小心收起來的收養證明都找出來燒了，真正是白眼狼到了極點。這次他被九鷹捉到，其實我還挺謝謝九鷹的，這叛徒早該被人道毀滅。」卦二說著，最後實在無法說服自己玩這麼幼稚的遊戲，傾身把大富翁的籌碼推回去，嫌棄擺手，「玩什麼遊戲，好好睡覺去，時間也不早了。」

時進反駁了卦二時間不早的說法，卻順手把大富翁收起來，起身準備走。

卦二卻又喚住他，囑咐道：「別去問龍叔這件事，龍叔看著不好惹，其實最是心軟，龍世的背叛是他心裡過不去的坎，每提一次他都會難過很久。你放心，龍世會被捉回來的，君少的身體也會好起來，你別擔心。」

時進停步，回頭看他一眼，從口袋裡掏出一個棒棒糖，隨手往他的方向一丟，開門走了。

時進走出卦二房間後，發現廉君居然待在自己的房間門外，愣了愣，忙快步走過去，問道：「君少，你怎麼還沒休息，找我有事嗎？」

廉君掃一眼他手裡的大富翁和不遠處卦二的房門，回道：「沒什麼事，去找卦二了？」

時進回道：「對，想去找他玩遊戲，但他要早睡，我就出來了。」

廉君詢問：「怎麼沒直接來找我？」

「呃……」時進傻了一下，轉動腦筋找了找理由，「我怕打擾你休息，一局大富翁玩好久。」

廉君深深看他一眼，主動伸手拿走他手裡的大富翁遊戲棋，放到自己腿上，邊滑動輪椅邊說道：「我身體沒那麼不中用，稍微晚睡一會沒關係，來吧，我陪你玩一局。」

時進看一眼自己空掉的手，又看一眼廉君不容拒絕的背影，發現似乎給自己挖了個坑，認命地隨著廉君回房。

本來準備隨便應付一下的時進，在遊戲開始後，發現今晚的大富翁奇怪地玩起來特別慢，一點都不刺激，十分催眠，不等一局結束，他就哈欠連天地想趴到桌子上。

「睏了？」廉君放下屬於自己的籌碼，低聲詢問。

時進用力搓了搓臉，回道：「沒事，把這局玩完。」

「不玩了。」廉君直接打亂桌上的籌碼，滑動輪椅來到他身邊，伸手摸了一下他的頭髮，問道：「時進，船上的生活是不是特別枯燥？」

時進被摸得有些舒服，身體懶懶地靠在沙發椅上，見籌碼全亂了，為遊戲緊繃起來的神經徹底放鬆，又打了個哈欠，搖頭回道：「還好，挺長見識的，也很有意思。」

廉君不說話，幫他擦了擦眼角因為打哈欠而流出的淚水。

時進被摸得眼角發癢，側頭躲開他的手，大概是被此時溫馨的氣氛影響了，也或許是睏意折磨的，突然主動握住廉君的手，說道：「廉君，我想救你，我想把龍世抓過來，套出母本的成分，讓你恢復健康。」

「我知道。」廉君回握他的手，看著時進的臉，又重複一遍，鄭重道：「我知道……你的心意很珍貴。」

時進莫名有些想嘆氣，問廉君：「你對弄回龍世這件事有計劃或者準備嗎？」

廉君更靠近他一點，回道：「有，九鷹的成長脫不開我和官方的默許和扶持，他們內部有我的人，不過左陽在龍世這件事上很小心，我的人之前一直沒發現端倪。」

「龍世畢竟是張大牌。」時進接話，側頭看著廉君的臉，視線慢慢定到廉君好看的眼睛上，只覺得這雙眼彷彿含著魔力，只是看著都讓人覺得安心，繼續說道：「今天左陽沒有從你這得到想要的回應，也不知道下一步會做什麼……」

「多半會給我一些更詳細的資訊或者證據，讓我相信龍世確實在他手上，然後等我亂了方寸，再對我提要求。」廉君回答，看著時進直勾勾看著自己的模樣，眼神一動，聲音稍微放輕，與時進十指相扣，問道：「時進，你……喜歡這麼看著我嗎？」

時進沒回答，靠在沙發上的身體突然往下滑了滑，一直睜著的眼睛毫無預警地閉上，秒睡了。

廉君：「……」

小死：「……」

一夜無夢，時進在自己床上醒來，見一室陽光灑落，忍不住滿足地在腦內感嘆：「唉，這一覺睡得好飽，我好像做了個很美好的夢，夢裡有個國色天香的大美人深情脈脈地看著我，還和我十指相扣，給我蓋被子，真體貼啊。」

小死聲音機械，毫無感情：「喔。九鷹船隻內部情況的掃描圖出來了，要接受嗎？」

時進聞言唰一下從床上坐起身，剛準備說接受，話到了嘴邊又拐回來，問道：「接了會像上次那樣發高燒嗎？」現在是關鍵時刻，他可不能生病。

小死沉默，然後回道：「不會，只會有點頭暈，這次的資料不多。」

「那你傳資料吧，我接著。」時進心滿意足地倒回床上，閉上眼睛。

十分鐘後，時進頭暈眼花地扶著牆走進洗手間，用冷水狠狠洗了把臉才稍微緩過神，有氣無力地說道：「這好像不是有點暈啊……」

「症狀會慢慢減弱的，最多兩個小時就會消失，請堅持。」小死繼續機械音。

時進終於琢磨出不對了，疑惑問道：「你怎麼了？有點怪怪的。」

小死沉默，然後毫無預兆地哭了出來，十分傷心。

時進嚇了一跳，擔心喚道：「小死？」

「你別管我……」小死已經開始打嗝了，明明很難過，卻仍堅強地說道：「我沒事，我已經習慣了，我和寶貝一樣堅強，我很堅強，嗚嗚嗚……進進你好蠢。」

時進：「……」

早飯的時候，時進發現廉君似乎胃口不大好，食量有所減少，十分擔心。

廉君表示沒什麼，說是船上伙食天天都是這些，有點膩。時進沉默地看著手邊足足有十多頁的菜單，覺得廉君應該是挑食的毛病又犯了。

會議在上午九點準時開始，比昨天提前了一個小時。

今天會議的內容是針對國內所有非合法暴力組織，對參會的大家沒什麼直接影響，所以大家的態度都比昨天輕鬆許多。

左陽今天依然是踩著點到的官方船隻，但他沒再試圖挑釁廉君，反而遙遙朝著時進所站的方位看了一眼，然後頂著一臉奇奇怪怪的笑容走進會議室。

時進莫名其妙，在心裡回贈了一根中指。

上午的會議很順利地結束，散會的時候，安分了一早上的左陽突然帶人朝著廉君一行人湊過來，看一眼推輪椅的時進，對廉君說道：「廉君，龍世說他第一次給你檢查身體，是在他十九歲的時候，當時他就對你……現在你隨身帶著一個年輕屬下，就不怕重蹈覆轍嗎？年輕人的因愛生恨，可是很可怕的。」

卦一聽得臉一黑，直接掏槍對準左陽的心臟。

左陽的屬下們見狀，也掏槍瞄準廉君。

時進皺眉，側跨一步擋在廉君身前，目光不善地看著左陽。

左陽見時進如此，眉毛一挑，一臉「我已經看穿一切」的表情，怪聲怪氣地說道：「哇喔，看來我問了個蠢問題，有些人已經重蹈覆轍了，廉君，我勸你快把這個小傢伙趕走，不然他就是第二個龍世了。」

神經病。時進看不下去左陽這賤兮兮的膈應人方式，忍不住說道：「你是在嫉妒我嗎？」

他這一句話說得字正腔圓，中氣十足，立刻把四周人的注意力全部吸引過來。部分早已注意到這邊動靜的人，也因為他這一聲問話，光明正大地把視線挪過來，看起熱鬧。

左陽滿臉使壞的笑僵住了，皺眉看向他，說道：「你說什麼？」

時進故意擺出一臉「我也已經看穿一切」的表情，高聲說道：「我說你嫉妒我，嫉妒我年輕，嫉妒我可以待在君少身邊。你暗戀君少吧？不是暗戀君少，那你幹什麼像個試圖吸引喜歡小男生注意的任性小公主一樣，見天地在君少面前說些陰陽怪氣的話。一會說君少好看，一會嫉妒君少以前有人喜歡，現在還來看我不順眼，你有毛病？停船都非得停我們家船邊上，還挨那麼近，你還敢說你沒點小心思？你說年輕人的因愛生恨很可怕，我看你這老黃瓜的因愛生恨也挺噁心人的，以後少在君少面前晃悠，礙眼。」

所有聽到這番話的人，都被這話裡無懈可擊的戀愛腦邏輯給震住了，就連卦一等人都齊刷刷扭頭朝著時進看去，一臉在看外星人的表情。

廉君也默默把準備拉時進到身後來的手給收回來，見時進沒吃虧，還配合地朝左陽說了一句：「抱歉，我不知道你是這樣的心思，如果早知道，昨天那槍我會瞄準一點。」

卦一等人：「……」君少，你變了，你以前不是這樣的。

「噗。」站在角落看熱鬧的魯珊突然誇張地笑出來，還鼓起掌，「真是一齣好戲，原來九鷹這麼努力發展，是為了幫他們老大追咱們道上最難摘的高嶺之花。左陽，前輩在這勸你一句，為了你胯下那二兩肉著想，不切實際的夢還是少做吧，現在不流行什麼黑道皇后的戲碼了。」

這話一出，本來安安靜靜看熱鬧的其他組織首領，表情全都變得古怪起來。

昨天會議上左陽才因為黑道土皇帝這個梗被官方約談，吃了次癟，今天魯珊就說左陽在演黑道皇后的戲碼，暗指廉君才是黑道土皇帝，而左陽連黑道皇后的夢都不配做。

不愧是老牌組織的首領，這嘲諷的功力，真是優秀。

本來魯珊這話說出來，大家聽到多少是有點不舒服的，畢竟大家都不喜歡道上真的多個土皇帝出來，特別是在這個土皇帝指的是廉君的情況下，但在爆出天馬這件事後，相比於這點不舒服，大家都更樂意看到左陽吃癟。

於是一時間，甲板上雖然沒有其他人說話，但空氣中卻明顯飄蕩起快活的氣息。

左陽的臉早在時進那一長串話說完時就整個黑透了，後來廉君和魯珊又連番轟炸，一副他真的是因為喜歡廉君才一直針對廉君的態度，氣得他差點沒忍住拿槍把甲板上的人全部突突了。

但他到底還是忍了下來，這是官方的船，他肯定不能亂來。忍著忍著，他突然有了點氣到極致，反而格外冷靜的感覺，環顧一圈四周的人，重點看了時進一眼，冷笑一聲，從懷裡往外掏了個東西，朝著廉君的方向拋過去，冷冷說道：「我就讓你們嘴上占便宜又如何，好好看看這東西吧，可別太快轉過頭來求我。」說完一揮手，帶著屬下大步離開，仍是囂張的模樣。

左陽拋過來的東西不大，小小一個，白色的，在陽光下有些晃眼。

時進仗著就站在廉君身前，抬手就把東西接了下來，見是一個手指大小的長方形硬紙小盒，翻轉著看了看，確定自己的進度條沒有浮動，東西應該沒有危險後，轉手遞給廉君。

廉君順勢接過，沒有當眾拆開，說道：「回房間。」

於是時進忙推上他的輪椅，在甲板上所有人的好奇視線下，朝著船艙走去。

等四周沒多少人之後，卦二忍不住拐了時進一下，「你小子這嘴簡直是殺傷性武器，我還以為咱們肯定要和九鷹的人打起來了，你當時是怎麼想到要那麼說的，居然說左陽暗戀……咳，你真厲害，左陽可從來沒受過這種氣。」

時進含蓄拍馬屁：「沒有沒有，是君少培養得好。」

廉君突然低哼了一聲。時進被哼得心臟一抖，忙話語一拐，說道：「其實我本來沒準備這麼說的，左陽那種人哪配喜歡君少，我就是想氣氣他，看能不能激得他把船給挪走，我總覺得他那麼把船停在咱們的船旁邊，是在盤算什麼陰謀。」

他這話可不是在無的放矢，早上廉君開會的時候，他趁機研究了一下小死掃描出的九鷹船隻內部情況圖，結果不看不知道，一看嚇一跳，九鷹那艘船居然是個軍裝民，外表的民用船造型只是個偽裝的殼子，內裡其實是軍艦的芯。

這情況太不對勁，剛才左陽那麼一賤，他心裡想起這茬，就忍不住瞎說了。

卦二沒想到會聽到這麼個解釋，忍不住伸手戳戳時進的腦門，嘀咕道：「怎麼突然看起來又不傻了，還挺聰明。」

時進沒好氣地把他的手扒拉下來，翻他一個白眼。

「別瞪別瞪，好好看路。」卦二忙笑著投降，見廉君和卦一都沒有反對他和時進聊這個話題的意思，順勢說道：「九鷹把船停在咱們的船旁邊這事，你也別太擔心，卦五盯著呢，而且咱們家的船可不差，就算九鷹有什麼陰謀，也不一定能占便宜。」

時進立刻明白他這話的意思，意外問道：「我們的船是改裝的？」之前他在裡面住了幾天，可什麼都沒看出來。

卦二笑笑沒說話，答案不言而喻。

回到房間後，廉君把左陽拋過來的硬紙小盒放到桌上。

卦一伸手把盒子擰開，小心看了一眼裡面的東西，皺眉，從櫃子裡取出一個乾淨的大塑膠盒，把裡面的東西全部倒出來。

嘩啦啦，十片沾著血的指甲片落在盒子裡，畫面十分噁心，看得人頭皮發麻。

時進還沒見過這種陣仗，五官立刻擠在一起，把視線挪開一會，等消化了一下才又挪回來，問道：「這是……龍世的指甲？」

「多半是。」廉君伸手把大塑膠盒蓋起來，看向卦二，「把東西送回船上，讓龍……讓卦五找人檢測一下，看是不是屬於龍世的。」

卦二應了一聲，問道：「需要瞞著龍叔嗎？」

廉君想了想，搖頭回道：「不用，龍叔有權利知道龍世的現狀和下落。」

卦二點頭，伸手把大塑膠盒拿起來。

時進眼疾手快地把倒完指甲後空掉的白色硬紙小盒拿起來，擰上蓋子說道：「我去把這個燒了，太噁心了。」

那硬紙小盒已經沒什麼用處，大家也沒阻止他，廉君甚至還體貼說道：「不喜歡的話，可以讓卦一去處理。」

「沒事，我來吧。」時進搖頭，起身直接蹲到垃圾桶前，找卦二要了打火機，當著眾人的面按開打火機。

大家只以為他是被指甲噁心到了，想快點把東西處理掉，見他這樣陸續收回了視線。時進連忙趁機裝作手滑的樣子，把硬紙小盒掉到垃圾桶裡，然後將手伸進垃圾桶，滾滅小盒上剛點上去的一點小火，擰開小盒，忍著不喜沾了點剩餘的零星血液到手指上，在心裡問小死：「這個可以做定位媒介嗎？」

「可以，我試試。」小死回答，之後時進只覺得手指一麻，皮膚上沾到的血液就消失了。

時進惡寒地抖了抖，有種龍世的血鑽進自己身體的錯覺。

他最後還是把小盒燒完了，燒完後把打火機一丟，迅速衝進洗手間仔細洗了好幾遍手，等覺得心裡好受點了才擦乾淨出來。

廉君等他落坐後摸了摸他搓得通紅的手，皺眉說道：「以後不喜歡不碰就是了，我也不怕那東西，你不用特意去處理掉。」

「萬一讓有心人拿到就不好了。」時進心虛回答，轉移話題問道：「咱們後續該怎麼辦？左陽這次拿出龍世確實在他手上的證據，我們該怎麼反應？」

廉君回道：「繼續無視就好，這次我們再沒動靜，下一次左陽應該就會忍不住把龍世帶到我面前了，那時候才是搶人的最好時機。」

時進點了點頭，心裡稍微有了點底。

下午的會議上，左陽一直用一種「來求我啊，你怎麼還不來求我」的眼神看著廉君，看得會議室裡的其他首領們嘴角抽搐，甚至開始懷疑左陽是不是真的對廉君有點想法。

廉君全程無視左陽的眼神信號，專心開會，幾句話間就從大堆非合法暴力組織的名單裡，揪出好幾個九鷹暗地裡培養的「爪牙」組織，用各種理由把它們送上官方下一年的重點清剿名單。

左陽的注意力漸漸被拉回，表情越來越難看，終於在第六個棋子被廉君點出來時，氣得低咒了一聲，把一直丟在一邊的會議資料拿起來，開始想辦法保住剩下的棋子。

這一個下午九鷹損失慘重，其他組織的首領從廉君和左陽的對話表情中看出些許端倪，重點注意了一下廉君提到過的非合法暴力組織，發現全是些道上的臭蟲，看左陽的眼神越發不友善了。大家算是看出來了，廉君這一下午點出來的組織，大部分應該都和左陽有關！左陽心裡果然有一個黑道土皇帝的夢，野心大得很！

下午的會議結束後，左陽陰森森地看了廉君好久才起身離開官方船隻，廉君當然是繼續無視他，連眼角餘光都沒給他一個。

其他組織首領見狀，心裡是又爽又古怪，爽的是左陽吃癟，古怪的是，其實從某方面看，這左陽還真挺像是對廉君愛而不得，因愛生恨的……

晚飯後，龍世的定位結果出來了，他確實在九鷹的船上，並且所在的位置很奇葩——他居然被關在左陽的房間裡。

時進對比了一下九鷹船隻的內部掃描圖和龍世的位置，眉頭緊皺，問道：「你確定那裡就是左陽的房間？」

「這樣規格和安全防護級別的房間，九鷹船上只有一個，肯定是左陽的房間。」小死回答，對自己掃描出的結果還是很有信心的。

時進有些洩氣，癱在床上，「那完了，偷偷潛入搶人的計劃肯定是無法實施了，就算有你的buff幫忙也不行，左陽房間所在的位置太深入了，我一個人摸不進去。」

小死忙趁機說道：「我不建議你潛入搶人，太危險了，寶貝也不會同意的。」

「我也知道很危險，但就是忍不住想……」時進看著天花板，怔怔發了會愣，良久後長吁口氣，抬手按住額頭，「不行，我現在是關心則亂了。先看看左陽的後續動作吧，廉君說過，左陽肯定會忍不住把龍世帶到明面上來的，我們只用等待就行。」

小死連忙附和，對他放棄危險計劃這件事表示一千一萬個贊同。

睡前，廉君突然過來敲門。時進剛洗完澡，疑惑問道：「君少有什麼事嗎？」

廉君掃一眼他還在滴水的頭髮，示意他進屋，說道：「我來問你賭約的事，明天就是會議最後一天了，我想問問你猜出答案了沒有？」

時進愣住，問道：「賭約還有效嗎？老鬼自己上門把目的說了，我還以為賭約早就失效了。」

「自然是有效的。」廉君關上房門，先滑到浴室取了吹風機，然後在床頭找了插座插上，看向傻站在一邊的時進，招手，「過來坐下，洗完澡頭髮要快點吹乾，小心著涼。」

「這不是我囑咐過你的話嗎。」時進有些想笑，老老實實坐過去，把手伸向廉君，「我自己來吧，免得沾你一手水。」

廉君看他一眼，不說話，滑動輪椅靠近他，伸手按住他的肩膀把他往身前拉了拉，另一手開了吹風機，用行動表示了拒絕。

時進被動靠近，感覺到按在肩膀上的手挪到頭頂，輕輕把他的腦袋往下按了按，知道拗不過廉君，妥協道：「好吧好吧，我幫你吹一次，你也幫我吹一次，咱們扯平了。」說著配合低頭，方便他動作。

「扯不平。」廉君抓上他的頭髮，指腹輕輕揉過他的頭皮，邊晃動吹風機邊問道：「所以你的猜測是什麼？」

這完全就是個送分題。時進手撐在膝蓋上，因為低著頭的原因，所以視線只能看到廉君的下巴和脖頸線條，視線不自覺黏了上去，回道：「我的猜測是，鬼蜮這次突然提前到達會議地點，是為了觀察我們，並找機會和我們說話，找我們求助。」

廉君的指尖擦過他的耳朵，回道：「只答對了一半。」

「嗯？一半？」時進忍不住抬頭。

廉君沒有準備，放在他頭側的手因為他的動作滑落，落在他臉上，另一手的吹風機則及時拉遠了，免得撞到他。

兩人對視，廉君眼裡的暖意還沒來得及收斂，時進又愣住了。

「不要亂動。」廉君順勢捏了一下時進的臉，把他的腦袋又按了下去，說道：「鬼蜮提前來，不止是在觀察我們，還在觀察官方，老鬼的目的不單單只是向我們求助，還希望通過我們和官方搭上線。嚴格來說，甚至求助都只是次要的，老鬼真正想要的，是通過我們，向官方表明他投誠的決心，拿到官方的扶持。不過他註定拿不到了，官方不需要第二個『滅』，因為不好控制。」

時進這次被按得更低了一點，腦袋幾乎撞到廉君的懷裡，視線順勢落在廉君的雙腿上，看著廉君衣袍勾勒出的雙腿弧度，想起按摩時捏過的手感，忍不住伸手放上去，輕輕揉捏起來，回道：「那確實是一半，我的回答不夠全面。這樣的話，賭約該怎麼算？」

廉君晃動吹風機的動作停了一下，又很快繼續，沒去管時進亂捏的手，視線看著時進露在頭髮外的耳朵，忍不住靠近一點，回道：「算平局，賭注更改，變成你可以對我提一個要求，我也可以對你提一個要求，你覺得怎麼樣？」

溫暖的氣息擦過耳朵，和吹風機釋放的熱風完全不同，帶著點親密的味道。

時進身體本能地一抖，身上起了雞皮疙瘩，側開腦袋回道：「可以，那賭注成立？」

廉君適時側身，於是時進側過去的腦袋直接撞到他懷裡，臉頰貼到他的胸口，這是個近得能聽到心跳聲的距離，時進有些懵。

廉君若無其事地收起吹風機，就著這個姿勢摸了一把時進已經乾了的短髮，說道：「成立，好了，頭髮吹好了。」說完拿起時進的「鹹豬手」丟開，退開了身。

時進保持著歪著的身體姿勢，抬眼去看廉君。

「早點睡吧。」廉君並不多留，放下吹風機後就走了，似乎真的就只是過來說一下賭約的事。

時進愣愣看著他離開，直到聽到關門的動靜才回過神，抬手用力搓了搓自己的耳朵和剛剛撞到廉君胸口的臉，看一眼吹風機，迷茫說道：「我怎麼覺得剛剛的廉君有點怪怪的……」

小死心裡一喜，連忙詢問：「哪裡怪？」

「就是覺得有點……」時進不自覺動了動剛剛捏過廉君雙腿的手，又搖了搖頭，「有點說不清楚……算了算了，睡覺，時間不早了。」說完躺到床上，美美地閉上眼睛。

小死憋得想當機，恨不得把他從床上揪起來，逼他繼續想。

第二天早餐的時候，指甲的鑑定結果送來了——它們確實是龍世的指甲。而隨著結果一起來的，還有眼下掛著黑眼圈的龍叔。

廉君微微攏眉，說道：「龍叔，您其實可以不管這事的，我能理解。」

龍叔臉上帶著疲憊，態度卻很堅決，說道：「人是我教出來的，我也是罪人之一，君少你不追究我的責任，是你仁慈，但這並不代表我可以一直逃避下去，當了二十多年父子，我想和他有一個了斷。」

話說到這份上，廉君也不好再勸他，默許他留下。

會議準點開始，龍叔沒有聽卦一的建議去船艙休息，而是和時進一起站到甲板角落，視線落在廉君對面的左陽身上，眼神複雜，也不知道在想些什麼。

時進想安慰他，卻又不知道該怎麼說，表情明顯十分糾結。

大概是看出他的糾結，龍叔突然開口說道：「龍世是我心軟撿回來的，他父母一個是毒販、一個是酒鬼，全都是些品性很糟糕的人，也死得很早。我怕龍世走了他父母的老路，所以對他一直很嚴格。」

時進側頭看向他，安靜傾聽。

「他從小就很孤僻，上一任首領曾勸我把他送去組織合作的育幼院，讓他和其他小朋友一起長大，我怕他受欺負，拒絕了。現在想想，上一任首領的建議是對的，完全沒有同齡人的成長環境，確實很不利於孩童的心理健康。」龍叔嘆氣，抬手捏了捏眉心，「或許是我對他太嚴格了，所以才

會讓他在第一次見到君少時，對君少起了不該有的心思……時進，對不起。」

時進疑惑：「龍叔你幹麼對我說對不起？」

龍叔放下手，看向會議室裡正在冷眼旁觀其他組織首領爭論的廉君，聲音低了下來：「因為如果不是我給了龍世接近君少的機會，君少絕不會是現在的樣子，以前的君少很溫柔，也經常笑，如果你遇到的是當年的君少，應該……」

溫柔愛笑的廉君？時進腦中突然滑過昨晚廉君幫他吹頭髮的樣子，耳邊彷彿又響起吹風機運轉時發出的嗡嗡聲，忍不住抬手揉了揉耳朵，問道：「應該什麼？」

龍叔側頭看他一眼，想說什麼，卻又忍了回去：「應該會早點變聰明。」而不是蠢到現在都沒開竅，白瞎了君少的一腔情意。

又被變相罵了蠢，時進有點點心塞、有點點不服氣，在心裡問小死：「我真的不聰明嗎？」

小死語氣中滿是看破紅塵的超然，回道：「沒事，回頭你可以讓寶貝多給你買點核桃吃。」

時進沉默，決定暫時把小死關進小黑屋。

甲板上很安靜，大家都在緊張關注著會議室裡的情況，沒什麼人說話。

今天的會議內容是重新登記所有合法暴力組織的資訊，和徵集新一批合法暴力組織的審核備選名單。

重新登記組織資訊這個處理起來很容易，在各位首領的配合下，不到一個小時就全部處理完了。天馬不出意外地沒有出現在新一年的重新登記名單上，大家不約而同表情微妙地看向今天格外安靜的左陽，見左陽正頭也不抬地翻著一份資料，似乎完全沒有注意到大家的視線，又覺得無趣地挪開目光。

資訊登記完成後，便到了大家最在意的徵集名單環節。

章卓源給所有擁有舉薦資格的組織首領發了張白紙，然後宣布會議暫停半小時，打開會議室的大門。

廉君在拿到白紙後直接把它撕碎丟掉了，然後滑動輪椅去會議室門口，時進見狀連忙屁顛顛地跑過去。

「渴不渴，要喝果汁嗎？」時進不知道從哪摸了一瓶果汁出來，往廉君面前遞。

「不渴，會議室裡有水。」廉君回答，卻還是伸手接過時進遞的果汁，擰開淺淺喝了一口，示意時進把自己推到人少一點的角落位置，問道：「等在外面會不會很無聊？」

「不會，還有卦九和龍叔陪我說話呢。」時進回答，眼角餘光掃到左陽也走出會議室，湊近廉君一點，壓低聲音問道：「左陽今天找你麻煩沒有？」

廉君搖頭，回道：「沒有，今天的會議內容比較重要，他如果想要對我發難，應該會等到會議結束之後。」

時進聞言皺眉，忍不住看了眼九鷹船隻的方向。

今天是會議的最後一天，等會議結束之後再發難，那不就是等到大家全部分散，官方也撤離之後，再一對一單打？到時候沒了官方和其他組織的干擾，九鷹還不得越發囂張？

廉君注意到他的動作，說道：「不用急，我自有安排。」

時進收回視線，看著廉君自信冷靜的模樣，心裡踏實了一點，見休息時間已經過去好幾分鐘，忙不再說這些讓人心情愉快不起來的話，閒扯起其他話題。

半個小時後，休息時間結束，各組織首領陸續回到會議室，提交各自的白紙。

章卓源收攏白紙後，讓助理去角落把白紙上的名單整理出來，然後趁著這個時間，宣布上一年名單的審核結果，並表示請舉薦這些組織的首領，儘快通知各個已經審核通過的組織，讓他們快點去官方報到，辦理掛牌手續。

這結果一宣布，頓時幾家歡樂幾家愁。左陽的臉色有些難看，很明顯，他去年舉薦的組織並沒

有通過官方的審核。魯珊則滿臉笑意，想來是拿到了好消息。

弄完這些後，章卓源接過助理整理出來的今年名單，按照流程先當眾把名單念了一遍，然後把名單複製，人手發一份，讓大家回去好好討論一下這個名單，告知大家如果有人發現上面有不符合舉薦條件的組織，歡迎在下午的會議上提出來。

到此，上午的會議正式結束。

廉君在出來後直接把名單遞給卦一，示意先回船艙。

時進推著廉君的輪椅，好奇地掃了一眼名單，見上面就只有一個又一個奇奇怪怪的名字，什麼標注都沒有，疑惑問道：「我看大家拿到這個名單之後都很興奮，為什麼？」

「因為這個名單並不是最終稿，在下午的會議上，這個名單上的組織會被剔除一些，而剔除哪些是大家一起說了算，所以大家都很興奮。」卦二湊過來回答，也勾著頭看了一眼卦一手上的名單，挑眉，「養道？這不是那個……咳，魯珊前輩今年還是這麼有意思哈。」

時進狐疑：「你怎麼知道這個是魯珊前輩舉薦的組織？名單上明明什麼都沒標。」

「我猜的。」卦二不走心回答，見他還想再問，忙側頭看向卦一，轉移話題問道：「能確定九鷹舉薦的組織是哪一個嗎？」

卦一正認真看著名單上的各個組織名，眉頭微皺，搖頭說道：「不確定……君少，左陽應該是臨時更改了舉薦組織，上面沒有我們之前調查出來的『亡命』。」

「意料之中。」廉君回答，安撫道：「放心，有人會把九鷹真正舉薦的組織名字送過來的。」

卦一聞言像是想到了什麼，抬手拍了一下額頭，表情姿態全部放鬆下來，把名單折起來往兜裡一塞，不再琢磨名單了。卦二等人也全是一副聽懂了廉君話的意思，默契地談起其他話題。

就只有時進還是一頭霧水的模樣，環顧一圈眾人的表情，想繼續問又憋住了，擰著眉開始認真思考自己智商是不是真的有點低。

半個小時後，廉君在飯桌上接到章卓源的電話，一番簡短交談之後，對著卦一報出一個名字。卦一立刻取出兜裡的名單，迅速找出他報的名字，在上面畫了個圈，把名單遞給卦九。

卦九接過單子，熟練地取出電腦，找了個包廂裡的插頭，插好電腦接好網路後，開始對著鍵盤敲敲打打。

時進把一切看在眼裡，低頭默默吃飯——原來是官方的人會來開後門……他怎麼就忘了呢，廉君可是和官方交往密切的男人。

「怎麼一直吃白飯，菜不合胃口？」廉君突然湊過來詢問，還貼心地幫他挾了一筷子菜。

時進看一眼碗裡多出來的牛肉，伸筷子吃掉，咀嚼嚥下之後終於下定決定，側頭看向廉君，認真說道：「君少，你給我買點核桃吃吧。」

廉君靜靜看他兩秒，伸手憐愛地摸了摸他的腦袋，點頭應道：「好。」

居然都不問一下為什麼就說好。時進突然間覺得有點悲傷，搖頭把廉君的手抖下去，埋頭又扒了一大口飯。

（未完待續）

【特別收錄】

作者獨家訪談第一彈，暢談創作源由

Q1：不會下棋老師您好，請您先跟讀者打個招呼吧！您的筆名很特別，請問為什麼想取這個筆名？

A1：大家好，很高興用這種方式和你們交流。

我開始寫小說的原因十分偶然，開始時也沒有想過會寫這麼久，所以在註冊筆名的時候，就直接取了當時感觸最深的一件事作為名字。那時我剛被同學用五子棋虐殺了一遍，並在朋友提出換一種棋較量時，發現自己並不會下其他的棋，於是就有了這個筆名「不會下棋」。當時起這個筆名，其實也有點藉著這個筆名來督促自己去學棋的想法，但可惜到目前為止，我依然什麼棋都不會（……）在這方面我是個壞榜樣，大家千萬不要學我（嚴肅）！

Q2：當初寫《生存進度條》的創作靈感是怎麼來的？書中融合了重生、系統、黑幫……等許多元素，原本是想寫個怎樣的故事？

A2：這本書的靈感來源於一條中國移動發來的掃黑除惡簡訊……當時就突然中二了一下，想寫出一個掃黑成功、世界和平的故事。
腦洞誕生後，我開始豐滿它，於是又往裡添加了重生、系統、親情、寬恕、成長……這許多元素，《生存進度條》的主題，漸漸地也從最初的掃黑，變成了後來的拯救與寬恕。

Q3：這部作品最特別的是推翻大多數「重生是為了復仇」的故事設定，對於主角和五位兄長間糾結的恩怨情仇描寫得十分精采，故事架構龐大，很好奇有沒有什麼不知為人知的裡設定？

A3：有的，是關於那自救失敗的前九百九十八位宿主和小死的。
從讀者的角度看，本書的故事開始於時進被進度條綁定的那刻，但從小死的角度來看，這個拯救世界的故事其實已經BE了九百九十八次。
可能會有人覺得小死的性格對於系統這個身分來說，顯得太過幼稚和天真了一些，但其實最初它也是成熟穩重過的，只是它失敗了太多次，清空記憶太多次，力量被一次次消耗削弱，漸漸地它就變笨了、傻了。
世界的自救也是需要付出代價的。
因為這個設定太過悲傷，所以正文裡我便沒有提及。

（未完待續）

i小說 010

生存進度條1

國家圖書館出版品預行編目（CIP）資料

生存進度條1 / 不會下棋著. -- 初版. -- 臺北市：
愛呦文創, 2019.07
　冊；　公分. --（i小說；010）
ISBN 978-986-97913-0-4（第1冊：平裝）

857.7　　　　　　　　108010323

愛呦文創

作　　者　不會下棋
封面繪圖　凜舞REKU
責任編輯　高章敏
文字校對　劉綺文
行銷企劃　羅婷婷

發 行 人　高章敏
出　　版　愛呦文創有限公司
地　　址　10691台北市忠孝東路四段59號10-2樓
電　　話　（886）2-25287229
郵電信箱　iyao.service@gmail.com
愛呦粉絲團　https://www.facebook.com/iyao.book

總 經 銷　聯合發行股份有限公司
電　　話　（886）2-29178022
地　　址　231新北市新店區寶橋路235巷6弄6號2樓

美術設計　廖婉禎
內頁排版　洸譜創意設計股份有限公司
印　　刷　沐春行銷創意有限公司
初版一刷　2019年7月
初版二刷　2022年4月
定　　價　380元
I S B N　978-986-97913-0-4